수용과 창화

수용과 창화

한중 고대문인의 문학교류

김경동 지음

성균관대학교
출판부

서문

　문화는 타자(他者)와의 교류 과정을 통해 끊임없는 상호 수용과 전파를 거치며 발전한다. 인간은 새롭고 낯선 것에 호기심을 느끼며 자기 것보다 우수한 것에 대한 동경심을 품는다. 신문화에 대한 호기심과 선진문화에 대한 동경이 바로 문화 교류와 수용의 동인(動因)이다.

　지금의 동아시아에 '한류(韓流)'가 있다면 과거의 동아시아에는 '한류(漢流)'가 있었다. 현재의 한류(韓流)는 한국의 대중문화가 주류라고 한다면 지난 날 한류(漢流)의 주인공은 중국의 고대문인이었다. 고려·조선문단의 한류(漢流) 형성에 일익을 담당했던 중국문인에는 당대(唐代)의 백거이(白居易: 772-846)와 송대(宋代)의 소식(蘇軾: 1036-1101)이 빠질 수 없다. 본서에서 백거이와 소식이 한류(漢流)의 주인공으로 등장하는 이유가 여기에 있다.

　백거이는 「장한가(長恨歌)」와 「비파행(琵琶行)」의 작가로서 일찍부터 한국 고대문인에게 널리 알려져 있었다. 자는 낙천(樂天), 호는 향산거사(香山居士)·취음선생(醉吟先生)이라고 한다. 현존 백거이 시는 2900여 수, 당대 시인 중 으뜸이다. 이백 시가 약 천이백 수, 두보 시가 약 천오백 수인 점을 고려하면 상당한 분량이다. 이는 백거이 스스로 '시마(詩魔)'라고 자칭했을 정도로 시 짓기에 몰두했고 아울러 자신의 시문집을 생전에 8차례나 편찬했을 정도로 작품 보존에 남다른 애착과 열정이 있었기 때문이다. 백거이 시는 우리 선조들에게 마음의 평안을 얻고 한적함을 달래 줄 부담없는 읽을거리로서 널리 사랑받았다. 조선시대에 말로는 이백(李白: 701-762)을 배운다고 하면서도 항상 백거이 시집을 읽은 사람도 있었다고 한다.

소식은 부친 소순(蘇洵: 1009-1066)·아우 소철(蘇轍: 1039-1112)과 함께 당송팔대가(唐宋八大家)의 일인이다. 우리에게는 명문 「적벽부(赤壁賦)」의 작가로서 더욱 유명하다. 자는 자첨(子瞻), 호는 동파(東坡)라고 한다. 소식은 시(詩)·사(詞)·문(文)·부(賦)는 물론 서(書)·화(畫)에도 뛰어난 팔방미인이었으나 정치적으로는 왕안석(王安石: 1021-1086) 신법파(新法派)의 끊임없는 탄압에 시달리며 고난의 삶을 살았다. 그럼에도 소식의 처세는 당당했으며 작품의 풍격은 호방했다. 고려문인 이규보(李奎報: 1168-1241)가 소식을 '시웅(詩雄)'으로 일컬었던 것은 아마도 이 때문일 것이다. 30명이 과거에 급제하면 세상 사람들이 "올해도 30명의 동파가 나왔구나."라고 할 정도로 고려시대 이미 소식 시문에 대한 학습 열기가 뜨거웠다고 한다.

본서의 내용을 구성하는 핵심 키워드는 '수용(受容)'과 '창화(唱和)'이다. 고려·조선문단에서의 백거이 인식과 평가 및 수용 양상을 각각 고찰한 제1장과 제2장, 백거이의 연작음주시 「하처난망주(何處難忘酒)」 7수에 대한 조선문인의 모작을 대상으로 수용과 변용의 제양상을 논의한 제3장이 첫 번째 키워드에 해당한다. 고려문인과 백거이의 창화 연구를 위한 서설로서 고려문단의 화백시 제작 개황과 창화시 복원 등 다양한 기초작업을 진행한 제4장, 이를 기반으로 고려문인과 백거이 창화의 제양상과 그 의미를 고찰한 제5장, 소식 시에 대한 고려문인 이규보의 화시를 논의 대상으로 한 제6장, 조선문단의 창화 인식과 풍조 및 조선전기 문인의 화백시 유형과 그 의미에 대해 고찰한 제7장이 두 번째 키워드에 해당한다.

본서에서 말하는 창화는 전대문인의 작품에 대한 화시 제작에 의해 성립한 것이므로 본래는 수용 양상의 한 갈래이다. 그러나 시공을 초월한 정신적·문학적 교류의 산물이라는 점에서 상당한 의미가 있을 뿐만 아니라 양적·질적으로도 독립적인 논의의 장을 마련할 가치가 있다. 특히 화시에 대한 기존 통념과는 현저히 다른 특이한 유형의 화시가 존재한다는 사실을 발견했다는 점에서 화시 연구사에 큰 의미가 있다.

고인에 대한 흠모의 정 혹은 그 작품에 대한 감흥으로 인해 제작되는 화시는 주제와 내용 면에서 창시와 깊은 관계가 있다고 알려져 있다. 그러나 기존의 통념만을 고집해서는 안 된다. 연구는 새로운 지식을 창출하는 작업이므로 그 연구 결과는 기존의 지식 체계 속에 존재하지 않는 것이기 때문이다. 새로운 지식에 대한 태도 면에서 깊은 감동을 느꼈던 것은 2004년 11월, 일본 구주대학(九州大學)과 화한비교문학회(和漢比較文學會)가 「동아시아에서의 백낙천(東アジアの中の白樂天)」을 주제로 하여 공동 주최한 심포지엄에서였다.

당시 필자의 발표 논문은 「고려조 시인 이규보에 있어서 백시 수용

(高麗朝の詩人李奎報における白詩受容)」이었다. '제삼자 개입형'·'각운형' 화시라는 낯선 개념의 용어, 그리고 기존의 통념과는 전혀 다른 속성의 화시가 존재한다는 사실을 보고했다. 이에 대한 일본 학자의 태도는 겸허했다. 질의토론 시간뿐만 아니라 심포지엄 폐회 후의 만찬 연회에서도 타니구치 코우스케(谷口孝介)·긴바라 다다시(金原理)·신마 카즈요시(新間一美) 교수 등 일본문학 전공자들도 새로운 지식에 대한 호기심과 생경한 용어에 대한 관심을 표명하였다. 학술 연구에 대한 일본 학자들의 진지함은 중국 학계에서도 이미 인정한 바 있음을 나는 알고 있다.

본서에는 7편의 문장이 수록되어 있다. 제2장을 제외하면 모두 국내 학술지에 발표된 것이다. 시기적으로 가장 이른 것은 1992년 발표이니 꼭 30년 전의 글이다. 가장 최근의 것이 6년 전 글이므로 근 25년 오랜 기간의 연구 결과물을 한 곳으로 모아야 했다. 한중 고대문인의 문학 교류라는 일관된 주제의 글들이기에 한 책으로 묶을 수 있어 다행스럽다.

본서 출간을 위해 기발표 글에 대해서도 많은 시간을 들여 새로운 옷을 입혔다. 발표 이후 새로 발견한 자료를 추가하고 글의 구성을 다시 짜기도 했으며 우리글 표현을 정성들여 수정했다. 더욱 의미있는 것은 인용 작품에 대한 재번역 작업을 전면적으로 시도했다는 사실이다. 이전의 잘못을 바로 잡고 번역문의 표현을 더욱 우리말답고 시답게 다듬다 보니 금년 상반기로 예정했던 탈고가 하반기까지 지체되었다. 그러나 그만큼 보람있는 시간이기에 후회는 없다.

본서 수록의 기발표 문장은 집필 당시 동일 혹은 유사 제목의 선행 논문이 한 편도 없는 상황이었다. 30년 전 글만이 아니라 6년 전의 마지막 글까지 모두 그러했다. 논의 대상은 이전에 어느 누구도 다룬 적이 없는 것이어서 언제나 타인의 선행 논문은 한 편도 참고서목에 포함되지 않았다. 원전에 대한 철저한 이해를 바탕으로 자신만의 사고와 분석에 의한 결과물이기 때문이다. 그래서 간혹 심사자의 오해를 사기도 했음은 우리 학계의 웃픈 현실이다.

6년 전의 일이다. 제3장과 관련된 초고를 전문학술지『중어중문학』에 투고했다. 그 논문은 연구 대상 즉 원전에 대한 필자 자신의 이해와 분석에 의거해 집필된 것이기에 동일 주제의 선행 연구, 이른바 이차자료에 대한 의존도가 제로에 가깝다. 그러나 한 심사자가 "중국 작품의 한국 수용 및 변용 양상에 대한 논문이기에 기존 관련 연구에 대한 참고는 피할 수 없는 과정"이라면서 "기존 논문을 참고하고도 출처를 표기하지 않았다면 또 다른 오해를 야기할 수 있다."는 의견을 피력했다. 이는 선행 연구가 없는데 어떻게 논문을 쓸 수 있겠냐는 저급한 인식을 전제로 한 편견이다. 선행 연구가 존재하지 않는 새로운 테마의 논문은 근본적으로 불가능함을 자백한 것이나 다름 없다. 2004년 일본 심포지엄 때의 감동과는 완전히 다른 경험이기에 그 씁

쓸함을 영원히 잊을 수 없다.

　단순반복 행위를 혐오하는 나로서는 몇 차례에 걸친 교정작업이 고난의 과정이었다. 볼 때마다 고쳐 쓰고 싶은 곳이 많았다. 그 욕구를 억눌러야 해서 더욱 힘들었다. 이 힘든 작업을 정성 들여 도와준, 한 지붕 아래 사는 김은아 교수에게 깊이 감사하고 또 감사한다.

　정년 퇴임이 얼마 남지 않았다.

　이제서야 첫 번째 연구 저서의 서문을 쓰다 보니 천성이 게으름을 부정할 수 없다.

　진심으로 반성하며 이 글을 마친다.

2022년 12월 우보재(牛步齋)에서

김경동 쓰다

- 고려 · 조선문인의 작품은 민족문화추진회(현 한국고전번역원) 간행의 『한국문집총간』을 저본으로 한다.
- 본서 인용의 白居易 작품은 朱金城 『白居易集箋校』(상해, 상해고적출판사, 1988)를 저본으로 한다.
- 본서 인용의 蘇軾 작품은 孔凡禮點校 『蘇軾詩集』(북경, 중화서국, 1982)을 저본으로 한다.
- 본문 혹은 각주에 인용되는 작품의 출처 표기는 문집명과 권수만을 기재한다.
- 본서 인용의 작품은 작품 전체 혹은 일부 구절을 직접 인용했을 경우에만 출처를 표기하고 작품 제목만을 언급하는 경우에는 출처 미표기를 원칙으로 한다. 다만 검색 결과에 의거하여 작품명을 예시할 경우, 맥락상 필요하다고 판단될 때는 출처를 표기한다.
- 본서 인용 작품의 詩韻 표기는 南宋 · 劉淵의 『壬子新刊禮部韻略』(일명 『平水韻』)을 근거로 한다.
- 고려 · 조선문인은 각 장별로 처음 성명이 거론될 때 ( )안에 생졸년을 표기하는 것을 원칙으로 한다. 다만 중국문인은 본문의 주요 논의대상인 백거이와 소식의 생졸년만 표기하기로 한다.

차례

서문   5
일러두기   11

제1장　**고려문인의 백거이 수용**

1. 백거이 문학의 전파 상황과 위상   18
2. "天涯流落老潯陽"−전기 · 일화의 시화   23
3. "秋雨梧桐葉落時"−"雜集古句"의 유희   34
4. "樂天曾唱吾追和"−시공초월의 문학교류   38
5. "閑居覽閱 · 樂天忘憂"−인식과 평가   43
6. 소결   49

제2장　**조선문인의 백거이 수용**

1. 백거이 인식과 평가   54
2. 전기 사실과 일화   65
3. 집구시와 화운시   72
4. 사회풍유와 향산체   81
5. 국문문학과 백거이   86
6. 소결   90

제3장　**조선문인의 白詩 수용과 변용** −「何處難忘酒」를 중심으로

1. 백거이 「하처난망주」와 모작의 효시   96
2. 형식의 수용과 변용   101
3. 주제의 수용과 변용   108
4. 여론: 「하처난망주」와 「불여래음주」   119
5. 소결   125

제4장	**고려문인과 백거이의 창화 연구 서설**	
	1. 창화와 추화	132
	2. 고려시대 창화 풍조와 인식	139
	3. 고려문인의 화백시 개황	145
	4. 고려문인과 백거이의 창화시 복원	153
	5. 소결	171

제5장	**고려문인과 백거이 창화의 제양상과 의미**	
	1. 고려문인과 중국문인의 창화 개황	178
	2. 고려문인과 백거이 창화의 성립 배경	182
	3. 고려문인과 백거이 창화의 용운 양상	195
	4. 고려문인과 백거이 창화의 의미	204
	5. 소결	221

제6장	**고려문인 이규보의 和蘇詩**	
	1. 이규보와 화소시 개황	234
	2. 소식의 창시와 용운 양상	239
	3. 이규보 화소시의 제작배경과 의의	248
	4. 소결	263

제7장	**조선전기 문인과 백거이의 창화 예술**	
	1. 조선문단의 창화 인식	272
	2. 조선전기 화백시 개황	277
	3. 조선전기 화백시의 제작 배경	282
	4. 조선전기 화백시의 시제와 용운	290
	5. 조선전기 화백시의 유형과 의미	295
	6. 소결	320

	참고 문헌	329
	후기	336

高麗文人의 白居易 수용

이백·두보와 함께 唐代를 대표하는 白居易(772-864)는 元稹과 더불어 신악부운동을 제창했던 대문호이다. 우리 선조에게는 「長恨歌」와 「琵琶行」의 작가로서 널리 알려져 있다. 백거이 문학의 후대문학에 대한 영향과 중국문학사에서의 위상은 동시대의 한유는 물론 이백·두보·도연명·소동파와 견주어도 손색이 없다.

그러나 백거이 문학에 대한 한국 고대문인의 인식과 평가 그리고 한국 문학에 끼친 영향에 대해 학인들의 이해는 상대적으로 빈약했다. 그것은 백거이와 그의 문학에 대한 고려·조선문인의 논의와 기록이 도연명·이백·두보·한유·소동파 등의 중국문인에 비해 극히 적다는 것에 기인한다. 이로 인한 자료의 결핍은 한중 비교문학 연구자의 관심과 주의를 끌지 못했던 주요 원인으로 작용했던 것이다.

본고에서는 고려문단에서 백거이 문학의 전파 상황과 위상을 살펴보고 백거이에 대한 고려문인의 평가와 인식이 어떠했는지 고찰한다. 아울러 백거이와 그의 문학이 고려문인의 작품 속에 어떠한 양상으로 수용되고 있는가에 대해 논의한다.

1. 백거이 문학의 전파 상황과 위상

고려시대(918-1392)에는 과거제의 실시로 인해 특히 한문학이 융성했다. 고려는 光宗 9년(958)에 중국식 과거제도를 실시하였다. 여러 과시 중에서도 특히 詩·賦·頌·策을 시험하는 제술과(진사과)가 가장 중시되었다. 출세의 등용문인 과거를 준비하는 문사들은 詩賦 능력을 양성하기 위해 중국 시문을 익히는 데 노력을 기울였다. 따라서 고려 전기에 이미 漢文과 唐詩가 크게 성행하였고,[1] 이에 한시 학습의 풍조는 전대미문의 흥성을 초래하였다. 이러한 상황에서 宋朝와의 활발한 문물 교류가 진행되면서 송조로부터 수입된 많은 서적은 문사들의 시문 학습 열기를 촉진시켰다. 그러나 백거이 문학이 언제 고려에 전래되어 얼마만큼 애독되었는가에 관한 상세한 문헌 기록은 아직까지 발견되지 않는다.

고려 顯宗 18년(1027)에 宋·李文通이 597권의 서적을 고려에 바쳤다고 하지만 그 중에 백거이 문집이 포함되었는지는 알 수 없다. 그 후 宣宗 2년(1085)에 송나라에서 『文苑英華』를 들여왔다.[2] 『문원영화』는 宋·太宗의 칙명으로 李昉 등이 南朝 梁末에서 당말에 이르는 작가 2200여 명의 작품을 집록하고 賦·詩·歌行·雜文 등 38류로 나누어 편찬한 시문총집이다. 근 2만 편에 이르는 수록 작품 중에 당대 문인의 시문이 90%를 차지하며, 그 중에 백거이 작품이 688편에 이르

---

1 崔滋『補閑集』序: "光宗顯德五年始開春闈, 擧賢良文學之士.……金石間作, 星月交輝, 漢文唐詩, 於斯爲盛."

2 弘文館編『增補文獻備考』권242: "宣宗二年, 宋哲宗立, 遣兩使奉慰致賀, 請市刑法之書·太平御覽·開寶通禮·文苑英華. 惟賜文苑英華一書."

고 있다.[3] 그러므로 백거이 문학의 고려 전래에 관한 문헌 기록으로는 宣宗 2년(1085년)에 宋朝로부터 『문원영화』를 들여왔다는 것이 최초의 것이다. 고려문인은 바로 『문원영화』를 통하여 많은 白詩를 접했을 것이라고 추정된다.

백거이 別集이 언제 전래되었는가에 관한 문헌 기록도 현존하지 않는다. 다만 高宗 연간(1214-1259) 翰林諸儒들이 지었다는 장편의 경기체가 「翰林別曲」에 의하면 당시 고려에는 韓愈·柳宗元·李白·杜甫의 시문집은 물론 백거이 문집이 보급되어 상당히 애독되었음을 알수 있다.[4] 이외에도 李奎報(1168-1241)의 『東國李相國集』 후집권1에 「書白樂天集後」라는 제목의 글이 수록되어 있고, 「次韻和白樂天病中十五首」의 서문에 "백낙천 후집에 실린 노경에 지은 시들을 보니 대부분이 병중에 지은 것이고 음주 또한 그러했다."[5]라고 하였다. 崔滋(1188-1260)의 『補閑集』에도 동시대인 安淳之가 "내가 요즘 낙천집을 구해 읽어보니 자유롭고 여유가 있어 조탁한 흔적이 없다."[6]고 했다는 기록이 있다. 이러한 자료를 근거로 하면 당시 고려문단에서 백거이 별집이 읽혀졌다는 것은 분명한 사실이다. 따라서 현존하는 문헌자료상으로 백거이 시는 11세기말 『문원영화』의 수입으로부터 대량 전래되었으며 그의 문집은 늦어도 12세기말·13세기초 이전에 이미 전래되어 널리 전파되고 있었던 것으로 보인다.

---

3 花房英樹 『白氏文集の批判的研究』(東京, 彙文堂書店, 1960년), 「총집소수작품표」 참고.

4 「翰林別曲」 제2장: "唐漢書, 莊老子, 韓柳文集, 李杜集, 蘭臺集, 白樂天集, 毛詩尙書, 周易春秋, 周戴禮記云云, 太平廣記, 四百餘卷, 偉歷覽景何如."

5 이규보 「次韻和白樂天病中十五首」 序: "及見白樂天後集之老境所著, 則多是病中所作, 飮酒亦然."(『동국이상국집』 후집권2)

6 최자 『보한집』 권중: "余近得樂天集閱之, 縱橫和裕, 而無鍛鍊之迹."

시부 능력을 인재선발 기준으로 하는 과거제가 실시되자 고려문인의 學詩는 문학 수양과 출사를 위해 필수불가결한 과정이 되었다. 그러나 이 같은 과정이 한자 습득과 중국문학으로부터 출발하고 있다는 점을 감안하면 고려문인에게 학시 대상으로 존중받았던 중국문인과 그들에 대한 숭상 풍조가 어떠했는가라는 점을 통해 고려 문단에서의 백거이 위상을 살펴보는 것도 의미가 있다. 비록 백거이 문학이 고려시대에 대량으로 전래되어 문인들에게 애독되고 또 그들의 작품 속에 여러 방식으로 수용되었지만 한중비교문학사에서 이백·두보·도연명·소동파 등의 중국문인과 어떠한 차이가 있는지도 흥미로운 과제이기 때문이다.

李仁老(1152-1220)는 "시경 이후로 시인들은 모두 두보를 추앙하여 獨步라고 하였다."[7]고 하였고, 최자도 "시를 말하면서 杜詩를 언급하지 않는다는 것은 儒者를 말하면서 공자를 언급하지 않는 것과 같다."[8]고 평가했으니 송시가 성행하던 중기·말기의 고려문인에게도 두보는 시성으로 추앙해야 할 대상이었다.

시를 배우는 사람은 율시와 절구에 있어서는 두보를 본받고 樂章에 있어서는 이백을 본받고 고시에 있어서는 한유와 소식을 본받아야 한다. 文은 각 문체가 한유의 글에 다 갖추어져 있으므로 숙독하여 깊이 생각하면 그 체요를 가히 얻을 수 있다.

學詩者對律句體子美, 樂章體太白, 古詩體韓蘇, 若文辭則各體皆備於韓文, 熟

---

7 최자 『보한집』 권중: "自雅缺風亡, 詩人皆推杜子美爲獨步."
8 최자 『보한집』 권하: "言詩不及杜, 如言儒不及夫子."

讀深思, 可得其體.

(『보한집』 권상)

文安公이 항상 말하기를 "무릇 시문을 지을 때 故事를 인용함에 있어 文은 六經과 三史에서 인용하고 詩는 『문선』· 이백 · 두보 · 한유 · 유종원의 시에서 인용해야지 그 외 다른 작가의 문장을 인용하는 것은 마땅하지 않다."라고 했다.

文安公常言, "凡爲制作引用故事, 於文則六經三史, 詩則文選李杜韓柳, 此外諸家文集, 不宜據引爲用."

(『보한집』 권중)

상기한 최자와 문안공 兪升旦(1168-1232)의 의견에 의하면 당시 고려문인은 두보 외에도 이백 · 한유 · 유종원 · 소식 등을 학시 대상으로 삼았음을 알 수 있다. 그중에서도 특히 소식은 고려 중엽 송시가 성행한 이후로 고려 문단을 풍미한 대시인으로 존숭되었다. 초기에는 두보를 숭상했던 이인로도 "문을 닫고서 소식 · 황정견의 시집을 읽은 뒤에 시어가 더욱 굳세어지고 운이 더욱 조화롭게 되어 작시삼매의 경지를 얻을 수 있었다."[9]고 하였고, 또 그의 『파한집』에서는 시구의 조탁이 두보에 손색이 없을 정도로 뛰어나다[10]며 소식을 높이 평가했다. 당시 고려문인 사이에서는 이러한 평가를 뒷받침하고도 남을 만큼 소동파의 시가 성행하였다. 李奎報(1168-1241)의 「答全履之論文

---

9 최자 『보한집』 권중: "李學士眉叟曰, 杜門讀蘇黃兩集, 然後語遒然, 音鏘然, 得作詩三昧."
10 이인로 『파한집』 권상: "琢句之法, 唯少陵獨盡其妙.……及至蘇黃, 則使事益精, 逸氣橫出, 琢句之妙, 可以與少陵並駕."

書」에서는 당시 소식 숭상의 풍조에 관하여 다음과 같이 기록하고 있다.

> 지금 세상의 학인들이 처음에는 과거준비용 문장을 익히느라고 풍월에 종사할 겨를이 없습니다. 과거에 급제하고 나면 시를 배우는데 유난히 동파시를 읽기 좋아합니다. 그래서 매년 과거의 방이 나온 뒤에는 사람들이 모두 올해도 또 30명의 동파가 나왔다라고 생각합니다.
>
> 世之學者, 初習場屋科舉之文, 不暇事風月, 及得科第, 然後方學爲詩, 則尤嗜讀東坡詩, 故每歲榜出之後, 人人以爲今年又三十東坡出矣.
>
> (『동국이상국집』 전집권26)

과거 준비로 시학 공부에 겨를이 없던 신진 사인들은 과거에 합격하고 나면 바로 동파집을 읽고서 동파를 배우려고 애를 썼다. 이로 인해 30명의 과거 합격자가 배출되면 세상 사람들이 "올해도 30명의 동파가 나왔구나"라고 할 정도로 소식의 시는 고려문인에게 학시 대상으로 숭상받았던 것이다. 당시의 문사들이 소식의 시를 숭상하고 배우고자 애쓰는 이유에 대해 최자는 이렇게 말하고 있다.

> 근세에 동파를 숭상하는 것은 대개 그 氣韻이 호매하고 의미가 깊고 언어가 풍부하며 고사의 인용이 해박한 것을 좋아하여 그 체요를 본받고자 바라기 때문이다.
>
> 近世尙東坡, 蓋愛其氣韻豪邁, 意深言富, 用事恢博, 庶幾效得其體也.
>
> (『보한집』 권중)

지금까지 살펴보았듯이 고려문인에게 학시 전범으로서 숭상받은 중국문인은 두보와 소식이 으뜸이고 이외에도 이백·한유·유종원·황정견 등이 중요시되었다. 특히 소식은 고려 일대를 통틀어 가장 많은 애호를 받고 영향을 끼친 중국문인이었다.

고려문단에서의 백거이는 두보와 소식처럼 학시 대상으로 문인들의 숭상을 받은 것은 아니었다. 이것은 '平易'와 '俚俗'을 일대 특색으로 하는 백시가 고려문인에게 학시 전범으로 삼을 만큼의 가치를 인정받지 못하였음을 의미한다. 그러나 백거이의 시문학이 비록 학시 대상으로 존숭되거나 일대를 풍미할 만큼 성행하지는 않았지만 고려문인에 의해 꾸준히 애독되고 또한 그들의 작품 속에 적지 않게 수용되었다는 것은 부인할 수 없는 사실이다.

2. "天涯流落老潯陽"–전기·일화의 시화

11세기말 『문원영화』의 수입으로부터 대량 전래되었다고 추정되는 백시는 고려문인에게 상당히 애독되었던 것으로 보인다. 고려문인에 의한 백거이의 수용양상 중에서 가장 먼저 눈에 띄는 것은 백거이의 전기 사실과 일화의 詩化로서, 고려문인의 백거이 수용 여부를 명확히 파악할 수 있는 부분이다. 백거이 전기에 관한 고려문인의 지식이 때로는 백시 자체를 통한 것이라고 한다면 전기 사실에 대한 시적 수용은 백시 수용의 한 형태로도 볼 수 있을 것이다.

당대에는 蓄妓의 풍조가 성행했다. 만년의 백거이도 노래에 뛰어났다는 樊素와 춤을 잘 추었다는 小蠻이란 家妓를 두었다. 이러한 전기 사실이 고려문인의 작품에 소재로서 등장하고 있다. 우선 이규보의 「六月七日訪朴學士仁著家以詩嘲深縮不出遊」를 예로 든다.

故人家宅合相過,	친구 집은 서로서로 들러야 마땅하거늘
何事深藏似縮蛙.	무슨 일로 움추린 개구리처럼 숨어 지내나.
應有小蠻樊素在,	틀림없이 소만과 번소를 집에 두고서
朝昏貪聽柳枝歌.	아침 저녁 유지가를 탐내어 듣는 것이리.

(『동국이상국집』 후집권4)

백거이의 가기 번소와 소만, 특히 번소가 「楊柳枝詞」를 잘 불렀다는 사실을 소재로 우인 朴仁著가 집에 가기를 두고 친구들과 잘 왕래하지 않음을 풍자하고 있다. 金富軾(1075-1151)의 「菊花」에도 백거이의 가기 번소가 등장하고 있다.

一夜秋風萬樹空,	하룻밤 가을 바람에 나무들 앙상한데
菊花纔發兩三叢.	국화꽃 두세 떨기는 이제 막 피어났네.
樊素無情逐春去,	번소는 무정하게 봄을 따라 떠나갔지만
朝雲獨自伴蘇公.	조운은 저 혼자서 소공과 짝이 되었네.

(『보한집』 권중)

백거이는 開成 4년(839) 68세 때에 그의 가기들을 모두 놓아 보냈다. 이러한 전기 사실은 이규보도 "다만 내게 없는 것은 번소와 소만인데 이 두 명의 가기 역시 백낙천이 68세 되던 해에 놓아 보내 주었다."[11]고 했듯이 고려문인에게 숙지되고 있었던 것이다. 번소가 백거이를 떠나간 사실은 소식이 남쪽으로 귀양갈 때 그의 애첩 朝雲이 따

---

11 이규보 「次韻和白樂天病中十五首幷序」: "但所欠者, 樊素小蠻耳. 然二妾亦於公年六十八, 皆見放."(『동국이상국집』 후집권2)

라 간 사실과 대비되어 김부식 시의 소재로 운용되었다. 백거이를 떠나간 번소는 가을 바람에 앙상해진 나무에 비유한 반면 소식을 떠나지 않은 조운의 절개는 가을 바람에도 아랑곳하지 않고 꿋꿋이 피어난 국화에 비유했다. 전기 사실이 자연스럽게 시화되고 있음을 알 수있다.

이외에도 여말 李齊賢(1288-1367)의「菊齋權文正公挽詞」(『익재난고』권4)에서는 시서만을 가까이하고 애첩을 두지 않은 權菊齋의 생활을 "시서는 집에 가득해도 번소는 없네(詩書滿屋無樊素)."라고 노래했고 이규보의「次韻李學士百全見和前篇」제2수(『동국이상국집』후집권2)에서는 "가첩을 부르려면 번소 같아야 하네.(要呼歌妾如樊素)"라고 노래하고있으니, 백거이의 가기 번소는 고려문인의 작품 속에서 애첩의 대명사로 수용되고 있다고 해도 과언이 아니다.

이인로와 함께 竹林高會의 일원이었던 林椿(생졸년 미상)의 작품 중에는 李賀 · 賀知章 · 李白과 함께 백거이에 얽힌 일화가 시의 소재로활용된 것도 있다.

先生蕭灑出塵埃,	선생께서 호젓하게 속세를 떠나시니
忽歎風前玉樹摧.	슬프구나 玉樹같은 그 모습 꺾이셨네.
上帝已敎長吉去,	玉皇께선 이하를 떠나게 하시었고
海山曾待樂天來.	海山에선 백거이가 오기를 기다렸지.
當年翰墨爲人寶,	세인들이 선생의 시문 보배로 여기나니
高世聲名造物猜.	조물주가 높은 명성 시기를 함이런가.
從此四明無賀監,	이제는 사명산의 하지장 가고 없으니

誰能知我謫仙才.　　　그 누가 謫仙같은 내 재주 알아주리오.[12]

(『동문선』권13)

「追悼鄭學士」라는 제목으로 鄭敍의 죽음을 추도한 시이다. 이하는
옥황상제가 白玉樓의 記를 짓기 위해 데려 갔다는 일화가 있고,[13] 백
거이는 어떤 사람이 풍랑을 만나 바다에서 표류하다가 海山 깊은 곳
에 들어갔더니 신선이 사는 곳에 '樂天院'이란 집을 비워 두고 백거이
가 죽으면 이곳에 올 것이라고 했다는 고사가 있다.[14] 이 시에서는 鄭
學士의 시재가 당대의 이하나 백거이와 다름없이 뛰어난데, 옥황이
이하를 데려가고 海山에서 백거이가 오기만을 기다렸듯이 조물주가
그의 시재를 시기하여 정학사를 데려간 것이라며 그의 죽음을 애도하
고 있다.

吾學空門非學仙,　　　나는 불법을 배우고 신선을 배우지 아니하니
恐君此說是虛傳.　　　아마도 그대의 이 말은 헛된 것일세.
海山不是吾歸處,　　　海山은 내가 돌아갈 곳이 아니고
歸即應歸兜率天.　　　내가 간다면 마땅히 兜率天으로 갈 것일세.

(『백거이집전교』권36)

12　임춘의 『서하집』 권2에는 四明은 匡廬, 知는 呼로 되어 있으나 여기서는 서거정의 『동문
　　선』을 따른다.

13　이상은 「李賀小傳」: "長吉將死時, 忽晝見一緋衣人…… 緋衣人笑曰 : 帝成白玉樓, 立
　　召君爲記. 天上差樂, 不苦也."(『李商隱文編年校注』 제4책, 2265쪽)

14　『太平廣記』 권48에 보인다. 백거이의 「客有說」에도 "近有人從海上廻, 海山深處見樓
　　臺. 中有仙龕虛一室, 多傳此待樂天來."(『백거이집전교』 권36)라고 했다.

백거이는 만년에 들어 불교에 더욱 심취했다. 신선이 사는 海山에 집을 비워놓고 자기를 기다린다는 말을 듣고「答客說」을 지어 이렇게 노래했다. 불법에 독실한 자신이 죽으면 欲界六天의 第四天으로 미륵보살이 살고 있다는 兜率天으로 돌아갈 것이라고 했다. 해산과 도솔천에 얽힌 백거이의 일화는 고려문인의 작품에 전고로 자주 활용되고 있다. 임춘의「次韻崔相國惟淸留題四絶」제1수를 예로 든다.

當年古寺覓餘春,	어느 해 늦은 봄에 古寺를 찾았더니
唯有能詩白舍人.	오로지 시에 능한 백거이뿐이네.
兜率海山何處去,	도솔과 해산 중 어느 곳으로 떠났는지
姓名空掛壁間塵.	이름만 헛되이 흙먼지 벽에 걸려 있네.

(『서하집』 권3)

고인은 이미 세상을 떠나고 낡은 불사의 벽에 그 이름만 남아 있는 것에 대한 감회와 무상감을 노래하고 있다. 고인을 백거이에 비유하고 도솔천과 해산에 관한 일화를 원용했다. 고인도 백거이 자신이 말한 대로 도솔천으로 갔는지 혹은 신선들이 기다리는 해산으로 갔는지 모르지만 이미 세상을 떠나 헛된 詩名만 남기고 있을 뿐이라는 감회를 반영하고 있다.

居易須歸兜率界,	낙천은 분명히 도솔천 돌아갔으며
嵇康不是洞天仙.	혜강은 洞天의 신선이 아니었다네.
羨他明日靑山路,	언젠가 청산이 부러운 때가 되면
竹杖芒鞋去浩然.	죽장에 짚신 신고 호연히 떠나려네.

(『서하집』 권2)

임춘의 「次韻贈李上人覺天」이다. 이 시에서도 만년에 불가에 귀의한 백거이가 죽어 해산이 아닌 도솔천으로 갈 것이라고 한 전고를 원용하며 자신도 백거이처럼 불가에 귀의할 뜻이 있음을 승려 각천에게 밝히고 있다.

백거이는 만년에 들어 酒·琴·詩를 벗 삼아 소요자적했다. 開成 3년(838) 67세에 「醉吟先生傳」을 지어 자호를 취음선생이라 했다. 會昌 4년(844) 73세 때에는 낙양 龍門潭 남쪽의 八節灘에 돌이 많고 험하여 지나는 배들이 잘 파손되자 사재를 들여 팔절탄을 개수하였다.[15] 이 일은 불문에 귀의했음을 자처한 백거이가 대중과 후세들에게 자비를 베푼 선업으로 전해지고 있다. 고려 최초의 시화집인 『破閑集』의 저자 이인로는 「崔太尉雙明亭」 시에서 다음과 같이 노래했다.

醉吟先生醉龍門,	취음선생 백낙천은 龍門에서 취해
八節灘流手自鑿.	팔절탄의 흐르는 물 스스로 파내었지.
六一居士居穎川,	육일거사 구양수는 穎川에 거하면서
著書詑琴自書樂.	글쓰고 거문고 타며 스스로 즐겼다네.

(『동문선』 권6)

崔太尉(崔謹)는 그의 齋室名을 雙明齋라 했고 雙明亭은 바로 최당을 중심으로 한 九人耆老會의 본거지이다. 쌍명정의 풍광과 기로회의 모임을 찬미한 이 시에서는 구양수의 전고와 함께 팔절탄에 관한 백

---

15 백거이 「開龍門八節灘詩二首幷序」; "東都龍門潭之南, 有八節灘·九峭石, 船筏過此, 例反破傷. 舟人檝師, 推挽束縛. 大寒之月, 躶跣水中, 飢凍有聲, 聞於終夜. 予嘗有願, 力及則救之. 會昌四年, 有悲智僧道遇, 適同發心, 經營開鑿, 貧者出力, 仁者施財." (『백거이집전교』 권37)

거이의 전기 사실을 소재로 등장시켰다. 쌍명정에서 소요자적하는 최당의 仙的 생활이 백거이와 구양수의 은일자적한 만년 생활보다 못할 게 없음을 노래한 것이다.

이외에도 이인로의 「白樂天眞呈崔太尉」는 34구로 이루어진 장편의 칠언고시이다.[16] 백거이의 화상[17]을 최태위에게 바치며 지은 것이니만큼, 백거이 전기에 관한 여러 고사가 시의 중심 소재로서 사용되고 있어 백거이의 전기 사실과 일화를 집대성한 작품이라고 할 수 있다.

元和 10년(815) 44세 때 백거이는 강주사마로 좌천되었다. 다음 해 심양강변에서 손님을 송별하던 중 비파 타는 한 여인의 불우한 신세담을 들었다. 백거이는 영락한 비파녀의 신세로부터 머나먼 곳으로 폄적되어 온 자신의 초라한 모습을 연상했다. 그리고 「琵琶行」을 지어 비파녀에 대한 동정과 폄적생활의 쓸쓸함을 노래했다. 이 같은 전기 사실과 「비파행」의 내용은 고려문인의 여러 작품 속에 투영되어 나타난다. 임춘의 「次韻金蘊珪題觀音院」 시를 예로 든다.

郡樓登眺遠蒼茫,　　　　누각 올라 아득한 곳 저멀리 바라보니

---

16 이인로 「白樂天眞呈崔太尉」: "唐文渾渾世莫及, 三變終爲一王法. 韓公逸氣吞荀楊, 詭然虎鳳謝羈縶. 柳州柳子亦精敏, 倣雅依騷多綴緝. 二公於文俱有功, 唯韓直節千仞立. 是時元白亦齊驅, 金春玉應工篇什. 花坊酒肆競吟諷, 馬走牛童盡收拾. 雷轟雖負一時譽, 正如韓柳不同級. 瓜上青蠅何處來, 慙顏奚啻十重甲. 唯公逸氣獨軒軒, 雪山一朶雲間揷. 草堂曾占香爐峰, 穿雲欲把琴書入. 白頭遍賞洛陽春, 遇酒便作鯨鯢吸. 海山兜率安足歸, 宰樹煙昏唯馬鬣. 玉皇特賜醉吟號, 一片翠石蛟蛇蟄. 問時何人拂袖歸, 八折灘頭手一執. 千年遺像若生年, 瓊樹森然映眉睫. 遠慕相如有長卿, 欲比荀鶴聞杜鵑. 我非昔日黃居難, 只期方寸與公合."(『동문선』 권6)

17 이제현의 『익재난고』 권9 「眞贊」조에 「白樂天眞贊」이 실려 있는 점으로 보면 고려 말엽 당시에 이미 백거이의 화상이 전래되어 있었던 것으로 보인다.

戀國情深淚數行.	서울 그린 깊은 정에 몇줄기 눈물이라.
誰識多情白司馬,	그 누가 알았으랴 정도 많은 백사마가
天涯流落老潯陽.	천애에 유배되어 심양에서 늙을 줄을.

(『서하집』권2)

  무신정권에 의해 탄압받았던 임춘은 오랜 세월 타향을 유락하며 중앙사회로부터 소외당했다. 懷才不遇한 자신의 신세를 강주로 좌천된 백거이의 쓸쓸한 謫居 생활에 비유하고 있다. 이 작품은 「비파행」의 특정한 창작 배경이나 시의를 그의 작품 소재로 원용하고 있다. 특히 마지막 2구는 작가가 「비파행」의 내용을 소화한 후 그 시의를 2구로 집약하여 자기 작품의 주제를 표현하는 보조수단으로 삼고 있다. 이러한 예는 임춘의 「諸公餞皇甫若水赴中原書記僕以病不往作詩寄之」라는 긴 제목의 시에도 보인다. 그 중에서 일부분만을 인용해 본다.

詩人自古多羈困,	시인들은 자고이래 대개는 곤고하여
倒着靑衫佐州鎭.	청삼 옷을 걸쳐입고 지방의 관리됐지.
君不見,	그대 보지 못했는가
太原居易位尙卑,	태원 고을 백거이는 말직에 머무르다
白頭始得河南尹.	흰머리가 되어서야 하남윤 되었다네.
……	……
送君江頭泣更多,	그대 보내는 강변에 흐느낌 많아지니
恐君更續琵琶引.	그대 아마 또다시 비파행 지어서리.

(『서하집』권3)

이 작품은 작가와 함께 海左七賢의 일인이었던 皇甫抗이 中原(충주의 옛 지명)으로 좌천되어 갈 때 임춘이 신병으로 송별연에 참석하지 못하는 대신 보낸 증별시이다. 우인의 불우한 처지에 대한 위로와 자신의 別離之情을 노래했다. 우선 제1구에서 "詩人自古多羈困"이라 하며 자고로 많은 시인들이 곤궁과 기려의 생활을 지냈음을 상기시키고 있다. 그 일례로 백거이를 등장시켰다. 관적이 太原인 관계로 자칭 혹은 타칭 '太原白居易'라 불려지는 백거이가 太和 5년(831) 60세 노년에 하남윤으로 부임한 전기 사실을 소재로 삼은 것이다. 그리고 석별의 정을 노래한 마지막 2구는 백거이가 「비파행」을 짓게 된 배경, 그리고 당시의 정경 및 작품의 내용을 2구로 응축하여 시화함으로써 주제 표현에 함축적인 효과를 거두고 있다.

　「비파행」에 대한 고려문인의 수용은 시화집 『櫟翁稗說』의 저자 이제현의 「聽初生彈琵琶」시에서도 확인된다. 22구의 칠언고시인 이 작품은 初生이라는 老妓가 연주하는 비파 소리를 듣고 그녀의 내력과 신세 및 비파 연주의 정황을 노래한 것이다. 여기서는 마지막 6구만을 인용한다.

輕攏慢撚意難盡,	지긋슬쩍 쓰다 듬고 눌러도 뜻 다못해
倚絃低唱一再行.	줄 고르며 나즈막히 한번 더 노래한다.
聽之怳如煙霧墮,	듣노라니 황홀하여 봄안개 서리는 듯
遮莫四座譏老我.	늙은이라 비웃어도 아랑곳하지 않네.
作詩欲代錦纏頭,	시를 지어 비단 전두 대신하려 하나니
但愧江州白司馬.	강주사마 낙천에게 부끄러울 뿐이라.

(『익재난고』 권4)

이 시는 우선 제목에서부터 백거이의 「비파행」을 연상시킨다. 칠언 고시라는 시체가 동일하고 비파녀에 대한 서술 내용에 유사한 점이 많다. 비파 연주의 指法을 의미하는 "輕攏慢撚"이란 표현은 백거이 「비파행」의 "輕攏慢撚抹復挑"라는 구절에서 그대로 차용한 것이다. "경롱만연"은 당대 이전은 물론 「비파행」을 제외하면 唐詩에서 발견되지 않는 시어이기 때문이다. 이것만으로도 이제현의 「聽初生彈琵琶」 시가 백거이 「비파행」의 영향을 받은 작품임을 알 수 있다.

이러한 점은 마지막 2구 "作詩欲代錦纏頭, 但愧江州白司馬."에서 더욱 확실해진다. '纏頭'란 가무를 공연한 사람에게 내리는 하사품이다. 백거이가 비파녀를 위해 「비파행」을 지었듯이 자신도 이 시를 지어 전두를 대신하려 하지만 강주사마 백거이에게 부끄러움을 느낀다고 했다. 백거이의 전기 사실과 「비파행」이 시의 소재로 활용되었다는 수용 양상으로만이 아니라, 이제현이 이 시를 지으며 백거이의 「비파행」을 철저히 의식하고 있었다는 점에서도 이 작품이 백거이로부터 지대한 영향을 받았음을 알 수 있다.

이규보의 「聞官妓彈琵琶」 시에서도 관기의 비파 연주를 듣고 그 애절함을 노래하며 "湓浦의 배에서 듣는 것보다 처절하다(切於湓浦船 中聽)."(『동국이상국집』 전집권6)고 했다. 백거이 「비파행」과 관련 고사를 효율적으로 운용하고 있다. 이것은 고려문인이 백거이와 그의 작품을 얼마나 다양하게 수용하고 있는가를 보여 주는 좋은 작례이다.

백거이는 만년에 香山寺의 승려 如滿을 空門友, 韋楚를 山水友, 劉禹錫을 詩友, 皇甫朗之를 酒友로 삼고 이 四友와 더불어 소요와 자적의 생활을 지냈다.[18] 이인로의 「贈四友倣樂天」4수는 林椿·趙

---

18 백거이 「醉吟先生傳」: "與嵩山僧如滿爲空門友, 平泉客韋楚爲山水友, 彭城劉夢得爲

通·吳世材·李湛之·皇甫抗·咸淳 등과 함께 해좌칠현의 일인으로서 시주와 산수를 즐겼던 작가가 해좌칠현 중 임춘·조통·이담지 등의 3인과 宗聆에게 서증한 연작시이다. 각 작품 말구에 각각 "右詩友林耆之"·"右山水友趙亦樂"·"右酒友李湛之"·"右空門友宗聆"(『동문선』 권4)이라는 자주를 달아 제1수는 임춘을 시우로, 제2수는 조통을 산수우로, 제3수는 이담지를 주우로, 제4수는 종령을 공문우로 삼아 서증한 것임을 분명히 했다.

따라서 이 작품은 시제에서도 알 수 있듯이 空門友·山水友·詩友·酒友 등 사우를 두었던 백거이를 본받은 것이다. 백거이의 전기 사실이 직접 창작 동기로까지 작용함으로써 명확한 수용 관계를 보여준다. 또 "누가 알았으랴 호탕한 狂客이 이곳에 와 기개높은 九老翁을 대할 줄을."[19]이라고 한 이규보의 시구는 백거이가 노년에 8명의 친구들과 낙양에서 결성한 九老會에 관한 전기 사실이 전고로 사용된 것이다. 고려문인이 백거이 전기에 관해 광범위한 지식을 갖고 있으며 또 자신들의 작품에 다양한 방법으로 소재화·시화하여 백거이를 투영하고 있음을 보여주는 대표적 작품이다.

이러한 전기 사실과 일화의 시적 수용은 수용 대상을 그들의 작품 속에 용해시켜 시의에 적합하게 새로이 환생시킨다는 의미에서 매우 창조적인 수용 양상이라 할 수 있다. 이처럼 用事라는 수사기교를 통한 수용 양상은 전기 사실과 일화가 고려문인에 의해 창작의 직접 동기로 작용하기도 한다. 혹은 시의 소재로서 혹은 시의 전달의 보조수

詩友, 安定皇甫朗之爲酒友. 每一相見, 欣然忘歸."(『백거이집전교』 권70)

19 이규보「李學士新作溫房十月九日會洞中諸老落成予亦參赴及酒酣於席上賦詩一首
兼呈坐客」: "誰知疏散一狂客, 來對昂藏九老翁."(『동국이상국집』 후집권5)

단으로서 적절히 활용되고 있다는 점에서 수용 관계는 물론 변용 정도를 확인할 수 있는 가장 직접적인 자료로서 가치가 있다.

3. "秋雨梧桐葉落時"-"雜集古句"의 유희

전대 문인의 시에 대한 대표적 수용 양상 중의 하나는 기존 시구를 응용하거나 혹은 그대로 차용하는 것이다. 전자의 경우 변용의 정도에 따라 판별이 쉽지 않을 수도 있다. 이에 고려문인은 종종 자신의 일부 시어 혹은 시구가 백거이 시에서 유래했음을 自注 기재의 방식으로 밝히기도 하였다. 이 방면에서 대표적인 문인은 이규보이다.

이규보의 「戲贈美人」(『동국이상국집』 전집권5)의 "時世粧成紅不暈"구에는 "時世粧斜紅不暈"이라는 자주를 기재하여 백거이의 "斜紅不暈赭面狀"[20]구로부터 온 것임을 밝혔고, 「次韻諸君所賦山呼亭牡丹幷序」 제7수(『동국이상국집』 후집권3)의 "千紅羞澀定隈欄"구는 "樂天詩, 蕙慘隅欄避"라는 자주로 백거이의 "蕙慘偎欄避"[21]구와 관련이 있음을 밝히고 있다. 또한 「薔薇」(『동국이상국집』 후집권3)의 "莫因帶刺爲花累, 意欲防人取次攀"구는 백거이 「題山石榴花」(『백거이집전교』 권16)의 표현을 변용한 것임을 "樂天云, 薔薇帶刺攀應懶"라는 자주로 밝히고 있다.

---

20 백거이 「時世妝」: "時世妝, 時世妝, 出自城中傳四方. 時世流行無遠近, 顋不施朱面無粉.……圓鬟無鬢椎髻樣, 斜紅不暈赭面狀."(『백거이집전교』 권4)

21 백거이 「裴常侍以題薔薇架十八韻見示因廣爲三十韻以和之」: "託質依高架, 攢花對小堂. 晚開春去後, 獨秀院中央.……蕙慘偎欄避, 蓮羞映浦藏. 怯教蕉葉戰, 妬得柳花狂."(『백거이집전교』 권31)

이규보의 「走筆次韻河郎中見和」 제2수(『동국이상국집』 후집권8) "曆上年周第八秩"구 아래에는 "樂天詩云, 年開第八秩. 其自注云, 時俗謂七十已上爲開第八秩."이라는 자주가 기재되어 있다. 이것은 백거이 「喜老自嘲」(『백거이집전교』 권37)의 시구와 자주를 인용하여 시어에 대한 이해를 돕고자 한 것이다. 이러한 작례는 백시에 대한 이규보의 소양과 지식이 얼마나 깊었는가를 보여준다.

고려시대에 백거이 시구에 대한 가장 적극적이고 명확한 수용은 바로 시구를 그대로 차용하는 集句 방식에 의해 이루어진다. 집구시는 전대 문인의 시구를 모아 완성한 한 편의 새로운 시를 말한다. 晉·傅咸이 경전의 구절을 모아 완성한 集經詩가 집구시의 효시가 되었다. 宋·元代에 이르러 石延年·王安石·文天祥 등에 의해 지어졌으며, 明·徐師曾이 집구시를 하나의 독립된 시체로 설정했다.[22]

집구시로 유명한 고려문인으로는 明宗 연간(1170-1197)에 國子祭酒를 지낸 林惟正(생졸년 미상)이 있다. 현존 문헌에 의하면 임유정은 집구시 작가로 알려진 최초의 시인이다. 그의 집구시집인 『百家衣集』3권에 280여 수의 집구시가 수록되어 있었으나[23] 『백가의집』은 현존하지 않는다.

임유정의 현존 집구시는 서거정의 『동문선』에 오언시 11수, 칠언시 35수로 총 46수 342구가 수록되어 있다. 그 중에서 백거이의 시구가 27구로 가장 많이 차용되었고 그 다음으로 歐陽修 21구, 蘇軾 13구,

---

22 徐師曾「集句詩」: "按集句詩者, 雜集古句, 以成詩也."(『文體明辨』 권16)
23 南秀文「百家衣跋」: "高麗祭酒林先生, 百家衣集三卷, 五七言總二百八十餘首, 所集無慮數."(『동문선』 권103)

杜甫·孫何 각 10구, 王安石 8구, 杜牧 7구, 李白 6구, 韓愈 5구, 王維·黃庭堅 각 3구 등 총 100여 명이 넘는 시인들의 시구가 사용되었다. 임유정의 집구시 중 칠언율시「題海門禪院」·「秋日有作」에는 백거이 시구가 각각 3구씩 사용되었다. 우선「제해문선원」을 예로 든다.

雲埋水隔無人處,[樂天]　　물을 건너 구름속 사람 하나 없는 곳에

杖策多從物外僧,[蔡肇]　　막대 짚고 속세 떠난 스님을 종종 찾네.

樹影悠悠花悄悄,[曹唐]　　그윽한 나무 그늘 꽃 사뿐히 피어있고

海山鬱鬱石稜稜,[樂天]　　울창한 바다 산속 바위들은 울퉁불퉁.

梧桐葉上三更雨,[魏野]　　깊은 밤 오동잎 위로 빗방울 떨어지고

蘆荻花中一點燈,[樂天]　　갈대꽃 우거진 속에 한점 등이 보이누나.

自愧國恩終莫報,[永叔]　　부끄럽다 나라 은혜 결국 갚지 못하고

未能衣鉢繼南能,[郭震]　　남종 혜능 의발마저 이을 수가 없었네.

(『동문선』 권13)

제1구 "雲埋水隔無人處"는 백거이의「木蓮樹生巴峽山谷間因題三絶句云」제1수(『백거이집전교』권18), 제4구 "海山鬱鬱石稜稜"은「酬微之開拆新樓初畢相報末聯見戲之作」(『백거이집전교』권24), 제6구 "蘆荻花中一點燈"은「浦中夜泊」(『백거이집전교』권15)에서 차용한 것으로 다른 3구와 어울려 한적한 산사의 풍광과 생활을 묘사하여 원작의 시경과는 다른 자신의 시세계를 표현하고 있다.

또「秋日有作」(『동문선』권13)의 제2구 "秋雨梧桐葉落時(가을비에 오동잎 떨어질 때)"는「長恨歌」(『백거이집전교』권12), 제5구 "人間禍福愚難料(인간의 화복은 어리석어 예측하기 어렵네)"는「戊甲歲暮詠懷三首」제3수(『백거이집전교』권27), 제7구 "坐久欲醒還酩酊(이윽고 술 깨려다 또다시 대취하

네)"은 백거이의 「夜宴醉後留獻裴侍中」(『백거이집전교』 권32)에서 각각 집구한 것이다. 백거이 시에서 집구한 27구의 출처는 거의 백거이 문집의 『後集』에 수록된 것이거나 그의 창작 후기에 지어진 율시이다.

百年三萬六千日.[李 白]	일백년은 삼만하고 육천일이라 하나
三萬六千能幾何.[敏 若]	삼만육천 날이라도 그 얼마 되겠는가.
談笑勝愁歌勝哭.[樂 天]	담소하고 노래함이 시름과 통곡보다 나으리니
不妨談笑助淸歌.[李師中]	노래 부르고 담소하며 사는 것이 좋으리라.

(『동문선』 권20)

「敍情」이라는 제목의 칠언절구이다. 인생은 길어야 백년인데 삼만 육천일이라 해도 잠깐일 뿐이라고 했다. 이렇게 무상한 인생을 담소와 노래로 즐기며 지내야 한다는 것이다. 제3구 "談笑勝愁歌勝哭"은 백거이의 칠언절구 「勸行樂」 제3구(『백거이집전교』 권28)를 차용한 것이다.[24] 인생의 須臾를 읊은 제1·2구의 시적 분위기를 전환하여 덧없는 인생을 담소와 노래로 즐겨야 한다는 결론을 도출하는 데 활용되고 있다. 다른 3인의 시구와 어울려 기승전결의 조화를 이루며 주제 표현에 일익을 담당하고 있다.

여러 시인의 작품에서 시구를 차용하여 완성되는 집구시는 때로는 정확한 시의의 표현과 진실성이 결여된 하나의 유희로서 예술적 가치를 부여하기 어렵다고 할 수도 있다. 그러나 고금의 여러 시인 작품에 대한 깊은 이해와 소양이 있어야만 집구가 가능하다는 점에서 비교문

---

24 현존하는 주요 제판본, 즉 남송 소흥본·명 마원조본·나파도원본·왕립명본·전당시본 등에는 "歡笑勝愁歌勝哭"으로 되어 있다.

학적인 차원에서는 수용 양상을 규명하는 데 중요한 자료이다.

4. "樂天曾唱吾追和"–시공초월의 문학교류

다른 작가의 시운을 차용하여 시를 짓는 화운 방식 또한 고려문인에 의해 널리 사용되던 작시 방법이었다. 특히 이러한 면에서 고려문인의 백거이 수용을 고찰함에 있어 빼놓을 수 없는 문인은 바로 이규보이다.

이규보는 한국 역대문인 중에서 백거이의 생활과 문학에 가장 많은 영향을 받은 문인이라고 할 수 있다. "늘그막에 시름 잊고 마음 편히 살자니 백낙천을 나의 스승 삼을 만도 하노라."[25]라고 했던 것이나 "어떻게 때묻은 속된 마음 털어낼까, 백낙천의 시가 내 손에 들려 있네."[26]라고 했던 것에서 이규보가 백거이를 얼마나 깊이 사숙하고 백시를 얼마나 애독했는가 확인할 수 있다. 백거이 문학에 대한 이규보의 관심과 호감은 백거이의 문답체 연작시 형식까지 본받은 작품이 있다는 것에서도 알 수 있다. 이규보의 「花報主人效樂天體」 시를 인용한다.

予雖未語將心報,　　　내 비록 말은 못해도 마음을 알리나니
相國年來不樂何.　　　주인께서 요즘 들어 어찌 우울하신가?
一笑欲供公一笑,　　　한번 꽃을 피워 공께서 웃게 하려나니

25　이규보 「次韻和白樂天病中十五首」 제15수 · 「自解」; "老境忘懷履坦夷, 樂天可作我爲師."(『동국이상국집』 후집권2)

26　이규보 「有乞退心有作」; "何以祛塵襟, 樂天詩在手."(『동국이상국집』 후집권1)

莫辭時復把盃歌.　　　때 맞춰 술잔 잡고 노래하길 사양마소.

(『동국이상국집』 후집권3)

「花報主人效樂天體」는 「主人答花」·「花復答」·「主人復答」과 함께 나란히 수록되어 있는데 花와 主人의 문답으로 이루어진 연작시이다. 제1수 시제에서 '樂天體'를 본받았다고 했듯이 백거이에게도 문답체 연작시가 존재한다. 「心問身」·「身報心」·「心重答身」 등 心과 身의 問答으로 이루어진 「自戲三絶句」가 있고, 「鷄贈鶴」·「鶴答鷄」·「烏贈鶴」·「鶴答烏」·「鳶贈鶴」·「鶴答鳶」·「鵝贈鶴」·「鶴答鵝」 등 鶴과 鷄·烏·鳶·鵝의 一問一答으로 구성된 「池鶴八絶句」 등의 연작시가 있다. 「花報主人效樂天體」 외에도 이규보의 「己亥五月七日家泉復出戲成問答」은 「主人問泉」·「泉答主人」·「主人復答」·「泉復答」·「主人又答」의 5수로 이루어져 백거이의 문답체 형식을 취하고 있다. 이 같은 작법의 수용은 다른 고려문인과 비교하여 이규보의 시문학이 백거이에게서 얼마나 많은 영향을 받았는지 잘 보여주고 있다.

그러나 이규보의 백거이 수용은 시운을 차용한 화운시에서 두드러지게 나타난다. 백시에 화운하여 시를 짓는 심정에 대해 이규보는 「既和樂天十五首詩因書集背」 시에서 이렇게 밝히고 있다.

今古相懸地各殊,　　　시대는 서로 멀고 살던 땅도 다르지만
詞人襟韻暗如符.　　　시인들 흉금 속의 운치만은 부합되어,
樂天曾唱吾追和,　　　낙천이 부른 노래 내가 따라 화답하니
何問詩朋有也無.　　　시벗이 있나 없나 물을 필요 있겠는가.

(『동국이상국집』 후집권2)

　이규보는 비록 백거이가 시공을 달리한 시인이지만 인간적으로나 시적 취향 면에서 상통함을 느꼈다고 했다. 그래서 백거이를 시벗으로 삼아 그의 시에 화답한다고 했던 것이다. 「書白樂天集後」에서도 "늘그막에 소일할 즐거움으로는 백거이의 시를 읽거나 또는 가야금을 타는 것보다 나은 것이 없다."[27]고 하였듯이, 이규보는 백거이 시를 읽고 또 그 시에 화답함으로써 노경의 한가함과 외로움을 해소하고자 했던 것이다. 이러한 점은 「旣和樂天詩獨飮戱作」 시에서도 잘 나타난다.

孤斟獨詠君休笑,	혼자서 술마시고 시 읊는다 비웃지 마소
好事何人訪退翁.	누가 호사하여 물러난 늙은이 찾아주리오.
酌勸杜康吟和白,	두강과 술 권하고 백낙천과 화답하니
詩朋酒友不全空.	시벗과 술친구 전혀 없는 것은 아니라네.

(『동국이상국집』 후집권3)

　소식 숭배의 풍조가 만연했던 당시에 이규보도 예외는 아니었다. 이규보 시에 대해 최자가 "사언시·오언시 할 것 없이 동파 시로부터 가져왔다. 호매한 기상이나 풍부한 체재는 동파와 꼭 들어맞는다."[28]라고 평가하고, 또 그의 작품 중에 동파의 시운을 자주 차용하고 있듯

27　이규보 「書白樂天集後」: "予嘗以爲殘年老境, 消日之樂莫若讀白樂天詩, 時或彈加耶琴耳."(『동국이상국집』 후집권11)

28　최자 『보한집』 권중: "觀文順公詩, 無四五字, 奪東坡語, 其豪邁之氣, 富贍之體, 直與東坡吻合."

이 이규보 또한 소식을 배우고 그의 시문학으로부터 많은 영향을 받은 것도 사실이다.

이러한 이규보가 26세에 장편서사시「東明王篇」을 창작하는 데 백거이「장한가」에서 적지 않은 자극과 영향을 받았다고 하나 백거이 시운을 차용한 화운시가 대부분 65세 이후의 작품[29]이라는 점으로 보면 이규보가 백거이를 존숭하고 그의 시에 깊은 공감을 보인 것은 만년에 들어서이다.

開成 4년(839) 68세의 나이에 백거이는「病中詩十五首」를 지었고, 이규보는 백거이의 15수 영병시에 화답하여「次韻和白樂天病中十五首」를 지었다. 서문과 제15수「自解」에서 다음과 같이 밝히고 있다.

才名과 덕망은 비록 백거이에 미치지 못하지만 늙어서 병이 든 다음의 일들이 나와 비슷한 점이 많다. 그래서 그의「병중십오수」에 화답하므로써 이러한 情을 펴보이고자 한다.
才名德望, 雖不及白公遠矣. 其於老境病中之事, 往往多有類予者. 因和病中十五首, 以紓其情.

(『동국이상국집』 후집권2)

老境忘懷履坦夷,　　늘그막에 시름 잊고 마음 편히 살자니
樂天可作我爲師.　　백낙천은 나의 스승 삼을 만도 하노라.
雖然未及才超世,　　비록 재주 뛰어남은 그만하지 못하나

29　백시에 대한 화운시는『동국이상국집』에 총 34수가 있는데 이중 후집에 실린 26수는 이동철「이규보 시의 연구-주제와 구조분석을 중심으로」(고려대 박사논문, 1988.6, 246-247쪽)의 이규보 연령대별 작품수 통계에 의하면 모두 65세 이후의 작품이다.

偶爾相伴病嗜詩.	병이 들어 시 좋아함 우연히도 닮았고,
較得當年身退日,	은퇴하던 그 당시를 비교하여 보나니
類予今歲乞骸時.	지금 내가 물러나려는 때와 같구나.

(『동국이상국집』후집권2)

만년의 이규보가 백거이를 존숭하고 백시에 깊이 공감한 이유는 노경에 이르러 백거이 만년 생활에서 자신과의 동질성을 인식하고 깊은 관심을 갖게 되었기 때문이다. 즉 이규보는 병이 들어 시를 더욱 좋아한 점이나 병가를 얻고 퇴임하기까지의 상황 등 만년의 생활과 취향이 자신과 유사할 뿐 아니라, 유교 사상을 근본으로 하면서도 만년에 이르러 불법에 심취한 생활 및 사상 경향을 보였던 점 또한 일치하는 백거이에게 호감과 흥취가 더욱 쏠렸던 것이다.

이규보의 『동국이상국집』에서 백거이의 시운을 차용하여 지은 화운시는 총 34수이다.[30] 창시의 운자와 선후의 순서를 그대로 따르는 次韻詩가 대부분이다. 여기서 이규보의 「次韻白樂天負春詩」와 백거이의 창시 「負春」을 예로 든다.

백거이 「負春」

病來道士敎調氣,	병이 드니 道士는 섭생을 가르치고,
老去山僧勸坐禪.	노쇠해지니 山僧은 좌선을 권하네.
辜負春風楊柳曲,	봄바람에 楊柳曲을 즐기지 못하고

---

30 이규보 和白詩의 시제 및 관련 정보는 본서 제5장 말미의 【부록】「백거이와 고려문인 창화시 일람표」에 상세하다.

去年斷酒到今年.　　　작년에 술 끊은 것이 올해까지 이르네.

(『백거이집전교』권31)

이규보「次韻白樂天負春詩」

病後身猶坐熱然,　　　병이 든 몸으로 꼼짝 않고 앉았으나

非癡非醉亦非禪.　　　넋을 잃음도 醉함도 참선함도 아니라네.

無端自負芳非節,　　　까닭없이 꽃다운 좋은 시절 다 놓치고,

誤認春光曠此年.　　　금년에는 봄날이 없었던가 의심하네.

(『동국이상국집』후집권11)

이규보의 화시는 백거이 창시의 운자 '禪'과 '年'을 순서대로 차용하여 병들어 봄을 즐기지 못하는 아쉬움을 노래하고 있다. 이렇듯 시운을 차용하는 화운시는 시제에서 모인의 모 작품에 차운 또는 화운한 것임을 밝히고 있으므로 그 수용 관계가 명확하다. 그러나 화운시에 나타나는 시운 차용이란 수용 양상은 단지 표피적인 현상에 불과하다. 실질적으로는 작가가 모인의 작품(수용 대상)을 접하고 그 시의 및 작시 배경 등 다방면에 걸친 공감과 인식을 바탕으로 화운시는 이루어지는 것이다. 따라서 화운시는 수용 대상에 대해 시운만을 차용하여 자신의 시정을 표출할 수 있다는 점에서 매우 창조적인 수용 양상이라고 할 수 있다.

5. "閑居覽閱·樂天忘憂"–인식과 평가

고려의 평론문학은 李仁老의 『破閑集』을 효시로 하여 崔滋의 『補

閑集』, 여말 李齊賢의 『櫟翁稗說』 등 잡기류의 시화집을 위주로 이루어졌다. 시화집에 보이는 작품과 작가에 대한 비평 중에서 백거이에 대한 고려문인의 평가가 어떠했는가 하는 점도 고려문인에 의한 백거이의 수용 양상을 고찰함에 있어 간과할 수 없는 부분이다. 시화집에서의 수용 양상을 통해 백거이와 그의 시문학에 대한 고려문인의 평가와 인식을 가늠해 볼 수 있기 때문이다.

그러나 고려문인의 시화에 존재하는 백거이 관련 언급은 이백·두보·한유·소식·황정견 등의 중국문인과 비교하면 극히 적다. 이인로의 『파한집』에는 鄭僖가 묵죽화 병풍 뒤에 쓴 백거이 시구의 필체가 기묘함을 언급한 부분이 있을 뿐이다.[31] 이제현의 『역옹패설』에는 백거이 「장한가」의 4구를 인용하여 백거이가 실제로는 西蜀에 가보지 않았음을 논한 부분[32]과 劉禹錫의 「金陵五題」 중에서 백거이가 "潮打空城寂寞回"라는 구절을 특히 좋아하여 높이 평가했다는 일화를 언급한 것[33]이 전부이다. 이인로와 이제현 작품 중에는 백거이의 전기 사실을 시의 소재로 수용한 것도 있지만 사실 그들은 백거이 문학에 대해 정확한 인식이 부족했고 높은 가치를 부여하지 않은 것으로 생각된다.

최자의 『보한집』에는 백거이를 언급한 부분이 한 단락뿐이다. 고려 시화집 중에서는 유일하게 백거이 시문학 자체에 대한 논평을 내리고

---

31 이인로 『파한집』 권상: "碧蘿老人, 嘗以睡居士所畵墨竹小屛贈僕, 題白傅詩一句於後云『管領好風煙, 欺凌凡草木.』, 筆跡尤奇妙."

32 이제현 『역옹패설』 후집1: "白樂天長恨歌云『黃塵散漫風蕭索, 雲棧縈紆登劍閣. 峨眉山下少人行, 旌旗無光日色薄.』……蓋樂天未嘗到蜀中也."

33 이제현 『역옹패설』 후집1: "夢得金陵五題 ……白樂天獨愛『潮打空城寂寞回』, 掉頭苦吟曰『吾知後之詞人不復措辭矣.』"

있어 백시에 대한 평가의 일면을 엿볼 수 있다. 이규보와 동시대인 安淳之가 시경을 논하는 중에 백시를 평가한 부분이 인용되어 있다.

> 내가 요즘 『낙천집』을 구해 읽어보니 자유롭고 여유가 있어 조탁한 흔적이 없으며, 淺近한 듯하지만 심원하고 화려하면서도 충실하니 시경의 六義를 구비하였다.
> 余近得樂天集閱之, 縱橫和裕, 而無鍛鍊之迹, 似近而遠, 旣華而實, 詩之六義備矣.
>
> (『보한집』 권중)

안순지는 백거이 시가 형식이나 자구의 수식에 구속되지 않아 평이한 것 같지만 시의가 심원하고 문사가 화려하면서도 내용이 충실하여 시경의 육의를 갖추었다며 높이 평가하고 있다. 뒤이어 최자는 안순지의 의견에 동조하며 "백거이 시는 風·雅·頌의 뜻과 비교하면 깊고 얕음이 다르지만 교화라는 면에서는 한가지이다."[34]라며 사회교화성을 강조하고 있다.

그는 또 杜牧이 백거이 시를 잡스럽고 淺俗하다고 비방한 이래로 후인들은 고인이 말한 '白俗'의 의미도 제대로 알지 못하면서 덩달아 "長慶의 雜說은 볼 만한 것이 없다."고 비방하는 것을 우스운 일이라고 비판하며[35] 백시에 대한 평가를 이렇게 내리고 있다.

---

34 최자 『보한집』 권중: "白詩於風雅頌之義, 深淺異耳, 其關於敎化一也."
35 최자 『보한집』 권중: "杜牧自負文章俊逸, 譏樂天之詩龐雜淺陋. 當時狸德若視日者, 皆從而作謗, 譁然同辭. 故至于今詩人, 雖不及知古人所謂白俗之意者, 猶曰長慶雜說, 何足看也.笑哉."

무릇 시를 새로 배우는 사람이 그 기력을 강하게 하려면 비록 읽지 않아도 되지만, 만약 벼슬아치와 선비들이 한가롭게 읽으며 천명을 즐기고 근심을 잊어버리려고 한다면 백거이 시가 아니면 안 된다. 옛 사람들이 白公을 인재 라고 한 것은 아마 그 말이 부드럽고 평이하며 풍속을 말하고 사물의 이치 를 서술함이 人情에 매우 적합하기 때문일 것이다. 지금 文順公(이규보)의 시를 보니 비록 기운이 뛰어남은 이백과 비슷하나 도덕을 밝히고 풍유를 진 술함은 백공과 거의 같다.

凡新學詩, 欲壯其氣力, 雖不讀可矣, 若搢紳先覺, 閑居覽閱, 樂天忘憂, 非白詩莫 可. 古人以白公爲人才者, 蓋其辭和易, 言風俗敍物理甚的於人情也. 今觀文順公 詩, 雖氣韻逸越, 侔於李太白, 其明道德, 陳風諭, 略與白公契合.

(『보한집』 권중)

최자는 白詩의 평이함과 통속성을 인정하면서도 "明道德, 陳風諭" 라는 백거이 풍유시의 사회교화성에 대한 인식을 겸유하고 있었다. 그러나 그는 백시의 가치와 의의를 단지 지식인들이 '樂天忘憂'하기 위한 풍월과 소일의 수단으로 삼을 만하다는 데 두었고 시재 배양과 필력 증진을 위한 학시 규범으로서는 인정하지 않고 있다. 다시 말하 면 이것은 백시에 대해 문학성과 예술 가치를 높게 인정하지 않았음 을 의미한다. 백시에 대한 이 같은 태도는 최자의 개인적인 것이라기 보다는 고려문인의 보편적 인식인 것으로 보인다. 고려문인이 학시 대상으로서 배우고 본받고자 했던 중국문인 중에 백거이는 포함되지 않고 있다는 사실이 이 점을 뒷받침한다.

고려문단의 공적 차원에서 보면 백거이는 학시 전범으로 존숭받는 위상에 오르지는 못했지만 고려문인의 사적 차원에서는 백거이에 대 해 깊이 공감하고 높은 평가를 하기도 한다. 후자를 대표하는 문인이 바로 이규보이다.

　백거이가 詩·琴·酒를 좋아하여 三友로 삼았듯이 이규보도
시와 거문고·술을 매우 좋아하여 '三酷好先生'을 자호로 삼았
다.[36] 26세(1193) 때에 지은 장편 서사시 「東明王篇」도 창작의 논리적
근거로서 백거이 「長恨歌」를 거론하고 있듯이[37] 이규보는 젊은 시절
부터 백거이와 그 문학에 대한 호감을 가지고 있었다. 뿐만 아니라 그
의 나이 28세(1195) 때에 태어난 아들 李涵의 입신양명을 기원하면서
"바라노라 네가 그 사람들 닮아 才名이 원진·백거이 뛰어넘기를"[38]
이라고 하였고, 起居舍人 白光臣의 시재를 찬양하면서 "주옥같은 시
문이 끝내 새로우니, 元和 시기 백거이를 다시 만난 듯하네."[39]라고 하
였을 정도로 백거이 시재에 대한 이규보의 인식과 평가는 남달랐다.
이규보 작품 속에서 백거이는 뛰어난 시재를 소유한 위대한 시인의
형상으로 등장하고 있는 것이다. 이규보는 「書白樂天集後」에서 백거
이 문학을 다음과 같이 평가하고 있다.

　백공의 시는 읽으면 입에 걸리지 않고 그 문사가 맑고 화평하여 마치 직접
대하여 자세히 일러 주는 것과 같다. 비록 당시의 일을 보지는 못했으나 상

---

36 이규보「白雲居士語錄」: "平生唯酷好琴酒詩三物, 故始自號三酷好先生."(『동국이상국
집』 전집권20)

37 이규보「東明王篇」序: "按唐玄宗本紀楊貴妃傳, 並無方士升天入地之事, 唯詩人白樂
天, 恐其事淪沒, 作歌以志之, 彼實荒淫奇誕之事, 猶且詠之, 以示于後. 矧東明之事,
非以變化神異眩惑衆目, 乃實創國之神迹, 則此而不述, 後將何觀."(『동국이상국집』 전
집권3)

38 이규보「憶二兒二首」제2수: "願汝類其人, 才名躡元白."(『동국이상국집』 전집권6)

39 이규보「呈內省諸郎」제6수: "珠璣咳唾到頭新, 復見元和白舍人."(『동국이상국집』 전집
권5)

상하면 직접 본 것과 같으니 이 또한 시체의 일가이다. 옛 사람 중에는 백공의 시는 뜻이 천속하다 하여 섭유옹이라 지목한 자가 있었는데 이는 필시 시인들이 서로 경멸해서 하는 말이지 어찌 반드시 그럴 리가 있겠는가?

白公詩, 讀不滯口, 其辭平澹和易, 意若對面諄諄詳告者, 雖不見當時事, 想親覩之也, 是亦一家體也. 古之人或以白公詩頗涉淺近, 有以嘈囐翁目之者, 此必詩人相輕之說耳, 何必爾也.

(『동국이상국집』 후집권11)

백거이 시의 일대 특색은 우선 표현의 평이함에 있다. 백거이는 시를 지을 때마다 노파에게 보인 후 이해하지 못한다고 하면 시를 고쳐 썼다는 일화가 있을 정도였다. 독자가 쉽게 이해할 수 있도록 난해한 전고와 벽자를 피하고 수식과 조탁을 일삼지 않았으며 구어를 많이 사용했다. 문학성과 예술가치를 중시하는 관점에서 보면 백시는 비속하고 함축성이 결여된 작품으로 폄하될 수도 있다. 그러나 수식을 일삼지 않고 성정을 거리낌없이 토로하기 때문에 백거이의 시를 가장 좋아한다는 시평가도 있었다.[40]

이규보는 바로 백시의 이러한 특색을 가장 잘 이해했던 고려문인이었다. 같은 글에서 이규보가 "백거이를 헐뜯는 자는 모두 다 백거이를 잘 모르는 사람이다(凡譏議樂天者, 皆不知樂天者也)."라고 하며 백거이를 옹호한 것은 어쩌면 당연한 일이었다. 백거이 시의 평이함은 그의 개인적 기질과 창작 태도로 인한 결과이지 시적 재능의 결핍에 의한 것은 결코 아니었기 때문이다.

40　明·何良俊「四友齋叢說十六則」; "余最喜白太傅詩, 正以其不事雕飾, 直寫性情."

6. 소결

현존 자료에 의하면 백거이 시문학은 대략 11세기말『문원영화』의 수입으로 대량 전래된 이후 고려문인 사이에서 널리 유전되고 상당히 애독되었다. 고려문인에 의한 백거이 수용은 용사라는 수사 기교를 통한 전기 사실과 일화에 대한 수용을 비롯하여 집구·화운·평론 등의 방식으로 다양하게 이루어졌다. 그러나 이것이 고려문인에 의해 백시의 문학성과 예술가치가 인정받고 높이 평가받았음을 의미하지는 않는다. 백시는 고려문단에서 두보나 소식처럼 학시 전범으로서의 가치를 시종 인정받지 못했기 때문이다.

李奎報·安淳之 등의 일부 문인은 백시가 자구의 조탁에 애쓰지 않아 평이하고 통속적이라는 점과 풍유시의 사회교화성에 대하여 긍정적인 평가를 하고 있다. 그러나 이러한 평가가 백거이에 대한 고려문인의 보편적인 인식을 대변하는 것은 아니다. 실제로 고려문인의 작품에 수용된 백시는 대부분 한적시와 감상시 또는 일상생활의 한적과 감상을 노래한 창작 후기의 잡률시이다. 고려문인은 풍유시에 대해 그다지 흥미를 느끼지 않았으며 백시의 가치를 오히려 '閑居覽閱'과 '樂天忘憂'하는 데에 두었기 때문이다. 고려문인은 백거이 시를 학시의 규범이나 대상으로서가 아니라 심심파적 유희와 소요자적한 생활을 위한 수단으로 인식했던 것이다.

따라서 고려문인의 작품에 투영된 백거이의 형상은 兼濟天下하는 현실적인 모습보다는 獨善其身하는 달관된 면이 농후하게 드러나고 있다. 이러한 현상은 고려문인의 半儒半佛이라는 양면적 정신세계와 무관하지 않다. 즉 그들에게 유교는 수신제가함으로써 나라를 다스리는 현실적 정치이념이었고, 불교는 개인의 내세를 위한 종교로서 내면적 정신 지주였던 것이다.

따라서 고려문인은 백거이 자신이 만년에 지은 「醉吟先生墓誌銘」(『백거이집전교』 권71)에서 "겉으로는 유가의 덕행으로 수신하고 속으론 석가의 가르침으로 마음을 다스렸다(外以儒行修其身, 中以釋敎治其心)."고 했듯이 일생 동안 유불의 양면적 사상 경향을 지녔던 백거이에게 더욱 큰 흥미와 공감을 느꼈을 것이다. 특히 불도에 심취하여 현실을 초월한 달관된 태도로 소요자적한 정취를 즐기며 獨善其身의 의식 속에서 생활한 만년 백거이의 삶과 시세계를 더욱 자연스럽게 그들의 작품에 투영할 수 있었을 것이다.

백시는 일상생활의 한적한 정취에 대한 담담한 서술을 위주로 한 내용과 평이하고 통속적인 언어를 특색으로 한다. 바로 이러한 점으로 인해 백시는 고려문인에게 학시 대상으로 추앙받지 못했지만, 다른 한편으로는 바로 이러한 점 때문에 마음의 평안을 얻고 한적함을 달래줄 부담 없는 읽을거리로서 애호받았던 것이다. 고려문인이 한적시인으로서의 백거이에 대한 인식을 더욱 강하게 드러낸 반면에 풍유시인으로서의 백거이 면모를 왕왕 홀시한 듯한 인상을 주는 것도 바로 이 때문이다.

제2장

朝鮮文人의 白居易 수용

백거이 시는 고려문인에게 '閑居覽閱'과 '樂天忘憂'의 수단으로 널리 애독되었지만 이백·두보·한유·소동파 등의 문인처럼 학시 규범으로 존숭받지는 못했다. 이러한 상황은 조선(1392-1910)에서도 크게 달라지지 않았다. 특히 두보는 조선에서 가장 존중받는 당대 문인이었다. 조선초 세종 25년(1443)에 이미 杜詩 역주 사업이 시작되어 성종 12년(1481)에 『杜詩諺解』가 완성되었고 두시 주해서도 수십 차례 간행되었다. 조선후기 문인 申緯(1769-1847)가 "얼마나 많은 세상 사람이 두보를 학습했던가, 집집마다 신주처럼 떠받들긴 동방에서 으뜸이지."[1]라고 말할 정도로 조선에서의 두보 숭상과 學杜 열기는 타의 추종을 불허하였다.

조선시대의 白詩는 학시 규범으로 숭상받지는 못했지만 樂天知命·安分知足의 인생 철학과 인품에 대한 호감으로 인해 심신수양을

---

[1] 신위「東人論詩絶句三十五首」제34수: "天下幾人學杜甫, 家家尸祝最東方."(『警修堂全藁』책17)

위한 읽을거리로서 널리 애독되었다. 조선시대에 말로는 李白을 배운다고 하면서 항상 백거이 문집을 읽는 사람이 있었다는 사실은[2] 바로 이러한 현상에 대한 확실한 증빙이다. 이에 본고에서는 조선문인의 백거이 인식과 평가에 대한 논의를 시작으로 다양한 방면에서 진행된 조선문인의 백거이 수용 양상을 고찰하고자 한다.

1. 백거이 인식과 평가

조선후기 문인 尹愭(1741-1826)는 자가 敬夫이고 호는 無名子이다. 한미한 가문 출신으로 52세에 비로소 급제했다. 올곧고 강한 소신 때문에 시류에 영합하지 못해 평생 미관말직과 한직을 전전했다. 1807년 67세의 윤기는 노병을 이유로 사직했다. 그 다음 해인 무진년(1808) 정월 초하루 「戊辰元日」 2수를 지었다. 제1수를 인용한다.

七旬欠二樂天翁,	두 살 모자른 칠순 나이의 백거이는
曾歎乘衰百疾攻.	어찌 "乘衰百疾攻"이라 탄식했는가?
九老風流空悵望,	九老의 風流를 시름없이 우러러볼 뿐
有誰今日與相從.	오늘 누가 나와 함께 어울려 지내랴?

(『無名子集』詩稿책6)

늙고 병들어 함께 어울릴 사람 아무도 없는 외로움과 쓸쓸함을 토로했다. 이러한 처지의 시인에게 제일 부러운 사람은 당대 시인 백거

---

2 李晬光「詩藝」: "林石川號爲學李白者, 而常讀樂天集云."(『芝峯類說』권14)

이였다. 백거이는 회창 5년(845), 74세 나이에도 낙양 香山寺에서 8인의 老友와 모여 尙齒會를 결성하고 풍류를 즐기며 九老詩를 짓고 九老圖를 그렸다고 한다.[3] 그러므로 어울릴 사람 없는 처량한 노경의 시인에게 74세 백거이의 구로회 풍류는 단지 부러움의 대상이며 그림 속의 떡이었던 것이다. 그런 백거이가 자신과 같은 68세 때 "쇠약해지니 온갖 병에 시달린다(乘衰百疾攻)."[4]며 한탄한 일에 책망조로 반문한 것은 바로 이 때문이다.

조선문인 윤기는 노년의 삶 방면에서 백거이를 선망의 대상으로 인식하고 있었던 것이다. 윤기의 백거이 인식은 단순히 이 정도에 그치지 않는다. 윤기의 「戊辰元日」 제2수는 44구의 장편시이다. 전반부 4구만을 인용한다.

樂天我所慕,	백거이는 내가 흠모하는 사람이니
尙友安敢比.	어찌 감히 벗을 삼아 나란히 하랴.
坦蕩靡滯礙,	도량 있고 고결하여 응어리가 없고
誠實無虛僞.	진실되고 솔직하여 거짓됨이 없지.

(『무명자집』 시고책6)

윤기에게 있어 백거이는 감히 벗을 삼아 자신과 同視할 존재가 아

---

3 백거이 「九老圖詩」序: "會昌五年三月, 胡‧吉‧劉‧鄭‧盧‧張等六賢於東都敞居履道坊合尙齒之會. 其年夏, 又有二老, 年貌絶倫, 同歸故鄕, 亦來斯會. 續命書姓名年齒, 寫其形貌, 附於圖右, 與前七名題爲九老圖, 仍以一絶贈之."(『백거이집전교』外集권하)

4 백거이 「病中詩十五首」 제1수‧「初病風」: "六十八衰翁, 乘衰百疾攻. 朽株難免蠹, 空穴易來風. 肘痺宜生柳, 頭旋劇轉蓬. 恬然不動處, 虛白在胸中."(『백거이집전교』 권35) 윤기 시의 末句 自注에도 "白詩云: 六十八衰翁, 乘衰百疾攻."이라고 밝힌 바 있다.

니었다. 넓은 도량과 진실된 성품을 가진 백거이는 바로 흠모의 대상이었던 것이다. 이 4구의 다음에도 백거이의 문학과 사환태도 그리고 교유와 인품 등 다방면에 대한 칭송이 이어진다.[5] 「무진원일」 2수는 백거이 시에 대한 공감을 바탕으로 새해를 맞는 시인의 감회를 노래한 것이지만 백거이의 略傳이라고 해도 과언이 아니다. 백거이에 대한 깊은 관심과 많은 지식을 가지고 있다는 것보다 더욱 의미있는 것은 조선문인 윤기에 있어 백거이는 선망의 대상이자 흠모의 대상으로 인식되고 있었다는 사실이다.

"樂天可作我爲師"라는 고려문인 李奎報(1168-1241)의 백거이 인식이 조선후기 문인에게도 유지되고 있었다. 이것은 단순히 삶의 방식에 대한 공감과 정치적 처지의 유사성 때문만이 아니라 백거이의 인품과 인생 철학에 대한 흠모의 정 때문이다. 이러한 인식은 조선후기 徐命膺(1716-1787)의 시에서도 나타난다.

我愛白香山,	내가 흠모하는 향산거사 백거이는
完名唐代臣.	명예와 절조를 보전한 당왕조 신하.
時當牛李爭,	때는 바로 牛李黨爭의 시기였으나
獨免風波淪.	홀로 정치풍파에 걸려들지 않았다.
晚節辦一退,	만년 절개로 급류용퇴를 이루어냈고

---

5 윤기 「戊辰元日」 제2수: "又問年幾何, 七十行欠二. 樂天此詩句, 今日我有愧. 樂天此年歲, 今日我適値. 一吟復一歎, 俯仰空有淚.……文章又燁發, 懇惻而平易. 父老課農桑, 風謠善諷議. 立朝秉謹直, 贊襄元和治. 崔群與寅恭, 逢吉自嫵媚. 六十已退閑, 優游任醒醉. 歌詠太平世, 徘徊淸洛地. 拖紫復紆朱, 亦足稱官位. 香山友如滿, 履道招同類. 乃成九老會, 書名又繪事. 各賦七言詩, 燕樂常隨意. 志趣良高逸, 事蹟何奇異. 下視浮世客, 鵾蟲亦不翅. 我生千載下, 聳首緬高致. 縱欲追後塵, 奈無與同志. 遊春徒有心, 下坡時自唱. 莫嫌貧與病, 遺詩尙暗記."(『무명자집』 시고책6)

詩酒樂餘春.	시와 술로 남은 봄날 즐기며 살았다.
世或咎逃禪,	혹자는 禪家로 피세했다 흉보지만
逃禪乃庇身.	선가로의 피세는 바로 보신책일 뿐.
張良願從仙,	장량은 신선을 따라 살기 원하였고
李泌好談眞.	이필은 참된 말 하기를 좋아했었지.
欲使心有寓,	마음이 깃들어 있을 곳을 원한다면
不復戀紅塵.	다시는 홍진에 미련 두지 말아야지.
香山亦此意,	향산 백거이 또한 이러한 뜻이려니
豈必惑正因.	어찌 반드시 불법에 미혹된 것이랴.
假令惑正因,	설사 불법에 미혹됨이 있다고 해도
何如醉夢人.	어찌 취생몽사하는 자와 같겠는가?

(『保晚齋集』권2)

「詠白香山」이라는 제목처럼 시의 내용은 백거이로 시작해서 백거이로 끝을 맺는다. 백거이를 흠모한 이유는 바로 세속의 출세에 연연하지 않고 권세를 위한 당쟁에 끼어들지 않음으로써 士人의 명예와 절조를 지켜냈기 때문이라고 했다. 한나라의 장량(자는 子房)은 유방을 도와 건국에 대공을 세웠으나 권세를 버리고 자리에서 물러나 신선술을 익히며 살았다고 한다. 당나라의 이필(자는 長源)은 광명정대한 품성으로 벼슬을 탐하지 않고 황제에게 진실된 충언을 서슴치 않았던 명재상으로 후세에 이름을 남겼다.

漢·唐의 역사적 인물을 언급한 것은 조선문인 서명응에게 백거이는 바로 장자방이자 이장원이었기 때문이다. 조선중기의 張維 (1587-1638)가 "신선의 풍골과 영웅의 재지·將相의 공적을 모두 겸비한 사람으로는 漢나라에 張子房(장량) 한 사람이 있고 唐나라에 李長

源(이필) 한 사람이 있다."[6]고 한 것을 감안하면 백거이를 장량과 이필에게 비유한 서명응의 백거이 인식이 어떠한지 분명하게 알 수 있다. 서명응에게 백거이는 흠모의 대상이며 백거이에게 서명응은 모든 것을 이해해주는 지음이었다.

　이러한 백거이 인식은 조선문인 한 두 사람만의 소수 의견이 아니라 조선문단의 보편적 관념이었다고 해도 과언이 아니다. 예를 들면 조선전기의 徐居正(1420-1488)은 成石璘(1338-1423)을 평가하면서 "공적과 명성이 시종일관 한결 같은 것은 백거이에 비할 만하다."[7]고 했다. 조선후기 宋徵殷(1652-1720)은 "명리에 초탈하니 벼슬을 버리고 자리에서 깨끗이 물러나 산수자연을 두루 돌아다니며 閑靜의 아취를 꽤나 획득하였다"[8]라는 말로 백거이를 평가했다. 또 조선중기의 장유는 다음과 같이 말하고 있다.

　　옛 사람이 "백거이는 유우석과 교유하여 劉白으로 지칭되었으나 八司馬 당파에 끼지 않았고, 원진과 교유하여 元白으로 불려졌음에도 환관 당파에 끼지 않았다. 또 양우경과 인척이 되어 이덕유의 미움을 받으면서도 牛李黨爭에 빠져들지 않았다."고 말했는데 사실이 정말 그러하였다.……자신의 몸가짐은 시류를 따르지 않고 고결하여 더러움에 물들지 않았고 다른 사람을 대함에는 단점은 버리고 장점을 취하며 久交를 잊지 않았으니 이것이 그가 '樂天'이 될 수 있었던 까닭인 것이다.

6　장유 『谿谷集』漫筆권1: "神仙風骨, 英雄才智, 將相勳業, 兼而有之者, 漢得一人焉曰張子房, 唐得一人焉曰李長源."

7　서거정 「獨谷集序」: "功名終始, 比白傅."(『四佳集』文集권6)

8　송징은 「題白香山集後」: "遺外名利, 抛官恬退. 浪迹山水, 頗得閒靜之趣."(『約軒集』권10)

古人稱白樂天與劉禹錫游, 人目以劉白, 而不陷八司馬黨中. 與元稹游, 人目以元白, 而不陷北司黨中. 又與楊虞卿爲姻家, 爲李文饒所忌嫉, 而不陷牛李黨中. 是固然矣. ……行身則特立獨行, 不染滋垢, 處人則舍短取長, 不忘久要, 斯其所以爲樂天乎.

(『계곡집』 만필권1)

장유의 평가는 바로 백거이 인생과 철학에 대한 총괄과 다를 바 없다. 조선전기의 서거정에서 시작하여 조선중기의 장유를 거쳐 조선후기의 송징은·서명응·윤기에 이르기까지 그들이 남긴 평어는 백거이의 처세와 인품에 대한 조선문인의 긍정적 인식과 흠모의 정이 어느 정도였는가 보여주는 생생한 증언이다.

그러나 일부 조선문인은 백거이에 대해 다소 비판적 인식을 가지고 있었음도 사실이다. 조선전기 문인 權近(1352-1409)은 「三友說」에서 백거이가 시와 술과 거문고를 삼우로 삼은 것은 한갓 마음을 즐겁게 하고 근심을 잊기 위해서이니 마침내 방탕해지고 의지를 상실하게 되었다면서 백거이의 三友는 바로 공자가 말한 '損友'라고 비판하였다.[9] 또 조선후기 실학자 李德懋(1741-1793)의 「瑣雅」에서는 백거이를 이렇게 평가했다.

불가에 관련된 글을 많이 쓰고 혹은 불제자라고 칭하였으니 그 비루하고 천박함을 어찌 말로 다하겠는가.

---

9 권근 「三友說」: "白樂天以詩酒與琴爲三友, 曾端伯以九花與酒爲十友. ……視彼樂天端伯徒取夫娛心而寫憂者以爲之友, 其終不至於蕩然而喪志者幾希矣. 然則金氏之所友眞孔子之所謂益友, 而二子之所友眞所謂損友者歟."(『陽村集』 권21)

多作佛家文字, 或稱佛弟子, 鄙卑何足道哉.

(『靑莊館全書』권5)

　권근과 이덕무 등의 조선문인은 백거이의 유유자적하는 풍류 생활, 그리고 만년에 들어 불법에 심취했던 사상적 경향과 생활 태도에 대해 비판적이었다. 조선 왕조는 유가 사상을 치국의 근본이념으로 삼아 숭유억불 정책을 실시했다. 대다수 지식인들에게 유가 사상은 입신양명의 수단이자 修身의 정신적 지주로서 기능했다. 이러한 점으로 보면 백거이에 대한 일부 조선문인의 부정적 인식은 일종의 시대의식이 반영된 것으로 이해할 수 있다.

　조선문단의 시풍은 대체로 선조 즉위년(1568)을 경계로 양분된다. 전기는 고려 말기의 宋詩風을 계승했고 후기는 唐詩 숭상으로 전환하였다. "고려조와 조선조에서는 모두 소동파를 숭상하여 고려조 과거에서는 '三十三東坡'라는 말이 생기기에 이르렀다. 그런데 근년 이래로 점차 소동파를 좋아하지 않아 시를 짓는 자들 모두 唐人을 학습하고 있다."[10]고 한 申欽(1566-1628)의 평가가 조선 시풍의 변화를 대변한다.

　이뿐만 아니라 "내가 어렸을 적에는 옛 시를 학습하는 선비들은 모두 한유와 소동파의 시를 읽었는데 이러한 풍조는 오래된 일이다. 요즘에는 선비들이 한유와 소동파의 격조가 비루하다 여기고 버려두고

10　신흠 「晴窓軟談」: "麗朝及我朝, 皆尙東坡, 故麗朝大比, 至有三十三東坡之語, 近年以來, 稍稍不喜, 爲詩者皆學唐人."(『象村稿』권51)

읽지 않으며 이백·두보의 시를 읽고 있다."[11]고 한 沈守慶(1515-1599)의 말이나 "우리 나라 시인들은 대부분 소식·황정견을 숭상하며 200년 동안 줄곧 하나의 풍조를 답습해 왔다. 그런데 근래 최경창·백광훈이 비로소 당시를 학습하게 되었다."[12]고 한 李睟光(1563-1628)의 평가도 조선의 학시 풍조와 시풍이 선조대에 이르러 '崇宋學蘇'에서 '崇唐學杜'로 전환하였음을 말해 주고 있다.

이러한 문단상황 하에서 조선의 평론문학은 양적·질적으로 고려에 비해 크게 발전하였다. 평론문학의 전문서로는 서거정의 『東人詩話』를 비롯하여 許筠(1569-1618)의 『惺叟詩話』와 洪萬宗(1643-1725)의 『小華詩評』 등이 존재하지만 그 외 대부분은 잡기류의 시화이거나 총집류 저서 중에 산재하는 평론에 불과하다. 백거이에 대한 조선문인의 논평이 『동인시화』·『성수시화』 등과 같은 순수한 문학평론 전문서에서는 거의 발견되지 않으며 기타 다수의 시화에서도 다른 중국문인과 비교하면 언급이 많지 않다. 이러한 점으로 볼 때 조선문인도 고려문인처럼 白詩의 문학성에 대해 높은 가치를 부여하지 않은 듯하다.

백시에 대한 조선문단의 평론은 襃貶이 혼재한다. 조선문인은 '元輕白俗'이라는 宋人의 평가를 계승하여 "白居易之俚語街談"[13]·"居易之俚"[14] 등의 평어로 백거이 시의 '俚俗'에 대한 기본 인식을 드러

---

11 심수경 「遣閑雜錄」: "余少時, 士子學習古詩者, 皆讀韓詩東坡, 其來古矣. 近年士子以韓蘇爲格卑, 棄而不讀, 乃取李杜詩讀之."(『大東野乘』)

12 이수광 「詩」: "我東詩人, 多尙蘇黃, 二百年間, 皆襲一套, 至近世崔慶昌·白光勳, 始學唐."(『芝峯類說』 권9)

13 윤기 「殿策」: "樊宗師之鉤章棘句, 昌黎大加稱歎 ; 白居易之俚語街談, 小杜極其非斥. 由是而言, 順不如奇歟?"(『無名子集』 문고책9)

14 이수광 「詩評」: "黎之雄肆, 杜牧之驪豪, 長吉之詭, 盧同之怪, 孟郊之苦, 賈島之瘦, 商隱之僻, 居易之俚, 庭筠之纖麗, 各盡其態. 然唐之詩體, 至是大變矣."(『지봉유설』 권9)

내면서도 한편으로는 긍정적으로 평가하기도 했다. 李睟光은 "아마 백거이 시가 마을거리의 일상적인 이야기처럼 평이하고 이치에 맞으며 정경과 상황을 곡진히 표현하였기 때문에 이처럼 사람들의 중시를 받을 수 있었다."[15]고 평가했고 또한 "왕세정은 원진의 「連昌宮辭」가 백거이 「장한가」보다 낫다고 여기지만 왕세정의 이 주장은 아마 작품의 기운과 풍격을 기준으로 한 말이라고 나는 생각한다. 그러나 백거이 「장한가」는 묘사가 그림처럼 곡진하다고 할 수 있으니 두 시의 우열은 아마 쉽게 말할 수 없을 것이다."[16]며 백거이를 두둔한 것은 모두 백거이 시가 곡진하고 평이한 표현으로 이해하기 쉽다는 점을 높이 평가했기 때문이다.

이 같은 백시의 장점에 대해 李德懋도 "가행장편시를 잘 지었는데 작품 내용이 풍부하고 뜻이 통순했다. 지은 시가 있을 때마다 늙은 할미에게 보여 이해하면 기록했으며 抒情과 敍事함에 있어 마음에 담긴 뜻을 직접적으로 기술했다."[17]고 했고 張維는 "백거이 시는 막힘 없이 유창하고 뜻이 통순하니 언어표현을 다듬는 데 신경쓰지 않은 듯하다."[18]고 평가했다. 이상의 평가를 종합하면 조선의 평론가들은 풍부하고 평이한 언어 표현으로 통순하고 상리에 부합하는 내용을 곡진하게 노래했다는 점에서 백거이 시의 가치를 인정했던 것이다. 조

---

15 이수광 「詩藝」: "蓋其詩如里巷常談, 平易近理, 而曲盡情態, 故能取重如此."(『지봉유설』 권14)

16 이수광 「詩評」: "元微之連昌宮辭, 王弇州以爲勝長恨曲. 余謂弇州此說, 蓋以氣格而言. 然樂天長恨歌, 模寫如畵, 可謂曲盡. 二詩優劣, 恐未易言."(『지봉유설』 권9)

17 이덕무 「詩觀小傳」: "善爲歌行長篇, 詞贍而旨達, 每有所作, 令老嫗能解則錄之, 道情敍事, 直寫胸臆."(『청장관전서』 권24)

18 장유 『谿谷集』 漫筆권1: "白樂天詩, 流便暢達, 若無事於鍛鍊者."

선후기 任守幹(1665-1721)은 백거이 문집을 읽은 소회를 노래한 50구의 장편시 「讀白香山集」에서 이러한 평가를 4구로 총괄하고 있다.

其中白少傅,　　　그 중에 태자소부 백거이는

力追風人軌.　　　시경의 취지를 힘써 추구했다.

爲詩不雕琢,　　　시 지음에 조탁하지 아니하고

條暢若流水.　　　물 흐르듯 거침없이 표현했다.

（『遯窩遺稿』권1）

임수간은 백거이 시를 『詩經』의 정신을 계승한 시체의 일가로 높이 평가하고 있다. 인위적으로 조탁하지 하지 않고 흐르는 물처럼 거침없이 마음을 표현했기 때문이다. "수식을 일삼지 않고 성정을 거리낌 없이 토로하기 때문에 백거이의 시를 가장 좋아한다."[19]고 했던 明代 何良俊과 다를 바 없는 평가이다. 백거이 시의 평이함은 그의 개인적 기질과 창작 태도로 인한 결과이지 시적 재능의 결핍에 의한 것이 결코 아니기 때문이다.

이덕무는 "백거이의 문장은 비록 俚俗하지만 그의 制誥와 判文은 후인들이 따라갈 수 없을 것이다. 또 그의 많은 策林에는 치국의 經綸이 매우 자세하고 세밀하다."[20]고 하며 制誥·判文·策林 등의 백거이 문장을 높이 평가하여 폭넓은 백거이 인식을 보여주고 있다. 그러나 유학을 國是로 하여 斥佛思想이 만연했던 시대 배경 하에서 백거

---

19 明·何良俊「四友齋叢說十六則」: "余最喜白太傅詩, 正以其不事雕飾, 直寫性情."

20 이덕무「瑣雅」: "白樂天之文, 雖俚俗, 其制誥及判, 後世難及. 其策林許多, 經綸詳密."
（『청장관전서』권5）

이 시에 대한 비판적 인식도 존재한다.

張維는 "백거이가 「장한가」를 지어 궁중의 향락생활에 대해 곡진하게 표현했는데 심지어 잠자리에서의 은밀한 약속은 외부 사람이 알 수 없음에도 시에서 언급하였으니 지나친 일이라고 할 수 있다.…… 백거이의 외설적인 언어를 풍류의 재능으로 여겨서는 안 될 것이다."[21]라고 했다. 이덕무는 집안 부녀자들이 지켜야 할 도리를 논한 글에서 "언문으로 번역한 가곡은 입에 익혀서는 안 된다. 예를 들어 「장한가」 따위의 唐詩는 艶麗하고 방탕하여 기녀들이나 낭송할 것이므로 익혀서는 안 된다."[22]라고 평가했다. 이들에게 있어 당현종과 양귀비의 애정고사를 제재로 한 「長恨歌」는 '외설적인 언어(褻語)'로 지어져 기녀들이나 읊조릴 저속한 작품이었다. 이 같은 비판적 인식은 斥佛思想이 만연한 시대 상황 하에서 불법에 심취하여 유유자적 閑適함을 추구한 백거이에 대한 비판적 태도와 동일한 맥락의 소산이다.

고려말부터 흥기한 성리학은 조선왕조의 건국이념이자 치국의 근본사상이었다. 이러한 신유학이 정치와 사상을 지배하였고 문인들은 대부분 유가 경전을 학습한 유교사상의 신봉자였다. 따라서 조선문인에게는 기본적으로 유가의 載道文學觀이 뿌리깊이 작용하고 있었다. 이러한 상황 하에서 백거이의 「長恨歌」에 대한 조선문인의 평가는 載道思想의 편견에 의한 것이며 백거이 시문학에 대한 인식의 한계를 드러내는 것이기도 하다. 그러나 시평가들의 비판과는 무관하게 「長恨歌」류의 백거이 시는 문인계층만이 아니라 국문으로도 번역되어

---

21 장유 『谿谷集』 漫筆권1: "白樂天作長恨歌, 說盡宮中行樂, 至於閨閤密誓, 非外人所可知, 而亦及於詩中, 可謂甚矣.……不當以樂天藝語, 爲風流才致也."

22 이덕무 「婦儀」: "諺翻歌曲, 不可口習. 如唐人詩長恨歌之類, 艶麗流蕩, 妓女之所誦, 亦不可習也."(『청장관전서』 권30)

부녀자와 일반 서민계층에서도 상당히 애독되었다.

그런데 재도문학관으로 시의 사회교화성과 실용성을 중시했음에도 불구하고 백거이의 사회풍유시에 대한 조선문단의 평론은 극히 제한적이다. 이것은 아마도 "다만 백성의 고통을 마음 아파하고, 세상의 금기에 아랑곳하지 않으며"[23] 군신에 대한 날카로운 풍자와 비판을 주저하지 않았던 백거이 풍유시가 溫柔敦厚를 중시하는 유가의 詩敎에 적합하지 않았기 때문일 것이다.

2. 전기 사실과 일화

백거이 시가 학시 규범으로 존숭받지 못했던 것은 고려문단의 상황과 크게 다를 바 없다. 조선문단에 대한 영향 면에서 이백·두보·소식·황정견 등의 중국문인에 미치지 못한다는 것도 부인할 수 없는 사실이다. 그럼에도 백거이는 팔대시인으로 인정받았으며 그의 시는 조선문인에 의해 꾸준히 애독되었다.

李謫仙翁骨已霜,	이태백 신선의 백골은 이미 서리가 되었고
柳宗元是但垂芳.	유종원 원래부터 美名만이 남아 있네.
黃山谷裡花千片,	황산곡 골짜기에는 수많은 꽃잎이 지고
白樂天邊雁數行.	백낙천 하늘가에 기러기가 줄지어 나네.
杜子美人今寂寞,	두자미 인품 좋은 사람도 지금은 적막하고
陶淵明月久荒涼.	도연명 밝은 달은 오랜 세월 황량하다.

---

23 백거이「傷唐衢」제2수: "但傷民病痛, 不識時忌諱."(『백거이집전교』권1)

可憐韓退之何處,　　한퇴지 가련하게 어느 곳으로 가버렸나
惟有孟東野草長.　　맹동야 동쪽 들판에 잡초만이 우거졌다.

(『김삿갓 시집』 권13)

金炳淵(1807-1863)의 「八大詩家」이다. 김병연은 '방랑시인 김삿갓 (金笠)'으로도 불리며 해학과 풍자로 일가를 이룬 조선의 저명시인이 다. 「팔대시가」의 표현 방식도 매우 해학적이다. 제1·2·3연의 첫 세 글자와 제4연의 중간 세 글자는 名·號·字로 중국 시인을 제시하면 서 세 글자의 마지막 글자에 이중적 자의를 포함시켜 시상을 전개했 다. 중국의 저명시인 8인을 제시하며 그들 모두 지금은 세상을 떠나고 없으니 인생은 원래 무상한 것임을 노래했다. 이 시에서 중국 팔대시 인으로 등장하는 것은 백거이를 비롯하여 도연명·이백·두보·한 유·맹교·유종원·황정견 등이다. 선별 기준은 김병연의 개인적 문 학 성향과 무관하지 않을 터이나 이백·두보와 나란히 팔대시인으로 인정받았다는 점은 조선문인의 백거이 인식을 보여주는 일례라고 할 수 있다.

더욱 흥미로운 점은 洪暹(1504-1585)의 「白居易」,[24] 洪聖民(1536-1594) 의 「白尙書」,[25] 李山海(1538-1609)의 「白樂天」[26] 등처럼 일부 문인들은 백거이에 대한 여러 호칭을 그대로 시제로 삼아 백거이 삶의 일면을

---

24 홍섬「白居易」: "頻遭斥逐抱孤忠, 餘事文章似化工. 詞命盡敎光汗簡, 歌詩爭欲被絲 桐. 楊枝未老還辭閤, 駱馬無情便別翁. 樂易腦襟終空洞, 香山千古尙淸風."(『忍齋集』 권1)

25 홍성민「白尙書」: "子午橋邊花竹裏, 風流詩酒太娛嬉. 元和以後危疑甚, 擬學東山謝傳 棋."(『拙翁集』 권5)

26 이산해「白樂天」: "投老尤妨着意偏, 柳枝雖放柰耽禪. 不須浪結香山社, 酒賦猶堪送暮 年."(『鵝溪遺稿』 권4)

노래했다는 것이다. 백거이 전기 사실에 대한 조선문인의 시적 수용은 성리학자 李滉(1501-1570)의 작품에서도 나타난다. 50구의 장편시 「郡齋移竹」에서 전반 10구만을 인용한다.

君不見,	그대는 보지 못했는가?
子猷平生酷愛竹,	왕휘지는 평생 대나무를 심히 좋아했고
蕭灑風流眞絶俗.	소쇄한 풍류에 정녕 세속의 티를 벗었다.
一日不可無此君,	하루라도 대나무가 없어서는 안 되니
坐令百卉來匍匐.	모든 화훼들이 땅에 엎드려 기게 했다.
又不見,	그대는 보지 못했는가?
樂天才調本浮華,	백낙천의 재주는 본래 부화했거늘
相國亭中變初服.	관상국 東亭에서 벼슬길에 나갔지.
櫻桃楊柳摠莫汙,	앵두와 양류 모두 더럽혀지지 않았고
晚歲飄然八灘曲.	만년에는 표연히 팔절탄을 오갔다네.

(『퇴계집』권1)

1548년 풍기군수에 부임한 작가가 동헌에 대나무를 옮겨 심고 지은 시이다. 대나무 이식의 과정과 그에 대한 감회를 노래하며 백거이를 등장시켰다. 백거이는 貞元 19년(803)에 秘書省校書郞에 제수되자 장안 常樂里에 있는 전 재상 關播 사택의 東亭을 빌려 임시 거처로 삼았는데 그곳 정원의 황폐해진 竹林을 새로 가꾸었다고 한다. 백거이 家妓인 樊素는 노래에 뛰어나고 小蠻은 춤을 잘 추었다고 하여 "앵두는 번소의 입이고 양류는 소만의 허리(櫻桃樊素口, 楊柳小蠻腰.)"(『백거이집전교』외집권중)라고 했던 일화가 있다. 이 두 가지 전기 사실과 함께 73세 때 사재를 들여 낙양 八節灘을 개수했던 일화까지 소재로 사용

되었다. 30대에서 70대에 이르는 전기 사실의 시화는 백거이 인생역
정에 관한 광범위한 지식을 보여주고 있다는 면에서 흥미롭다.

특히 백거이의 가기 번소는 조선문인에 의해서도 애첩의 대명사로
등장하고 있다. 金宗直(1431-1492)의 경우, 「태보 崔漢公이 前韻을 반
복 사용하여 나의 번소를 대신해 지었는데, "池荷簾月"이란 시구가
있었기에 재미삼아 답한다」[27]는 칠언율시 제목이나 "봄이 지나가자
문득 번소가 떠나갔다는 말 들었네."[28]라는 시구가 대표적인 예이다.
이외에도 "문인들은 번소를 수장할 줄 절로 아네."[29]·"나이 많아 번
소도 싫어하노라."[30]와 "번소와 소만이 누구에게 귀속되었는가 모르겠
네."[31] 등의 시구처럼 조선문인의 많은 작품에서 애첩의 대명사로 번
소가 등장하고 있다.

백거이는 44세 나이에 江州로 좌천되었다. 좌천은 고대 지식인에게
있어 인생 최대의 정치적 시련이자 좌절이었다. 강주에 도착한 그 다
음 해, 백거이는 영락한 琵琶女의 신세 한탄을 듣게 되었다. 이로 인
해 머나먼 강주 땅으로 좌천된 자신의 불우한 처지를 떠올리며 88구
의 장편시 「琵琶行」을 지었다. 「비파행」과 관련된 전기 사실은 조선문
인에게도 널리 알려져 다양한 양상으로 수용되고 있다.

| 十三學得猗蘭操, | 열세 살 나이에 琴曲 의란조를 익혀 |
| 法部叢中見藝成. | 법부 악공 무리에서 기예를 이루었다. |

---

27 김종직 「台甫疊前韻代吾樊素而作有池荷簾月之句戲答之」(『佔畢齋集』권23)

28 김종직 「戲寄永嘉趙通判」: "春盡忽聞樊素去"(『佔畢齋集』권4)

29 서거정 「昨承小簡仍賦一絶戲子固且自嘲」: "文人自解藏樊素"(『四佳集』詩集권9)

30 成俔(1439-1504) 「自嘆三首」 제2수: "年高樊素厭"(『虛白堂集』보집권2)

31 허균 「過而逃宅」: "不知蠻素落誰家"(『惺所覆瓿稿』권2)

．．．．．． ．．．．．．

才調終慙白司馬,　　　나의 재주가 결국 백사마에게 부끄러우니

豈能商婦壽佳名.　　　어찌 상부의 명성을 길이 전할 수 있으랴.

(『稗官雜記』권4)

이 시는 鄭士龍(1491-1570)이 琴 연주에 뛰어난 명기 上林春을 위해 지은 칠언율시이다. 정사룡의 문집 『湖陰雜稿』에는 누락되어 있어 더욱 가치가 있다. 상림춘의 나이 72세가 넘었지만 연주 솜씨는 예전 그대로인데 옛 일을 회상하며 슬픔에 잠길 때마다 술대를 놓고 눈물을 흘리니 연주 가락에는 哀怨의 감정이 다분했다. 상림춘이 사후에 이름을 남기고 싶다며 정호음에게 시 지어주기를 요청하니 그 간절함을 가련히 여겨 지은 시라고 했다.[32]

이 시의 첫 2구는 琴과 琵琶의 차이에도 불구하고 백거이 「비파행」(『백거이집전교』 권12)의 "열세 살에 비파 익혀 일가를 이루니 이름이 교방 제일부에 올랐다(十三學得琵琶成, 名屬教坊第一部)."는 시구를 연상시킨다. 백거이 「비파행」은 시인 생존 당시의 唐朝는 물론 사후 정호음의 조선에서도 널리 애독되었으며 백거이 명성을 드높인 불후의 명작이다. 마지막 2구에서 백거이에게 부끄럽다고 한 것은 바로 「비파행」이 불후의 명작임을 의식한 표현이자 당대 대시인에 대한 겸허함의 표현이기도 하다.

서거정의 "강주사마 청삼 입고 盆浦에서 울었으며, 왕소군의 붉은

32　어숙권 『稗官雜記』 권4: "琴妓上林春, 年七十二, 有其伎不衰感傷舊事, 輒放撥隕淚, 故聲調多怨. 每來乞詩, 欲留名身後, 憐其堅懇, 爲書一律."

소매 변방에서 시름겹다."[33]는 시구와 徐必遠(1613-1671)의 "고요한 밤 다할 무렵 비파현 더욱 팽팽해지는데, 좌중의 그 누가 강주사마 백거이려나?"[34]에도 백거이와 비파녀의 스토리를 노래한 「비파행」의 흔적이 역력하다. 또한 이덕무가 朴趾源(1737-1805)·朴齊家(1750-1805) 등 여러 벗들과 공동으로 지은 96구의 장편 聯句詩에도 "심양강 비파에 백거이는 부질없이 슬퍼했고, 蘇門山 孫登의 휘파람에 완적이 놀랐구나."[35]라며 「비파행」과 관련 전기적 사실을 소재로 삼았을 정도로 「비파행」은 조선문인에게 익숙한 수용 대상이었던 것이다.

이뿐만 아니라 백거이 노년의 삶에 대해 조선문인은 매우 깊은 관심을 보이고 있다. 특히 백거이의 香山 九老會 관련 일화는 많은 조선문인의 작품 소재로 등장한다. 조선중기 문인이자 학자인 權好文(1532-1587)의 「次其舍人九仙臺吟」을 우선 예로 든다.

人間無路訪瑤臺,　　　인간 세상에는 瑤臺 가는 길 없는데
何日群仙鞚鶴回.　　　언제 신선들은 학을 몰아 돌아올까?
綠瞳勝境難重會,　　　신선의 선경 다시 만나기 어려우니
合倒香山九老杯.　　　향산 구로회 술잔을 기울여야 하리.

(『松巖集』권3)

안동 명승지 九仙臺에서 지은 시에 화답한 작품이기에 신선이 사는

---

33 서거정 「聞琵琶」: "司馬靑衫盆浦泣, 明妃紅袖寒天愁."(『四佳集』詩集권21)

34 서필원 「月夜聞琵琶」: "淸夜向殘絃更促, 座中誰是白江州."(『六谷遺稿』권1)

35 이덕무 외 「庚申夜與朴美仲趾源·徐汝五·尹曾若·柳連玉璉·惠甫·朴在先齊家·李汝剛應鼎賦洞簫聯句」: "潯琵空白悲, 蘇嘯但阮愕."(『靑莊館全書』권9·「雅亭遺稿」1)

요대 가는 길을 제1구에서 언급한 것은 자연스러운 일이다. 인간 세상에서 그러한 仙境은 매우 드물어 자주 가볼 수 없다고 했다. 어차피 그렇다면 선경 유람 다음으로 즐거운 일을 도모해야 한다는 것이다. 그것은 바로 백거이의 香山九老會처럼 오랜 벗들과 모임을 갖고 술잔을 기울이는 것이라며 끝을 맺었다. 시인에게 九老會는 仙境 버금가는 동경의 대상이었던 것이다.

權韠(1569-1612)의 「海州神光寺酬蘇公克善見寄韻」에서도 백거이의 향산 구로회가 주제 표출에 사용되고 있다.

浮世功名已謬悠,	덧없는 속세의 공명이란 아주 허황된 것
林泉聊可慰窮愁.	산수 자연은 잠시 시름을 달랠 만하리라.
秋風赤葉寒溪水,	가을바람 부니 붉은 잎 찬 시냇물에 떨어지고
落月疏鐘古寺樓.	달 기우니 성긴 종소리 古寺 누각에 들려온다.
達士以閑爲好事,	통달한 자는 한가로움을 좋은 일로 여기며
殘年唯懶是良籌.	여생은 오직 게으름만이 뛰어난 계책이라.
何當共結香山社,	언제 그대와 함께 향산의 모임 결성해
斗酒詩篇爛熳遊.	시 짓고 술 마시며 실컷 놀 수 있을까?

(『石洲集』권4)

붉은 단풍 잎 지는 어느 가을 날, 벗이 보내온 시에 화답한 것이다. 산다는 것이 원래 덧없는 일이거늘 그런 세상에서 부귀공명을 추구하는 것은 아주 허황되고 부질없다고 했다. 산수 자연을 벗삼아 유유자적 한가로이, 공명 추구에는 게으름 피며 사는 것이 상책이라고 했다. 그러면서 오랜 벗들과 모여 시와 술을 즐기며 노닐 수 있는 날을 희망하는 것은 시인에게는 백거이의 향산 구로회가 노년의 가장 이상적인

생활 방식이었기 때문이다.

조선문인에게 백거이의 향산 구로회는 선경 버금가는 동경의 대상이자 부귀공명보다 더 소중한 선망의 대상이었다. 조선전기의 서거정은 "香山 九老 모여 놀던 일은 도모할 만하고, 굴원의 난초 패식은 엮을 바가 아니네."[36]라고 했으며, 조선중기의 李廷龜(1564-1635)는 "백거이의 香山 九老처럼 벗들과 노닐고, 동진 謝安의 東山 별장처럼 집을 지으리."[37]라고 했다. 조선후기의 丁若鏞(1762-1836)은 "오늘은 群賢이 曲水에서 노닐고, 내일은 九老가 향산에 모이네."[38]라고 노래했고 심지어 조선전기의 김종직은 56구 장편시 「九老會圖而毅請賦」를 지어 香山九老會의 결성 배경과 구체적 과정을 노래하는 등 백거이의 구로회 관련 전기 및 일화는 조선문인의 수많은 작품 속에 시화되고 있다.

3. 집구시와 화운시

조선시대에 백거이 시구를 차용한 集句詩로는 金時習(1435-1493)·全克恒(1591-1636)·文聲駿(1858-1930) 등의 작품이 있다. 김시습의 『梅月堂集』(詩集권7)에 수록된 「山居集句」는 칠언절구 100수로 이루어진 연작 집구시이다. 「산거집구」後敍에 의하면 金鰲山 은거 시절인 세조 13년(1468) 34세 때에 "산중 생활의 멋에 합당한 것(當於山居之

36　서거정 「次韻吳丈見寄詩韻」: "香山九老行可圖, 屈子蘭佩非所紉."(『사가집』 시집권21)

37　이정귀 「晚起悄坐心懷不佳走筆書懷次叔平韻」: "香山九老遊, 謝傅東山莊."(『月沙集』 권4)

38　정약용 「四六八言」: "今日群賢曲水, 明朝九老香山."(『與猶堂全書』 시집권2)

味)"을 모아 100편을 지었다는 것이다.

「산거집구」에 차용된 백거이 시구는 4구이다. 제14수의 "莫學二郎吟太苦"는 백거이의 「聞龜兒詠詩」 제3구, 제53수의 "莫厭家貧活計微"는 「履道居三首」 제1수의 제2구, 제72수의 "老慵自愛閉門居"와 제89수의 "近來漸喜知聞斷"은 「老慵」의 제2구·제3구를 차용한 것이다. 백거이의 원작 3수도 모두 絶句로서 2구가 채택된 「老慵」을 예로 든다.

豈是交親向我疏,	벗들이 어찌 나를 멀리하는 것이겠는가?
老慵自愛閉門居.	늙어 게을러지니 스스로 좋아 두문불출하네.
近來漸喜知聞斷,	요즘 벗들과 왕래 끊긴 것이 정말 즐겁나니
免惱嵇康索報書.	답신 요구당하는 혜강의 괴로움 면해서라네.

(『백거이집전교』 권28)

백거이 60세 직전의 작품이다.[39] 당시 시인은 낙양에서 太子賓客分司라는 한직을 지내고 있었다. 나이 먹으니 게을러져 벗과의 왕래가 귀찮게 느껴지는 노년의 심경을 노래했다. 벗과 왕래하지 않는 생활도 좋은 점이 있다며 嵇康을 언급했다.

三國시대 魏나라 문인 혜강(223-262)은 山濤(205-283)와 함께 죽림칠현의 일원이었다. 산도는 당시 권력을 장악한 司馬昭(211-265)의 세력에 편승하여 관직을 얻었다. 그런 산도가 자신에게 관직을 천거하자 절교를 선언하며 「與山巨源絶交書」를 지었다.

---

39 「老慵」의 창작연대는 대략 大和 3년(829)·大和 4년(830), 즉 백거이 나이 58·59세 때이다. 주금성 『백거이집전교』 제4책, 1933쪽 참조.

이 서신에 의하면 혜강 자신이 관직을 감당하지 못할 7개의 이유가 있다고 했다. 관리가 되면 응대할 공문이 많을 것인데 이에 답신하지 않는 것은 禮敎와 名義를 손상하는 일이거늘, 평소 서찰을 잘 쓰지도 못하고 또 좋아하지도 않는 자신이 아무리 노력해도 지속할 수 없다는 것이 네 번째 이유라는 것이다.[40] 벗들과의 왕래가 끊기는 것은 혜강이 관직을 감당할 수 없는 네 번째 이유처럼 '답신을 요구당하는' 그런 류의 번거로움과 괴로움으로부터 해방되는 즐거움이 있다는 것이다.

김시습의 「산거집구」 제72수 · 제89수는 바로 이러한 내용을 노래한 「老慵」에서 "老慵自愛閉門居"구와 "近來漸喜知聞斷"구를 차용했다.

老慵自愛閉門居,[樂天]　　늙어 게을러져 스스로 좋아 두문불출하니

玄晏先生滿架書,[李涉]　　현안선생 서가에는 책이 가득하다.

客又不來春又老,[秋崖]　　길손도 아니 오고 봄도 저물어가는데

偶然聞雨落階除.[荊公]　　우연히 섬돌에 떨어지는 빗소리 듣는다.

(「산거집구」 제72수)

岸上紅梨葉戰初,[魯望]　　언덕 위엔 붉은배 나무 잎들이 무성하고

風泉滿院稱幽居,[曹唐]　　바람과 옹달샘 집에 가득하니 幽居라 부른다.

近來漸喜知聞斷,[樂天]　　요즘 벗들과 왕래 끊긴 것이 정말 즐겁나니

40 嵇康 「與山巨源絶交書」: "又人倫有禮, 朝廷有法, 自惟至熟, 有必不堪者七, 甚不可者二. ……素不便書, 又不喜作書, 而人間多事, 堆案盈机, 不相酬答, 則犯敎傷義, 欲自勉强, 則不能久, 四不堪也."(『文選』 권43)

山鳥一聲春雨餘.[尼沙靜]　　산새는 지저귀고 봄비는 아직도 내린다.

(「산거집구」제89수)

　　제72수는 백거이 시구에 이어 唐 · 李涉(생졸년 미상)의 「秋日過員太祝林園」, 宋 · 方岳(1199-1262)의 「春暮」, 宋 · 王安石(1021-1086)의 「示公佐」에서 각각 1구씩을 사용했다. 찾아오는 손님도 없는 늦봄, 홀로 즐기는 산중 생활의 한적함을 노래했다. 제89수는 唐 · 陸龜蒙(?-881)「江南二首」제2수의 시구로 시작한 후 唐 · 曹唐(생졸년 미상)의 「贈南岳馮處士二首」제1수, 백거이의 「老慵」, 尼沙靜(생졸년 미상)의 시구를 차례대로 차용했다. 유거의 자연환경을 찬양하며 인간을 벗하는 대신 자연을 벗하는 산중 생활의 즐거움을 노래했다. 김시습의 「산거집구」는 백거이의 「老慵」과 주제면에서 동일하지는 않지만 산중 생활의 멋을 표현하는 데 백거이 시구를 적절히 활용했던 것이다.

　　이외에도 전극항의 『訒川先生文集』권3에는 27제 50수의 집구시가 수록되어 있다. 백거이 시구는 15구 차용되었다. 두보 시구 41구, 소식 시구 16구, 이백 시구 11구인 것과 비교하면 백시에서 차용한 것이 적지 않음을 알 수 있다. 문성준의 집구시는 『耕巖私稿』권1에 17제 30수가 수록되어 있다. 백거이 시에서 집구된 것은 6구이며, 朱子 26구 · 두보 13구 · 왕유 11구 · 이백 7구 · 소식 5구 · 왕안석과 황정견 각 3구 · 구양수 1구가 사용되었다.[41] 15세기의 김시습 · 17세기의 전극항을 이어 19 · 20세기의 문성준에 이르기까지 조선시대 전시기를 걸쳐 백시가 集句의 대상으로 꾸준히 읽혀지고 있었다는 것을 알 수

41　집구시 관련 통계는 김상홍 「한국의 집구시 연구」(『한문학논집』 제5집, 1987.11)를 참조했다.

있다.

집구시는 비록 타인의 시구를 모은 것이지만 "반드시 널리 배우고 잘 기억하여 한 사람이 지은 듯이 뜻을 잘 통하게 한 후에 뛰어난 작품이 된다."[42]고 한 평가처럼 시인의 능력에 따라 기승전결의 조합이 조화를 이룬다면 훌륭한 재창작품이 될 수 있다. 뿐만 아니라 중국문인의 시구를 이용한 조선문인의 집구시는 수용 관계를 파악하는 중요한 자료가 된다는 점에서 가치가 있다.

조선 최초의 和白詩는 『韓國文集叢刊』(正編 350책) 수록 문집을 근거로 하면 조선초 문인 李石亨(1415-1477)의 「三體詩和白樂天早春韻」이다. 초봄의 풍광을 노래하며 함께 상춘할 벗이 없는 아쉬움을 노래했다. 백거이「早春憶微之」를 창시로 삼아 운자 '和'·'歌'·'多'·'波'·'何'를 순서대로 사용하였으니 次韻 방식에 속한다.

조선중기의 鄭太和(1602-1673)·申晸(1628-1687)·任守幹(1665-1721) 등을 비롯해 많은 조선문인에 의해 백시에 대한 화시 제작은 꾸준히 진행되었다. 그중에서도 조선시대의 화백시를 대표하는 것은 許筠(1569-1618)의 「和白詩」25수이다. 유학을 국시로 한 조선시대에 道·佛사상을 섭렵했던 허균은 사상적으로 가히 혁신적인 인물이었다. 1611년 1월 咸悅로 귀양간 그는 한가한 유배생활에서 백시에 화운한 작품을 남겼다. 그 동기에 대하여 「和白詩」 서문에서 다음같이 밝히고 있다.

辛亥年에 나는 咸山(咸悅縣을 말함)으로 유배되어 할 일이 없었으니 상자

42　徐師曾「集句詩」: "蓋必博學强識, 融會貫通, 如出一手, 然後爲工."(『文體明辨』 권16)

속에 소장한 서책을 꺼내 모두 열람하였다. 그런데 『낙천집』을 보았더니 백거이가 강주로 좌천된 때의 나이가 마침 내 나이와 같으므로 장난삼아 (좌천되고) 처음부터 첫해 봄 사이 지은 작품에 차운하여 그 체재를 모방하고 '和白詩'라고 이름하였으니 모두 25수이다.

辛亥歲, 余配咸山, 無事, 取篋中所藏墳典悉閱之, 見樂天集. 其謫江州之日, 適與余同齒, 戲次其初至一春之作, 倣其體而命之曰和白詩, 凡二十五篇.

(『惺所覆瓿藁』 권2)

허균은 1609년 41세 때에 중국 冊封使의 수행원인 徐明에게 누이 허난설헌의 시집 『蘭雪軒集』을 주고 답례로 백거이 문집을 받은 일이 있었다. 2년 후 허균은 전라도 咸悅로 유배가면서 그 문집을 가지고 갔던 것이다. 유배지에서 백거이 문집을 읽던 허균은 백거이의 강주 좌천이 자신이 유배되었을 때 나이와 같음을 알고 「화백시」 25수를 지었다고 하였다. 그러나 허균은 같은 나이에 유배되었다는 사실만이 아니라 특히 道·佛 사상에 심취했던 점이 자신과 흡사한 백거이에게서 어떤 동질성을 발견하고 동일한 처지에서 지어진 백거이 시에 화운함으로써 백거이와 자신을 同一化하고자 했던 것이다. 제1수를 인용한다.

[가] 창시

江迴望見雙華表,	강구비에서 보이는 한 쌍의 華表
知是潯陽西郭門.	그것은 심양성 서문임을 알겠노라.
猶去孤舟三四里,	이 배로는 아직도 3·4리 남았는데
水煙沙雨欲黃昏.	물안개에 비 내리는 강변, 황혼이 진다.

(『백거이집전교』 권15)

[나] 화시

春泥泱沆沒平原,　　봄날 흙탕물이 들판을 덮었는데

行過龍城縣郭門.　　그 길 걸어 용성 고을 성문을 지난다.

指點兩山烽燧下,　　양편 산 봉화대를 가리켜 보는데

蒼蒼官樹暝煙昏.　　푸른 가로수에 저녁 운무가 어둑하다.

(『성소부부고』 권2)

[가]는 백거이의 「望江州」이고 [나]는 허균의 「和白詩」제1수 「望咸山用望江州韻」이다. 백시의 운자 '門'·'昏'을 순서대로 사용했으니 次韻에 해당한다. [가]는 백거이가 좌천지 강주에 도착하기 직전 선상에서 강주를 바라보며 지은 시이고 [나]는 허균이 유배지 咸悅에 도착할 무렵 함열 성문을 바라보며 지은 시이다. 허균은 유사한 상황에서 창작된 백거이의 「望江州」에 대해 연작화시 제1수를 제작했던 것이다.

「화백시」25수를 제외한 허균의 다른 작품에서는 백거이에 대한 수용이 발견되지 않는다. 동일한 유배시기에 지은 『惺叟詩話』에도 이백·두보·소식을 비롯해 맹교·가도에 이르기까지 수많은 중국시인이 등장하지만 백거이는 한 번도 거론되지 않았다. 이러한 점으로 보면 허균은 백거이 문학에 대해 평소 그다지 깊은 관심과 가치를 두지 않았던 듯하다. 따라서 허균의 「화백시」25수는 고려문인 이규보의 경우처럼 백거이의 삶의 방식과 노년의 처지에 대한 유사성에 동질감을 느낀 것이 화시 제작의 주요 동기였다.

이외에도 백시에 대한 조선문인의 화시는 성리학자 이황에게서도 발견된다.

[가] 화시

眼漸昏昏耳漸聾,	눈은 점점 침침해지고 귀도 점차 들리지 않는데
懶當勞事怯當風.	힘든 일 내키지 않고 바람쐬는 것도 겁이 나네.
謬懷志願平生裏,	평생 품었던 포부 이제는 다 어그러지고
蹉過光陰一夢中.	세월도 한바탕 꿈속에서 헛되이 흘려보냈다.
僧報野堂春尙峭,	스님은 山寺 불당엔 봄이 아직 차다 하고
婢愁山甕酒仍空.	여종은 술독이 아직도 텅 비었다 걱정한다.
題詩莫浪傳人手,	시를 지어 함부로 남에게 전하지 말아야지
年少叢多笑此翁.	많은 젊은이들이 이 늙은이 비웃으리라.

（『퇴계집』권3)

이황 64세 때의 작품 「和白樂天眼漸昏昏耳漸聾」이다. 이룬 것 없이 늙고 병든 노년의 감회를 노래했다. 이 시는 백거이 69세 때의 작품 「老病幽獨偶吟所懷」에 차운한 것이다. '聾'·'風'·'中'·'空'·'翁'의 운자를 순서 그대로 사용하고, 제1구 "眼漸昏昏耳漸聾"도 백거이 창시의 제1구를 그대로 차용했다.

[나] 창시

眼漸昏昏耳漸聾,	눈은 점점 침침해지고 귀도 점차 들리지 않는데
滿頭霜雪半身風.	머리엔 백발 가득하고 몸 반쪽은 중풍이 들었다.
已將心出浮雲外,	이미 마음은 육신을 벗어나 초연한데
猶寄形于逆旅中.	그저 몸뚱이를 세상에 기탁하고 있을 뿐.
觴詠罷來賓閣閉,	음주와 작시 그만두니 빈객의 누각 닫히고
笙歌散後妓房空.	연주와 노래 소리 그치니 기방이 텅 비었네.
世緣俗念消除盡,	세속의 인연과 속념들이 완전히 사라지니

別是人間淸淨翁.　　　또 다른 인간 세상의 淸淨 노인이로세.

(『백거이집전교』권35)

　백거이 창시 역시 늙고 병든 몸으로 인한 인생 감회를 노래했다. 이황의 화시는 운자를 순서 그대로 차용했을 뿐 아니라 노쇠한 노년의 인생 비애를 토로한 주제도 창시와 다르지 않다. 이러한 내용의 화시 제작은 도학자 이황 또한 백거이 시에 대한 깊은 인식이 있었음을 보여 준다. 백거이 창시「老病幽獨偶吟所懷」의 주제는 인류의 보편적 감정을 다루고 있다. 이황만이 아니라 蘇世儉(1483-1573)[43]·蘇世讓(1486-1562)[44] 형제와 趙絅(1586-1669)[45] 등의 다수 조선문인도「老病幽獨偶吟所懷」시에 대해 화답했다는 사실은 화시 제작이 백시에 대한 깊은 공감을 기반으로 함을 말해 준다. 조선문인의 백거이 수용에 있어 화백시의 존재가 상당한 의미가 있는 것은 이 때문이다.

---

[43]　蘇世儉「用香山老病之韻」: "目視玄花耳向聾, 百年光景燭當風. 挑燈坐臥忘機事, 悼世悲歡付醉中. 去就秪須要適意, 窮通元是摠成空. 堆胸萬念增堪恨, 不作從前放浪翁."(『雙峯逸稿』)

[44]　蘇世讓「次雙峯用香山老病之韻」: "隔斷知聞不待聾, 幽襟閑拂竹窓風. 死生已落浮休裏, 憂樂終歸幻影中. 漸覺病隨年共至, 更憐身與世俱空. 明朝梅蕊傳春信, 相對依然感禿翁."(『陽谷集』권7)

[45]　趙絅「次香山老病吟」: "牛蟻無分還喜聾, 靈臺尙靜不嫌風. 老年興付形骸外, 少日心勞事業中. 鏗耳光陰蛇赴壑, 嬰紛富貴鳥過空. 自餘小小皆蕉鹿, 妓酒何關七十翁."(『龍洲遺稿』권4)

4. 사회풍유와 향산체

조선문인에 의한 백거이 수용 중 고려시대에 비해 특기할 만한 것은 백거이의 사회풍유시에 대한 수용이다. 權韠(1569-1612)은 조선중기에 본격적인 사회시 창작을 시도한 작가이다. 「詩酒歌」에서 "두보는 佳句를 탐내었고 잠삼은 醇酒를 좋아했지.……내 붓은 손에서 떠나지 않고 내 잔은 입에서 떠나지 않으니 잠삼은 내 왼쪽에 있고 두보는 내 오른쪽에 있도다."[46]라고 했듯이 권필은 당시 學杜의 풍조 속에서 두보를 매우 존숭했다. 그러나 권필의 사회시에는 두보만이 아니라 백거이 사회풍유시의 영향을 받은 작품도 존재한다. 권필의 『石洲集』에는 「忠州石效白樂天」·「有木不知名效白樂天」·「記異效白樂天」·「自遣效白樂天」 등과 같이 詩題에 백거이를 效則한 것임을 분명히 밝힌 작품들이 있기 때문이다.

忠州美石如琉璃,	충주의 좋은 돌 유리처럼 맑은데
千人劚出萬牛移.	사람 천 명이 캐내어 만 마리 소가 옮기네.
爲問移石向何處,	묻노니 돌을 어느 곳으로 옮겨가는가
去作勢家神道碑.	가서 세도가의 신도비를 만든다네.
……	……
遂令忠州山上石,	마침내 충주의 山石은
日銷月鑠今無遺.	매일같이 캐내어 지금은 남은 게 없네.
天生頑物幸無口,	이 돌덩이 생겨날 때 입 없었으니 다행이지

---

46 권필 「詩酒歌」: "杜子耽佳句, 岑生嗜醇酎.……我筆不去手, 我盃不離口. 岑生在吾左, 杜子在吾右."(『石洲集』 권2)

使石有口應有辭.　　　돌에 입이 있다면 응당 할 말 있으리.

(『石洲集』권2)

「忠州石效白樂天」이라는 제목의 이 시는 백거이의 신악부 「靑石」의 환골탈태이다. 세인들의 무분별한 神道碑 건립과 공덕을 과장한 비문의 허황됨을 풍자·비판하고 있다. 「有木不知名效白樂天」은 백거이의 「有木詩八首」를 본받은 사회풍유시이다.

李瀷(1681-1763)은 『星湖僿說』권29 「詩文門」 중에 「樂天風諭」條를 따로 설정하고 그 서두에 "백낙천은 풍유시를 많이 남겼는데 그 중엔 경계함에 절실한 것이 있으므로 대략 간추려 기록한다."[47]라고 하였다. 그리고 백거이의 「新豊折臂翁」·「道州民」·「馴犀」·「靑石」·「澗底松」·「紫毫筆」·「鴉九劍」·「海漫漫」 등 8수의 신악부를 간단한 主旨 설명과 함께 절록하고 있다. 비록 백거이 풍유시에 대해 상세한 논평을 내리지는 않았지만 조선문인이 백거이 풍유시에 대해 고려시대보다 진일보한 인식을 갖고 있었음을 알 수 있다.

丁若鏞은 조선후기 실학자로서 명성이 높지만 사회사실시의 작가로서도 유명하다. 강진에서 유배생활을 하던 정약용은 큰아들에게 서신을 보내며 "군왕을 경애하고 나라를 근심하지 않는다면 詩가 아니며, 시대를 아파하고 세속에 분개하지 않는다면 시가 아니다. 잘한 것은 칭송하고 잘못된 것은 풍자하며 선한 것을 권장하고 악한 것을 징계하는 뜻이 없다면 시가 아니다."[48]라 할 만큼 문학의 사회교화성과

47　李瀷 「樂天風諭」: "白樂天有諷諭詩甚多, 其間有警切, 略採錄焉."(『星湖僿說』권29)

48　丁若鏞 「寄淵兒」: "不愛君憂國, 非詩也; 不傷時憤俗, 非詩也; 非有美刺勸懲之義, 非詩也."(『與猶堂全書』문집권21)

실용가치를 중시하였다. 정약용은 두보의「三吏」·「三別」을 본받아「龍山吏」·「波池吏」·「海南吏」와「石隅別」·「沙坪別」·「荷潭別」을 지었고 두보를 '詩中孔子'[49]로 존숭했다. 사회풍유 방면에서 정약용은 백거이보다 두보에게 경도되어 있었음을 보여준다.

백거이에 대한 정약용의 인식은 사회풍유 방면이 아니라 오히려 다른 면에서 발견된다. 43세이던 1804년 8월 19일 밤, 정약용은 꿈속에서 시 한 수를 지었다고 한다. 기억이 잘 나지 않는 마지막 2구를 잠에서 깨어난 후 보충해서 완성한 시라고도 했다. 이렇게 완성한 시는 바로 칠언율시「八月十九日夢得一詩唯第七第八句未瑩覺而足之」이다.

爭奈愁何奈老何,	수심은 어찌하며 늙음은 어찌하랴
秋天憭慄水增波.	가을날 하늘은 서글프고 물결은 더 출렁인다.
漸交濁酒排燒酒,	탁주와 교분 맺으니 소주가 점점 멀어지고
自作長歌和短歌.	스스로 장가와 단가를 지어 부른다.
白髮尙於玄髮少,	백발이 아직은 검은 머리보다 적고
好人終比惡人多.	선인이 아무래도 악인보다 더 많다.
一牕風月淸如許,	창밖에는 자연풍광이 이렇게도 맑은데
豈必區區慕燕窠.	어찌 군이 하찮은 제비집 부러워하리오.

(『여유당전서』 시집권5)

1801년 11월, 정약용은 불혹의 나이에 강진으로 유배되었다. 3년간의 유배 생활에 가을 하늘을 바라보면 서글퍼지고 수심이 날로 깊어지니 탁주를 마시고 장단가를 읊조리며 세월을 보낸다. 나날이 늙어

49　丁若鏞「寄淵兒」: "後世詩律, 當以杜工部爲孔子."(『與猶堂全書』 문집권21)

가지만 아직은 검은 머리가 더 많고 악인보다 선한 사람이 더 많으니 그래도 살 만한 세상이라 스스로 위로한다. 부정보단 긍정의 시선으로 자신의 삶과 작금의 현실을 바라본다. 가지지 못한 것에 노여워하지 않고 유배지에서 누릴 수 있는 작은 것에 만족해한다. 유배 생활을 탁주와 작시로 즐기며 세사의 모순과 갈등으로부터 초탈하여 심신의 안온과 閑適한 情趣를 추구하는 심경을 노래한 것이다.

정약용 자신은 꿈속에서 이 시는 백거이 시체를 모방한 것이라고 생각했다. 그래서 제목 아래에 "夢中自以爲效白香山體"라는 自注를 부기했고, 제8구 아래에는 "燕窠 두 글자도 꿈속에서 얻은 것이다(燕窠二字亦夢中所得)."라는 자주를 달았다. 시어 '燕窠'는 백거이「感興二首」(『백거이집전교』권32)제2수의 "장막 위 제비집에서 눈앞의 안락을 탐하는 것일세(幕上偸安燕燕窠)."라는 시구를 연상시킨다. '제비집(燕窠)'은 뜬구름처럼 헛된 권세를 의미하는 것이니 정약용은 백거이 시어 '燕窠'의 의미를 본받아 "어찌 군이 하찮은 제비집 부러워하리오(豈必區區慕燕窠)."라고 했던 것이다.

백거이 시를 모방 혹은 본받아 지었음을 표방한 정약용의 '效香山體'는「老人一快事六首效香山體」라는 제목의 연작시가 대표적이다. 이 연작시는 71세 노년기 작품으로 6수 모두 "늙은이의 한 가지 즐거운 일(老人一快事)"이라는 시구로 시작한다. '대머리가 되는 것(髮鬌)'·'이가 빠지는 것(齒豁)'·'눈이 침침한 것(眼昏)'·'귀가 먹는 것(耳聾)'·'마음대로 시를 쓰는 것(縱筆寫狂詞)'·'때때로 벗과 바둑을 두는 것(時與賓朋奕)' 등 여섯 가지가 늙은이에게 즐거운 일이라는 것이다.

제1수에서는 머리털이 다 빠져 대머리가 되면 머리를 감고 빗질하는 수고로움이 없다고 했고, 제2수에서는 치아가 다 빠져버리면 치통이 사라져 밤새 잠을 편안하게 잘 수 있다고 했다. 제3수는 눈이 침침해지면 글읽기를 하지 않고 자연 풍광만을 눈에 담는 즐거움을 노래했고, 제4수는 귀가 먹어 잘 들리지 않으면 시비 다툼의 온갖 잡음을 듣지 않는 즐거움을 노래했다. 제5수와 제6수에서는 격식에 얽매이지 않고 자유롭게 시를 짓는 것과 승부에 대한 집착 없이 친구와 바둑을 두는 일이 노인의 즐거움이라고 했다.

특히 전반 4수에서 노래한 것은 사실 모든 인간이 겪는 불가피한 노화현상이다. 그러나 정약용은 이것을 역설적으로 노인이기에 누릴 수 있는 즐거움이라고 했다. 노년에 이르러 신체적 기능의 쇠퇴에 슬퍼하지 않고 오히려 신체적 기능의 구속으로부터 해방되어 유유자적한 생활을 즐길 수 있다는 것이다. 즉 노년의 신체적 결함으로 비관하거나 고통받지 않고 주어진 상황과 현실 속에서 자족하는 정신적 즐거움을 노래한 것이다.

樂天知命과 知足常樂은 바로 백거이의 인생 철학이다. 67세의 백거이는 "黔婁보다 부유하고 顔淵보다 장수하며, 伯夷보다 배부르고 榮啓期보다 즐거우며, 衛叔寶보다 건강하니 심히 다행스럽고도 다행스럽도다. 이 밖에 무엇을 더 추구하리오!"[50]라며 상대적 풍요로움과 상대적 즐거움으로 지족상락의 이치를 실현하고자 노력했던 시인이다. 일상 생활의 한적한 정취·인생과 세사에 대한 감회·낙천지명과 지족상락의 인생철학을 담담하게 술회한 백거이 시풍을 정약용은 본받고자 했던 것이다. 시의 사회교화성을 중시한 정약용도 백거이를 풍유시인으로서가 아니라 한적시인으로 보다 강하게 인식하고 있었음을 보여준다.

---

50 백거이 「醉吟先生傳」: "富于黔婁, 壽於顔淵, 飽於伯夷, 樂於榮啓期, 健於衛叔寶. 幸甚 幸甚! 餘何求哉!"(『백거이집전교』 권70)

백거이 시문학을 모방하고 본받고자 하는 창작 행위는 조선문인에 의해 여러 가지 용어로 표현되었다. '效(白)香山體'·'效(白)樂天體'·'效白居易體'·'效香山律'뿐만 아니라 '體'자를 생략한 '效香山'·'效(白)樂天'·'效白居易' 등도 사용되었고 '效'자 대신 '學' 혹은 '倣'이 쓰인 경우도 있으니 '效香山體'등 어느 특정 용어가 고유명사화된 것은 아님을 알 수 있다.

兪好仁(1445-1494)의 「何處難忘酒效白樂天」, 鄭士龍(1491-1570)의 「餞春五律效香山」, 趙絅(1586-1669)의 「次鄭湖陰效香山律三首」, 申厚載(1636-1699)의 「記舊遊效樂天體」, 任相元(1638-1697)의 「學香山體」, 范慶文(1738-1801)의 「效白居易楊柳枝詞」, 權訪(1740-1808)의 「怨歌行效香山體」등 조선 초기에서 후기에 이르기까지 여러 문인들이 다양하게 백거이의 시문학을 모방하고 본받고자 했으니 이는 조선문단에서 지속되었던 보편적 수용 방식이었다.

5. 국문문학과 백거이

1446년 반포된 훈민정음으로 인해 우리의 문자로 표기된 소위 국문문학이 탄생하였다. 이에 조선시대의 백거이 수용에는 고려에서는 볼 수 없었던 특별한 양상이 존재한다. 백거이 시가 시조와 가사·소설 등의 국문문학 작품에도 다양한 모습으로 등장했던 것이다. 특히 宋·黃堅 편찬으로 알려진 『古文眞寶』[51]가 조선 초기에 수입되어 조

---

51 허균 「惺翁識小錄」: "國初諸公皆讀古文眞寶前後集, 以爲文章. 故至今人士初學必以此爲重."(『성소부부고』권24)

선시대에 가장 널리 보급된 시문교본이 되었다. 이로 인해 백거이의 장편시 「長恨歌」와 「琵琶行」이 많은 독자들에게 읽혀짐에 따라 국문문학 작품에 자주 수용되었던 것이다. 우선 시조를 중심으로 「장한가」와 「비파행」의 수용 양상을 살펴 볼 것이다. 양귀비와 당태종의 애정 고사를 소재로 한 무명씨의 시조를 예로 든다.

一笑百媚生이 太眞의 麗質이라
明皇도 이러므로 萬里幸蜀하시도다
馬嵬驛馬前死하니 그를 슬퍼하노라

(『고시조대전』 4001.1)

이 작품은 「장한가」의 시구를 활용하여 양귀비의 미모와 마외파에서의 죽음을 노래했다. 초장은 제7구 "迴眸一笑百媚生"과 제5구 "天生麗質難自棄"에서 일부 표현을 차용했고, 종장은 제38구 "宛轉蛾眉馬前死"와 제53구 "馬嵬坡下泥土中"에서 일부 시어를 조합한 것이다. 이와는 달리 「장한가」 시구를 그대로 차용하는 경우도 적지 않다.

가을날 님에 대한 그리움을 노래한 "하절 가고 가을이 오니 秋雨梧桐葉落時라 잎만 져도 임의 생각"(『고시조대전』 4068.1)은 제62구 "秋雨梧桐葉落時"구를 그대로 사용했다. 남녀 간의 연정과 이별을 노래한 "窓外三更細雨時에 양인심사 깊은 정과 夜半無人私語時에 백년동락 굳은 언약 이별 될 줄 몰랐더니"(『고시조대전』 4556.1)에서는 제116구 "夜半無人私語時"를 그대로 차용했다. 이 같은 수용 방식의 대표 작품은 다음과 같다.

行宮見月傷心色에 달 밝아도 임의 생각

夜雨聞鈴腸斷聲에 빗소리 들어도 임의 생각

鴛鴦瓦冷霜華重에 翡翠衾寒誰與共고

耿耿星河欲曙天에 孤燈을 挑盡토록 未成眠이라

진실로 天長地久有時盡이로되 此恨은 綿綿하여 無絶期라.

(『고시조대전』 5376.1)

「장한가」의 제49 · 50 · 71 · 72 · 70 · 68 · 119 · 120구를 그대로 사용하여 작품의 8할 이상이 백거이 시구로 이루어졌다. 당현종과 양귀비의 애정과 그리움을 노래한 시구만을 선별했으니 「장한가」의 축약본이라고 해도 과언이 아니다. 무명씨의 가사 「白髮歌」는 노년에 벗할 친구가 없는 쓸쓸한 신세를 한탄하며 「비파행」의 시구를 차용했다.

朝夕相對 하든 親舊 浮雲같이 흩어지고

平生之交 맺었더니 流水같이 물러가니

門前冷落鞍馬稀는 일로두고 이름이요.

(『초당문답가』)

영락한 비파녀의 가련한 처지를 노래한 「비파행」 제55구 "門前冷落鞍馬稀"를 그대로 인용했으나 여기서는 가까운 벗들이 떠나가고 없는 쓸쓸함을 표현한 것이다. 비파를 소재로 한 무명씨 시조에서는 비파 연주를 묘사한 제26구 "大珠小珠落玉盤"을 사용하여 "아마도 大珠小珠落玉盤ᄒ기는 너쑨인가 ᄒ노라."(『고시조대전』 2183.1)며 비파 연주의 아름다움을 찬양했다. 「비파행」 제20구 "說盡心中無限事"는 남녀간의 연정을 노래한 작품에서 "說盡心中無限事를 정인에게 하소할 제"(『고시조대전』 2597.1)라는 형태로 등장한다.

"달 밝고 서리 찬 밤에 심양강 當到하니, 백낙천이 一去하니 琵琶
聲이 다끊어지고."(『詩歌謠曲』)라는 가요의 한 대목은 백거이가 심양강
변에서 손님을 배웅하며 「琵琶行」을 지은 일을 노래한 것이다. 심지
어는 백거이 원작의 전체를 懸吐의 방식으로 인용해 지어진 작품도
있다. 비교를 위해 우선 백거이 원작을 인용한다.

若不坐禪銷妄想,　　좌선하여 망상을 삭여내지 못한다면
卽須行醉放狂歌.　　도리어 술에 취해 狂歌 불러야 하리.
不然秋月春風夜,　　아니면 가을 달밤이나 봄바람 부는 밤
爭那閑思往事何.　　부질없이 지난 일 생각남을 어찌하랴.

(『백거이집전교』 권15)

백거이의 「强酒」이다. 원화 10년(815) 44세 나이에 江州로 좌천되
어 가는 도중에 지은 시이다. 참소로 인해 누명을 쓰고 머나먼 지방으
로 내려가야만 하는 시인의 침통한 심정을 노래했다. 이 시를 차용한
시조 작품을 예로 든다.

若不坐禪銷妄念인데　直須浸醉放狂歌라.
不然이면 秋月春風夜에 爭奈尋思往事何오.
每日에 芳樽을 對하여 暢飮消遣하리라.

(『고시조대전』 3111.1)

무명씨의 이 작품은 想·卽·行·那·閑이 念·直·浸·奈·尋으
로 바뀐 것을 제외하면 백거이 「强酒」에 어법관계를 표시하는 어미·
조사 등을 삽입하여 初·中章을 삼고 종장만 시조 작가의 창작으로 이

루어진 독특한 경우이다. 이러한 유형의 수용은 창의성이 결여된 것이지만 조선문인이 중국시를 읽고 감상하는 데만 만족하지 않고 원작에 대한 재창작과 歌唱化의 의지를 표출한 것이라고 할 수 있다.[52]

이외에 「春香傳」·「沈淸傳」·「玉樓夢」 등의 국문소설에도 백거이 시, 특히 「장한가」와 「비파행」의 시구가 일종의 수사 수단으로 인용되고 있다. 일례를 들면 춘향이 멀리 떠나가는 이몽룡을 배웅하며 "애고 애고 내 신세야 애고! 일성하는 소리 黃埃散漫風蕭索 旌旗無光日色薄이라."고 한 「춘향전」의 대목에는 백거이 「장한가」의 제43구 "黃埃散漫風蕭索(누런 흙먼지 휘날리고 바람은 소슬하다.)"과 제46구 "旌旗無光日色薄(천자의 깃발도 빛을 잃고 햇빛도 희미하다.)"을 그대로 차용했다. 안사의 난 발발 이후 당현종 피난길의 황망함과 무력함을 묘사한 시구를 님과의 이별을 맞이한 여인의 심란함을 노래하는 데 사용한 것이다.

백거이 시에 대한 국문문학에서의 수용은 시어와 시구를 그대로 인용하거나 또는 漢文 懸吐의 방식으로 시구의 중간 혹은 말미에 어미 혹은 조사만을 첨가하여 인용하기도 하고 때로는 원작의 시구를 한역한 것들이 대부분이다. 그러나 백거이 시문학의 수용 범위가 전대에 비해 확대되었다는 점에서는 매우 의미있는 일이라고 할 수 있다.

6. 소결

두보 숭상과 學杜의 열기가 타의 추종을 불허하던 조선문단에서 백거이 시가 학시 규범으로 존숭되지 않았던 것은 고려시대와 다르지

---

52 韋旭昇『中國文學在朝鮮』廣州, 花城出版社, 1990, 266쪽 참조.

않다. 그러나 "樂天可作我爲師"라는 고려문인의 백거이 인식은 조선문인에 의해 더욱 강렬하게 유지되고 있었다. 일부 조선문인에게 백거이는 선망의 대상이자 흠모의 대상이었다. 때로는 백거이에게 일부 조선문인은 모든 것을 이해해주는 지음이었다. 이러한 백거이 인식이 조선후기에 이르기까지 유지되었던 것은 단순히 삶의 방식에 대한 공감과 정치 상황의 유사성 때문만이 아니라 백거이의 인품과 인생 철학에 대한 흠모의 정 때문이었다.

백거이가 도연명·이백·두보·한유·맹교·유종원·황정견 등과 더불어 중국 팔대시인으로 인정받았다는 것은 조선문인의 백거이 인식을 보여주는 좋은 일례이다. 백거이의 가기 樊素는 조선문인에게도 애첩의 대명사로 빈번하게 시화되고 있으며 노년에 낙양 八節灘을 개수했던 일, 香山 九老會에 관한 일화는 물론이고 심양강변의 비파녀와 「비파행」에 관한 고사 등등 백거이 전기 사실과 일화의 시화는 백거이 인생역정에 관한 광범위한 지식을 보여준다는 면에서 상당히 흥미롭다.

대부분의 문인이 백거이 풍유시보다는 한적시에 대한 인식이 강하게 드러나지만, 권필 등 일부 문인의 사회시에서 백거이의 풍유시가 수용되었다는 점, 그리고 「長恨歌」·「琵琶行」 등이 특히 널리 읽혀져 국문문학에도 수용되고 있다는 점은 특기할 만하다.

集句와 和韻 방식에 의한 백시의 수용은 조선시대에 들어서도 꾸준히 진행되었다. 조선전기의 김시습으로부터 조선중기의 전극항을 거쳐 조선후기의 문성준에 이르기까지 백거이 시는 집구의 대상으로 조선문인에게 주목받고 있었던 것이다. 집구시는 비록 타인의 시구만으로 지어진 것이지만 시인의 능력에 따라 기승전결의 조합이 조화를 이룬다면 훌륭한 재창작품이 될 수 있다는 점에서 큰 의미가 있다. 화운 방식에 의한 조선문인의 백시 수용은 고려문단에 비해 훨씬 대량적으로 이루어졌다. 가장 대표적인 작례는 허균의 「화백시」25수이다. 고려문인 이규보의 경우처럼 백거이의 삶의 방식과 노년의 처지에 대한 유사성에 동질감을 느낀 것이 화시 제작의 주요 동기였다. 성리학자 李滉에게서도 백시에 대한 화운시가 발견된다. 조선문인의 화백시에 관한 문제는 별도로 논의할 충분한 가치가 있다.

백거이 풍유시는 문학사적 의미와 가치를 인정받는 작품군이다. 사회시 창작을 적극적으로 시도한 조선중기의 權鞸은 백거이 풍유시의 영향을 받은 적지 않은 작품을 남겼다. 또한 조선후기 실학자 李瀷은 「樂天風諭」라는 제목 하에 일부 신악부 작품에 대한 관심을 보임으로써 사회풍유시에 대한 진일보한 인식을 보여 주었다.

조선문인은 백거이 시를 모방 혹은 본받아 지었음을 '效香山體' 등의 표현으로 밝히곤 했다. 조선후기 실학자 정약용이 바로 조선의 效香山體를 대표한다고 해도 과언이 아니다. 6수로 이루어진 연작시 「老人一快事六首效香山體」는 상대적 풍요로움과 상대적 즐거움으로 지족상락의 이치를 실현하고자 했던 백거이의 인생철학을 본받고자 했다는 점에서 흥미롭고도 의미심장한 작품이다. 많은 조선문인에 의해 창작된 效香山體는 조선문단의 지속적이고 보편적인 수용 방식임에 틀림없다.

조선의 백거이 수용에서 고려시대에 비해 특기할 만한 양상은 바로 시조·가사·소설 등의 국문 작품에 다양한 모습으로 등장한다는 것이다. 국문 작품의 백시 수용은 비록 원작의 형태를 거의 그대로 차용하고 있다는 점에서 아쉬운 면도 있으나 백거이 시문학에 대한 수용 범위의 확장이라는 매우 중요한 의미를 가진다. 이후로도 지속적인 연구작업이 필요한 영역임은 분명한 사실이다.

제3장

조선문인의 白詩 수용과 변용 — 「何處難忘酒」를 중심으로

조선문인의 백거이 수용을 거론할 때 가장 먼저 떠오르는 것은 백거이의 「長恨歌」와 「琵琶行」이다. 「장한가」와 「비파행」은 국문으로 번역되어 부녀자와 일반 평민계층에서도 널리 애독되었고 그 名句와 관련 일화는 조선의 국문작품에도 빈번히 수용되었기 때문이다.

　　「장한가」와 「비파행」처럼 널리 알려지지는 않았지만 또 다른 차원에서 조선문인에게 널리 애독되고 모작과 수용의 대상으로 인기 있었던 백거이 작품은 바로 「何處難忘酒」이다. 본고는 『韓國文集叢刊』正編(전350책)을 대상으로 백거이 「하처난망주」에 대한 조선문인의 模作[1]을 선별하고, 이를 중심으로 백거이의 「하처난망주」가 조선문인에 의해 어떠한 방식으로 수용되고 변용되었으며 그 양상의 의미는 무엇인지 고찰하고자 한다.

1　한중 양국 간의 문학 수용양상은 다양한 층차가 존재한다. 그 중 범위와 심도면에서 가장 크고 분명한 양상은 특정 작품의 형식 혹은 내용에 대한 공감으로 창작된 소위 '模作'이다. 이와는 달리 동일한 시어나 유사한 시구의 사용은 가장 미세하고 애매한 양상에 해당한다. 백거이 「하처난망주」에 대한 조선문인의 수용은 후자보다는 전자의 층차에서 더욱 두드러지기 때문에 모작을 중심으로 그 양상을 고찰하는 것이 더 큰 의미와 가치가 있다.

1. 백거이 「何處難忘酒」와 모작의 효시

백거이의 「하처난망주」는 7수로 이루어진 연작음주시이다. 大和 4년(830), 백거이의 나이 59세에 창작된 이 연작시는 인생에서 술이 마시고 싶어질 때를 일곱 가지로 설정하여 노래한 작품이다. 즉 제1수("長安喜氣新")는 과거에 급제하여 이상 실현의 희망에 부풀었을 때, 제2수("天涯話舊情")는 청운의 꿈을 이루지 못한 채 백발이 되어 타향에서 옛 친구를 만났을 때, 제3수("朱門羨少年")는 백화만발한 봄날 연회의 흥취를 즐기려 할 때, 제4수("霜庭老病翁")는 늙고 병든 노년의 처량함과 서글픔을 느낄 때, 제5수("軍功第一高")는 큰 전공을 세워 득의양양 금의환향할 때, 제6수("靑門送別多")는 정든 이를 떠나보내며 이별의 아쉬움을 달랠 때, 제7수("逐臣歸故園")는 귀양 갔다 고향으로 돌아온 이의 고초를 위로하고자 할 때, 바로 이 일곱 가지의 경우를 우리 인생에서 "難忘酒"할 때라고 노래한다. 그 중에 기쁠 때도 있고 슬플 때도 있는 것은 술은 기뻐서도 마시고 슬퍼서도 마시기 때문이다. 기뻐서 마시는 술은 '取樂'의 술이고 슬퍼서 마시는 술은 '解憂'의 술이니, 「하처난망주」 7수는 사실 권주의 형식을 빌려 인생의 애환을 노래한 시이다.

더욱 흥미로운 점은 이 연작시에 매우 독특한 형식이 존재한다는 것이다. 즉 「하처난망주」 7수의 제1구는 모두 "何處難忘酒", 제7구는 모두 "此時無一盞"이라는 점이다. 동일 시구 혹은 유사 시구를 반복 사용하는 작법은 백거이의 다른 연작시에도 나타난다. 예를 들면 「丘中有一士二首」(『백거이집전교』 권1)는 제1구가 모두 "丘中有一士"로 시작되며, 「和春深二十首」(『백거이집전교』 권26)는 제1구에 "何處春深好"라는 동일 시구가, 제2구에는 "春深××家"라는 동일 형식의 시구가

20번 반복하여 등장한다. 그러나 「하처난망주」 7수는 8구로 이루어진 율시에서 제1구와 제7구의 2개 시구에 반복구가 사용되고 있다는 점이 더욱 독특하다.

연작시에서의 반복구 사용은 동일한 주제를 서로 다른 측면과 각도에서 다양하게 노래할 수 있다는 장점이 있다. 또한 한 작품에서 두 차례의 반복구 사용은 주제 표출의 효과를 강화하는 등 여러 가지 예술적 효과가 있다. 즉 2개의 시구를 각각 동일한 위치에 반복 사용한 독특한 형식의 「하처난망주」 7수가 인생의 애환을 서로 다른 측면과 각도에서 다양하게 노래했다는 점에서 조선문인의 흥미 유발에 상당한 역할을 했을 것이다.

현존 문헌에 의하면 백거이 「하처난망주」에 대한 최초의 모작이면서 고려 시대 유일한 모작은 고려 제16대 국왕 睿宗(1079-1122: 재위 1105-1122)과 處士 郭興(1058-1130)에 의해 출현하였다. 예종은 고려조에서 가장 시문학을 애호했던 군주였다. 李仁老(1152-1220)의 『破閑集』(권중)에는 예종과 곽여의 일화가 기록되어 있다.[2]

처사 곽여는 睿王이 동궁에 있을 때 寮佐로 있었다. 예왕이 왕위에 오르자 벼슬을 버리고 멀리 떠나갔다. 이에 (왕께서) 조서를 내려 성 동편 약두산의 봉우리 하나를 하사하셨는데, 그곳에 별장을 지어 東山齋라고 이름하였다.……임금께서 한번은 북문에서 나와 환관 수십 명을 거느리고 친히 宗室列侯라고 일컬으며 동산재를 방문하셨으나 처사가 마침 도성에 머무르며 돌아오지 않았다. 임금께서 서너 번 배회하시다가 「하처난망주」 한 수를 지어 친필로 벽에 써 놓고 환궁했다.

---

2 이에 관한 기록은 『高麗史』 권97 · 「郭興傳」(「郭尙傳」附)에도 수록되어 있다.

郭處士興, 睿王在春宮時寮佐也. 及上踐阼, 掛冠長往, 詔賜城東若頭山一峯. 開別墅, 名曰東山齋.……上嘗從北門出, 率黃門數十人, 自稱宗室列侯, 訪東山齋. 處士適留城中不返. 上徘徊數四, 製「何處難忘酒」一篇, 以宸翰題壁而還.

이 기록에 의하면 예종이 처사 곽여의 별장 동산재를 방문했으나 만나지 못하자 지은 시가 바로 「하처난망주」이다. 후일 동산재를 다시 방문한 예종이 곽여의 손을 잡고 시를 口占하라 하자,[3] 곽여는 예종의 시에 화답했다고 한다.

예종이 동산재 벽에 남겼던 시와 곽여의 화답시는 이인로의 『파한집』(권중)에 수록되어 전해졌다. 특히 곽여의 시는 후일 徐居正 (1420-1488)의 『東文選』(권11)에도 「東山齋應製詩」라는 제목으로 수록되어 있다. 현존 문헌에 의하면 예종과 곽여의 창화시가 바로 백거이 「하처난망주」 7수에 대한 모작의 효시이다. 우선 예종의 시를 인용한다.

何處難忘酒,	어떤 때 술을 잊지 못할까?
尋眞不遇廻.	仙人을 방문했다가 못 만나고 돌아갈 때.
書窓明返照,	書窓에는 석양이 밝게 비치고
玉篆掩殘灰.	서책은 남은 먼지에 덮여 있다.
方丈無人守,	선인의 거처엔 지키는 사람 없고
仙扉盡日開.	사립문은 하루 종일 열려 있다.
園鶯啼老樹,	꾀꼬리는 동산 고목 사이에서 울고

---

3 『高麗史』권97·「郭興傳」:「後又幸山齋, 執其手使口號.」

庭鶴睡蒼笞.	황새는 뜨락 푸른 이끼 위에서 잠을 잔다.
道味誰同話,	仙界의 道理를 누구와 이야기할까?
先生去不來.	선생은 떠나가 돌아오지 않는구나.
深思生感慨,	깊게 생각해 보니 너무나 아쉬워
回首重徘徊.	고개 돌려 다시 또 배회하노라.
把筆留題壁,	붓을 잡아 벽에 시를 남기고
攀欄懶下臺.	난간 잡고 오른 臺에서 내려올 마음 없네.
助吟多態度,	시흥을 돕는 기운이 넘치고
觸處絶塵埃.	어느 곳에도 세속 티끌 한 점 없는데
暑氣蠲林下,	더위는 나무 숲 아래에서 사라지고
薰風入殿隈.	훈풍이 전각 모퉁이로 불어 온다.
此時無一盞,	이때 한 잔 술이 없다면
煩慮滌何哉.	번뇌와 근심을 어떻게 씻어내리오?

(『파한집』권중)

이 시는 총애하던 신하를 만나러 왔다가 뜻을 이루지 못하고 그냥 돌아가야 하는 아쉬움을 노래했다. 예종의 작품은 20구 오언배율이라는 점에서 오언율시인 백거이 「하처난망주」와 다르지만, "何處難忘酒"를 제1구로 하고 마지막에서 2번째 구를 "此時無一盞"으로 했다는 점은 원작과 완전히 일치한다. 곽여의 「동산재응제시」⁴를 인용하면 다음과 같다.

---

4 제7구의 '杖'은『破閑集』에 '仗'으로 표기되어 있으나『東文選』(권11)에 의거해 '杖'으로 수정했음을 밝힌다.

何處難忘酒,	어떤 때 술을 잊지 못할까?
虛經寶輦廻.	어가가 헛걸음하고 되돌아 갔을 때.
朱門追小宴,	부잣집 小宴을 좇아 다니다 보니
丹竈落寒灰.	丹竈에 먼지가 떨어지더군요.
鄕飮通宵罷,	鄕飮酒禮는 밤이 깊어 파하고
天門待曉開.	성문은 새벽녘이 되어 열렸는데
杖還蓬島徑,	지팡이 짚고 봉래산 길 돌아 오니
屧惹洛城苔.	나막신엔 도성의 이끼 묻어 있네요.
樹下靑童語,	나무 아래에서 仙童이 말하기를
雲間玉帝來.	天上의 옥황상제께서 오셨는데
鼇宮多寂寞,	처사의 거처가 많이 적막하여
龍馭久徘徊.	제왕께서 오랜 시간 배회하시고
有意仍抽筆,	느낀 바 있으신 듯 붓 잡으시더니
無人獨上臺.	아무도 없이 홀로 대에 오르셨다네요.
未能瞻日月,	제왕의 용안을 뵙지도 못했으니
却恨向塵埃.	속세에 갔던 일이 한스럽습니다.
搔首立階下,	섬돌 아래 서서 상념에 빠지고
含愁倚石隈.	돌 모퉁이에 기대어 시름에 잠깁니다.
此時無一盞,	이때 한 잔 술이 없다면
豈慰寸心哉.	어떻게 마음을 달랠 수 있겠습니까?

(『파한집』권중)

이 시는 자신을 총애한 군왕이 처소에 방문했었으나 부재중이었던
이유로 배알하지 못한 아쉬움과 황공함을 노래했다. 곽여의 「동산재
응제시」는 예종의 「하처난망주」처럼 20구의 오언배율이며 상평성 灰

韻의 동일한 운자를 사용했다는 점에서 일차적으로는 예종의 시에 대한 次韻詩이다.

곽여의 「동산재응제시」 역시 백거이 「하처난망주」의 가장 기본적 형식요소인 반복구를 동일한 위치에 사용했다는 점은 변함이 없다. "何處難忘酒"와 "此時無一盞"을 제1구와 마지막에서 2번째 구에 사용했다는 점은 수용했으나 8구에서 20구로의 변화는 시체의 변용이었다. 따라서 현존 문헌에 의하면 예종과 곽여의 창화시는 백거이 「하처난망주」 7수에 대한 최초의 모작이면서 수용과 변용의 효시이기도 하다.

2. 형식의 수용과 변용

현존 문헌에 의하면 12세기초 예종과 곽여의 창화시 이후로 고려문인에 의한 모작은 더 이상 발견되지 않는다. 그후 더욱 적극적이고 다양한 수용은 조선문인의 모작에 의해 이루어진다. 백거이의 「하처난망주」에 대한 조선문인의 모작은 37제 83수가 존재하는데, 연작시에 속한 작품이 무려 62수에 이른다.[5] 이러한 현상은 백거이 원작이 연작

---

5 각 연작시의 편수는 다양하다. 김상헌의 「何處難忘酒二首」는 2수, 정약용의 「三聲詞」는 3수, 조욱의 「次香山居士何處難忘酒韻四首示同僚彦直」, 심수경의 「次樂天何處難忘酒四首」, 권문해의 「效白樂天體吟得難忘酒四篇以寓意四首」, 박장원의 「東軒四時詞效何處難忘酒體四首」, 이만부의 「何處難忘酒吟四首」·「四時難忘酒吟四首」는 각 4수, 강희맹의 「作首尾吟送人南歸五首」는 5수, 유호인의 「何處難忘酒效白樂天」과 홍우원의 「何處難忘酒六首」는 각 6수, 심지어 이학규의 「何處難忘酒擬長慶體」처럼 무려 12수에 이르는 연작시도 있다. 상기한 58수 이외에 각주10에서도 밝혔듯이 문집의 수록 형태로는 단독 작품으로 보이지만 실제로는 연작시가 분명한 任相元의 「春事」·「夏事」·「秋事」·「冬事」를 포함하면 연작시는 총 62수가 된다.

시임을 의식한 결과라고 생각된다.

백거이「하처난망주」와 조선문인의 모작 83수를 비교할 때 우선 눈에 띄는 점은 시제·시체·반복구 등 형식요소에 대한 수용과 변용이다. 南克寬(1689-1714)의「何處難忘酒」와 金尙憲(1570-1652)의「何處難忘酒二首」는 원작의 제목을 그대로 사용한 작품이다. 그러나 兪好仁(1445-1494)의「何處難忘酒效白樂天」, 李學逵(1770-1835)의「何處難忘酒擬長慶體」, 權文海(1534-1591)의「效白樂天體吟得難忘酒四篇以寓意四首」처럼 '效白樂天'·'擬長慶體'·'效白樂天體' 등의 문자를 부가하여 백거이 시를 염두에 두고 창작했다는 것을 직접 밝힌 작품도 있다.

한편 시제만으로는「하처난망주」7수에 대한 모작임을 알 수 없는 작품도 적지 않다. 李宜茂(1449-1507)의「宿龍山寺作效白樂天」·「效白樂天」, 金淨(1486-1521)의「到朝珍驛通川倅送酒酬謝簡後」, 그리고 權韠(1569-1612)과 李安訥(1571-1637)의 공동 작품인「聯句」 등은 모두 원작의 제목을 채택하지 않았지만 제1구와 제7구에 "何處難忘酒"·"此時無一盞" 등의 반복구를 사용한 오언율시이다. 이러한 작례는 시구에 대한 검토를 통해 백거이「하처난망주」와 관련된 작품임을 확인해야 한다.

시체 면에서는 원작과 동일한 오언율시가 거의 80%에 해당하는 64수에 이른다. 나머지 작품에서는 5언6구·5언30구·5언20구·오언절구·칠언절구·칠언율시 등 여러 가지 시체가 채택되었다. 그러나 시제와 시체 면에서의 수용과 변용보다 더욱 흥미로운 것은 백거이 원작에서 가장 독특한 형식 요소인 반복구가 조선문인에 의해 얼마나 다양한 모습으로 수용되었는가라는 점이다. 원작과 마찬가지로 제1구는 "何處難忘酒", 제7구(혹은 마지막 연의 出句)는 "此時無一盞"구를 사용한 작례가 50수에 이르므로 이런 경우를 정격이라 한다면, 변격에 해당하는 작품은 원작의 형식을 그대로 답습하지 않고 조선문인 나름 대로 가공을 거쳤다는 점에서 큰 의미가 있다.

李萬敷(1664-1732)의「四時難忘酒吟四首」는 5언6구의 작품인데 제 1구를 "何處難忘酒"가 아니라 "○○難忘酒"로 바꾸었다. 이해의 편 의를 위해 일부 시구를 예시한다.

春日難忘酒, 簾外報新晴.…… 此時無一盞, 何以攄幽情. (其一)

夏日難忘酒, 林廬返照還.…… 此時無一盞, 何以破苦顏. (其二)

秋日難忘酒, 霜淸碧宇參.…… 此時無一盞, 何以資哢吺. (其三)

冬日難忘酒, 冰雪皓無垠.…… 此時無一盞, 何以得氤氳. (其四)

(『息山集』 권2)

원작 제1구 "何處難忘酒" 중의 '何處(어떤 때)'를 '春日'·'夏日'· '秋日'·'冬日'로 대체하여 사계절마다 술 마시고 싶을 때가 있음을 노래했다. 이학규의「何處難忘酒擬長慶體」는 총 12수에 이르는 오언 율시 연작시인데 원작의 제7구 "此時無一盞"구 대신에 "此時思一 飮"이라는 표현을 사용했다. 즉 제1구와 제7구 동일한 위치에 "何處 難忘酒"·"此時思一飮" 2구가 12번 반복 사용되고 있다. 이만부와 이학규의 연작시는 백거이의「하처난망주」에서 7차례 반복적으로 사 용된 "何處難忘酒"·"此時無一盞" 2구에 가장 소폭의 변화를 가한 작례에 해당한다.

金麟厚(1510-1560)의「送仲明還覲」[6]과 朴而章(1547-1622)의「白玉

---

6 金麟厚「送仲明還覲」: "處處迷花草, 東風送子情. 此時無一盞, 何以度平生."(『河西全

盤」[7]처럼 원작의 "何處難忘酒"구는 취하지 않고 "此時無一盞"구만 사용한 경우도 있다. 흥미로운 것은 83수 중에서 오언절구가 2수 존재 하는데 모두 이러한 방식을 취하고 있다는 점이다. 이것은 4구의 짧은 형식을 통해 자신의 뜻을 표출하기 위해서는 "何處難忘酒"구를 그대 로 수용하는 것이 부적절했기 때문으로 생각된다.

이와 유사한 작례는 칠언절구에서도 나타난다. 83수 중 칠언절구 2수가 존재하는데, 제3구가 "相對此時無一盞"[8]·"怊悵此時無一盞"[9] 처럼 "此時無一盞"句 앞에 2음절이 추가된 형태로 나타난다. 이것은 원작의 5언구를 7언구로 표현하기 위한 부득이한 선택이었을 것이다.

원작의 반복구 "何處難忘酒"·"此時無一盞"에 대해 대폭적인 변 용을 시도한 작품도 적지 않다. 일례로 任相元(1638-1697)의 연작시 「春事」·「夏事」·「秋事」·「冬事」 4수는 모두 "何處偏宜酒"로 시작 된다. 원작의 제1구 "何處難忘酒"와는 다르다. 오언율시인 임상원의 작품 제7구는 "此時無一盞"이 아니라 서로 다른 시구, 즉 "幽人欲遣 興"(제1수)·"良辰不可負"(제2수)·"端居味自永"(제3수)·"仍聞家釀 熟"(제4수)로 대체되어 있다. 제1수 「春事」를 예로 든다.

集』권5)

7 朴而章「白玉盤」: "昨日遊南磵, 重尋白玉盤. 此時無一盞, 何以辦清歡."(『龍潭集』권1)

8 朴承任(1517-1586)「次來之韻」其二: "田園回首去程悠, 五斗欺人逐宦遊. 相對此時無一 盞, 其如風雪歲寒愁."(『嘯皐集』)

9 金壽增(1624-1701)「八月十八日, 入華陰, 以村廬癘疫, 不得仍留, 留二日還京, 又以婢僕 疑疾. 九月十六, 出寓渼陰村墅. 廿九, 又移石室, 獨處松柏堂, 女兒輩寓奴家. 數月之間, 遷次靡定, 棲遑無聊, 口占絶句. 所遭所懷, 率意輒書, 以資消遣, 皆實跡也. 觀者不以詩看 可也, 然又不可與不知者道也.」제18수: "平生不喜飮微酡, 老境方知酒力多. 怊悵此時無 一盞, 暮天風雪奈愁何."(『谷雲集』권2)

何處偏宜酒,	어느 때가 가장 술 마시기 좋은가?
春園覽物時.	봄 뜨락의 節物을 둘러 볼 때.
花嬌爭作態,	아름다운 꽃은 다투어 교태를 뽐내고
柳弱不勝絲.	연약한 버들 가지 실보다도 못하다.
戲蝶紛粘樹,	나비는 날아다니며 이리저리 나무에 붙고
啼禽數揀枝.	새들은 지저귀며 자주 가지를 고른다.
幽人欲遣興,	은자가 회포를 풀고자 한다면
一盞可能辭.	술 한 잔 사양할 수 있겠는가?

(『恬軒集』 권10)

이 시는 제목에 "何處難忘酒"류의 표현이 있지 않고 시구에도 "何處難忘酒" 및 "此時無一盞" 등의 반복구가 전혀 존재하지 않는다. 이것만으로 보면 임상원의 작품은 백거이의 「하처난망주」와 무관한 것처럼 보인다. 그러나 이 연작시의 자주[10]에 "香山有何處難忘酒七篇"이라고 하였으니 백거이 「하처난망주」가 모방의 대상이었음이 분명하다. 임상원의 연작시 「春事」 · 「夏事」 · 「秋事」 · 「冬事」 4수는 원작과 무관하게 보일 정도로 대폭적인 변용이 시도되었다는 점에서 상당한 의미가 있다.

시제 · 시체 · 반복구 등의 형식 요소를 모두 수용한 작품은 무려 29

---

10 여기에서 말하는 自注는 사실 「春事」 · 「夏事」 · 「秋事」 · 「冬事」라는 4수의 연작시를 총괄하는 대제목이 분명하다. 그러나 한국문집총간본 『恬軒集』에 의하면 바로 앞에 수록된 「擬和夢得秋夜見懷之作方對夜雨」 시 아래에 附註로 처리되어 있고 목차 상에서도 4수의 연작시에 대한 제목으로 처리되지 않았기 때문에 「春事」 · 「夏事」 · 「秋事」 · 「冬事」 4수는 단독 작품으로 오해받을 수도 있다. 이것은 저본으로 삼은 판본상의 편찬 오류를 인식하지 못한 결과이다.

수에 이른다. 이 작품 중에는 단순 모방에 그친 것도 있으나 원작의
형식요소 제약으로 인해 고난도의 창작 과정을 거쳤다는 점은 인정할
만 하다. 작시의 난이도 면에서 볼 때 29수 작품 중에서도 가장 큰 의
미가 있는 것은 바로 차운시이다. 백거이「하처난망주」제2수와 그에
대한 趙昱(1498-1557)・沈守慶(1516-1599)의 모작을 예로 든다.

[가] 백거이「何處難忘酒」제2수

何處難忘酒,　　　어떤 때 술을 잊지 못할까?

天涯話舊情.　　　머나먼 곳에서 정든 이 만나 옛 이야기 나눌 때.

靑雲俱不達,　　　다같이 청운의 꿈 이루지 못하고

白髮遞相驚.　　　백발이 성성한 모습에 서로 놀란다.

二十年前別,　　　이십 년 전에 헤어져

三千里外行.　　　삼천리 밖 떠돌다 다시 만나니,

此時無一盞,　　　이때 한 잔 술이 없다면

何以敍平生.　　　어찌 한 평생 사연 풀어놓을 수 있으리?

(『백거이집전교』권27)

이 시는 머나먼 곳에서 옛 친구를 만났을 때의 회포를 노래한다. 헤
어진 후 20년 만에 머나먼 타향에서 정들었던 옛 친구를 다시 만났으
니 반가움과 기쁨을 느꼈을 법도 하다. 그러나 두 사람 모두 청운의
꿈을 이루지 못한 채 백발이 성성한 노인이 되어 여기저기 떠도는 나
그네 신세였다. 그런 친구와 함께 지난 세월 돌이켜보며 회포를 풀고
자 할 때 어찌 술이 빠질 수 있는가라고 노래했다.

[나] 조욱「次香山居士何處難忘酒韻四首示同僚彦直」제2수

何處難忘酒,	어떤 때 술을 잊지 못할까?
他鄕久客情.	타향에서 오래 떠돈 나그네의 마음.
已愁覊宦苦,	객지 벼슬살이 노고에 이미 시름겹고
不覺壯心驚.	품었던 壯志는 어느새 움츠러 들 때.
落日紅將斂,	붉은 석양마저 이제 사라지려 하고
孤雲晩復行.	저물녘 외로운 구름 또한 떠나가니,
此時無一盞,	이때 한 잔 술이 없다면
何以慰吾生.	어떻게 내 삶을 위로하리오.

(『龍門集』권2)

[다] 심수경 「次樂天何處難忘酒四首」 제1수

何處難忘酒,	어떤 때 술을 잊지 못할까?
思人遠別情.	멀리 떠난 사람이 그리울 때.
征鴻望已斷,	멀리 나는 기러기 이미 사라지고
落葉聽堪驚.	落葉 지는 소리에 깜짝 놀란다.
帳外侵宵坐,	휘장 밖 밤 늦도록 앉아 있고
庭前伴月行.	뜨락 앞 달빛 벗삼아 거닐어 본다.
此時無一盞,	이때 한 잔 술이 없다면
愁緒不禁生.	시름을 막을 수 없으리라.

(『聽天堂詩集』)

조욱의 [나]와 심수경의 [다]는 모두 백거이 「하처난망주」 제2수에 대한 모작이면서 동시에 차운시이기도 하다. 전자는 타향을 전전하며 벼슬살이하는 관리의 객수를 노래했고 후자는 정든 사람을 멀리 떠나보낸 이의 그리움과 시름을 토로했다. 백거이 원작과 조선문인의 모작은 모두 인생의 애환을 주제로 하고 있다는 공통점이 있다. 아울러 원작의 시제와 시체를 수용한 것은 물론 제1구 "何處難忘酒"와 제7구 "此時無一盞"의 반복구를 그대로 수용했다. 각운 면에서도 원작의 운자, 즉 하평성 庚韻의 '情'·'驚'·'行'·'生'을 순서 그대로 사용했으므로 백거이 원작에 대한 가장 완벽한 수용이자 최고난도의 모작이라고 할 수 있다.

3. 주제의 수용과 변용

"백거이 시집을 읽고 유사한 정서를 취해 이를 모방하여 시를 지었다."[11]라고 한 임상원의 술회처럼 백거이는 물론 중국 전대문인의 작품에 대한 모작은 기본적으로 자신과의 동질성 인식과 작품에 대한 공감이 창작의 주요 모티브이다. 실제로 申最(1628-1687)의 「偶閱白傅何處難忘酒詩感吟一律」이라는 시제에서도 알 수 있듯이 백거이 「하처난망주」에 대한 조선문인의 모작은 백시에 대한 공감과 감흥을 바탕으로 하고 있다. 그렇다면 조선문인의 모작은 원작의 주제와 내용을 어떻게 수용하고 변용하였는가라는 문제도 흥미로운 고찰 대상이다.

유호인의 「何處難忘酒效白樂天」 제5수는 "어떤 때 술을 잊지 못할까? 머나먼 곳에서 옛친구를 만났을 때.(何處難忘酒, 天涯見故人)"[12]라고 하며 옛 친구를 만나 무상한 인생에 대한 회포를 노래했다는 점에서

---

11   임상원 「答玄令疊前韻」 제2수 자주: "讀白香山詩集, 取其情有相類者, 擬成篇什."(『恬軒集』권10)

12   유호인 「何處難忘酒效白樂天」 제5수: "何處難忘酒, 天涯見故人. 至今顏面老, 依舊語音新. 江海三年別, 塵埃百歲身. 此時無一盞, 懷抱向誰陳."(『㵢谿集』권5)

백거이의 「하처난망주」 제2수(「형식의 수용과 변용」 106쪽 참조)와 동일한 정서를 표출했다. 또 유호인의 「何處難忘酒效白樂天」 제2수는 "이때 술 한 잔이 없다면 어떻게 이별의 시름을 없애리오?(此時無一盞, 其奈破離愁)"[13]라며 석별의 정을 노래했다는 점에서 백거이의 「하처난망주」 제6수(「餘論」 121쪽 참조)와 동일하다. 이처럼 백거이 원작과 동일한 시적 정서를 표출한 작품 중 대표작으로 거론할 수 있는 것은 바로 조욱의 「次香山居士何處難忘酒韻四首示同僚彦直」 제3수와 심수경의 「次樂天何處難忘酒四首」 제2수이다. 이 시는 모두 백거이의 「하처난망주」 제4수를 창시로 삼은 차운시에 속한다.

[가] 백거이 「何處難忘酒」 제4수

何處難忘酒,	어떤 때 술을 잊지 못할까?
霜庭老病翁.	서리 내린 뜰에 늙고 병든 늙은이.
暗聲啼蟋蟀,	귀뚜라미 소리 어디선가 들려오고
乾葉落梧桐.	오동나무 잎새 시들어 떨어진다.
鬢爲愁先白,	시름으로 인해 귀밑머리 먼저 희어지고
顔因醉暫紅.	술기운 빌어서야 얼굴이 잠시 붉어진다.
此時無一盞,	이때 한 잔 술이 없다면
何計奈秋風.	스산한 가을 바람 어찌 견디리오?

(『백거이집전교』 권27)

이 시는 꽃다운 젊은 시절은 어느새 지나가고 늙고 병든 노년을 맞

---

13 유호인 「何處難忘酒效白樂天」 제2수 : "何處難忘酒, 親朋去上游. 梧桐疏雨晩, 江海白雲秋. 別袖勤相摻, 鳴驂更小留. 此時無一盞, 其奈破離愁."(『㵢谿集』 권5)

이한 비애를 노래했다. 오동잎이 시들어 떨어지고 귀뚜라미 울음소리가 구슬프게 들려오는데 뜨락에는 서리가 하얗게 내려앉는다고 했다. 이 모두가 쇠락의 계절 가을을 대표하는 物色이다. 가을은 인생에 있어 노년에 해당한다. 한 평생 시름으로 귀밑머리 하얗게 쇠고 얼굴은 핏기없이 창백한 노인, 흘러간 청춘이 공연히 그리워지는 노년의 서글픔은 한잔 술로 달랠 수밖에 없음을 권주가의 형식을 빌려 표현했다.

[나] 조욱 「次香山居士何處難忘酒韻四首示同僚彦直」 제3수

何處難忘酒,	어떤 때 술을 잊지 못할까?
支離笑病翁.	支離疏도 비웃을 병든 늙은이.
看雲迷遠岫,	구름을 봐도 먼 산봉우리와 구분 안 되고
望月倚孤桐.	달을 보려면 오동나무에 기대야 한다.
老得鬢毛白,	이젠 늙어 귀밑머리가 희어졌고
愁銷面頰紅.	시름으로 붉은 안색도 사그러졌다.
此時無一盞,	이때 한 잔 술이 없다면
爭奈向東風.	어떻게 봄바람을 대할 수 있으리오.

(『龍門集』 권2)

[다] 심수경 「次樂天何處難忘酒四首」 제2수

何處難忘酒,	어떤 때 술을 잊지 못할까?
窓前潦倒翁.	창가에 영락한 신세의 늙은이.
寒眠憑短枕,	싸늘한 방 작은 베개 의지해 눕고
獨坐撫枯桐.	홀로 앉아 거문고를 어루만진다.
鬢亂莖抽白,	헝클어진 머리에서 백발이 빠지고

燈殘燼落紅.　　　꺼져가는 등잔에서 붉은 불티 떨어진다.

此時無一盞,　　　이때 한 잔 술이 없다면

怊悵向西風.　　　가을 바람 마주해 슬픔에 잠기리라.

(『聽天堂詩集』)

조욱과 심수경의 작품은 늙고 처량한 노인 형상을 통해 노년의 비애를 노래하고 있다. [나]에 등장하는 노인은 시력이 쇠잔해 먼 산봉우리에 걸린 구름을 봐도 구분되지 않을 정도로 잘 보이지 않고, 기력이 떨어져 오동나무에 의지해야만 달을 바라볼 수 있는 늙고 병든 늙은이였다. 그 노인의 얼굴엔 평생의 시름이 담겨 있는 듯 붉은 핏기 한 점 없다고 하였다. [다]에서는 싸늘한 방에 혼자 누워 있고 때로는 홀로 앉아 琴을 어루만지는 노인을 가물거리며 다 꺼져가는 등잔불에 비유했다.

화시 [나]·[다]는 원작 [가]와 동일한 제재를 택해 우리 인생에서 "술을 잊기 어려운(難忘酒)" 때는 늙고 병든 때라며 노년의 처량함과 비애를 노래하고 있다. 조욱과 심수경의 작품은 원작의 운자와 반복구 등을 완전하게 수용하고 있다는 점에서 원작의 주제 및 형식에 대한 깊은 공감과 감흥이 창작의 주요 동기라고 할 수 있다.

조선문인의 모작이 주제와 내용 면에서 백거이 「하처난망주」와 모두 일치하는 것은 아니다. 백거이 원작에서 표출된 것과는 다른 시적 정서가 다양하게 노래되고 있는데 가장 먼저 눈에 띄는 것은 客愁이다. 조욱의 「次香山居士何處難忘酒韻四首示同僚彦直」 제2수, 심수경의 「次樂天何處難忘酒四首」 제4수, 金淨의 「到朝珍驛通川倅送酒酬謝簡後」, 林芸(1517-1602)의 「僑居次東山齋韻寄李嘉吉」 등을 포함한 다수 작품에서 객수를 노래하고 있다. 가장 흥미로운 작례는 권필과 이안눌의 작품이다.

何處難忘酒,　　어떤 때 술을 잊지 못할까?
天涯歲暮時.[汝章]　머나먼 타향에서 한 해가 저무는 때.
日沈關雪暗,　　해가 기울어 關塞의 눈 어둑해지고
風急戍笳悲.[子敏]　바람 세차니 변방 병사의 피리소리 구슬프다.
塞語聞還慣,　　변방의 언어를 들으면 그런대로 익숙한데
鄕書見較遲.[汝章]　고향의 서신을 받아 봄은 좀 더디구나.
此時無一盞,　　이때 한 잔 술이 없다면
何以慰羈離.[子敏]　어떻게 나그네 시름을 달래리오?

(『石洲集』별집권1 · 『東岳集』권3)

「聯句」라는 시제에서도 알 수 있듯이 이 작품은 권필(자: 汝章)과 이
안눌(자: 子敏) 2인이 공동으로 창작한 聯句詩이다. 상평성 支韻의
'時'·'悲'·'遲'·'離'를 운자로 삼아 세모의 객수를 노래했다. 2인이
동시에 백거이 원작에 감흥하여 모작을 지었다는 것도 의미 있는 일
이지만 동석에서 번갈아 2구씩을 짓는 연구 형식을 통해 그 감흥을 표
출한 유일의 작품이라는 점도 매우 흥미롭다. 金尙憲(1570-1652)의 「何
處難忘酒二首」는 단순한 객수 표출에 머물지 않고 더욱 섬세한 감정
을 노래한 작품이다.

제1수
何處難忘酒,　　어떤 때 술을 잊지 못할까
空齋獨起時.　　텅 빈 서재에 홀로 깨어 있을 때.
月明庭宇靜,　　달 밝은 밤, 뜨락은 고요한데

衣冷露華滋.　　　　새벽 이슬에 젖어 옷은 축축하다.

骨肉天涯隔,　　　　골육들은 天涯 먼 곳에 떨어져 있고

田園夢裏思.　　　　고향의 전원, 꿈에서도 그리워한다.

此時無一盞,　　　　이때 한 잔 술이 없다면

何以慰心悲.　　　　어떻게 이 슬픈 마음을 위로하리오?

(『淸陰集』권4)

제2수

何處難忘酒,　　　　어떤 때 술을 잊지 못할까

孤臣遠謫時.　　　　孤臣이 되어 멀리 유배되었을 때.

風霜顏色悴,　　　　風霜을 겪어 안색은 초췌해지고

衣袖淚痕滋.　　　　옷소매는 눈물로 얼룩이 졌다.

苦霧關山道,　　　　변방 관산 길은 안개 자욱하고

殘燈故國思.　　　　고향 그리움에 등불은 가물거린다.

此時無一盞,　　　　이때 한 잔 술이 없다면

何以慰心悲.　　　　이 슬픈 마음을 어떻게 위로하리오?

(『淸陰集』권4)

　　제1수는 먼저 객지에서 혼자 지내는 쓸쓸함을 강조하더니 골육과 고향에 대한 사무치는 그리움을 노래했다. 제2수는 좌천 관리의 고초와 슬픔을 노래하다 다음에는 애틋한 思鄕之情을 표출했다. 김상헌 「何處難忘酒二首」의 시적 정서는 가족과 고향에 대한 異客의 그리움이다. 이와는 달리 심수경의 「次樂天何處難忘酒四首」제1수(「형식의 수용과 변용」107쪽 참조)는 멀리 떠난 이에 대한 相思之情을 노래했다. 김상헌과 심수경의 작품을 비교하면 서정의 주체와 객체는 다르지만 시인이 표출한 정서는 그리움('思')이라는 점에서 동일하다. 그리움은 인간의 보편적 정서의 하나임에도 백거이 원작에 채택되지 않았던 아쉬움이 조선문인에 의해 해소되었던 것이다.

객수와 사향·상사 외에도 조선문인의 모작에는 원작과는 다른 정서가 다양하게 노래되고 있다. 유호인의 「何處難忘酒效白樂天」 제4수는 "노년에 관직에서 물러나 귀향할(衰齡謝事歸)"[14] 때의 애상을 노래했고, 남극관의 「何處難忘酒」는 "漳水 가에서 병들어 누워 있을 때(漳瀨臥病時)"[15]의 가련한 신세를 한탄했다. 姜希孟(1424-1483)의 「作首尾吟送人南歸五首」 제1수는 금의환향의 희열을 노래했으며,[16] 洪宇遠(1605-1687)의 「何處難忘酒六首」 제5수는 노모의 무병장수에 대한 기쁨을 표현했다.[17]

權文海의 「效白樂天體吟得難忘酒四篇以寓意四首」는 원작과는 다른 정서를 노래하면서도 또 다른 특성을 보이고 있다. 이 연작시는 達城(지금의 경북 대구)의 지방관이었던 52세(1580) 때 창작되었다.[18] 이 작품을 통해 작가는 지식인으로서 정치·사회에 대한 우환의식을 표

---

14 유호인 「何處難忘酒效白樂天」 제4수: "何處難忘酒, 衰齡謝事歸. 傷鴻思戢翼, 老驥不任戰. 林皐無人過, 雲途有夢飛. 此時無一盞, 奈此送殘暉."(『㵢谿集』권5)

15 남극관 「何處難忘酒」: "何處難忘酒, 漳瀨臥病時. 時花競藥蓂, 苦茗厭槍旗. 棊局閒多廢, 琴徽黯自垂. 此時無一盞, 何以慰深思."(『夢囈集』)

16 강희맹 「作首尾吟送人南歸五首」 제1수: "何處難忘酒, 桑鄕晝錦歸. 九天承寵渥, 五馬賴光輝. 京洛身初到, 家山望轉微. 此時無一盞, 何以賞春暉."(『私淑齋集』권2)

17 홍우원 「何處難忘酒六首」 제5수: "何處難忘酒, 萱堂彩舞翩. 蒼顔藹和氣, 玉杖繞祥煙. 厚福應齊地, 遐齡更後天. 此時無一盞, 何以祝華筵."(『南坡集』권2)

18 권문해 『草澗集』·「草澗先生年譜」: "十三年乙酉, 先生五十二歲, 在大丘. 正月, 哭金藥峯訢, 有輓詩, 有難忘酒詩. 自癸甲以後, 東西黨論漸盛, 一時善類名士, 相繼被斥, 或黜或廢. 先生常爲世道憂歎曰, 黨論之禍, 必與國相終始. 至形歌詩, 效白樂天體, 作難忘酒詩四篇."

출했다는 점이 독특하다. 제4수를 예로 든다.

何處難忘酒,	어떤 때 술을 잊지 못할까
東西說久行.	東西說이 오랫동안 성행할 때.
賢邪人孰辨,	어진 이와 사악한 사람, 누가 구별할까
洛蜀禍將成.	洛蜀 당쟁의 화가 장차 발생하리라.
競作藤蘿繞,	모두 엉킨 덩굴이 되기를 다투나니
誰爲松柏貞.	누가 절개 꼿꼿한 松柏이 되려는가.
此時無一盞,	이때 한 잔 술이 없다면
何以破愁城.	어떻게 쌓인 시름을 없애리오?

(『草澗集』권1)

'東西說'이란 서쪽에 거주하는 沈義謙을 지지하는 자를 西黨이라 하고, 동쪽에 사는 金孝元과 왕래하는 자를 東黨이라 하면서 士論이 두 파로 갈라진 것을 말한다. '洛蜀'은 二程(程頤, 程顥)을 대표로 하는 洛黨과 二蘇(蘇軾, 蘇轍)를 대표로 하는 蜀黨을 말하는데 여기서는 조선 사회의 당쟁을 비유한다. 그렇다면 이 시는 작가가 자주에서 밝힌 바와 같이[19] 조정 관료들이 동인 · 서인으로 분열되고 당쟁이 더욱 심화되는 세태를 한탄한 것이다.

백거이 원작과 대다수 조선문인의 모작에 표출된 애환의 정서는 개인의 사적인 차원에서 발생한 것인 반면, 권문해 작품은 사회 공적인 차원의 정서를 표출한 것이다. 그런데 긴박한 정치사회 상황에 대한

---

19 권문해 「效白樂天體吟得難忘酒四篇以寓意四首」자주: "自十餘年來, 東西之說盛行. 至於分邊, 其禍將與國終始, 故作此以自歎."(『草澗集』권1)

우환의식을 표현하면서도 원작의 형식을 그대로 모방하여 시를 지었다는 것은 흥미로운 현상이다. 그것은 조선문단에 널리 알려진「何處難忘酒」7수의 주제나 형식에 대해 시인의 공감과 관심이 그만큼 더 깊었기 때문일 것이다. 이러한 점에서 권문해의 작품은 인생의 애환 표출에 있어 백거이「하처난망주」7수의 형식을 모방하는 것이 조선 문단의 트렌드(Trend)로 자리 잡았음을 보여주는 가장 전형적인 일례라고 할 수 있다.

　　조선문인의 모작 중에 보이는 또 한 가지 특이한 현상은 李萬敷의「四時難忘酒吟四首」, 朴長遠(1612-1671)의「東軒四時詞效何處難忘酒體四首」처럼 연작의 방식을 통해 정서 표출을 사계와 연계시켰다는 점이다. 박장원 작품의 首聯을 예로 든다.

제1수

何處難忘酒,　　　　어떤 때 술을 잊지 못할까
春山雨乍收.　　　　산에 내리던 봄비가 갑자기 그쳤을 때.

제2수

何處難忘酒,　　　　어떤 때 술을 잊지 못할까
鈴齋暑氣侵.　　　　관아에 여름 열기가 몰려들 때.

제3수

何處難忘酒,　　　　어떤 때 술을 잊지 못할까
淸秋近授衣.　　　　맑은 가을, 9월이 가까울 때.

제4수

何處難忘酒,　　어떤 때 술을 잊지 못할까
千峯雪陸離.　　수많은 산봉우리에 흰 눈이 찬란할 때.

(『久堂集』권2)

이 연작시 4수는 각각 春·夏·秋·冬의 物色 묘사와 함께 시인의 다양한 정서를 표출하고 있다. 이러한 차원에서 조선문인의 모작 중 가장 주목해야 할 작품은 任相元의「春事」·「夏事」·「秋事」·「冬事」 4수의 연작시이다. 상술한 바와 같이 형식 면에서 가장 대폭적으로 변용된 작품이라는 점에서도 그렇지만, 내용 면에서도 기타 작품과는 다른 면모를 보인다.「夏事」를 예로 든다.

何處偏宜酒,　　어느 때가 가장 술 마시기 좋은가
林塘入夏涼.　　숲속 연못이 여름 들어서도 서늘할 때.
簾開黃鳥囀,　　주렴을 거두니 꾀꼬리가 지저귀고
書曝白魚忙.　　서책을 말리니 좀벌레가 바빠진다.
竹影交侵局,　　대나무 그림자가 번갈아 바둑판에 아롱지고
槐陰自滿床.　　홰나무 그늘이 절로 평상에 가득하다.
良辰不可負,　　이 좋은 시절 헛되이 보낼 수 없으니
且進翠濤香.　　이제 翠濤酒의 향기를 마시리라.

(『恬軒集』권10)

수풀 우거진 전원의 서늘한 여름 정취를 노래했다. 여름이기에 누릴 수 있는 한적의 즐거움을 표현하는 데 중점을 두었다. 이 좋은 계절, 한 번 지나가면 다시 오지 않으니 한잔 술로 그 즐거움을 다 누려야 한다는 것으로 마무리 지었다.「春事」는 "어느 때가 가장 술 마시

기 좋은가? 봄 뜨락의 節物을 둘러 볼 때(何處偏宜酒, 春園覽物時)”,「秋事」는 “어느 때가 가장 술 마시기 좋은가? 산촌에 백로 내리는 가을 왔을 때(何處偏宜酒, 山村白露秋)”·「冬事」는 “어느 때가 가장 술 마시기 좋은가? 높은 집에 새벽 눈이 처음 내릴 때(何處偏宜酒, 高齋曉雪初)”로 시작하며, 節物과 物候 묘사를 통해 봄·가을·겨울이란 계절만의 흥취를 노래했다. 그렇다면 이 연작시는 바로 春·夏·秋·冬 사계절, 서로 다른 자연풍광과 흥취로 인한 인생의 즐거움과 自得之趣에 대한 頌歌이다. 주제와 내용 면에서 백거이 원작의 가영 대상과는 매우 다른 양상을 보인다.

이 연작시 4수는 제1구 “何處偏宜酒”를 반복적으로 사용한 연작음주시라는 점을 제외하면 백거이의 「하처난망주」와 무관한 것처럼 보인다. 그러나 사실 작가 자신이 自注에서 이렇게 말하고 있다.

> 백거이에게는 「何處難忘酒」7수가 있는데 모두 인간세상의 애환과 득실에 대해 말한 것이다. 이에 지금 사계절로 나누어 전원생활의 일상사를 술회한다.
> 香山有何處難忘酒七篇, 皆取世間憂樂得失而言也, 今乃分爲四時, 述其田居之事.

(『恬軒集』 권10)

이 연작시의 창작 동기에는 백거이 「하처난망주」7수의 존재가 강하게 자리 잡고 있었다. 그럼에도 “何處難忘酒”·“此時無一盞”구를 제1구와 제7구에서 반복 사용했던 원작과는 달리 제1구에서만 반복구를 사용했고, 더욱이 제1구의 반복구 또한 “何處偏宜酒”로 대체했다는 점이 독특하다. “何處難忘酒”에서 “何處偏宜酒”로의 변용은 조선문인의 모작 중 유일하다는 점에서도 더욱 큰 의미가 있다.

이 같은 변용은 春·夏·秋·冬 사계의 自得之趣를 표현하는 데 더욱 효과적이었을 것이다. 백거이 원작의 "어떤 때 술을 잊지 못할까(何處難忘酒)"가 다소 소극적이고 '無奈'의 느낌을 주면 반면, 임상원의 "어느 때가 가장 술 마시기 좋은가(何處偏宜酒)"는 더욱 긍정적이고 낙관적인 어감을 내포하고 있기 때문이다. 임상원의 「春事」·「夏事」·「秋事」·「冬事」는 내용과 형식 면에서 백거이 「하처난망주」 7수의 기본 요소를 수용하면서도 원작에 구속되지 않고 작가의 창의적 발상을 구현했다는 점에서 상당한 의미와 가치가 있다.

4. 餘論 : 「何處難忘酒」와 「不如來飮酒」

백거이의 「何處難忘酒」 7수는 사실 『白氏長慶集』 권27에 수록된 「勸酒十四首」의 일부분이다. 당시 백거이는 太子賓客分司라는 한직을 맡아 낙양에서 생활하고 있었다. 서문에 의하면 "한가할 때는 언제나 술을 마시고 술에 취한 후엔 언제나 시를 읊조리"며 한적한 생활을 즐기던 백거이가 14수의 권주시를 지었는데 그것이 바로 「권주십사수」이다.[20]

「권주십사수」는 형식 면에서는 오언율시 14수로 이루어진 연작시이며 내용 면에서는 모두 권주를 주제로 했으니 연작권주시 혹은 연

---

20 백거이 「勸酒十四首」序 : "予分秩東都 , 居多暇日. 閒來輒飮. 醉後輒吟. 若無詞章 , 不成謠詠. 每發一意 , 則成一篇 , 凡十四篇 , 皆主於酒. 聊以自勸. 故以何處難忘酒 , 不如來飮酒命篇."(『백거이집전교』 권27)

작음주시라고 할 수 있다. 이 연작시는 「何處難忘酒」7수와 「不如來飮酒」7수의 두 부분으로 구성되어 있는데 모두 독특한 형식을 가지고 있다. 「하처난망주」7수는 제1구·제7구에 "何處難忘酒"와 "此時無一盞"구를 반복적으로 사용하고 있다. 이에 반해 「불여래음주」7수는 제1구가 모두 "莫×××去"의 형식을 취하고 있으며 제7구는 "不如來飮酒"로 동일하게 표현되고 있다.

그런데 「권주십사수」에 대한 수용 면에서 「하처난망주」7수와 「불여래음주」7수는 매우 대조적인 현상을 보인다. 『한국문집총간』정편(전350책) 수록 작품을 대상으로 했을 때, 「하처난망주」에 대한 모작으로 판단되는 작품은 무려 83수에 이른다. 반면에 「불여래음주」는 梁大樸(1544-1592)의 「奉呈松江相國」과 洪宇遠(1605-1687)의 「有感二首」등 겨우 3수에 불과하다.[21] 「하처난망주」7수는 이미 고려시대에 모작이 창작되었을 뿐만 아니라 조선문인에 의해 모방과 수용의 대상으로 많은 인기를 얻었다. 그러나 「불여래음주」7수는 그다지 조선문인의 주목을 받지 못했다. 「권주십사수」라는 동일한 연작음주시에 대해 서로 다른 수용의 두 얼굴이 존재하는 이유는 무엇일까? 이처럼 대조적인, 그러나 매우 흥미로운 현상의 주요 원인은 바로 작품의 주제 표출 양상이 서로 다르기 때문이다. 우선 「하처난망주」7수를 살펴보기로 한다.

---

21 李賢輔(1467-1555)의 「不如來飮酒格」(『聾巖集』속집권1)은 제목만으로 보면 백거이 「불여래음주」에 대한 모작처럼 보인다. 그러나 "莫上靑雲去, 靑雲亦愛憎. 自賢誇智慧, 相糾鬪功能. 魚爛緣呑餌, 蛾焦爲撲燈. 不如來飮酒, 任性醉騰騰."이라는 작품 내용을 근거로 하면 '足'과 '燋'가 '亦'과 '焦'로 바뀐 것 이외에는 백거이의 「불여래음주」제6수와 동일한 작품이다. 문집 편찬시의 오류로 인한 결과로 추정된다.

何處難忘酒,	어떤 때 술을 잊지 못할까?
靑門送別多.	장안성 東門에 서러운 이별 하고많을 때.
斂襟收涕淚,	옷깃 여미고 눈물을 닦아내며
簇馬聽笙歌.	떠나갈 말 에워싼 채 생황연주 이별가를 듣는다.
煙樹灞陵岸,	파릉 언덕은 나무에 연무 자욱하고,
風塵長樂坡.	장락궁 고개는 바람에 먼지만 흩날린다.
此時無一盞,	이때 한 잔 술이 없다면
爭奈去留何.	떠나고 보내는 이들 석별의 정 어찌하리오?

(『백거이집전교』 권27)

「하처난망주」 제6수이다. 이 시는 애틋한 석별의 정을 노래했다. 장안성 동쪽 靑門 밖은 많은 이별이 이루어지는 곳이라 이별가와 눈물이 많은 곳이라고 했다. 다시 만날 기약도 없이 헤어져야 하니 이별의 시름을 달래려면 술 한 잔 마셔야 한다고 노래한 것이다.

「하처난망주」 7수는 인생에서 술이 마시고 싶어질 때를 일곱 가지로 설정하여 노래한 작품이다. 그 중에 기뻐서 마시는 술은 '取樂'의 술이고 슬퍼서 마시는 술은 '解憂'의 술이니, 「하처난망주」 7수는 바로 인생의 애환을 노래한 시이다. 이에 반해 「불여래음주」 7수는 여러 면에서 독특하다. 제5수를 예로 든다.

莫學長生去,	불로장생술 배우려 하지 마시게
仙方誤殺君.	선인의 방술 잘못되어 그대 죽이리오.
那將薤上露,	어찌 풀 위에 맺힌 이슬을 가지고
擬待鶴邊雲.	학 주변의 구름이 되기를 기대하는가?
矻矻皆燒藥,	너도 나도 공들여 불로선약 만들려 하나

纍纍盡作墳.　　　그들 모두 줄줄이 무덤 주인이 되었나니

不如來飮酒,　　　차라리 술이나 마시며

閑坐醉醺醺.　　　한가로이 앉아 거나하게 취함만 못하리라.

(『백거이집전교』권27)

　제1구가 "莫學長生去"라는 금지문으로 표현되어 불로장생에 대한 강한 부정으로 시작된다는 점이 흥미롭다. 신선술에 대한 강한 부정은 그로 인해 목숨을 잃을 수도 있기 때문이다. 인생이란 원래 '풀 위에 맺힌 이슬(薤上露)'처럼 짧고 덧없는 것이거늘, 천년을 산다는 '학 주변의 구름(鶴邊雲)'이 되고자 하는 것은 어리석은 기대일 뿐이라고 나무란다. 그 헛된 바람을 버리지 않는 이상 모두 무덤의 주인이 될 뿐이라는 경고도 서슴치 않는다. 짧은 인생 그렇게 사느니 차라리 술 마시며 즐기는 것이 낫다고 권고한다. 그렇다면 「불여래음주」 제5수는 내용의 중점이 음주에 있다기보다 불로장생의 신선술에 대한 풍자에 있다고 하는 것이 정확하다.

　「불여래음주」 7수는 인생에서 차라리 술 마셔야 할 때를 일곱 가지로 설정하여 노래한 작품이다. 제5수만이 아니라 다른 6수도 모두 "莫×××去"라는 금지문으로 시작되고 "차라리 술이나 마시며(不如來飮酒)" 즐기는 것이 낫다고 한다. 제1수("莫隱深山去")는 深山 은거의 폐단과 僞隱士에 대한 풍자이며, 제2수("莫作農夫去")에는 농부에 대한 동정과 관가 수탈에 대한 비판이 담겨있다. 제3수("莫作商人去")는 商旅 생활의 간난을 노래했으며, 제4수("莫事長征去")는 遠征과 공명 추구의 허망함을 풍자했다. 제6수("莫上靑雲去")는 험난한 宦路와 정쟁의 폐단, 제7수("莫入紅塵去")는 인간 세상의 혼탁함과 다툼을 풍자했다. 「하처난망주」 7수가 권주의 형식을 빌어 인생의 애환을 노래한 시라면 「불

여래음주」 7수는 권주의 형식을 빌어 민생을 반영하고 시사를 풍자한 시이다.

「何處難忘酒」 7수와 「不如來飲酒」 7수의 내용과 주제를 근거로 하면 「勸酒十四首」라는 동일 연작음주시에 대해 서로 다른 수용의 두 얼굴이 존재하는 이유는 다음과 같다. 첫째, 「불여래음주」 7수는 특정 계층 및 특수한 유형의 삶을 음영 대상으로 한 결과 특수성이 두드러진다. 반면에 「하처난망주」 7수는 인간의 보편적 정서인 기쁨과 슬픔을 시적 정서의 기본으로 삼았기 때문에 보편성이 뚜렷하다. 둘째, 「불여래음주」 7수는 제1구의 금지사('莫') 사용 및 對他的 비판과 풍자를 위주로 한 내용으로 인해 부정적 정서가 농후하다. 그러나 「하처난망주」 7수는 자문자답의 형식을 통한 對自的 정서 고취와 번뇌 해소가 주요 내용이므로 긍정적 정서가 느껴진다. 셋째, 「불여래음주」 7수의 권주는 타인에 대한 권주로서 주제 강조의 효과를 위한 장치일 뿐 실제 음주행위로 이어질 가능성이 희박하지만, 「하처난망주」 7수의 권주는 희로애락이라는 인간의 보편적 정서와 관련되어 있으므로 실제 음주행위로 연계될 수 있는 '自勸'의 의미가 강하다.

이러한 점으로 인해 「불여래음주」 7수는 작품과 독자 간의 거리감을 좁히지 못함으로써 공감대 형성이 미흡했던 반면, 보편성과 긍정적 정서 및 '自勸'의 의미가 농후한 「하처난망주」 7수는 작품의 서정주체와 독자 사이의 거리가 밀착됨으로써 깊은 공감대를 형성할 수 있었다고 생각된다. 이것이 「권주십사수」라는 동일 연작음주시임에도 불구하고 서로 다른 수용의 두 얼굴이 존재하는 이유이다.

더욱이 「하처난망주」 7수의 경우 "何處難忘酒"와 "此時無一盞"구가 제1연의 出句와 마지막 연의 出句(율시의 경우에는 제1구와 제7구)에 사용되어 자문자답의 형식을 이루고 아울러 7수 전 작품에서 2개의 동일 시구가 동일 위치에 반복 사용되었다. 이처럼 독특한 형식은 인생의 애환을 서로 다른 측면과 각도에서 다양하게 노래할 수 있다는 장점이 있다. 바로 이러한 점이 더욱 조선 문인의 흥미를 유발함으로써 다양한 양상의 모작이 창작되었던 것이다.

「권주십사수」를 구성하는 「하처난망주」 7수와 「불여래음주」 7수에 대한 모작이 각각 83수와 3수라는 것은 이미 언급한 바와 같다. 이 같은 수량적 차이만이 아니라 수용의 양상 면에서도 큰 차이가 있다. 「불여래음주」 7수에 대한 모작인 양대박의 「奉呈松江相國」과 홍우원의 「有感二首」는 원작의 시제를 채택하지 않았으나 3수 모두 백거이 원작처럼 오언율시이며 제7구에는 "不如來飮酒"구를 그대로 수용했다. 그리고 홍우원의 「有感二首」만이 제1구에 금지사 '莫'자를 사용했다. 그 중 제1수를 소개한다.

且莫要津去,	요직에 나가지 말지어니
要津足險巇.	요직은 매우 험난하여라.
風波驚合沓,	풍파는 무섭도록 끝없이 몰아치고
舟楫共奔馳.	배들은 모두 다 쏜살같이 질주한다.
利涉何曾得,	어찌 순조롭게 물 건널 수 있으리오
沈顚竟自貽.	결국 스스로 물에 잠겨 뒤집힐 것을.
不如來飮酒,	차라리 술이나 마시며
閉戶醉熙熙.	문 걸어닫고 희희낙락 취해 보세.

(『南坡集』 권2)

이 작품의 주제는 분명하다. '몰아치는 풍파'는 宦路의 험난함을 의미하며 '쏜살같이 질주하는 배'는 그 험난한 길 위를 달리는 벼슬아치들을 비유한다. 험난한 환로와 정쟁의 폐단을 풍자한 「불여래음주」 제6수[22]의 주제와 흡사하다. 반면에 「하처난망주」 7수에 대한 모작은 무려 83수에 이르므로 수용과 변용의 양상이 매우 다양하다.

5. 소결

안톤 슈낙(Anton Schnack, 1892-1973)이 「우리를 슬프게 하는 것들」이라는 수필에서 "~이 우리를 슬프게 한다"라는 반복적 표현으로 인간이 일상생활 속에서 느끼는 슬픔을 담담하게 그려내었듯이, 백거이의 「何處難忘酒」 7수는 "何處難忘酒"와 "此時無一盞"구를 제1구와 제7구에 반복 사용해 인생의 애환이라는 보편적 정서를 서로 다른 측면에서 다양하게 노래했다. 바로 이러한 점으로 인해 조선문인의 공감과 감흥을 촉발하였고 결국 조선문인에게 창작의 모티브(motive)를 제공했다.

백거이의 「하처난망주」 7수는 이미 고려시대 睿宗과 郭輿의 창화시에 의해 "何處難忘酒"와 "此時無一盞" 등의 반복구는 그대로 수용되면서도 20구로의 시체 변용이 이루어졌다. 이후 조선문인의 모방은 우선 형식적 요소에서 두드러지는데 시인의 개성과 능력에 따라 수용과 변용의 정도는 서로 달랐다. 혹자는 시제·시체·반복구뿐만 아니라 심지어는 각운까지 포함한 원작의 모든 형식 요소를 수용하기도 했으며, 혹자는 형식의 기본요소만을 채택하고 대폭적인 변용을 시도

---

22 백거이 「不如來飲酒」 제6수: "莫上青雲去, 青雲足愛憎. 自賢誇智慧, 相糾鬥功能. 魚爛緣吞餌, 蛾燋爲撲燈. 不如來飲酒, 任性醉騰騰."(『백거이집전교』 권27)

하기도 하였다.

주제와 내용 면에서 볼 때 인생의 애환 표출이라는 대주제는 동일하지만 애환의 구체적 내용, 즉 소주제가 백거이의 원작과 완전히 일치하는 것은 아니었다. 조선문인은 원작에 표출된 애환의 정서보다 오히려 더욱 다양한 희로애락의 정서를 노래했다.

물이 높은 곳에서 낮은 곳으로 흐르듯이, 문화는 우수한 선진문화가 주변으로 우선 전파되기 마련이다. 중국 저명문인의 작품은 조선문인에게 있어서 앞다투어 읽고 학습해야 할 양질의 독서물인 동시에 모방의 대상이 되었다는 점은 부정하지 못할 사실이다. 지금의 東아시아에 '韓流'가 있듯이 과거의 東아시아에 '漢流'가 있었다면 백거이 「하처난망주」는 조선문단의 '漢流'를 구성하는 한 줄기 흐름이었다. 인생의 애환 표출에 있어 「하처난망주」 7수에 대한 모작의 제작이 조선문단의 트렌드(Trend)가 되었다고 해도 과언이 아니기 때문이다. 그러나 조선문인의 모작은 원작을 무조건 모방·답습하는 저급한 표절의 차원에 머물지 않았다. 백거이의 「하처난망주」에 대한 일부 조선문인의 모작은 형식과 내용면에서 수용과 변용의 적절한 조화를 통해 法古創新의 경지에 이르렀다는 점을 간과해서는 안 될 것이다.

由來授館玉河側,	그동안 玉河 부근의 객관을 배정받았는데
一倍墻高局鎖堅.	두 배 높이의 담장에 빗장 굳게 걸려 있다.
衰晚不期重作客,	늘그막에 또다시 나그네 신세 예상치 못했고
今宵得曉已如年.	밤 지새우고 새벽 맞으니 일년이 지난 듯하다.
寒圍孤燭明還滅,	한기가 가득하니 외로운 촛불 깜박깜박거리고
風遞疏鐘斷復連.	바람이 갈마드니 성긴 종소리 끊겼다 이어진다.
是處難忘白老酒,	이러한 때 백거이처럼 술이 마시고 싶어도

囊中奈乏少陵錢.　　　　두보처럼 주머니에 돈이 없으니 어찌하랴.

(『簡易集』 권6)

　　조선문인 崔岦(1539-1612)이 1581년 奏請使의 일원으로 출사하여 명나라 燕京에 도착한 후 지었다는 칠언율시 「到館」이다. 玉河 부근에 위치한 會同南舘(일명 玉河館)에 묵으며 소국 사신으로서의 신고와 소회를 노래한 것이다. 제8구 "囊中奈乏少陵錢"은 杜甫 「空囊」(『杜詩詳註』 권8)의 "주머니가 비어 있으면 부끄러울까봐 돈 한푼 남겨 두어 본 것이네.(囊空恐羞澁, 留得一錢看.)"구에서 유래한다. 제7구 "是處難忘白老酒"는 바로 백거이의 「何處難忘酒」 7수를 염두에 둔 교묘한 煉句의 결과물이다. 백거이 「何處難忘酒」 7수의 형식과 주제에 대한 공감으로 창작된 모작 외에도 시어와 시구 차원에서의 수용과 변용 양상 또한 향후 연구과제로서의 가치가 충분하다.

　　宋·岳珂(1183-1243)가 "당대 백거이가 「何處難忘酒」 시를 처음 지은 이후 많은 시인들이 그 시를 모방했다(自唐白樂天始爲何處難忘酒詩, 其後詩人多效之)"(『桯史』 권5)고 했듯이 王安石(1021-1086)의 「何處難忘酒二首」와 王令(1032-1059)의 「何處難忘酒十首」를 비롯해 후세 중국문인의 적지 않은 모작이 제작되었다. 이런 점에서 朝中文人의 모작에 대한 비교연구도 흥미로운 과제가 아닐 수 없다.

제4장

고려문인과 백거이의 창화 연구 서설

고려문인의 백거이 수용은 다양한 방면에서 진행되었다. 그 중에서도 창화라는 특수한 문학 행위에 의한 고려문인의 백거이 수용을 심도 있게 고찰할 필요가 있다. 창화시는 일반적으로 동시대 문인의 교유로 인한 문학 행위의 산물이다. 그러나 전대 문인의 작품에 대해 후대 문인이 화답하는 것도 창화 방식의 일종이다. 이것이 소위 '追和'이다. 창시와 화시의 창작 시대가 동일하지 않다는 점이 동시대 문인 간의 창화와 구별된다. 본고의 논의 대상인 고려문인과 백거이의 창화가 바로 이에 해당한다.

본고에서는 고려문인과 백거이의 창화에 관한 몇 가지 기초작업을 진행한다. 우선 창화와 추화에 관한 기본적 개념을 정리하고 고려시대의 창화 풍조와 인식을 살펴 볼 것이다. 다음은 현존 문집을 대상으로 고려문인의 和白詩를 선별하고 그 개괄적 상황을 고찰한다. 그리고 선별된 화백시의 각운 상황을 단서로 고려문인과 백거이의 창화시를 복원할 것이다. 이 같은 기초작업의 성과는 고려문인과 백거이의 창화시, 더 나아가 한중 고대문인의 창화시에 관한 체계적인 논의에 중요한 연구기반이 될 수 있을 것이다.

1. 창화와 추화

시를 우인에게 기증하고 우인의 시에 화답하는 것은 고대문인의 보편적 교유 방식이었다. "彼唱此和"[1] 즉 한쪽에서 시를 짓고 다른 한쪽에서 그에 대해 시로 화답하는 쌍방 진행의 창작 방식이라는 것이 창화의 전통적 개념이다. "고인이 시를 이용하여 서로 酬唱·贈答한 것을 唱和라고 한다.……'贈'은 먼저 시를 지어 다른 사람에게 보낸 것이고, '答'은 받은 시의 내용에 대해 회답하는 것이다. 전자는 '唱', 후자는 '和'라고 부른다."[2]는 개념 정의도 마찬가지이다.

동시대인 간의 同時同席·寄贈酬答에 의한 쌍방간의 一唱一和를 '창화'의 개념으로 단정하는 것은 문제가 있다. 동시동석·기증수답에 의한 창화는 수많은 외연의 일부일 뿐이기 때문이다. 고려시대 (918-1392)의 문인과 당대 백거이(772-846)의 창화는 논의될 수 없는 존재가 되기 때문이다. 창화의 개념은 이미 지어진 기존 작품('唱')의 내용('意') 혹은 각운('韻')에 화응하여 별도의 다른 작품('和')이 제작되었을 때 성립하는 창작행위를 말하는 것으로 정의되어야 한다. 다시 말하면 선행 작품으로서의 창시(일명 原唱)와 그에 화응한 후속 작품으로서의 화시(일명 和作)가 모종의 특수한 관계 속에서 존재하고 그 특수한 관계에 대한 화시 작가의 의식이 확인되기만 한다면 그 창작행위의 산물은 모두 창화시에 해당한다. 동시대인의 작품이 아니라

---

1 白居易「與劉蘇州書」: "然得雋之句, 警策之篇, 多因彼唱此和中得之, 他人未嘗能發也, 所以輒自愛重."(『백거이집전교』권68)

2 褚斌杰『中國古代文體概論』: "古人用詩歌相互酬唱·贈答, 稱爲唱和.……'贈'是先作詩送給別人, '答'是就來詩旨意進行回答. 前者卽稱'唱', 後者卽稱'和'."(北京, 北京大學出版社, 1992, 268쪽)

전대문인의 작품에 화응하여 화시를 짓는 것, 심지어는 남의 작품이 아니라 자신의 작품에 화응하여 시를 짓는 '自和'도 창화 행위의 한 형태이기 때문이다.

　창화시는 선행 작품인 창시와 그에 대해 화답한 화시를 포괄한다. 따라서 창화시 연구에서 우선적으로 살펴야 할 것은 화시가 어떠한 방법으로 창시에 화답했는가, 즉 창시와 화시의 형식적 관계이다. 화시는 창시에 대한 화운 여부에 따라 非和韻詩와 和韻詩로 구별된다. 비화운시는 주로 창시의 의미에 대해 화답하고 用韻 방면의 구속을 받지 않는다. 고인의 화시는 처음에는 창시의 의미에만 화답하고 운자에 구속되지 않았으나[3] 점차 창시의 의미보다는 운자를 중시하는 화운시가 성행하였다. 화운시는 창시의 각운에 의거해 용운한 것이다. 화운시는 다시 화운 방식에 의해 세 가지로 분류되는데 明 · 徐師曾은 다음과 같이 구분하였다.

　　화운시에는 세 종류가 있다. 첫째는 依韻인데 동일한 운목에 함께 속해 있으나 동일한 운자를 반드시 사용한 것은 아닌 것을 말하며, 둘째는 次韻인데 원창의 운자를 사용하면서 선후 순서를 모두 따른 것을 말하고, 셋째는 用韻인데 원창의 운자를 사용하지만 선후는 반드시 차례대로 하지는 않은 것을 말한다.
　　和韻詩有三體, 一曰依韻, 謂同在一韻中而不必用其字也. 二曰次韻, 謂和其原韻而先後次第皆因之也. 三曰用韻, 謂用其韻而先後不必次也.

(『文體明辯』 권14)

3　明 · 徐師曾「和韻詩」: "古人賡和, 答其來意而已, 初不爲韻所縛."(『文體明辯』 권14)

화운시는 창시와 화시의 각운 관계에 따라 依韻·用韻·次韻으로 구분된다는 것이다. 의운은 화시가 창시의 각운과 동일한 운목에 속한 글자를 각운으로 사용하지만 반드시 똑같은 운자를 사용하는 것은 아니다. 용운은 화시가 창시와 동일한 운자를 사용하지만 그 순서가 꼭 동일한 것은 아닌 것을 말한다. 차운은 화시가 창시의 운자를 그대로 각운으로 사용하면서 순서도 똑같은 것이다.[4]

화운의 난이도에 따라 세 가지 방식을 나열하면 의운 → 용운 → 차운의 순서이다. 창시의 각운을 따라야 한다는 화운 방식 자체가 구속적인데 동일한 운자를 동일한 순서대로 사용해야 하는 次韻은 최고난도의 화운 방식이다. 화시 형식의 유형 변천에 관해 趙翼은 다음과 같이 말하고 있다.

예전에는 단지 화시만이 있었고 화운은 없었다. 唐人에게 화운은 있었으나 아직 차운은 없었다. 차운은 사실 원진과 백거이로부터 시작되었는데 순서에 따라 압운하여 선후 작품의 용운에 차이가 없으니 이것은 예전에 존재하지 않았다.

古來但有和詩, 無和韻. 唐人有和韻, 尙無次韻;次韻實自元白始. 依次押韻, 前後不差, 此古所未有也.

(『甌北詩話』 권4)

육조시대 北魏 사람인 王肅의 처 謝氏와 계실 간의 차운시가 중국

---

4 화운 방식에 관해서는 宋·劉攽도 "唐詩賡和, 有次韻[先後無易], 有依韻[同在一韻], 有用韻 [用彼韻不必次]."(『中山詩話』)라고 하여 서사증과 동일한 의견을 제기했다.

최초의 화운시로 거론되고 있다.[5] 그러나 당대 이전에는 창시의 의미만을 취하고 운을 따르지 않은 비화운시가 대부분이었다. 당대에 이르러 점차 화운 풍조가 대두되었고 차운에 의한 元稹·白居易의 창화시가 대량 창작되면서 화운이 크게 성행하기 시작했다는 것이 논자들의 공통된 의견이다.

『新唐書·藝文志』에 의하면 大和(827-835)·開成(836-840)년간 전후를 중심으로『大曆年浙東聯唱集』을 비롯한 20종의 창화집이 편찬되었다. 중당 시기에 적지 않은 창화집이 출현했다는 사실은 창화라는 창작 방식이 중당 시기에 확립되었음을 보여 준다. 창화시는 만당 皮日休와 陸龜蒙 등을 중심으로 더욱 성행했으며 송대에는 극성기에 이른다. "화운은 가장 시를 해치는 일이다. 고인들은 酬唱하면서도 차운하지 않았는데 이러한 풍조는 元白·皮陸으로부터 성행하기 시작했다. 본조의 모든 문인들은 이것으로 공교함을 다투어 여덟·아홉 번 왕복하여 화답하는 자도 있었다."[6]는 송대 嚴羽의 말처럼, 화운·차운의 폐단에 대한 비난이 많았지만 화운은 송대에 들어 극도로 성행했던 것이다. 이 방면에서 도연명의 대부분 시에 화운한 蘇軾의「和陶詩」가 바로 대표적이다.

追和는 흔히 고인의 작품에 대해 화답하는 것을 의미한다. 이는 "고

---

5 淸·趙翼『陔餘叢考』: "按『洛陽伽藍記』載: 王肅入魏, 舍江南故妻謝氏, 而娶魏元帝女. 故妻寄以詩曰: 本爲筐下蠶, 今爲機上絲. 得路逐騰去, 頗憶纏綿時. 其繼室有答, 亦用絲·時二韻. 葉石林『玉澗雜書』謂: 『類文』有梁武帝同王筠和太子懺悔詩, 云仍取筠韻. 則六朝已有此體, 以後罕有爲之者, 至元·白始立爲格耳."

6 宋·嚴羽『滄浪詩話·詩評』: "和韻最害人詩, 古人酬唱不次韻, 此風始盛於元白·皮陸, 而本朝諸賢乃以此而鬪工, 遂至往復有八九和者."

인이 지은 시의 原意나 原韻에 따라 한 편 혹은 몇 편의 시를 다시 짓는 것"[7]이라고 한 褚斌杰의 정의에서도 잘 나타난다. 그러나 사실 고대문인에게 있어 추화는 반드시 고인의 작품에 대한 화답만을 가리키는 것은 아니었다.

백거이『白氏長慶集』은 장경 4년(824) 원진에 의해 편찬되었다. 그로부터 3년 후인 大和 1년(827) 원진은『백씨장경집』에서 57수를 골라 이 작품들에 대한 화시를 지었다. 백거이는「因繼集重序」에서 이 일을 기록하며 '追和'라는 표현을 사용했다.[8] 이 점을 고려하면 추화가 반드시 고인에 대한 화답만이 아니라 동시대인의 작품이더라도 창작 후 일정 기간이 지난, 과거의 작품에 대한 화답도 포괄하고 있음을 알 수 있다.

추화는 당대에 이미 보편화된 문학 양식으로 인정받고 있었다. 우인의 서거를 애도하며 그의 작품에 화답한 것도 있지만 대부분 생존자의 과거 작품에 화답하는 형태가 일반적이었다.[9] 따라서 추화의 개념을 고인의 작품에 대한 화답으로만 제한할 필요는 없다. 이러한 점에서 보면 "자신의 이전 작품의 詩意와 용운에 의거해 한 편 혹은 여러 편의 시를 다시 짓는"[10] '自和' 역시 추화의 일종이라고 할 수 있다.[11]

---

7   저빈걸『中國古代文體槪論』: "追和是指對前人所寫的詩篇, 按原意或原韻再效寫一篇或若干篇."(北京, 北京大學出版社, 1992, 273쪽)

8   백거이「因繼集重序」: "去年微之取予長慶集中詩未對答者五十七首追和之, 合一百一十四首寄來, 題爲因繼集卷之一."(『백거이집전교』권69)

9   前川幸雄「『松陵集』所收詩の和韻の形態」;『漢文學會會報』제26집, 1980. 130쪽 참조.

10   저빈걸『中國古代文體槪論』: "所謂'自和'詩就是根據自己以前作的詩意和用韻, 再作一首或數首."(北京, 北京大學出版社, 1992, 275쪽)

11   필자의『전당시』검색에 의하면 시제에 '自和'임을 밝힌 작품은 王周의「自和」(권765)·王

『전당시』검색에 의하면 시제에 추화임을 명시한 작품만해도 유종원의 「奉和楊尙書郴州追和故李中書夏日登北樓十韻之作依本詩韻次用」(『전당시』권351), 이덕유의 「追和太師顔公同淸遠道士遊虎丘寺」(『전당시』권475), 이하의 「追和柳惲」(『전당시』권390)과 「追和何謝銅雀妓」(『전당시』권392), 피일휴의 「追和幽獨君詩次韻」(『전당시』권609), 육구몽의 「次追和淸遠道士詩韻」(『전당시』권617) 등 무려 12수에 이른다. 이것은 추화가 당시에 그만큼 보편화된 문학 양식이었음을 말해 준다.

그러나 당 이전에 추화가 전혀 존재하지 않았던 것은 아니다. 逯欽立의 『先秦漢魏晉南北朝詩』를 대상으로 검증한 결과에 의하면 陳·陰鏗의 「和登百花亭懷荊楚詩」(「陳詩」 권1)는 梁·元帝 蕭繹의 「登江州百花亭懷荊楚詩」(「梁詩」 권25)에 대한 추화시가 분명하다. 양·원제의 「登江州百花亭懷荊楚詩」에 대해 동시기에 제작된 화시로는 朱超의 「奉和登百花亭懷荊楚詩」(「梁詩」 권27)가 있다. 그런데 음갱의 화시는 『文苑英華』(권325)에 「追和登百花亭懷荊楚」라는 제목으로 수록되어 있으니 양·원제의 작품에 대한 추화임을 말해 준다.

일반 화시와는 달리 고인에 대한 화시는 '추화' 두 글자가 명시된 경우를 제외하면 선별이 그리 용이하지 않다. 또한 당 이전의 추화시는 본고의 논의 대상이 아니므로 여기에서 많은 작례를 언급할 필요가 없다. 그러나 원제의 작품에 대한 음갱의 추화시로부터 추화라는 문학 양식이 唐代에만 존재했던 것은 아님을 알 수 있다.

화운 방식 면에서 보면 양·원제 작품에 대한 음갱의 추화시는 비

初의 「自和書秋」(권491)·陸龜蒙의 「自和次前韻」(권623) 등이 있다. 고려에는 李穡의 「自和」 4수(『牧隱藁』詩藁권15)가 있고, 조선에는 權好文의 「自和」(『松巖集』 續集권3)·李宜茂의 「自和」(『蓮軒雜稿』 권3) 등이 있다.

화운시에 속한다. 당대에 들어 南朝·柳惲의「江南曲」에 화답한 李賀의「追和柳惲」, 南朝의 何遜·謝朓의「銅雀妓」에 화답한 이하의 「追和何謝銅雀妓」도 모두 비화운시이다. 그러나 차운 방식을 채택한 추화시는 중당 이후 적지 않게 출현한다. 시제에 추화임을 밝힌 당대 작품 중 유종원·피일휴·육구몽의 추화시는 차운이며 만당 唐彦謙의「和陶淵明貧士詩七首」는 시제에 추화임을 밝히지는 않았지만 고인 작품에 차운한 추화시가 분명하다.

송대에 이르러 고인의 작품에 대한 차운시는 북송초 王安石의「昆山慧聚寺次孟郊韻」·「昆山慧聚寺次張祜韻」 2수와 郭祥正의「追和李白秋浦歌十七首」·「追和李白金陵月下懷古」 등 이백 시에 차운한 추화시 44수가 있다.[12] 그러나 이 방면에서 가장 대표적인 문인은 소식이다. 고인의 작품에 차운한 소식의 작품으로는 도연명·이백·한유·위응물·매요신 등에 대한 추화시 총 128수가 현존한다. 그 중에서 인구에 회자되는 명작은 바로 和陶詩 124수이다.[13] 揚州知事 시절인 元祐 7년(1092, 57세) 도연명의「飮酒二十首」에 차운한「和陶飮酒詩二十首」가 소식 최초의 화도시였다. 그로부터 3년 후인 紹聖 2년(1095, 60세)에「歸園田居六首」에 대한 차운시를 비롯하여 惠州·儋州의 좌천 시기 5·6년 동안 백여 수의 화도시를 제작하였다.[14] 고인에

---

12 곽상정의 和李詩에 관한 논의는 內山精也「李白の後身·郭祥正と"和李詩"」(『中國文學研究』제29기, 2003.12)에 상세하다.

13 화도시 124수 이외의 작품에는 이백「潯陽柴極宮感秋」에 추화한「和李太白」, 한유「山石」에 추화한「二月六十日與張李二君遊南溪醉後相與解衣濯足因詠韓公山石之篇慨然知其所以樂而忘其在數百年之外也次其韻」, 위응물「寄全椒山中道士」에 추화한「寄鄧道士」, 그리고 매요신 서거 후 그의「蘇明允木山」에 추화한「木山」이 있다.

14 소식의 和陶詩에 대한 논의는 內山精也「蘇軾次韻詩考」(『중국시문논총』제7집, 1988.6)에 상세하다.

대한 소식의 화시가 총 128수임을 감안하면 124수라는 화도시의 편
수는 도연명에 대한 소식의 존숭 정도를 보여 주는 것이다.

2. 고려시대 창화 풍조와 인식

고려시대는 光宗 9년(958) 과거제가 실시된 이후 한문학이 융성하
였다. 특히 詩賦를 핵심과목으로 하는 製述科(일명 進士科)가 가장 중
시됨에 따라 사인들은 시부 능력을 배양하고 문학적 수준을 제고하기
위해 중국 시문의 학습에 전력을 기울였다. 아울러 송조와의 활발한
문물교류로 많은 전적들이 수입됨으로써 고려 전기에 이미 兩漢 문풍
과 唐代 시풍이 매우 성행하였다.[15]

고려문단은 송대문학의 영향으로부터 자유로울 수 없었으므로 화
운에 의한 창화 행위 역시 성행했다. 고려의 창화 행위가 얼마나 성행
했는가에 대해서는 현존 고려 문집에 동시대인 간의 차운시가 대량
수록되어 있다는 사실에서도 알 수 있지만 고려시대 대표적 시평론집
인 李仁老(1152-1220)의 『破閑集』과 崔滋(1188-1260)의 『補閑集』기록
으로도 충분히 알 수 있다.

이인로의 『파한집』에 의하면 李子淵이 경성의 서호 가에 경치 좋은
터를 발견하고 중국의 甘露寺를 모방하여 누각을 짓자 시승 惠素가
시를 읊은 후 이에 화답한 작품이 거의 천여 편이나 되어 큰 시집을

---

15 최자『補閑集』序: "光宗顯德五年始闢春闈, 擧賢良文學之士. …… 金石間作, 星月交輝,
漢文唐詩, 於斯爲盛."

이루었다고 한다.[16] 학사 金黃元이 大諫으로서 군왕에게 간언하였으나 뜻을 이루지 못하고 지방관으로 좌천되었다. 分行驛에서 귀경하던 사신을 만나 "분행역 누각에 어찌 시가 없으리오? 사신과 머물며 생각을 부치노라. 가을날의 수향 갈대숲은 소슬하고, 석양질 무렵 강산은 어둑어둑하구나. 고인 볼 수 없어 지금 부질없이 한탄하고, 지나간 일 되돌리기 어려워 그저 혼자 슬퍼한다. 뉘 믿으랴 長沙로 좌천된 나그네, 낮은 벼슬 연로하여 귀밑머리 쇠한 줄을"이라고 노래한 시를 써 주자 사대부들이 이 시에 화답한 시가 거의 백 수나 되어 『分行集』이라는 시집을 편찬하였다고 한다.[17] 최자는 다음과 같은 기록을 남기고 있다.

金官樓 위에 宋學士가 처음으로 칠언 육운시 세 수를 지어 써 붙였는데 차운하는 사람이 있어 또한 세 수를 남겼다. 그 후 뒤이어 화답한 사람이 무려 십여 인이니 詩板이 누각에 가득차 읽는 사람이 모두 피곤해했다.

金官樓上, 宋學士首題七言六韻詩三首, 詩有次韻者, 亦留三首, 後繼和無慮十餘輩, 詩板滿樓, 讀者皆疲.

(『보한집』 권상)

---

16 이인로『破閑集』권중 : "凡樓閣池臺之制度, 一倣中朝甘露寺, 及斷手, 用題其額亦曰甘露, 指畫經營旣得宜, 萬像不鞭而自至, 後詩僧惠素唱之, 而金侍中富軾斷之, 聞者皆和幾千餘篇, 遂成鉅集."

17 이인로『破閑集』권하 : "學士金黃元拜大諫, 屢陳藥石, 未得回天之力, 出守星山, 路出分行驛, 適會天院李載, 自南國還朝, 邂逅於是驛, 以詩贈之 : 分行樓上豈無詩, 留與皇華寄所思. 蘆葦蕭蕭秋水國, 江山杳杳夕陽時. 古人不見今空歎, 往事難追只自悲. 誰信長沙左遷客, 職卑年老鬂毛衰. 縉紳皆屬和幾一百首, 目之曰分行集, 學士朴昇冲爲序, 皇大弟大原公鏤板以傳之, 公平生作詩必使夕陽二字, 金相國富儀, 誌於墓, 以爲晚登淸要之讖."

운지는 어떤 스님인지 알 수 없다. 장차 강남으로 돌아가려 하여 李由之에게 시를 청해 차례로 홍문관과 한림원을 찾아 다니며 화답 구하기를 매우 부지런히 하니 東館과 玉堂의 여러 인사들이 각각 한 편씩 화답하여 주었다.

雲之, 不知何許上人也. 將歸江南, 乞詩於李由之, 歷謁館翰求和甚勤, 蓬瀛諸君, 各和一篇以贈之.

(『보한집』 권중)

금관루 현판에 송학사가 처음으로 시를 쓰자 많은 사람이 서로 차운하여 시를 짓고 현판에 새겼으므로 보는 사람들이 눈이 피곤할 정도였고 명망있는 인사에게 화운시를 지어달라고 간청하는 풍조까지 있었다고 한다. 이것은 고려문인에게 있어 그만큼 창화 행위와 화운시 창작이 생활화되어 있음을 보여 준다. 창화 풍조는 고려말에 이르러도 여전히 성행하였다.

「여태허가 와서 말하기를 권좨주ㆍ유장원ㆍ이사인ㆍ이겸박 등과 같은 三峴의 여러 선생들은 창화하지 않는 날이 없다고 하면서, 좨주 선생이 지은 율시 2수와 그 자신이 9일에 지은 4수, 그리고 좨주 선생의 방문에 화답한 시 1수를 낭송했다. 이에 나는 依韻의 방식으로 走筆하여 좨주 선생에게 올리고 내친 김에 유장원ㆍ이사인ㆍ이겸박에게 서신을 써서 내 거처가 누추하고 궁벽하여 품격 높은 문사의 모임에 함께 참여할 수 없었다는 뜻을 알리고 가르침이 있기를 바란다.」

「如太虛來言, 三峴諸先生若權祭酒ㆍ柳壯元ㆍ李舍人ㆍ李兼博, 唱和無虛日. 且誦祭酒先生所作唐律二首及渠九日四首, 和祭酒見訪一首. 僕依韻走筆, 奉呈祭酒先生, 兼簡柳壯元ㆍ李舍人ㆍ李兼博, 致僕所居僻陋, 不

得與於斯文之會之意, 幸有以見敎.」

(『陶隱集』권2)

고려말 문인 李崇仁(1347-1392)의 문집에 수록된 오언율시 한 수의 제목이다. 여태허는 고려말 승려 休上人을 말한다. 天台宗 判事인 고승 懶殘子의 제자로 알려져 있고 『牧隱集』(文藁권8)에 「贈休上人序」가 수록되어 있다. 개성부의 삼현 지역 여러 문인들이 매일 모여 창화하고 승려도 이들의 창화 모임에 참석하기도 하며, 이숭인도 삼현 지역의 창화 시회에 참여하기를 바란다는 것 모두 창화 풍조가 고려말에도 여전히 성행했음을 대변하고 있다. 고려시대 창화 행위의 주체는 문인만이 아니었다.

옛날 睿宗이 西都를 순시할 때 여러 신하들과 연회에서 술을 마시며 창화하니 시편이 대단히 많았는데 모두 금석에 새기고 사죽에 옮겨 악부로 전했다.
昔睿王西巡, 與群臣宴飮唱酬, 篇什尤多, 無不鏤金石播絲竹, 以傳樂府.

(『파한집』권중)

창화를 즐기는 면에서는 고려시대 군주들도 예외가 아니었음을 알 수 있다. 예종은 신하들과 연회석상에서 자주 시를 지어 창화하였고 그것을 모아 『睿宗唱和集』을 편찬하였을[18] 정도로 창화를 즐겼다. 그

---

18 이규보 「睿宗唱和集跋尾」: "伏聞睿廟聰明天縱, 制作如神, ……常與詞人逸士若郭璵等賦詩著詠, ……流播於人間, 多爲萬口諷頌, 實太平盛事也, 今所謂睿宗唱和集是已, 行于世久矣."(『동국이상국집』전집권21)

뿐만 아니라 明宗은 大叔僧統 寥一이「乞退詩」를 지어 올리자 매우 칭찬하며 상을 내리고 그 시에 화답했다고 한다.[19] 고려시대에는 그만큼 군신 간의 창화가 자연스러운 문학행위의 일부이었음을 알 수 있다. 唱和에 대한 군주의 이 같은 적극적인 태도는 고려시대 창화 풍조의 흥성에 적지 않게 기여했을 것이다.

고려시대에 창화 풍조가 이처럼 성행하였지만 "和韻最害人詩"라는 엄우의 비판처럼 고려문인에게도 창화와 화운에 대한 부정적 인식이 존재하였다. 이인로는 화운의 폐단과 어려움에 대하여 다음과 같이 서술했다.

> 시의 우열은 작시의 완급과 선후에 있는 것이 아니다. 그러나 먼저 唱하고 항상 그 후에 和하므로 창하는 자는 여유있고 한가해서 재촉받음이 없으나 그에 화답하는 자는 억지스럽고 고생스러움을 면치 못한다. 그러므로 남의 시운을 이어받아 화답하는 것은 비록 저명한 인재라도 왕왕 행하지 못하니 이치가 정말 그럴 만하다.
>
> 詩之巧拙不在於遲速先後, 然唱者在前, 和之者, 常在於後, 唱者, 優遊閑暇, 而無所迫, 和之者, 未免牽强墮險, 是以繼人之韻, 雖名才往往有所不及, 理固然矣.
>
> (『파한집』 권상)

화시는 창시 각운의 구속을 받으므로 억지로 짜맞추다 보면 좋은

---

19 이인로『파한집』권중: "明皇時, 大叔僧統寥一, 出入禁字間, 不問左右二十餘年, 常作乞退詩進呈云…… 上大加稱賞, 謂師曰昔人云, 莫訝杖藜歸去早, 故山閒却一溪雲, 可謂先得師之奇趣, 因和其詩以賜之曰……"

작품이 될 수 없고 아무리 재능이 있는 자라도 때로는 실패할 수 있다는 것이다. 이러한 폐단에도 불구하고 고려시대에 줄곧 창화 행위가 성행하였고 특히 차운의 풍조가 지속될 수 있었던 원인은 교유 수단으로서의 기능 때문만은 아니었다. 또 다른 원인은 창화·화운이 작시 능력 배양에 어느 정도 효과가 있었기 때문이다. 다시 말하면 각운의 구속을 받아야 하는 만큼 시인들은 부단히 새로운 의경을 개척해야 했고 차운 방식이 작시 기교 연마에 도움이 된다는 점에서 긍정적인 효용이 있기 때문이다. 이외에 당시 성행한 창화·화운에 대한 고려문인의 또 다른 인식을 잘 보여주는 기록이 있다.

睿宗이 재위 시절 문학을 숭상하고 연회를 좋아하였다. 그때 (나의) 증조부인 尙書 崔瀹은 윤각(중추원)에 있으면서 임금께 글을 올렸는데, 대략 다음과 같다. "……제왕은 마땅히 경술을 좋아하고 매일 박학다식한 선비들과 경사를 토론하여 정치 도리를 자문하고 백성을 교화하며 풍속을 이룩하기에 겨를이 없어야 할 것이옵니다. 하오니 어찌 어린아이들의 하찮은 조탁과 수식을 일삼으며 경박하고 방탕한 詞臣들과 자주 음풍농월하여 마음의 순정함을 잃으십니까?"라고 하였다. 임금께서는 이를 너그러이 받아들였다. 그런데 어떤 詞臣이 틈을 타서 말하기를 "(그가) 말하는 박학다식한 선비란 따로 어떤 사람이겠습니까? 최약은 風月(즉 詩)[20]에 뛰어나지 못해 사람들이 창화하는 것을 좋아하지 않기 때문에 그러한 말을 한 것입니다."라고 했다.

睿宗御宇, 尙章句好遊宴, 時曾王父尙書崔瀹, 在綸閣乃上書, 畧曰, "……

---

20 최자의 『보한집』에는 "瀹短於風月"이라고 되어 있으나 『高麗史·列傳』卷八「崔瀹傳」에는 "瀹短於詩"라고 되어 있다.

帝王當好經術, 日與儒雅討論經史, 諮諏政理化民成俗之無暇, 安有事童
子之雕蟲, 數與輕蕩詞臣, 吟風嘯月, 以喪天衷之淳正耶?"上優納, 有一
詞臣承隙曰, "所言儒雅別是何人? 淪短於風月, 不樂人唱和, 故有此言."

(『보한집』 권상)

문학을 숭상하여 詞臣들과 음풍농월하기를 좋아한 예종에게 최자
의 증조부 崔瀹이 간언한 진정한 의도가 무엇인지는 차치하고, '어떤
詞臣'의 의론에서 창화와 그 기능에 대한 인식의 일면을 알 수 있다.
즉 최약이 창화를 좋아하지 않는 것은 그 자신이 詩에 능하지 못했기
때문이라는 말 속에는 창화·화운은 문학적 재능과 작시 능력이 있어
야 가능한 것이라는 인식이 담겨있다. 이것을 다른 각도에서 말하면
문인에게 있어 창화·화운 행위는 자신의 시재를 인정받을 수 있는
기회이자 자신의 시재를 과시할 수 있는 좋은 수단이기도 하다는 것
이다. 고려시대에는 이 같은 몇 가지 요인이 복합적으로 작용하여 창
화·화운 풍조가 크게 성행할 수 있었다.

3. 고려문인의 화백시 개황

백거이 시에 대한 고려문인의 기본적 인식은 "무릇 시를 새로 배우
는 사람이 그 기력을 강하게 하려면 비록 읽지 않아도 되지만 만약 벼
슬아치와 선비들이 한가롭게 읽으며 천명을 즐기고 근심을 잊어버리
려고 한다면 백거이 시가 아니면 안 된다."[21]는 崔滋의 평가에서 잘 드

---

21 최자『補閑集』권중: "凡新學詩, 欲壯其氣力, 雖不讀可矣, 若搢紳先覺, 閑居覽閱, 樂天

러난다. 즉 백거이 시는 고려문단에서 두보나 소식처럼 학시 규범의
대상으로서가 아니라 소요자적한 생활을 위한 '閑居覽閱'과 '樂天忘
憂'의 수단으로서 더 큰 가치가 있었던 것이다.[22] 비록 학시 규범으로
서의 가치는 높게 인정받지 않았지만 마음의 평안을 위한 읽을거리로
서 고려문인에게 널리 애독되었던 만큼 창화 행위의 성립에 적지 않
게 기여했을 것이다.

　고려문인과 백거이 창화시 고찰에서 가장 시급한 작업은 백시에 대
한 고려문인의 화시를 선별하는 것이다. 창화시는 원작인 창시와 그
에 대해 화답한 화시 두 가지 요소로 이루어진다. 창작 시간면에서 본
다면 창시의 존재가 먼저이고 그 후가 화시이지만 화시가 제작되어야
만 비로소 창화 행위가 성립하므로 창화시 선정 작업의 기준은 창시
가 아니라 화시일 수밖에 없다.

　이에 본고에서는 우선 『高麗名賢集』[23]·『高麗時代漢詩文學集
成』[24]·『韓國文集叢刊』(正編·전350책)[25]을 대상으로 林椿(?-?) 『西河
集』·李奎報(1168-1241) 『東國李相國集』·陳澕(?-?) 『梅湖遺稿』·閔
思平(1295-1359) 『及菴詩集』·李齊賢(1287-1367) 『益齋亂藁』·李穡
(1328-1396) 『牧隱藁』 등 고려문인 40인의 현존 문집을 선정하였고[26]

忘憂,非白詩莫可."

22　이에 관한 논의는 본서 제1장 「고려문인의 백거이 수용」에 상세하다.

23　대동문화연구원 편 『高麗名賢集』 [5책] 서울, 성균관대학교 대동문화연구원, 1973-1980

24　민창문화사 편 『高麗時代漢詩文學集成』 [10책] 서울, 민창문화사, 1994

25　민족문화추진회 편 『韓國文集叢刊』 正編 [350책] 서울, 민족문화추진회, 1990-2002

26　본고에서 화백시 선별의 범주로 삼은 40인의 고려문인 문집은 林椿 『西河集』, 李奎報 『東
國李相國集』, 陳澕 『梅湖遺稿』, 白賁華 『南陽詩集』, 金坵 『止浦集』, 李承休 『動安居士
集』, 洪侃 『洪崖遺藁』, 安軸 『謹齋集』, 李齊賢 『益齋亂藁』, 崔瀣 『拙藁千百』, 閔思平 『及
菴詩集』, 李穀 『稼亭集』, 鄭誧 『雪谷集』, 李達衷 『霽亭集』, 白文寶 『淡庵逸集』, 李集 『遁

이를 대상으로 고려문인의 화백시를 선별하였다.

화시는 일반적으로 시제에 '和'·'答'·'酬'·'次' 등의 글자가 쓰이고 창시의 작가 혹은 제목이 밝혀져 있다. 따라서 화시의 선별은 시제를 통해 진행되는 것이 일반적이다. 우선 고려문인의 현존 문집을 대상으로 검토한 결과 화백시로 확인된 작품은 다음과 같다.

번호	시체	작가	시제
[01]	오언율시	이규보	訪盧秀才永祺用白樂天韻同賦
[02]	오언율시	이규보	復和
[03]	오언고시	이규보	六月十七日訪金先達轍用白公詩韻賦之
[04]	오언고시	이규보	金君乞賦所飮綠瓷盃用白公詩韻同賦
[05]	오언율시	이규보	初秋又與文長老訪金轍用白公詩韻各賦早秋詩
[06]	오언고시	이규보	又用白公韻賦文長老草履
[07]	칠언율시	이규보	白天院賁華家賦海棠用樂天詩韻[李秀才同賦]
[08]	오언고시	이규보	次韻文長老朴還古論槿花幷序
[09]	오언율시	이규보	次韻和白樂天病中十五首1·初病風順和
[10]	칠언배율	이규보	次韻和白樂天病中十五首2·枕上作順和
[11]	칠언절구	이규보	次韻和白樂天病中十五首3·答閑上人問病以答客問病代之
[12]	칠언절구	이규보	次韻和白樂天病中十五首4·病中五絶順和1
[13]	칠언절구	이규보	次韻和白樂天病中十五首5·病中五絶順和2
[14]	칠언절구	이규보	次韻和白樂天病中十五首6·病中五絶順和3

村雜詠』, 田祿生『野隱逸稿』, 李穡『牧隱藁』, 鄭樞『圓齋藁』, 朴翊『松隱集』, 韓脩『柳巷詩集』, 鄭夢周『圃隱集』, 金九容『惕若齋學吟集』, 成石璘『獨谷集』, 元天錫『耘谷行錄』, 卓光茂『景濂亭集』, 李存吾『石灘集』, 李詹『雙梅堂篋藏集』, 趙浚『松堂集』, 河崙『浩亭集』, 李崇仁『陶隱集』, 南在『龜亭遺藁』, 李行『騎牛集』, 吉再『冶隱集』, 鄭摠『復齋集』, 李種學『麟齋遺稿』, 李稷『亨齋詩集』, 李原『容軒集』, 申槩『寅齋集』, 朴宜中『貞齋逸稿』 등이다.

번호	시체	작가	시 제
[15]	칠언절구	이규보	次韻和白樂天病中十五首7·病中五絶順和4
[16]	칠언절구	이규보	次韻和白樂天病中十五首8·病中五絶順和5
[17]	칠언절구	이규보	次韻和白樂天病中十五首9·送嵩客以送族僧之南代之
[18]	칠언절구	이규보	次韻和白樂天病中十五首10·罷灸以退藥與食代之
[19]	칠언절구	이규보	次韻和白樂天病中十五首11·賣駱以傷瘦馬代之
[20]	칠언절구	이규보	次韻和白樂天病中十五首12·放柳枝以憶舊妓代之
[21]	칠언율시	이규보	次韻和白樂天病中十五首13·就暖偶酌以睡起酌酒代之
[22]	칠언절구	이규보	次韻和白樂天病中十五首14·歲暮呈思黯以曉贈來客代之
[23]	칠언육구	이규보	次韻和白樂天病中十五首15·自解順和
[24]	칠언절구	이규보	又和樂天心身問答1·心問身
[25]	칠언절구	이규보	又和樂天心身問答2·身報心
[26]	칠언절구	이규보	又和樂天心身問答3·心復答身
[27]	칠언율시	이규보	又和假滿百日停官自喜詩
[28]	칠언절구	이규보	次韻白樂天出齋日喜皇甫十訪
[29]	칠언율시	이규보	觀白樂天集家釀新熟每嘗輒醉妻姪等勸令少飲之詩此亦類予故和之云
[30]	칠언율시	이규보	次韻白樂天老來生計詩
[31]	칠언절구	이규보	次韻白樂天負春詩
[32]	오언고시	이규보	次韻白樂天春日閑居
[33]	칠언율시	이규보	次韻白樂天在家出家詩
[34]	칠언절구	이규보	看汁酒用樂天韻
[35]	오언배율	민사평	錄樂天詩寄竹谷先生次韻寄來予亦次韻

　본고에서 선별한 화백시는 총 35수로서 '用○○(詩)韻'·'和'·'次韻'이라는 표현에 의해 특정 작품에 대한 화시라는 점은 쉽게 알 수 있다. 그러나 백거이 시에 대한 화시로 판별한 방법은 크게 세 가지 유형이다.

첫 번째 유형은 시제를 근거로 화백시임을 알 수 있는 작품이다. 가장 일반적인 경우이므로 [02]·[08]번 2수를 제외한 모든 작품이 이에 해당한다. 제목에는 [27]번「又和假滿百日停官自喜詩」처럼 창시의 제목만을 밝힌 작품도 있지만 이외에는 모두 '白樂天'·'樂天'·'白公' 등의 표기로 창시 작가를 밝히고 있기 때문에 백거이에 대한 화시임을 쉽게 알 수 있다.

두 번째 유형은 [02]번 작품 이규보의「復和」가 있다. 시제에 의하면 화시인 것은 알 수 있지만 창시 작가가 누구인지는 알 수 없다. 그러나 이규보의『동국이상국집』전집권7을 일람해 보면 이 작품 앞에는 화백시임이 분명한 [01]번「訪盧秀才永祺用白樂天韻同賦」가 수록되어 있고, 두 작품 모두 오언율시로서 제2·4·6·8구의 운자가 상평성 微韻의 扉·歸·非·肥이다. 이규보의「復和」는 "수재 노영기를 방문하고 백낙천의 운을 사용하여 함께 지은" [01]번 작품을 이어 백시에 화운한 작품임을 알 수 있다.

세 번째 유형에는 [08]번「次韻文長老朴還古論槿花幷序」가 있다. 이 작품도 시제만으로는 화백시임을 알 수 없다. 그러나 "그리하여 백낙천의 시를 찾아 그의 시운으로 (문장로와 박환고 두 사람이) 각자 시 한 수씩을 짓고 또 나에게 화답하길 권하였다."[27]라고 한 작가의 서문 내용에 의하면, 이 작품 역시 백거이 시에 대한 화시이다. 결국 두 번째·세 번째 유형에 속한 작품은 단순한 시제 검색만이 아니라 해당 작품의 선후와 운자 혹은 시서의 내용을 함께 살펴야만 창시 작가를 판별할 수 있다. 창화시 연구의 기초작업인 화시 선별 과정에서 세심

---

27 이규보「次韻文長老朴還古論槿花」序: "……因探樂天詩, 取其韻各賦一篇, 亦勸予和之."(『동국이상국집』전집권14)

한 주의가 필요한 이유이다.

본고에서 선별한 고려문인의 화백시에서 가장 흥미로운 현상은 35 수 중 34수가 이규보의 작품이라는 사실이다. 고려문인 40인의 현존 문집을 선정범위로 했음에도 불구하고 거의 모든 화백시가 이규보 한 사람에게 집중되어 있다. 물론 고려문인의 화백시가 단지 35수에 불과하다고 단정할 수는 없다. 현존 35수 외에도 실전된 작품이 있을 수 있기 때문이다. 실제로 본고에서 선별된 이규보 화백시의 제목과 시 서의 내용을 살펴볼 때 실전된 작품의 존재가 확인된다.

[01] 이규보「訪盧秀才永祺用白樂天韻同賦」

　　: 수재 노영기를 방문하고 백낙천의 운을 사용하여 함께 짓다.

[04] 이규보「金君乞賦所飮綠瓷盃用白公詩韻同賦」

　　: 김군이 녹색 자기 술잔을 두고 시를 지어 달라 청하기에 백거이의 시 운을 사용하여 함께 짓다.

[05] 이규보「初秋又與文長老訪金轍用白公詩韻各賦早秋詩」

　　: 초가을에 또 문장로와 더불어 김철을 방문하고 백거이의 시운으로 각각 早秋詩를 짓다.

[07] 이규보「白天院賁華家賦海棠用樂天詩韻」[李秀才同賦]

　　: 天院 백분화의 집에서 백낙천 시운을 사용하여 해당화를 읊다[이수 재도 함께 지었다.]

[08] 이규보「次韻文長老朴還古論槿花幷序」

　　: 문장로와 박환고가 무궁화를 논평하면서 지은 시에 차운하고 서를 달다.

[35] 민사평「錄樂天詩寄竹谷先生次韻寄來予亦次韻」

　　: 백거이의 시를 적어 죽곡선생에게 보내니 차운하여 보내왔다. 나 또

한 이에 차운하다.

[01]·[04]번 작품은 시제에 "함께 짓다(同賦)"라고 하였으니 각각 노영기·김군과 함께 백거이 시운을 빌어 화시를 지었음을 알 수 있고, [05]번 작품은 시제에 "각자 짓다(各賦)"라고 하였으니 문장로와 김철이 지은 화백시가 2수 더 존재했음을 알 수 있다. [07]번 작품은 제하 자주에 "이수재도 함께 지었다(李秀才同賦)"라고 하였으니 백분화 집에서 백거이 시운을 사용하여 해당화를 노래한 시를 지은 사람은 이규보 외에도 한 사람이 더 있었던 것이다.

[08]번 작품은 위에서 이미 언급하였듯이 "(문장로와 박환고 두 사람이) 각자 시 한 수씩을 짓고 또 나에게 화답하길 권하였다.(各賦一篇, 亦勸予和之)"는 시서에 의하면 당시 백시에 대해 화답한 사람은 3인이었음을 알 수 있다. [35]번 작품의 시제에 의하면 작가가 "백거이의 시를 적어 죽곡선생에게 보내니 차운하여 보내왔다"고 하였으니 백시에 대해 죽곡선생 朴良桂가 차운한 시가 더 존재했음을 알 수 있다.

비록 제목과 작품은 현존하지 않지만 고려문인의 화백시로 인정되는 작품은 35수 외에도 최소한 8수가 더 존재했던 것이다. 고려문인 간에는 백거이 시운이 매개가 되어 함께 창화하는 풍조가 존재했고 아울러 이것이 문인교유의 수단으로 기능했음을 알 수 있다. 백거이 시운을 도구로 삼은 창화 풍조의 핵심에 이규보가 자리하고 있었음은 분명하다. 고려시대 화백시 제작은 이규보를 중심으로 이루어졌다고 해도 과언이 아니다. 백시에 대한 화시 제작에 존재하는 편중 현상이 무엇을 의미하는지도 흥미로운 문제이다.

고려문인의 화백시가 이규보 일인에게 편중되어 있는 것은 당시 창화 행위가 보편화되지 못해서가 아니다. 주로 동시대인 간의 교유 수단이기는 했지만 이규보 시대에도 창화 행위가 성행했다는 것은 부인할 수 없는 사실이기 때문이다. 또한 백거이에 대한 고려문인의 인식이 부족했던 탓도 아니다. 백거이의 시문학은 고려 전기에 이미 널리 전래되어 '閑居閱覽'과 '樂天忘憂'의 수단으로 애독되었고 고려문인에 의해 다양한 방식으로 수용되었기 때문이다.

고려의 화백시 제작이 이규보 일인에게 편중된 원인은 문인 교유의 수단으로 창화 풍조가 성행했지만 백시에 대한 추화 행위는 대다수 고려문인의 흥미를 끌지 못했기 때문이다. 전기 사실과 일화의 시화 혹은 시구 인용 등의 단순한 수용과는 달리 중국 전대문인에 대한 추화 행위는 작가에 대한 인간적 공감이나 작품에 대한 깊은 감흥을 바탕으로 하기 때문이다. 따라서 고려시대 화백시가 이규보 일인에게 편중되어 있는 현상은 백시에 대해 추화할 만큼 백거이에게 인간적·문학적으로 깊이 경도되었던 고려문인으로는 이규보가 거의 유일했음을 반영한 것이라고 생각한다.[28]

---

28 고려문인의 현존 문집을 살펴보면 이제현에게는 이백 시에 추화한 「姑蘇臺和權一齋用李太白韻」 시가 있고 소식 시에 추화한 「吳江又陪一齋用東坡韻作」과 「遊道場山陪一齋用東坡韻」 시가 있다. 李穀(1298-1351)에게는 이백·두목·두보·소식 시에 대한 화시인 「妾薄命用太白韻二首」·「次權一齋九日登龍山用牧之詩韻」·「人日讀杜詩仍用其韻」·「梅花同白和父作用東坡韻」 시가 있다. 또한 鄭樞(1333-1382)에게는 「德水村居用老杜韻」 시를 비롯하여 杜詩에 대한 화시 8수가 있고 유종원 시에 화운한 「自笑用柳柳州集中韻」, 맹호연 시에 차운한 「廉副令用孟襄陽集中韻見示卽次韻」, 한유 시에 화운한 「東萊懷古用韓昌黎集中桃原圖韻」 시 등이 있다. 그러나 이 3인의 문집에는 화백시가 1수도 발견되지 않는다.

4. 고려문인과 백거이의 창화시 복원

창화시는 선행의 특정 작품을 대상으로 화시가 제작됨으로써 성립한다. 따라서 심층적인 창화시 연구에는 두 가지 구성 요소, 즉 창시와 화시에 대한 양방향의 고찰이 필수적이다. 따라서 고려문인과 백거이 창화시 연구에 가장 시급한 것은 바로 창화시 복원 작업이다. 그러나 창화시 복원 작업은 여러 면에서 용이하지 않다. 고려문인의 현존 화백시 35수의 경우, 창시가 산실된 경우는 복원이 근본적으로 불가능하며 설사 창시가 현존하더라도 화시에 창시 제목이 밝혀져 있지 않은 작품이 적지 않기 때문이다.

본고에서 선별한 고려문인의 화백시를 분류하면 크게 두 가지 유형이 있다. 첫째는 시제에 창시 제목이 명시된 것(이하 'A류'로 칭함), 둘째는 시제에 창시 제목이 명시되지 않은 것(이하 'B류'라고 칭함)이다. A류는 창시가 현존하는 한 창화시 복원이 어렵지 않다. 고려문인의 화백시 35수 중 25수가 A류에 해당되는데 필자의 검색에 의하면 백거이 창시가 모두 현존한다. 따라서 고려문인과 백거이의 창화시 복원 작업에서 주의해야 할 것은 B류에 해당하는 작품으로 아래의 10수가 존재한다.

번호	시체	작가	시제
[01]	오언율시	이규보	訪盧秀才永祺用白樂天韻同賦
[02]	오언율시	이규보	復和
[03]	오언고시	이규보	六月十七日訪金先達轍用白公詩韻賦之
[04]	오언고시	이규보	金君乞賦所飮綠瓷盃用白公韻同賦
[05]	오언율시	이규보	初秋又與文長老訪金轍用白公詩韻各賦早秋詩
[06]	오언고시	이규보	又用白公韻賦文長老草履

번호	시 체	작 가	시 제
[07]	칠언율시	이규보	白天院賁華家賦海棠用樂天詩韻[李秀才同賦]
[08]	오언고시	이규보	次韻文長老朴還古論槿花幷序
[34]	칠언절구	이규보	看汁酒用樂天韻
[35]	오언배율	민사평	錄樂天詩寄竹谷先生次韻寄來予亦次韻

창시 제목이 명시되지 않은 B류 화시 10수에 대한 창시를 확정하는 작업에는 화시의 형식, 특히 압운 상황에 대한 검토가 가장 기본적인 작업이다.[29] 우선 복원 대상으로 삼은 것은 고체시이다. 고체시는 一韻 到底의 근체시에 비해 동일한 시운을 사용한 작례가 비교적 적어 검색이 용이하기 때문이다. 고려문인의 화백시 35수 중 고체시는 5수가 존재하는데 그중 4수가 B류에 속한다.

[04]번 이규보의「金君乞賦所飮綠瓷盃用白公詩韻同賦」는 22구의 오언고시이다. 운자를 살펴보면 제2·4·10·12·14·16·20구는 각각 日·一·術·筆·疾·失·出로서 입성 質韻이다. 제6·8·22구는 입성 月韻인 沒·骨·兀 자로 압운되었고 제18구의 운자는 物로서 입성 物韻에 속한다. 한 작품의 각운으로 입성의 質韻·物韻·月韻 3종류가 사용된 것이다. 그런데 質韻·物韻·月韻이 함께 사용된 백거이 시는「效陶潛體詩十六首」제10수와「對酒」, 그리고「曲江感秋二首」제1수 등의 3수가 확인되었다. 이 작품들도 모두 오언고시이며 시운 면에서도 이규보 화시와 동일하다.

---

29 본고에서 창화시 복원 작업의 주요 텍스트로 삼은 것은 明·馬元調本을 저본으로 한 朱金城의『白居易集箋校』이며, 南宋·紹興本을 저본으로 한 謝思煒의『白居易詩集校注』와 1936년 商務印書館에서 일본 那波道圓本을 영인한『白氏長慶集』(일명 四部叢刊本)을 보조 텍스트로 하였다.

「效陶潛體詩十六首」제10수는 26구로서 운자는 伐·說·卒·
一·𠲷·骨·月·歇·物·失·疾·日·匹이며「曲江感秋二首」제1
수는 20구로서 운자는 七·一·黜·物·屈·沒·筆·紱·朱·質·
日이다. 두 작품 모두 句數와 운자에서 이규보 화시와 달랐다. 그러나
백거이「對酒」는 구수는 물론 운자와 그 사용 순서 면에서 이규보의
「金君乞賦所飮綠瓷盃用白公詩韻同賦」와 완전히 일치한다. 압운 상
황에 대한 이해를 돕기 위해 창시와 화시를 예시하면 다음과 같다.

[창시] 백거이「對酒」

人生一百歲, 通計三萬日.◀   何況百歲人, 人間百無一.◀

賢愚共零落, 貴賤同埋沒.◀   東岱前後魂, 北邙新舊骨.◀

復聞藥誤者, 爲愛延年術.◀   又有憂死者, 爲貪政事筆.◀

藥誤不得老, 憂死非因疾.◀   誰人言最靈, 知得不知失.◀

何如會親友, 飮此杯中物.◀   能沃煩慮銷, 能陶眞性出.◀

所以劉阮輩, 終年醉兀兀.◀

(『백거이집전교』 권10)

[화시] 이규보「金君乞賦所飮綠瓷盃用白公詩韻同賦」

落木童南山, 放火煙蔽日.◀   陶出綠瓷盃, 揀選十取一.◀

瑩然碧玉光, 幾被靑煤沒.◀   玲瓏肖水精, 堅硬敵山骨.◀

迺知埏埴功, 似借天工術.◀   微微點花紋, 妙逼丹靑筆.◀

鏗然入我手, 快若羽觴疾.◀   不羨柳公銀, 羽化一朝失.◀

淸宜蓄詩家, 巧或家尤物.◀   主人有美酒, 爲爾頻呼出.◀

莫辭三四巡, 使我醉兀兀.◀

(『동국이상국집』 전집권8)

이규보의 화시는 "김군이 사용한 녹색 자기 술잔에 대해 시를 짓기를 요청하기에 백거이 시운으로 함께 지었"던 작품이다. 사용할 시운을 결정하는 과정에서 백거이의 특정 작품을 의식했고, 그 작품의 시체나 형식을 자연스럽게 따를 수밖에 없었을 것이다. 비록 次韻임을 시제에 밝히지는 않았지만 동일한 운자를 동일한 순서로 압운함으로써 자신의 시재를 나타내는 데에 가장 효과적인 차운 방식을 채택했던 것이다. 따라서 이규보의 「金君乞賦所飲綠瓷盃用白公詩韻同賦」는 창시 제목을 밝히지 않고 단순히 '用白公詩韻'으로 표기했지만 백거이의 「對酒」를 창시로 한 차운시이다.

그렇다면 우선 B류의 화시 「金君乞賦所飲綠瓷盃用白公詩韻同賦」에 대한 창시 복원방법이 과연 타당한 것인가 검토해 볼 필요가 있다. 이 같은 복원방식의 타당성 여부는 A류의 유일한 고체시, 즉 [32]번 「次韻白樂天春日閑居」와 그에 대한 창시를 비교해 봄으로써 확인할 수 있다. 이규보의 「次韻白樂天春日閑居」는 20구의 오언고시이다. 제2·4·10·12·18·20구의 운자는 입성 屋韻의 屋·獨·沐·肉·目·漻이며 제6·8·14·16구의 운자는 입성 沃韻의 綠·足·欲·束이다.

이규보가 시제에서 창시로 밝힌 백거이의 「春日閑居」는 3수로 이루어진 연작시이다. 그중 입성 屋韻과 沃韻을 함께 사용한 제1수가 바로 차운의 대상이다. 창시 「春日閑居」 제1수의 운자가 화시 「次韻白樂天春日閑居」와 동일한 운자에 동일한 순서임은 물론이다. 그런데 입성의 屋韻과 沃韻이 함께 사용된 백거이 시는 39수이다. 이 작품들을 살펴보면 이규보의 「次韻白樂天春日閑居」에 쓰인 것과 동일한 운자가 동일한 순서로 압운된 작품은 「春日閑居三首」 제1수를 제외하면 한 수도 존재하지 않는다.

이러한 용운 상황을 고려하면 이규보의 화시 제목에서 설사「春日閑居」라는 시제를 밝히지 않고 '用白樂天詩韻'이라고만 하였더라도 그에 대한 창시는「春日閑居三首」제1수일 수밖에 없다. 이는 동일한 시운을 사용한 작품 중에서 동일한 운자가 동일한 순서로 사용된 것이 있음은 결코 우연이 아니기 때문이다. 다시 말하면 화시 제작 전에 특정 작품을 의식하고 있었음으로 인한 필연적 결과이다.

따라서 B류에 속하는 나머지 고체시 3수에 대해서도 위와 같은 방식을 적용한 결과 상황은 동일하였다. [06]번「又用白公韻賦文長老草履」는 [32]번「次韻白樂天春日閑居」의 경우처럼 입성 沃韻과 屋韻이 사용된 14구의 오언고시이다. 제2·6구의 운자는 입성 沃韻의 曲·綠, 제4·8·10·12·14구의 운자는 입성 屋韻의 宿·木·谷·伏·竹이다. 앞에서도 이미 언급했듯이 백거이 시에서 입성 沃韻과 屋韻이 함께 사용된 작례는 39수이다. 이 작품들의 용운 상황을 따져 보면 [06]번 작품과 동일한 운자가 동일한 순서로 쓰인 작품이 한 수만 존재한다. 바로 백거이의「宿淸源寺」시이다. 이해를 돕기 위해 창시와 화시를 예시하면 다음과 같다.

[창시] 백거이「宿淸源寺」

往謫潯陽去, 夜憩輞溪曲.◀　今爲錢塘行, 重經玆寺宿.◀

爾來幾何歲, 溪草二八綠.◀　不見舊房僧, 蒼然新樹木.◀

虛空走日月, 世界遷陵谷.◀　我生寄其間, 孰能逃倚伏.◀

隨緣又南去, 好住東廊竹.◀

(『백거이집전교』권8)

[화시] 이규보「又用白公韻賦文長老草履」

君從江南來, 山水千萬曲.◀　　何人餉草履, 促密宜老宿.◀

行惹楚花香, 踏遍秦草綠.◀　　織巧桃椎芒, 折非靈運木.◀

舊物那忍遺, 護足度溪谷.◀　　下邳行可封, 已使革華伏.◀

遠遊當借君, 副之以杖竹.◀

(『동국이상국집』 전집권8)

[03]번「六月十七日訪金先達轍用白公詩韻賦之」는 거성의 御韻과 遇韻이 사용된 20구의 오언고시이다. 御韻·遇韻이 함께 사용된 백시는 총 24수이다. 이 중에서 동일한 운자가 동일한 순서로 쓰인 작품은「曲江感秋二首」제2수뿐이다. 마지막으로 [08]번「次韻文長老朴還古論槿花幷序」는 24구의 오언고시인데 환운하지 않고 一韻到底한 작품이다. 운자는 상성 有韻의 友·右·手·九·口·酒·久·後·有·牖·否·首가 쓰였다. 백거이 시에서 상성 有韻이 쓰인 작품은 12수이다. 용운 상황을 살펴본 결과「夢與李七庾三十二同訪元九」만이 동일한 운자가 동일한 순서로 사용되었음을 확인할 수 있었다. 결국 이규보의「次韻文長老朴還古論槿花幷序」는 백거이의「夢與李七庾三十二同訪元九」시에 차운한 작품이다.

　고려문인의 화백시 35수 중에 근체시는 30수이다. 그 중에 6수가 B류에 속한다. 한 가지 시운만을 사용한 一韻到底가 근체시의 일반적 압운방식이므로 동일한 시운 사용의 작례가 적지 않아 검색이 용이하지 않다. 우선 [01]번「訪盧秀才永祺用白樂天韻同賦」는 상평성 微韻의 오언율시이다. 상평성 微韻의 사례가 도합 56수에 이르는 백시 중에서 用韻에 해당되는 작품은 한 수도 발견되지 않았다. 그러나 [01]번 작품과 동일한 운자가 동일한 순서로 사용된 차운시는「歸履道宅」

만이 발견되었다.

[02]번「復和」는 이미 앞에서 언급했듯이 [01]번 작품을 이어 백시에 화운한 것이므로 창시는 역시「歸履道宅」이다. 압운 상황에 대한 이해를 돕기 위해 세 작품을 예시하면 아래와 같다.

[창시] 백거이「歸履道宅」

驛吏引藤輿, 家僮開竹扉. ◀

往時多暫住, 今日是長歸. ◀

眼下有衣食, 耳邊無是非. ◀

不論貧與富, 飮水亦應肥. ◀

(『백거이집전교』 권27)

[화시]1 이규보「訪盧秀才永祺用白樂天韻同賦」

半岸烏紗帽, 閑敲綠玉扉. ◀

柳深鶯百囀, 林晚鳥雙歸. ◀

太白甘時後, 陶潛悟昨非. ◀

紛華方戰退, 始覺卜商肥. ◀

(『동국이상국집』 전집권7)

[화시]2 이규보「復和」

一龍期作友, 凡鳥豈題扉. ◀

琴客春多思, 棋僧晚未歸. ◀

身窮道轉富, 心是貌還非. ◀

不羨夸毗子, 裘輕馬亦肥. ◀

(『동국이상국집』 전집권7)

B류 근체시에 대한 창시 복원 방식의 타당성 여부도 A류 근체시를 통해 확인할 수 있다. [28]번 화시「次韻白樂天出齋日喜皇甫十訪」과 창시「出齋日喜皇甫十무訪」을 예로 들면 다음과 같다. 이규보의「次韻白樂天出齋日喜皇甫十訪」는 首句入韻式 칠언절구이다. 제 1 · 2 · 4구에 상평성 灰韻의 杯 · 開 · 來가 압운되었다. 백거이의「出齋日喜皇甫十무訪」은 모든 면에서 화시와 완전하게 일치하므로 차 운시임에 틀림없다. 그런데 상평성 灰韻이 사용된 백시는 무려 149수 에 달하지만 제1 · 2 · 4구에 杯 · 開 · 來가 운자로 사용된 시는 오로 지「出齋日喜皇甫十무訪」뿐이다. 동일한 운자가 동일한 순서로 사용 되었다는 것은 결코 우연이 아니며 화시 제작 이전에 특정 작품에 대 한 의식이 작용한 결과임을 재확인할 수 있다.

[07]번「白天院賁華家賦海棠用樂天詩韻」은 칠언율시이다. 제 1 · 2 · 4 · 6 · 8구에 상평성 灰韻의 栽 · 開 · 臺 · 迴 · 來가 운자로 사 용되었으니 수구입운식에 해당한다. 그런데 앞에서 언급했듯이 무려 149수에 이르는 상평성 灰韻의 백거이 시 중에서 이 5개의 운자가 동 일한 순서로 사용된 작례는 존재하지 않는다. 동일한 순서는 아니더 라도 5개의 운자가 모두 사용된 작품도 발견되지 않았다. 그렇다고 단 순히 동일한 시운을 사용한 依韻에 해당한다고 단정할 수 없다. 상평 성 灰韻을 사용한 칠언율시는 백거이만이 아니라 모든 문인의 작품에 무수히 존재하는 이상 굳이 '用樂天詩韻'이라고 밝힐 필요가 없기 때 문이다.

백거이 창시가 현존하지 않는 경우일 수도 있다. 그러나 근체시 격 률에 따르면 제1구에는 압운할 수도 있고 압운하지 않을 수도 있으므 로 백거이 창시 제1구에는 압운되지 않았는데 이규보가 화시 제1구에 압운하였을 가능성도 있다. 이와 같은 상황이 고려문인과 백거이의 창화에서 존재하는가 확인하기 위해 A류 근체시 중에서 [30]번 「次韻白樂天老來生計詩」를 예로 들기로 한다.

이규보의 「次韻白樂天老來生計詩」는 수구입운식 칠언율시이다. 제1·2·4·6·8구에 하평성 侵韻에 속하는 尋·吟·金·深·心이 운자로 사용되었다. 그런데 시제에서 창시로 명시된 백거이의 「老來生計」시를 살펴보면 제2·4·6·8구가 吟·金·深·心으로 압운되었을 뿐 제1구에는 압운되지 않았다. 그러나 이 경우 역시 이규보의 화시 제목에서 분명히 밝히고 있듯이 차운에 해당한다. 따라서 차운의 방법상 창시 제1구에 압운이 되어 있지 않더라도 화시 작가는 제1구에 동일한 시운의 운자를 사용할 수 있다는 결론이 가능하다. 다시 말하면 창시가 수구불입운식이라도 화시는 수구입운식의 형식을 취할 수 있다는 것이다.[30]

A류 작품에서 확인했듯이 이 같은 방식을 근거로 [07]번 「白天院賁華家賦海棠用樂天詩韻」의 창시 복원을 시도하면 다음과 같다. 이규보 화시는 수구입운식이지만 백거이 창시는 수구불입운식일 수도 있으므로 제2·4·6·8구에 開·臺·迴·來의 운자가 동일한 순서로 사용된 백시를 찾아보니 「以詩代書寄戶部楊侍郎勸買東隣王家宅」시 한 수뿐이었다. 뿐만 아니라 동일한 순서는 아니더라도 開·臺·迴·來가 모두 사용된, 즉 用韻 방식에 해당하는 작품은 한 수도 존재하지 않는다. 따라서 [07]번 작품은 백거이의 「以詩代書寄戶部楊侍郎勸買東隣王家宅」을 창시로 삼아 차운한 화시임이 분명하다. 압운

---

30 이외에도 A류 화시 중에서 창시의 수구불입운식을 따르지 않고 수구입운식으로 변경된 작례는 적지 않다. 칠언율시에서 [29]번 「觀白樂天集家釀新熟每嘗輒醉妻姪等勸令少飲之詩此亦類予故和之云」과 [33]번 「次韻白樂天在家出家詩」, 칠언절구에서 [31]번 「次韻白樂天負春詩」, 칠언육구의 작품에서 [23]번 「自解順和」 등이 있다.

상황에 대한 이해를 돕기 위하여 원문을 예시하면 다음과 같다.

[창시] 백거이「以詩代書寄戶部楊侍郎勸買東鄰王家宅」

勸君買取東鄰宅,　　與我衡門相並開.◄

雲映嵩峰當戶牖,　　月和伊水入池臺.◄

林園亦要閒閒置,　　筋力應須及健迴.◄

莫學因循白賓客,　　欲年六十始歸來.◄

(『백거이집전교』권33)

[화시] 이규보「白天院賁華家賦海棠用樂天詩韻」

似識先生用意栽,◄　　故應恰恰趁時開.◄

龔妃嬌侍臨春閣,　　楚女閑過夢雨臺.◄

映日醺酡顏更爛,　　隔林羞澁笑猶迴.◄

浮紅一餉終如夢,　　更約明朝把酒來.◄

(『동국이상국집』전집권13)

　　고려문인과 백거이의 창화시 복원 과정에서 세심한 주의를 기울여야 했던 것은 [34]번 작품「看汁酒用樂天韻」이다. 지금까지와는 또 다른 유형의 화운 방식이기 때문이다. 이 시는 칠언절구 수구입운식으로 제1·2·4구의 운자는 淸·瓶·亭이다. 제1구의 淸은 하평성 庚韻에 속하고 제2·4구의 瓶·亭은 하평성 靑韻에 속한다. 제1구의 운자가 동일한 운에 속한 것이 아니므로 수구불입운식이라고도 할 수 있다. 그러나 근체시 격률에서는 한 가지 운으로만 압운하는 一韻到底를 원칙으로 하면서도 제1구에는 隣韻으로 압운하는 것이 가능하다. 근체시의 '首句用鄰韻' 현상에 관해 王力은 다음과 같이 이야기하고 있다.

제1구의 압운 여부는 자유롭기 때문에 제1구의 각운도 그리 엄격하지 않을 수 있어 '이웃하는 韻'[즉 隣韻]을 사용해도 된다. 이 같은 '首句用鄰韻'의 풍조는 만당에 이르러서야 상당히 보편화되었고 송대에는 더욱 의식적인 시대 풍조가 되었다.

由于第一句押韻與否是自由的, 所以第一句的韻脚也可以不太嚴格, 用鄰近的韻也行. 這種首句用鄰韻的風氣到晚唐才相當普遍, 宋代更成爲有意識的時尙.[31]

왕력은 이러한 현상의 예로 당대 杜牧의 「淸明」과 송대 林逋의 「山園小梅」를 거론했다. 두목의 「淸明」을 예로 들면 "淸明時節雨紛紛, 路上行人欲斷魂. 借問酒家何處有, 牧童遙指杏花村."에서 제2·4구의 魂·村은 상평성 十三元韻이지만 제1구의 운자는 상평성 十二文韻에 속하는 紛자를 사용했던 것이다.

이에 의하면 [34]번 「看汁酒用樂天韻」도 제1·2·4구의 淸·瓶·亭이 모두 운자로 사용된 '首句用鄰韻'에 해당하는 것으로 이해해야 한다. 백시 중에서 하평성 庚韻과 하평성 靑韻이 함께 쓰인 작례는 21수에 이른다. 그러나 모두 고체시이고 4구의 작품은 한 수도 존재하지 않았다. 창시가 현존하지 않는 경우일 수도 있고 혹은 [07]번 작품의 경우처럼 화시는 수구입운식이지만 창시는 수구불입운식일 수도 있다. 검색 결과 하평성 靑韻이 사용된 백시는 22수인데 그 중에서 瓶·亭이 동일한 순서로 사용된 작품은 「題朗之槐亭」시 한 수만이 존재하였다. 아울러 동일한 순서는 아니더라도 瓶·亭이 운자로 사용된 작례는 한 수도 발견되지 않았다. 따라서 [34]번 「看汁酒用樂天

---

31 王力 『詩詞格律』 北京, 中華書局, 1977. 20쪽.

韻」은 하평성 靑韻의 수구불입운식 칠언절구인 백거이「題朗之槐亭」에 차운하면서 '首句用隣韻', 즉 隣韻인 하평성 庚韻의 淸을 제1구에 압운함으로써 수구입운식으로 변한 작품이다. 이처럼 특이한 화운 방식에 대한 이해를 돕기 위해 원문을 예시하면 다음과 같다.

[창시] 백거이「題朗之槐亭」

春風可惜無多日,　家醞唯殘軟半瓶.◀

猶望君歸同一醉,　籃舁早晚入槐亭.◀

(『백거이집전교』 권35)

[화시] 이규보「看汁酒用樂天韻」

新醅壓罷强澄淸,◀　所得難過四五瓶.◀

計盞計時滋燥吻,　猶勝大渴望旗亭.◀

(『동국이상국집』 후집권3)

　　고려문인과 백거이의 창화에서 이와 같은 화운 방식이 가능하며 또 이러한 방법에 의한 창시 복원이 타당함을 증명할 수 있는 작례가 존재한다. 바로 A류의 [26]번 작품「心復答身」(「又和樂天心身問答」제3수)이다. 이 시는 시제에서 밝혔듯이 백거이의「心重答身」(「自戲三絶句」제3수)에 대한 화시이다. 백거이 창시는 제2·4구에 하평성 五歌韻의 多·何가 압운된 칠언절구 수구불입운식이다. 그런데 화시 제2·4구는 하평성 五歌韻의 多·何로 압운되어 있고 제1구에는 하평성 五歌韻의 인운인 하평성 六麻韻의 家가 압운되어 있다. 따라서 [26]번「心復答身」은 수구불입운식 창시에 차운하면서 제1구에 인운으로 압운함으로써 수구입운식이 되었던 것이다. 이러한 예를 근거로 하면 B류의 [34]번「看汁酒用樂天韻」역시 동일한 경우로 간주하여 창시를 복원하는 것이 가능하다.

[35]번「錄樂天詩寄竹谷先生次韻寄來予亦次韻」은 인운의 차용과 관련하여 주의해야 할 작품이다. 이 시는 제1·2·4·6·8·10·12구에 童·翁·同·宮·空·宗·中이 압운된 오언배율 수구입운식이다. 제10구의 宗은 상평성 二冬韻에 속하고 나머지 6개 운자는 모두 상평성 一東韻에 속한다. 상평성 冬韻과 東韻이 함께 사용된 백거이 시는 12수이다. 그 중에 화시의 7개 운자가 동일한 순서로 사용된 백시는 단 한 수, 즉「感悟妄緣題如上人壁」뿐이다.[32] 7개의 운자가 순서가 다르게 사용된 작품은 한 수도 없다. 창시와 화시의 압운 상황에 대한 이해를 위해 원문을 예시한다.

[창시] 백거이「感悟妄緣題如上人壁」

自從爲駃童,◀　　直至作衰翁.◀

所好隨年異,　　爲忙終日同.◀

弄沙成佛塔,　　鏘玉謁王宮.◀

彼此皆兒戲,　　須臾卽色空.◀

有營非了義,　　無著是眞宗.◀

兼恐勤修道,　　猶應在妄中.◀

(『백거이집전교』권25)

---

32 花房英樹『白氏文集の批判的研究』의「종합작품표」(京都, 彙文堂書店, 1960, 498-676 쪽)에는 나파도원본 수록 작품을 대상으로 백거이 시의 각운을 기재하고 있다. 그러나「感悟妄緣題如上人壁」의 각운을 상평성 一東韻으로만 처리하고 있어 독자들의 주의가 필요하다.

[화시] 閔思平「錄樂天詩寄竹谷先生次韻寄來予亦次韻」

齒豁又頭童,◀　行年六十翁.◀

老形隨日異,　癡念與生同.◀

本不脩天爵,　何曾謁佛宮.◀

此心無所覓,　宿業幾時空.◀

願共尊賢友,　皈依大乘宗.◀

他時遊戲處,　常寂一光中.◀

(『及菴詩集』 권3)

　　여기에서 한 가지 부연할 것은 상평성 一東韻과 二冬韻이 인운이
기는 하지만 [35]번 작품에서는 '首句用隣韻'의 경우도 아니다. 이것
이 근체시 용운 원칙에 부합하는 것인지 확인이 필요하다. 왕력의 근
체시 용운 기준에 의하면[33] 出韻(일명 落韻)으로서 근체시 격률에 위배
된다. 그러나 최근 연구결과에 의하면[34] 근체시의 경우 제1구는 물론
이고 제2·4·6·8구에서도 인운으로 압운할 수 있다. 이러한 사실은
[35]번의 창시인 백거이 작품에서도 확인할 수 있다. 백거이의 창시
「感悟妄緣題如上人壁」은 고체시가 아니라 오언배율 근체시임에도[35]

33　王力『漢語詩律學』: "近體詩必須一韻到底, 不得通韻 ; 但是凡讀過中晚唐的詩尤其是
宋詩的人, 都會注意到好些似乎通韻的近體詩, 看起來好像是鄰韻可以同用似的. 其實
借用鄰韻只限於首句. ……近體詩不得通韻, 僅首句可用鄰韻 ; 現代詩人作律絕任意通
韻者, 不合於唐宋詩人的格律."(上海, 上海敎育出版社, 1978. 52-53쪽·71쪽)

34　李立信「近體詩'首句借隣韻說'商榷」: "除了首句可以用鄰韻之外, 第二句·第四句·
第六句·第八句都可以用鄰韻. 就唐人絕句·律詩而言, 沒有任何一個韻脚不可以用
鄰韻 ; 換句話說, 就是任何一個韻脚都可以用鄰韻, 不止首句爲然."(『第四屆唐代文化
學術硏討會論文集』台北, 國立成功大學出版組, 1999. 23쪽)

35　백거이 자신은 문집 편찬 시에「感悟妄緣題如上人壁」을 율시로 분류하였다. 아울러 화방영
수 역시 이 작품의 시체를 오언배율에 귀속시켰다. 花房英樹『白氏文集の批判的硏究』·

이와 같은 용운 상황이 존재하기 때문이다.

고려문인과 백거이의 창화시 복원 작업에서 마지막 작품은 [05]번
「初秋又與文長老訪金轍用白公詩韻各賦早秋詩」이다. 이 시는 수구
입운식 칠언율시이다. 제1·2·4·6·8구에 상평성 支韻의 遲·離·
知·時·詩가 운자로 사용되었다. 검색 결과 상평성 支韻이 사용된
백시는 무려 242수에 이르지만 遲·離·知·時·詩가 동일한 순서
로 사용된 작품은 한 수도 발견할 수 없었다. 그러나 「江樓月」과 「渭
村酬李二十見寄」가 [05]번 작품의 창시일 가능성이 높다. 화시와 함
께 예로 든다.

[화시] 이규보 「初秋又與文長老訪金轍用白公詩韻各賦早秋詩」

銀箭初驚漏漸遲,◀   撑林朱實燦離離.◀

輕綌寵薄身先認,   團扇恩疏手始知.◀

碧樹露寒蟬嘒曉,   畵梁泥盡燕歸時.◀

要看詞客偏多感,   宋玉悲辭吏部詩.◀

(『동국이상국집』 전집권8)

[창시](1) 백거이 「江樓月」

嘉陵江曲曲江池,◀   明月雖同人別離.◀

一宵光景潛相憶,   兩地陰晴遠不知.◀

誰料江邊懷我夜,   正當池畔望君時.◀

今朝共語方同悔,   不解多情先寄詩.◀

(『백거이집전교』 권14)

「綜合作品表」(京都, 彙文堂書店, 1960) 620쪽 참조.

[창시] (2) 백거이 「渭村酬李二十見寄」

百里音書何太遲,◀　暮秋把得暮春詩.◀

柳條綠日君相憶,　梨葉紅時我始知.◀

莫歎學官貧冷落,　猶勝村客病支離.◀

形容意緖遙看取,　不似華陽觀裏時.◀

(『백거이집전교』 권15)

　백거이 작품 2수의 압운 상황을 비교해 보면 「渭村酬李二十見寄」
는 동일한 순서는 아니지만 5개의 운자가 모두 사용되었다. 만약 이
시가 창시라면 세 가지 화운 방식 중 用韻에 해당한다. 「江樓月」은 제
2·4·6·8구의 운자 離·知·時·詩가 동일한 순서로 사용된 작품
이다.[36] 앞에서도 언급했듯이 창시는 수구불입운식이지만 화시에서는
수구입운식으로 변환이 가능하므로 제2·4·6·8구만을 고려한다면
차운에 해당한다. 그러나 백거이의 「江樓月」은 제1구에 상평성 支韻
의 池가 압운된 수구입운식이라는 점이 문제이다.

　이규보가 화시를 지으면서 백거이의 두 작품을 염두에 두고 화운한
것은 아닐 것이다. 「江樓月」과 「渭村酬李二十見寄」 중 어느 한 수만
이 창시로 결정되어야 하는 이유이다. 이에 대해 필자는 用韻의 화운
방식에 해당되는 「渭村酬李二十見寄」보다는 제1구를 제외한 상황에

---

36 "嘉陵江曲曲江池"의 '池'는 남송·소흥본과 일본·나파도원본에는 '遲'로 되어 있다. 만약
제1구를 "嘉陵江曲曲江遲"로 바꾼다면 의미가 성립하지 않으므로 '遲'는 '池'의 오기로 보
는 것이 타당하다. 남송·소흥본을 저본으로 한 謝思煒의 『白居易詩集校注』(제3책)에서도
이러한 이유 때문에 일본·金澤文庫本과 明·馬元調本을 근거로 '遲'를 '池'로 수정했음
을 밝힌 바 있다. 명·마원조본을 저본으로 한 朱金城의 『白居易集箋校』(제2책)에는 물론
'池'로 표기되어 있다.

서 볼 때 차운에 해당하는 「江樓月」이 더 적절하다고 생각한다. 그 근 거로는 다음과 같은 몇 가지 이유가 있다.

첫째, 宋代에 성행했던 화운방식은 차운이다. 따라서 송대문학의 영향을 받은 고려문단에서도 차운이 가장 성행했던 화운 방식이다. 또한 A류뿐만이 아니라 B류 화시 역시 모두 차운의 방식이기 때문이 다. 둘째, 지금까지 복원 과정에서 알 수 있듯이 고려문인의 화시 제목 에 '用○○韻' 등으로 표기되어 있더라도 그것이 화운방식으로서의 用韻을 의미하는 것은 아니었다.[37] 따라서 이규보의 화시 「初秋又與 文長老訪金轍用白公詩韻各賦早秋詩」도 用韻으로 단정할 근거가 없 기 때문이다. 그리고 세 번째로 무엇보다 설득력이 있는 근거는 수구 입운과 관련한 고대문인의 인식이다.

원래 시의 제1구에는 압운하지 않아도 되므로 首句入韻은 불필요한 군더더 기이다. 그러므로 고인들은 오·칠언율시를 四韻詩라고 불렀고 배율에는 十韻·二十韻 등이 있는 것이다. 설사 제1구에 입운하더라도 그것을 운자 의 갯수로 계산하지 않았다. 시인들은 종종 이 불필요한 군더더기 각운으로 부터 다소 자유를 누렸으므로 우연히 鄰韻을 빌려쓰는 방식이 생겼다. 성당 이전에는 이런 예가 매우 적었으나 중만당 시기 점차 증가하였다. ……宋人 의 '首句用鄰韻'은 의식적인 듯 하며 거의 일종의 유행이라고 할 수 있을 정도로 점점 많아졌다.

---

37 이에 관해서는 강성위의 「화운시의 유형과 특성고」에서도 "시제가 '用○○韻'의 형태나 '用韻……' 형태로 나타나는 시는 用韻이 아니라 次韻의 경우가 대부분이다. 이 경우 '用' 은 타인의 시운을 그대로 사용한다는 의미가 강하다."고 밝힌 바 있다.(『중국문학』 제30집, 1998.10, 178쪽)

原來詩的首句本可不用韻, 其首句入韻是多餘的. 所以古人稱五七律爲四
韻詩, 排律則有十韻二十韻等, 卽使首句入韻, 也不把它算在韻數之內. 詩
人們往往從這多餘的韻脚上討取多少的自由, 所以有偶然借用鄰韻的辦
法. 盛唐以前, 此例甚少, 中晚唐漸多.……宋人的首句用鄰韻似乎是有意
的, 幾乎可說是一種時髦, 越來越多了.[38]

제1구에 쓰인 운자는 불필요한 군더더기이므로 수구입운 여부에
관계없이 율시를 四韻詩라 하고 배율에는 十韻 · 二十韻 등이 있는
것이라고 했다. 그리고 제1구에 압운하더라도 그 운자는 운각의 갯
수로 치지 않았다는 고인들의 인식은 특정 작품에 대한 화시 창작
에도 당연히 영향을 끼쳤을 것이다. 백거이의 창시 「江樓月」은 제1
구에 상평성 支韻의 池가 압운되어 있는 수구입운식이었지만 이규
보가 이에 대해 화운하면서 '불필요한 군더더기'인 제1구의 운자에
대해서는 굳이 구속을 받을 필요가 없었다. 따라서 제1구에 상평성
支韻에 속한 다른 글자 遲로 압운하고, 제2 · 4 · 6 · 8구에만 창시의
운자인 離 · 知 · 時 · 詩를 동일한 순서로 압운하였던 것이라고 생
각된다.[39]
　창시의 제목이 명시되지 않은 10수의 화백시를 대상으로 창화시를
복원한 결과를 정리하면 다음과 같다.

38　王力『漢語詩律學』上海, 上海敎育出版社, 1978. 53쪽.
39　물론 수구불입운식 창시에 대해 수구입운식의 차운시가 여러 수 존재하므로 이와 마찬가지로
　　　이론적으로는 수구입운식 창시에 화운하면서 제1구에 압운을 하지 않아도 차운의 관계는 성
　　　립할 수 있을 것이다. 그러나 현존하는 백거이와 고려문인의 창화시에서는 발견되지 않는다.

	고려문인 화시	백거이 창시
[01]	訪盧秀才永祺用白樂天韻同賦	歸履道宅
[02]	復和	歸履道宅
[03]	六月十七日訪金先達輶用白公詩韻賦之	曲江感秋二首 제2수
[04]	金君乞賦所飲綠瓷盃用白公詩韻同賦	對酒
[05]	初秋又與文長老訪金輶用白公詩韻各賦 早秋詩	江樓月
[06]	又用白公韻賦文長老草履	宿淸源寺
[07]	白天院賁華家賦海棠用樂天詩韻	以詩代書寄戶部楊侍郎勸買東隣王家宅
[08]	次韻文長老朴還古論樣花幷序	夢與李七庚三十二同訪元九
[34]	看汁酒用樂天韻	題朗之槐亭(會昌元年春五絶句 제4수)
[35]	錄樂天詩寄竹谷先生次韻寄來予亦次韻	感悟妄緣題如上人壁

이상과 같이 시제에 창시 제목이 명시되지 않은 화백시 10수에 대해 용운 상황을 단서로 백거이 창시를 모두 찾아냈다. 고려문인과 백거이의 창화는 시공을 초월한 정신적·문학적 교류인바, 그 교류의 산물인 창화시 35수를 모두 복원함으로써 심층적 이해의 기반을 마련했다. 이후 고려문인과 백거이의 창화시에 대한 전면적인 논의는 이 기반을 바탕으로 이루어질 것이다.

5. 소결

본고는 고려문인과 백거이의 창화시 연구를 위한 서설로서 몇 가지 기초 작업의 결과물이다. 고려문인과 백거이의 창화시는 시공을 초월하여 이루어진 정신적·문학적 교류의 산물로서 다양하고 총체적인 논의가 필요하다. 이를 위해 가장 시급한 것은 고려문인의 화백시 선별과 창화시 복원 작업이다. 화시 제목에는 '和'·'答'·'酬'·'次' 등의 글자가 사용되고 창시의 작가나 제목 등이 밝혀져 있으므로 화시 선별은 일반적으로 시제에 대한 검토를 통하여 진행된다. 고려문인의 화백시 35수를 대상으로 화백시 선별 방법을 정리하면 다음의 세 가지 유형이 존재한다.

첫째는 시제에 '白樂天'·'樂天'·'白公' 혹은 백시의 제목이 등장하는 경우인데 대다수 작품이 이에 해당한다. 둘째는 이규보의 「復和」처럼 특정 작품에 대한 화시가 반복될 때 두 번째 이후의 작품 제목에 창시 작가를 생략할 수 있다. 이 경우에는 문집 편차 면에서 바로 앞에 수록된 작품에 주의해야 한다. 셋째는 창시 작가를 詩序에만 밝힌 경우로서 이규보의 「次韻文長老朴還古論槿花幷序」가 대표적이다. 따라서 엄정한 화시 선별을 위해서는 시제에 대한 검토만이 아니라 문집에 수록된 전후 작품의 시제와 각운을 살펴보고 시서에도 주의를 기울여야 한다.

고려문인의 현존 화백시가 35수의 소량일 뿐만 아니라 거의 이규보 일인에게 편중되어 있는 것은 이규보가 백시에 대한 창화 행위를 통해 백거이에 대한 인간적·문학적 경도를 표현하고 시재 과시의 수단으로 백시의 가치를 인정하였던 거의 유일한 고려문인이기 때문일 것이다.

고려문인과 백거이 창화시 연구의 기초 작업으로 창화시 복원 작업을 시도했다. 시제에 창시 제목이 명시된 25수의 창시는 모두 현존한다. 창시 제목이 명시되지 않은 화시 10수에 대해서도 창시를 밝혀 낼 수 있었다. 이 작업에는 용운 상황에 대한 검토와 이해가 가장 중요한 단서이다. 용운 상황을 유형별로 정리하면 첫째는 고체·근체를 막론하고 창시의 용운 상황과 완전히 일치하는 경우이다. 둘째는 백거이 창시는 수구불입운식이지만 고려문인의 화시는 수구입운식인 경우이다. 이 유형은 다시 화시 제1구에 동일한 운이 사용된 경우와 隣韻이 사용된 것으로 구분된다. 셋째는 창시와 화시가 모두 수구입운식이지만 화시 제1구에 창시 제1구의 운자를 사용하지 않고 隣韻을 사용한 경우이다.

어떠한 유형에 속하든 용운 상황면에서의 공통점은 바로 고려문인의 화시가 모두 차운시라는 사실이다. 시제에서 백거이 시운을 사용했다고 한 이상, 백거이의 특정 작품을 의식한 상황에서 자신의 시재를 최대로 발휘하는 데 가장 적합한 화운 방식은 바로 次韻이다. 따라서 일부 작품의 시제에 표기된 '用○○(詩)韻'은 '依韻'·'用韻'·'次韻' 세 가지 화운 방식 중의 하나인 '用韻'을 의미하는 것이 결코 아니다. 고려문인과 백거이 창화시의 형식과 내용 및 주제에 관한 심도있고 총체적인 논의는 본고의 기초작업 성과를 바탕으로 다음 장에서 진행될 것이다.

제5장

고려문인과 백거이 창화의 제양상과 의미

백거이는 고려문단에서 이백·두보·한유·소동파 등의 중국문인과는 달리 학시 규범으로 숭상받지 못했다. 그러나 백거이 시는 한적한 생활과 심신 수양을 위한 부담 없는 읽을거리로서 고려문인에게 널리 애독되었던 것은 부인할 수 없는 사실이다. 이러한 점에서 고려문인에게 있어 백거이 문학의 위상과 의미는 매우 중요한 연구과제이다. 특히 고인의 작품에 追和함으로써 성립한 고려문인과 백거이의 문학 교류는 더욱 흥미롭다. 이는 시공을 초월한 한중 고대문인 간의 정신적·문학적 교류의 산물이라는 점에서 상당한 가치가 있기 때문이다.

　고려문인과 백거이 창화 연구를 위한 서설로서 고려문단의 화백시 제작 개황과 창화 복원 등 여러 가지 기초작업의 성과를 정리한 바 있다. 이에 본고에서는 기초작업의 성과를 바탕으로 고려문인과 백거이 창화의 성립 배경·창시와 화시의 용운 상황을 살펴보고 창시 작가와 작품에 대한 화시 작가의 태도라는 관점에서 고려문인과 백거이 창화의 의미를 고찰할 것이다.

1. 고려문인과 중국문인의 창화 개황

창화는 원래 동시대인 간의 교유 수단으로서 시를 지어 기증하면 이에 酬答하는 행위를 말한다. 본고의 논의 대상인 고려문인과 중국문인의 창화는 동시대인 간의 寄贈酬答에 의한 것이 아니라 중국 전대문인의 작품에 대한 고려문인의 화시 제작을 의미한다. 이것이 창화 유형의 하나인 追和에 해당한다. 백거이 시에 대한 고려문인의 화시는 바로 전형적인 추화의 산물이다. 추화는 한중 고대문인 간에 존재했던 특수한 방식의 문학교류라는 점에 의미가 있다.

이러한 방식의 창화 행위는 창시와 화시의 창작 시대가 다르다는 점에서 우선 동시대인 간의 창화와 구별된다. 고려문인과 백거이의 창화는 창시 제공자가 생존하지 않는 경우이므로 창시 작가와 화시 작가의 실질적 교유 수단으로서의 기능은 기대할 수 없지만 시공을 초월한 한중 고대문인의 문학적·정신적 교류라는 면에서 큰 의미가 있다.

중국문인에 대한 고려문인의 추화 행위가 어느 정도 성행했는가는 현존 작품의 편수를 통해 짐작할 수 있다. 고려문인의 현존 문집을 근거로 산출하면 중국 전대문인에 대한 고려문인의 화시는 무려 146수에 이른다.[1] 창시 작가와 화시 작가별로 편수를 정리하면 아래의 【표】와 같다.

---

1 이는 『한국문집총간』에 수록된 40인의 고려문인 문집에서 144수, 서거정의 『東文選』에서 이인로의 작품 2수를 합산한 결과이다. 40인의 문집 목록은 본서 제4장 「고려문인과 백거이의 창화 연구 서설」에 상세하다.

【표】 고려문인의 추화시 편수

	李奎報	鄭樞	閔思平	李穀	成石璘	陳澕	洪侃	李齊賢	韓脩	金九容	李仁老	鄭夢周	白文寶	小計
蘇軾	31		2	1				2			2		1	39
白居易	34		1											35
杜甫	16	11	1	1					1	2				32
歐陽修						4	4							8
梅堯臣						4*								4*
劉禹錫	4													4
李白				2				1						3
杜牧	2			1										3
王安石	3													3
常建					3									3
柳宗元		1										1		2
韋應物					2									2
李商隱			1					1						2
皮日休	2													2
溫庭筠	2													2
陳與義		1							1					2
孟浩然		1												1
韓愈		1												1
黃庭堅	1													1
參寥子	1													1
小計	96	15	5	5	5	4	4	4	2	2	2	1	1	146

　【표】의 *기호는 陳澕(생졸년 미상)의 「追和歐梅感興四首」와 관계가 있다. 이 시는 歐陽修의 「感興五首」 제1수 및 梅堯臣의 「依韻奉和永叔感興五首」 제1수에 대한 화시이다. 구양수의 「感興五首」 제1수에

매요신이 화답하여「依韻奉和永叔感興五首」제1수를 지었는데 진화가 이 2수의 시를 창시로 하여 화시 4수를 지은 것이다. 따라서 진화의 화시는 사실 4수인데 창시 작가인 구양수·매요신을 별도로 산출하면 8수가 된다. 작품 수량의 중복 산출을 방지하기 위해 *기호를 부기한 것이다.

한 가지 부연할 것은 盛唐 시인 常建에 대한 成石璘(1338-1423)의 화시 편수에 관한 것이다. 도표에 의하면 상건에 대한 성석린의 화시는 3수이다. 이는 성석린의『獨谷集』에 수록된「偶讀常建閑齋臥病詩心與境會三復吟已仍用其韻寄呈騎牛子二首」[2] 제1수와 제2수를 그대로 편수에 반영한 것이다. 그러나 실제 수록 작품을 검토하면 제2수는 상건의 창시「閑齋臥病行藥至山館稍次湖亭二首」제1수임이 분명하다. 어떤 이유에서인지는 알 수 없으나 문집 편찬 당시 발생한 오류이므로 실제로 상건에 대한 성석린의 화시는 3수가 아니라 2수이다. 이것을 통계에 반영하면 중국 전대문인에 대한 고려문인의 화시 편수는 145수이다.

도표에서 알 수 있듯이 고려문인 중에서 중국문인에 대한 추화시를 가장 많이 남긴 문인은 이규보로서 무려 96수에 이른다. 전체 작품의 2/3 분량에 해당하므로 이 방면의 제1인자라고 할 수 있다. 물론 이는 이규보가 진화와 함께 '雙韻走筆'로 일컬어졌을[3] 정도로 唱韻에 따라

---

2 『한국문집총간』본『獨谷集』에는 시제가「偶讀常建閑齋臥病詩呈與境會三復吟已仍用其韻寄心騎牛子二首」로 표기되어 있었다. 본고에서 사용한 제목은 두 개의 오자를 정정한 것이다.

3 高宗 연간에 지어진「翰林別曲」에 "李正言, 陳翰林, 雙韻走筆"이라고 하였다. 李正言은 이규보, 陳翰林은 진화를 가리킨다.

즉석에서 빠른 시간에 시를 짓는 走筆[4]에 탁월한 재능이 있었을 뿐만 아니라 302운의 화시를 지을 정도로 화운·차운에도 남다른 재능이 있었기 때문이다.

이규보의 추화시 96수를 창시 작가별로 살펴보면 백거이 34수, 소식 20제 31수, 두보 3제 16수이다. 추화를 통해 이규보가 가장 많은 문학 교류를 진행한 중국문인은 바로 백거이였다. 당시 성행했던 소식 숭상의 풍조를 고려할 때 이는 매우 흥미로운 현상이다. 추화의 주체 면에서 이규보에 집중된 것과는 달리 추화 대상인 창시 측면에서 보면 삼분천하의 형세를 보이고 있다. 소식의 창시는 39수, 백거이 창시는 35수, 두보 창시는 32수이니 창시 편수에서는 소식이 약간의 차이로 1위를 차지하고 백거이가 그 다음 순위임을 알 수 있다.

그러나 창시의 실제 편수 면에서 보면 결과는 다르다. 백거이의 경우 「歸履道宅」 시가 2회 추화되었을 뿐이니 고려문인에게 추화의 대상이 되었던 작품은 총 34수이다. 반면에 소식은 「次韻穎叔觀燈」이 무려 16회 추화되고 「綠筠亭」(일명 「次韻子由綠筠堂」)이 3회 추화되는 등 중복 작품이 많아 실제로 고려문인에게 창시로서 역할한 작품은 17수에 불과하다. 이러한 점에서 볼 때 고려문인에게 가장 많은 작품이 창시로서 활용된 중국문인 또한 백거이였다. 본고에서 고려문인과 백거이 창화를 논의 대상으로 삼은 이유는 바로 이 때문이다.

---

4   이규보 「論走筆事略言」: "夫唱韻走筆者, 使人唱其韻而賦之, 不容一瞥者也."(『동국이상국집』 전집권22)

2. 고려문인과 백거이 창화의 성립 배경

창화의 가장 전통적인 형태는 동시대 문인 간의 교유 수단으로서 寄贈酬答이라는 행위를 통한 '一唱一和'였다.[5] "그대(원진)와 더불어 다소 정치적으로 득의했을 때는 詩로 서로 경계하고 다소 좌절하였을 때도 시로 서로 격려하였으며, 이별하여 홀로 지낼 때에도 시로 서로 위로하고 함께 지낼 적에는 시로 서로 즐거워했다."[6]라는 백거이의 회고가 있고, 항주자사 백거이와 월주자사 원진이 錢塘江을 사이에 두고 죽통에 시를 담아 주고 받으며 창화했다는 기록[7]이 이러한 점을 단적으로 보여 준다.

그러나 중국 전대문인과의 창화는 창시와 화시 작가가 시공을 달리한다는 면에서 동시대인의 창화행위 성립과는 다른 양상이 존재할 것이다. 이에 고려문인의 화백시를 통해 어떠한 상황에서 백거이에 대한 화시가 제작되었는가라는 문제, 즉 창화의 성립 배경에 대한 논의가 우선적으로 필요하다.

백시에 대한 고려문인의 화시 제작은 창시 제공자가 생존하지 않으므로 창화 성립에 있어 기증수답이라는 전통적 배경은 존재하지 않는다. 동시대인으로서 창시 작가와 화시 작가의 교유 수단이라는 전통

---

5 이에 관해서는 花房英樹『白居易硏究』(京都, 世界思想社, 1971)의 제2장「白居易文學集團」; 橘英範의「劉白唱和詩硏究序說」(『廣島大學文學部紀要』第55卷, 1995.12); 內山精也의「蘇軾次韻詞考-詩詞間に見られる次韻の異同を中心として」(『日本中國學會報』제44집, 1992.10) 등의 논저를 참고할 만하다.

6 백거이「與元九書」: "與足下小通則以詩相戒, 小窮則以詩相勉, 索居則以詩相慰, 同處則以詩相娛."(『백거이집전교』권45)

7 백거이「醉封詩筒寄微之」: "爲向兩州郵吏道, 莫辭來去遞詩筒."(『백거이집전교』권23); 백거이「與微之唱和來去常以竹筒貯詩陳協律美而成篇因以此答」(『백거이집전교』권23) 참조.

적 기능도 작동할 수 없는 특수한 상황이다. 그런데 고려문인의 화백시를 살펴보면 이미 고인이 된 창시 작가(백거이) 이외의 제삼자가 화시 작가와 창화 성립의 현장에 공존하는 경우가 존재한다. 창시 작가와 화시 작가 이외의 제삼자 개입 여부를 기준으로 할 때 고려문인과 백거이의 창화 성립 배경은 제삼자가 존재하는 경우(이하 '제삼자 개입형' 으로 약칭)와 제삼자가 존재하지 않는 경우(이하 '제삼자 비개입형'으로 약칭) 두 가지 유형으로 나눌 수 있다.

우선 제삼자 개입형에 관해 논하기로 한다. 이규보의 「訪盧秀才永祺用白樂天韻同賦」는 "秀才 盧永祺를 방문하고 백거이 운을 사용하여 함께 지은" 작품이고, 「六月十七日訪金先達轍用白公詩韻賦之」는 "유월 십칠일 先達 金轍을 방문하고 백거이의 시운을 사용하여 지은" 작품이다. 또 이규보의 「初秋又與文長老訪金轍用白公詩韻各賦早秋詩」는 이규보가 어느 초가을 문장로와 함께 김철을 방문하고 백거이 시운을 사용하여 지은 것임을 알 수 있다. 즉 제삼자 개입형은 창시 제공자로서의 백거이와 화시 작가로서의 이규보 이외의 제삼자, 즉 노영기 · 김철 · 문장로 등 이규보와 동시대 문인이 창화 성립에 개입되어 있는 것이다.

다시 말하면 제삼자 개입형은 창시 제공자인 백거이의 시운이 이규보와 노영기 · 김철 · 문장로 등 동시대 문인 간의 교유 수단으로 사용됨으로써 창화가 성립한 것이다. 화시 제작의 장소는 바로 이들의 교유 현장이다. 때로는 백거이 시운을 사용한 화시 제작이 한 수로 끝나지 않고 동일한 상황에서 연속적으로 이루어지기도 했다. 예를 들면 이규보의 「復和」는 「訪盧秀才永祺用白樂天韻同賦」 후속으로 제작된 것이고 이규보의 「又用白公韻賦文長老草履」는 「初秋又與文長老訪金轍用白公詩韻各賦早秋詩」 다음으로 지어진 작품이다.

이규보의 「白天院賁華家賦海棠用樂天詩韻李秀才同賦」는 이규보가 이수재와 함께 백분화의 집에서 해당화를 제재로 시를 지으면서 백거이 시운을 사용한 것이다. 이규보의 「金君乞賦所飮綠瓷盃用白公詩韻同賦」는 이규보에게 김군이 녹색 자기 술잔을 제재로 시를 지어 달라고 청하자 백거이 시운을 사용해 함께 지은 시이다. 동시대 문인 간의 회합 장소에서 특정 사물을 소재로 삼아 시를 지을 때 백거이 시운을 사용함으로써 백거이와의 창화가 성립되었던 것이다. 이러한 점에서 제삼자 개입형의 성격을 극단적으로 보여주는 작품은 이규보의 「次韻文長老朴還古論槿花幷序」 시가 대표적이다. 詩序의 내용은 다음과 같다.

> 장로 문공과 동고자 박환고가 각자 무궁화의 이름에 대해 논평하였는데 한 사람은 "무궁은 곧 '무궁하다'는 뜻이니 이 꽃은 끝없이 피고 진다는 것을 의미하는 것이다"라고 하였다. 또 한 사람은 "무궁은 '無宮'의 뜻이니 옛날 어떤 군왕이 이 꽃을 매우 좋아하여 온 六宮의 후궁들이 무색해졌다는 것을 의미하는 것이다"라고 하여 각자 자기 의견만을 고집하므로 결론이 나지 않았다. 그리하여 백낙천의 시를 찾아 그 시운으로 두 사람이 각기 시 한 수씩을 짓고 또 나에게 화답하길 권하였다.
>
> 長老文公, 東皐子朴還古, 各論槿花名, 或云無窮, 無窮之意, 謂此花開落無窮. 或云無宮, 無宮之意, 謂昔君王愛此花, 而六宮無色. 各執不決, 因探樂天詩, 取其韻各賦一篇, 亦勸予和之.
>
> (『동국이상국집』 전집권14)

서문의 내용을 근거로 창화 성립의 배경을 재현하면 다음과 같다. 창화 성립의 현장에는 화시 작가 이규보를 비롯하여 문장로·박환고 등 3인이 등장한다. 문장로와 박환고가 무궁화라는 이름의 유래에 대해 서로 다른 의견을 주장하지만 어떠한 주장이 옳은 것인지 결론을 내리지 못하였다. 그러자 격렬했던 분위기를 전환하고 논쟁을 마무리 짓기 위해 시 한 수씩 짓기로 합의했던 것이다. 이 때 작시 방법으로 선택된 것이 바로 백거이 시 중에서 한 수를 골라 그 운자를 순서 그대로 사용하는 차운이었다. 논쟁의 주인공인 두 사람이 먼저 선택된 백시의 운자로 시를 지은 후 이규보에게도 화답하기를 요구하여 지은 시가 바로 「次韻文長老朴還古論槿花幷序」인 것이다. 동시동석의 상황에서 제작된 화백시는 원래 3수였지만 현존하는 것은 이규보의 작품뿐이다.

이 같은 창화 성립의 과정을 상세히 따져보면 한 가지 흥미로운 현상이 발견된다. 서문에 의하면 창화 성립의 순서는 백거이→문장로 · 박환고→이규보로 이어지므로 외형상 이규보는 문장로 · 박환고의 시에 화답한 것처럼 보인다. 즉 직접적인 창시 제공자는 동시대 문인이고 백거이는 간접 제공자가 되는 것이다. 고려문인과 백거이의 창화 성립에 있어 이처럼 특이한 양상은 민사평의 「錄樂天詩寄竹谷先生次韻寄來予亦次韻」에도 나타난다.

시제에 의하면 화시 작가 민사평이 우선 백거이의 시를 적어 죽곡 선생 朴良桂에게 보냈는데, 박량계가 백시에 대한 차운시를 지어 민사평에게 보냈고 민사평은 이에 다시 차운함으로써 창화가 성립한 것이다.[8] 박량계의 작품은 현재 남아 있지 않다. 그러나 민사평의 화시와

---

8 민사평의 작품은 백거이와 고려문인의 현존 창화시 중에서 이규보의 화백시를 제외하면 유일한 것인데, 기타 제삼자 개입형과는 달리 동시동석의 현장에서 이루어진 것이 아니라 서신을 통해 창화가 성립되었던 것이다.

백거이의 창시「感悟妄緣題如上人壁」처럼 童·翁·同·宮·空·宗·中이 동일한 순서로 압운된 시라는 것은 틀림없을 것이다. 이 같은 창화 성립의 과정을 순서대로 나열하면 백거이→박량계→민사평이므로 직접적인 창시 제공자는 제삼자인 박량계로 간주할 수도 있다.

그러나 창화 성립의 순서가 어떻든 간에 시운 제공이라는 면에서 보면 백시가 창화 성립의 출발점이므로 이규보의「次韻文長老朴還古論槿花幷序」나 민사평의「錄樂天詩寄竹谷先生次韻寄來予亦次韻」시는 제삼자 개입형에 속하는 화백시이다. 결과적으로는 백시에 차운한 것이면서 동시에 제삼자인 동시대인의 시에 차운한 것이기도 하다. 창화 행위는 본래 동시대의 창시 작가와 화시 작가 쌍방 간의 교유 수단으로서 성립되는 것이 일반적이지만 제삼자 개입형의 경우 백거이의 시운이 고려문인에 의해 동시대인과의 사교 수단으로 사용되고 있는 것이다.

또 다른 한 가지 유형은 바로 창시 작가와 화시 작가 이외의 제삼자가 존재하지 않는 제삼자 비개입형이다. 고려문인의 화백시 35수 중에서 26수가 이 유형에 속하는데 모두 이규보의 작품이다. 제삼자 개입형의 시제에는 창시 제목이 명시되지 않은 대신에 대부분 작시 배경에 관한 정보가 담겨 있다. 반면에 제삼자 비개입형의 시제에는 작시 배경이 기재되지 않은 대신 거의 모두 창시 제목이 명시되어 있다. 예를 들면「次韻和白樂天病中十五首幷序」·「又和樂天心身問答」·「又和假滿百日停官自喜詩」·「次韻白樂天出齋日喜皇甫十訪」·「次韻白樂天老來生計詩」등처럼 백거이의 모 작품에 차운·화답한 것임을 밝히고 있다. 시제에서도 알 수 있듯이 이 유형은 제삼자 개입형과는 달리 창화 성립과정에 창시 작가인 백거이와 화시 작가만이 등장하고 있으며 이규보와 동시대인 간의 교유 기능은 존재하지 않는다.

제삼자 비개입형에 속하는 26수의 화백시 중에서 가장 대표적인 작품은 이규보의 「次韻和白樂天病中十·五首幷序」이다. 이규보는 15수의 연작 화시를 지은 후 그 감회를 다음과 같이 밝히고 있다.

今古相懸地各殊,	시대는 서로 멀고 살던 땅도 다르지만
詞人襟韻暗如符.	시인들 흉금 속의 운치만은 부합되어
樂天曾唱吾追和,	낙천이 부른 노래 내가 따라 화답하니
何問詩朋有也無.	시벗이 있나 없나 물을 필요 있겠는가.

(『동국이상국집』후집권2)

「旣和樂天十五首詩因書集背」라는 제목의 작품이다. 화시 작가 이규보는 창시 작가와 "시대는 서로 멀고 살던 땅도 다르다"며 동시대인과의 일반적 창화와는 엄연히 다름을 인정하고 있다. 비록 시공을 달리하고 있지만 400년 전 당대 시인 백거이와 "흉금 속의 운치(襟韻)"가 부합하고 있음을 느낀다고 하였다. 이 유형의 작품은 전대 문인에 대한 흠모 혹은 그 작품에 대한 깊은 감흥이 창화의 성립 배경이라고 할 수 있다. 비록 동일한 시공 속의 인물은 아니지만 고인의 작품에 화답함으로써 시로써 사상과 감정을 교류하는 시벗의 관계가 성립된 것이다. 즉 제삼자 개입형이 화시 작가와 동시대인 간의 교유 수단으로서 백거이 시운이 차용됨으로써 성립된 형식적·표피적 관계의 산물이라면, 제삼자 비개입형은 고인의 작품을 매개로 창시 작가와 화시 작가 간에 시공을 초월해 이루어진 정신적·내면적 교류의 산물이라고 할 수 있다.

그렇다면 고려문인과 백거이의 창화 성립에 있어 이처럼 상반된 배경이 존재하는 이유는 무엇일까? 고려문인의 현존 화백시가 이규보 일인에게 편중되어 있어 고려문인 전체를 대상으로 고찰하는 것은 불가능하다. 그러나 민사평의 작품 1수를 제외한 나머지 34수가 모두 이규보의 작품이므로 이규보를 대상으로 고찰해 보기로 한다.

이규보의 『東國李相國集』은 全集 41권과 後集 12권, 총 53권으로 이루어져 있다. 이규보 시는 전집 권1-권18과 후집 권1-권10에 수록되어 있다. 類別로 구성된 文과는 달리 詩는 창작 연대순으로 배열되어 있다는 점이 특이하다. 전집에는 권1·권2의 20대 초반 작품에서부터 권18의 70세(1237) 致仕 때까지의 작품이 실려 있다. 후집은 전집에 누락된 시를 권1에 수록한 것을 제외하면 대부분 1237년 이후의 작품들이 창작 시기순으로 배열되어 있다.[9] 즉 전집 수록의 시는 70세 치사하기 이전의 작품이고 후집의 시는 권1의 일부 작품을 제외하면 거의 모두 70세 치사 이후의 작품인 것이다.

이러한 문집 편찬의 특징을 고려하면 이규보의 화백시에는 창작시기 면에서 한 가지 흥미로운 현상이 존재한다. 그것은 제삼자 개입형에 속하는 8수는 모두 전집에 속하며 제삼자 비개입형 26수는 모두 후집 수록이라는 점이다. 이는 바로 제삼자 개입형의 창작시기는 모두 치사하기 이전이며 제삼자 비개입형은 70세 치사를 전후한 노년기의 작품임을 의미한다. 이 문제를 구체적으로 따져보면 다음과 같다.

제삼자 개입형 8수는 전집 권7·권8에 수록된 것이 6수이고 권13·권14에 수록된 것이 2수이다. 전집 권6에는 29세(1196) 驪州·尙

---

9 이규보 작품의 창작 시기는 吳世玉 「동국이상국집해제」:『한국문집총간해제』 제1책, 11-12쪽 참조.

州·忠州 지역에서 지은 작품이 수록되었고 전집 권9는 32세(1199) 처음 관직에 제수되어 全州로 부임한 때를 전후해 지은 작품이다. 이러한 점을 고려하면 권7·권8에 수록된 작품은 30세 전후에 창작한 것으로 추정된다. 또한 권13·권14는 40세(1207) 翰林院 재직시기부터 52세(1219) 탄핵으로 면직될 때까지의 작품인 점을 감안하면 권13·권14에 수록된 작품은 대략 40대 나이에 창작된 것이다.

제삼자 비개입형 26수는 「次韻和白樂天病中十五首」·「又和樂天心身問答」 3수 등의 21수가 후집 권2에, 「次韻白樂天老來生計詩」·「次韻白樂天春日閑居」 등의 나머지 5수가 후집 권3에 수록되어 있으므로 거의 모두 70세(1237) 치사를 전후한 일정 기간의 작품으로 생각된다. 창화 성립의 배경 면에서 제삼자 개입형과 제삼자 비개입형에 존재하는 상반된 양상은 바로 창작 시기와 깊은 관계가 있다.

이규보는 22세(1189) 나이로 司馬試에 급제했음에도 40세 이전까지는 불우하여 거의 모든 기간을 無官의 상태로 지냈다. 그러나 당시의 저명 문인 및 권력자와 적지 않은 교류가 있었다. 1207년 12월, 40세 나이로 權補直翰林院에 제수된 이후는 최고 권력층의 인정과 지지를 받으며 적극적으로 참정했던 영달의 시기였다. 따라서 적지 않은 사교의 장에서 이규보는 교유의 수단으로 시를 창작하였을 것이다.

특히 당시에는 문인 사교의 수단으로서 唱韻에 따라 즉석에서 빠른 시간에 시를 짓는 走筆이 유행하였다. 이규보는 바로 이 방면에서 타의 추종을 불허하는 재능으로 陳澕와 함께 '雙韻走筆'로 일컬어졌다. 어린 시절부터 시재를 인정받았던 이규보는 11세에 이미 문하성 관원들 앞에서 聯句를 지어 '奇童'으로 칭송받았다.[10] 14세에는 文憲公徒

---

10 이함 「年譜」·「戊戌年公年十一」조: "是年, 叔父直門下省李富諝於省郎曰: 吾猶子年可

의 자격으로 誠明齋(崔沖이 설치한 九齋의 하나)에서 학업을 이수했는데 정해진 시운으로 일정한 시간 안에 빨리 시를 짓는 '急作' 방식의 작시 모임에서 계속 일등을 차지해 모든 사람들의 인정을 받았다고 한다.[11] 1213년 12월, 46세 때는 당시의 최고 권력자 최충헌에게 주필 능력을 시험받는 자리에서 琴相國(琴儀)이 부르는 운에 따라 시를 지으면서 40여 운에 이르도록 잠시도 붓을 멈추지 않으니 최충헌이 감탄하여 눈물까지 흘렸다고 한다. 이로 인해 이규보는 결국 최충헌에게 재능을 인정받아 司宰丞이 되기에 이르렀다.[12]

이규보는 주필뿐만 아니라 화운·차운에도 남다른 재능을 보였다. 28세(1195) 때는 吳世文이 고금시집 중에 300운의 시를 지은 사람은 없다며 자신의 302운 시에 화운을 요구하자 이규보는 이에 차운으로 화답하여 「次韻吳東閣世文呈誥院諸學士三百韻詩」를 지었다.[13] 이규보 시재의 탁월함과 이에 대한 동시대 문인들의 인식이 어떠했는가는 이규보의 오언배율 한 수의 제목에서도 확인된다.

「계유년 맹춘 십칠일 밤에 한림 진화와 수재 임원간의 집에서 술을 마시고 만취하였다. 임군이 장편 율시를 주필해 보도록 청하기에 내가 진공에게 唱

若干, 能屬文, 召試之可乎. 諸郎欣然使迎之, 命爲聯句, 時方受外郡貢紙, 以紙字占之. 公應聲唱曰:紙路長行毛學士. 諸郎手書之, 又令爲對, 卽曰:杯心常在麴先生. 郎皆嘆伏, 號奇童, 慰勉遣之."(『동국이상국집』)

11 이함「年譜」·「辛丑年公年十四」조: "是年, 始籍文憲公徒誠明齋肄業, 每夏課, 先達輩會諸生, 刻燭占韻賦詩, 名曰急作, 公連中榜頭, 諸儒始奇之."(『동국이상국집』)

12 이함「年譜」·「癸酉公年四十六」조: "時庭中有孔雀遊戱, 侯以其雀爲題, 使琴相國唱韻, 多至四十餘韻, 筆不容一瞬, 侯嘆息至垂涕."(『동국이상국집』)

13 이규보「次韻吳東閣世文呈誥院諸學士三百韻詩」序: "吳公誇予曰:古今詩集中, 無有押三百韻詩者. 予嘗著三百二韻詩, 呈誥院諸學士, 子豈和之耶. 因出其詩示之, 是日還家, 次韻廣和."(『동국이상국집』전집권5)

韻하게 하고 시를 지었는데 한 글자의 정정도 없이 순식간에 완성되었다.」

「癸酉孟春十七日, 與陳翰林澕夜飮林秀才元幹家大醉. 林君請觀長篇律
詩走筆, 予使陳公唱韻賦之. 文不加點, 不容一瞥.」

(『동국이상국집』전집권13)

癸酉年은 1213년이므로 이규보 46세 때에 지어진 작품이다. 시제
에 의하면 첫째로 이규보와 陳澕 · 林元幹 3인이 자리를 함께 한 동시
대 문인 간 교유의 장이었으며, 둘째로 장편 율시를 走筆로 지어보라
는 동석자의 요구에 의해 지어졌고, 셋째로 다른 동석자의 唱韻에 따
라 짧은 시간에 한 글자의 정정도 없이 지어졌다는 사실을 알 수 있
다. 장편 율시를 주필의 방식으로 짓기를 요구했다는 것은 동시대 문
인들이 이규보의 뛰어난 시재를 인정하고 있었음을 말하는 것이다.
이러한 요구에 따라 극히 짧은 시간에 상평성 寒韻으로 一韻到底한
56구 28운의 시를 지었다는 것은 이규보의 시작 능력을 보여주는 좋
은 일례이다.

그런데 이 시제에는 "이날 운서가 없어 진군이 직접 唱韻했기 때문
에 음운에 순서가 없었다(是日無韻書, 陳君直唱, 故音無次第)"라는 작자의
自注가 첨부되어 있다. 이에 의하면 동시대 문인 간의 교유 수단으로
시를 지을 때 대개 다른 사람이 운을 부르게 하는데 일반적으로 운서
를 사용하여 운자를 선택하지만 이 작품에서처럼 다른 동석자가 直唱
하기도 한다는 것을 알 수 있다.

직창 외에 또 다른 방법은 다른 문인의 기존 작품을 선택하여 그 운
자를 창운하는 것이다. 예를 들면 이규보의「通首座方丈酒醋使智潛
上人唱杜牧詩韻走筆」시처럼 통수좌가 지잠상인에게 杜牧의 시운을
부르게 하고 이규보가 이에 따라 走筆한 것이다. 이 시는 하평성 先韻

을 사용한 칠언율시로서 두목의 「李侍郞于陽羨里富有泉石牧亦于陽
羨粗有薄産敍舊述懷因獻長句四韻」에 차운한 작품이다.

이제 창화 성립배경에 관한 논의를 재개하기로 한다. 화운·차운의
창화 풍조와 唱韻走筆의 작시 방식이 성행한 고려문단의 상황 및 이
러한 작시 방식에 이규보가 뛰어난 재능이 있었다는 점, 그리고 창운
주필에 있어 시운 선택의 방식을 고려하면 다음과 같은 결론을 내릴
수 있다.

첫째, 이규보의 제삼자 개입형 화백시는 致仕 이전, 특히 3·40대
젊은 시절 동시대인과 활발한 교류가 진행되던 시기에 이규보가 동시
대인과의 교유 수단으로 제작한 것이다.

둘째, 문인들이 회합 장소에서 교유의 수단으로 시를 지을 때 시운
의 선택이 선결과제로 등장하는데 여러 가지 방식 중의 하나가 다른
문인의 작품에 사용된 시운을 선택하는 것이었다.

셋째, 이러한 방식에 의해 백거이 작품의 시운이 선택되었을 때 백
시에 대한 화시가 제작되고 이로써 제삼자 개입형의 창화가 성립하는
것이다.

넷째, 따라서 제삼자 개입형 작품은 교유 수단이라는 창화의 전통
적 기능을 상실하였지만 다른 의미에서는 교유 수단의 기능을 수행하
고 있다. 교유 수단의 기능을 상실했다는 것은 고인에 대한 추화이므
로 창시 작가(백거이)와 화시 작가(이규보) 간의 직접적 교류는 근본적으
로 불가능하기 때문이다. 교유 수단의 기능을 수행했다는 것은 백거
이 창시의 시운을 매개로 화시 작가와 동시대인 간의 교유가 진행되
었기 때문이다. 제삼자 개입형의 경우 창시 작가 백거이는 시운의 제
공자이며 백시의 시운은 이규보를 비롯한 고려문인에게 교유 수단 및
문자 유희의 도구로서 의미가 있었다.

제삼자 비개입형 창화의 성립 배경도 창작 시기와 불가분의 관계가 있다. 이미 언급했던 것처럼 제삼자 비개입형에 속하는 26수는 모두 『동국이상국집』후집에 수록된 작품이며 70세 치사를 전후한 노년기에 지어졌다. 당시 몽고의 잦은 침입으로 인해 이규보 나이 65세인 1232년 6월 고려 조정은 이미 강화도로 천도한 상태였다. 이규보의 치사는 바로 대몽항쟁으로 혼란스러운 강화도 천도 시기에 이루어졌다.

이처럼 암울한 시대적 상황과 치사라는 개인적 처지로 인해 문인 교유의 기회가 이전보다 현저하게 감소했을 것이다. 따라서 창운·주필이나 화운·차운 방식의 작시가 행해지던 사교적 모임의 감소는 자연히 제삼자 개입형 화시 제작의 감소를 초래했다. 이러한 상황에서 이규보가 선택한 길은 직접 백거이 시를 창시로 삼아 차운하는 것이었다. 그렇다면 수많은 중국 전대문인 중에서 백거이를 선택한 이유는 무엇인가? 「有乞退心有作」 시를 인용한다.

我欲乞殘身,	쇠잔한 내 몸 사직을 청구하나니
得解腰間綬.	허리의 인수를 풀어낼 수 있겠네.
退閑一室中,	물러나 집에서 한가롭게 지내나니
日用宜何取.	무엇으로 하루하루 보내야 할까.
時弄伽倻琴,	때로는 가야금을 가지고 놀며
連斟杜康酒.	두강주를 계속해서 따라 마시리.
何以祛塵襟,	어떻게 때묻은 속된 마음 털어낼까
樂天詩在手.	백낙천의 시가 내 손에 들려 있네.
何以修淨業,	어떻게 청정한 행업을 수행할까
楞嚴經在口.	능엄경을 내 입으로 읽으리라.

此樂若果成,	이 즐거움이 만약 이루어진다면
不落南面後.	군왕이 되는 것에 뒤지지 않으리.
耆舊餘幾人,	몇 명 남지 않은 덕망있는 원로들
邀爲老境友.	내 노년의 벗으로 맞이하리라.

(『동국이상국집』 후집권1)

이규보 나이 70세인 1237년 12월 치사하기 직전에 지은 작품이다. 사직 요청의 뜻을 굳힌 이규보가 그 감회와 치사 후의 한적한 생활에 대한 포부를 노래하고 있다. 무신정권 하에서 70년 오랜 인생 역정을 거친 이규보는 관직 퇴임 이후 생활의 동반자로서 가야금과 술·능엄경 외에도 백거이 시를 꼽고 있다. 일상 생활의 한적한 정취·인생과 세사에 대한 감회·낙천지명과 안분지족의 인생철학 등을 노래한 백거이 시를 읽음으로써 70년간의 "때묻은 속된 마음(塵襟)"을 털어내고자 했다.

이러한 점은 「書白樂天集後」에서 "나는 일찍이 늘그막에 소일거리 즐거움으로는 백낙천의 시를 읽거나 때로는 가야금을 타는 것보다 나은 것이 없다고 생각했다."[14]는 술회에서도 드러난다. 노년의 이규보에게 있어 백거이 시는 "때묻은 속된 마음"을 털어내고 소일거리 즐거움으로 삼는 데에 최적의 讀物이었던 것이다. 아울러 唱韻走筆과 화운·차운 등의 작법에 뛰어난 재능을 소유한 이규보는 백거이 시를 읽는 것만으로 그치지 않고 화시를 제작하였다. 이러한 상황은 다음의 작품에서도 잘 드러난다.

---

14 이규보「書白樂天集後」: "予嘗以爲殘年老境, 消日之樂莫若讀白樂天詩, 時或彈加耶琴耳."(『동국이상국집』 후집권11)

孤斟獨詠君休笑,　　혼자서 술 마시고 시 읊는다 비웃지 마소

好事何人訪退翁.　　누가 호사하여 물러난 늙은이 찾아주리오.

酌勸杜康吟和白,　　두강과 술 권하고 백낙천과 화답하니

詩朋酒友不全空.　　시벗과 술친구가 전혀 없는 건 아니라네.

(『동국이상국집』 후집권3)

「既和樂天詩獨飮戱作」이라는 제목의 작품이다. 백거이 시에 화답한 후 혼자 술을 마시며 장난삼아 지었다고 하지만 치사 후의 고독한 심경과 노년의 적막한 생활을 진솔하게 토로하고 있다. 강화도 천도라는 암울한 시대 상황 하에서 '退翁'의 쓸쓸함은 관직에서 물러난 뒷방 늙은이를 방문할 사람이 없다는 표현에서 잘 드러난다. 치사 후의 한가함과 노경의 외로움을 해소하는 길은 술을 마시며 백거이를 시벗으로 삼아 그의 시를 읽고 또 그 시에 화답하는 것이었다. 이규보의 제삼자 비개입형 화백시는 바로 "한가로이 읽으며 천명을 즐기고 근심을 잊고자 한다면 백낙천의 시가 아니면 안 된다."[15]는 고려문인의 보편적 인식이 반영된 것이다.

3. 고려문인과 백거이 창화의 용운 양상

화운 방식은 창시와 화시의 각운 관계에 따라 依韻·用韻·次韻으로 분류된다. '의운'이란 창시의 운과 동일한 운목에 속한 글자로 압운

15　최자『補閑集』:"凡新學詩, 欲壯其氣力, 雖不讀可矣, 若搢紳先覺, 閑居覽閱, 樂天忘憂, 非白詩莫可."

하는 것이다. 화시의 운이 창시의 운목과 동일하기만 하면 사용하는 운자에는 특별한 제한이 없다. '용운'은 창시에 사용된 운자를 모두 사용해야만 하나 사용 순서를 임의대로 변경할 수 있는 방식이다. '차운'은 창시에 사용된 운자를 모두 사용할 뿐 아니라 사용 순서도 창시와 동일하게 시를 짓는 방식이다. 작시 방식이라는 점에서 볼 때 세 가지 화운 방식 중 가장 용이한 것은 의운이며 창시의 구속을 가장 많이 받는 까다로운 방식은 동일한 운자를 동일한 순서로 사용해야 하는 차운이다.

화운 방식은 화시 제목에 명시되는 것이 일반적이지만 예외적인 상황도 존재한다. 고려문인의 화백시는 화운 방식과 화시 제목의 관계를 고려할 때 세 가지 유형으로 구분된다. 첫째는 시제에 화운 방식이 밝혀져 있는 경우이다. 「次韻和白樂天病中十五首幷序」·「次韻白樂天春日閑居」·「次韻白樂天老來生計詩」등 22수가 이에 해당하는데 화운 방식은 모두 차운이다. 둘째는 시제에 「又和樂天心身問答」·「又和假滿百日停官自喜詩」처럼 '和~'라고만 표기되어 있는 경우인데 5수가 이 유형에 해당한다. 셋째는 '用~韻'의 형식을 취한 경우이다. 주로 '用白公韻'·'用樂天詩韻'·'用白樂天韻' 등의 형식으로 출현하는데 8수가 이 유형에 속한다.[16]

화운 방식이 명시되지 않은 13수의 화백시가 어떠한 화운 방식을 취한 것인가 알기 위해서는 창시와의 각운 비교가 선결 과제이다. 우선 두 번째 유형('和~')은 시제에 창시 제목이 밝혀져 있으므로 창시와

---

16 이규보의 「復和」는 시제 형식면에서는 비록 '用~韻'류에 속하지 않지만 「訪盧秀才永祺用白樂天韻同賦」시 바로 다음에 편차되어 있고 동일한 상황에서 동일한 백거이 시운을 사용한 것이므로 통계 편의를 위해 이 유형에 귀속시키기로 한다.

의 각운 비교가 용이하다. 이규보의 화시「又和假滿百日停官自喜詩」
와 백거이의 창시「百日假滿少傳官停自喜言懷」는 모두 제1·2·
4·6·8구에 상평성 眞韻의 句·身·巾·姻·人이 운자로 사용되었
으므로 차운에 해당한다. 또 이규보의「又和樂天心身問答」제1수「心
問身」의 각운을 살펴보면 하평성 先韻에 속하는 然·眠·年이 운자
로 사용되었는데, 백거이 창시「自戲三絶句」제1수「心問身」의 운자
역시 然·眠·年이므로 역시 차운에 속한다. 이러한 방식으로 각운을
비교한 결과 두 번째 유형의 화시는 제목에 단지 '和~'라고 표기되어
있을 뿐 화운 방식은 모두 차운이다.

다음은 시제가 '用~韻'의 형식을 취하고 있는 세 번째 유형이다. 이
유형에 속하는 8수의 화백시는 모두 창시 제목이 명시되지 않았다. 본
서 제4장에서 창시 제목이 명시되지 않은 화시에 대해 창시를 복원한
바 있는데 화운 방식은 역시 모두 차운이었다. 예를 들면 백거이의
「曲江感秋二首」제2수는 20구의 오언고시이다. 제2·4·6·10·
12·14·18·20구에 거성 遇韻에 속하는 樹·數·露·故·素·
暮·誤·路가 운자로 쓰이고, 제8·16구에는 거성 御韻인 處·去가
운자로 사용되었다. 그런데 이규보의 화시「六月十七日訪金先達轍
用白公詩韻賦之」는 단지 '用白公詩韻'으로 표기되었을 뿐이지만 각
운을 살펴보면 창시에서 사용된 樹·數·露·處·故·素·暮·去·
誤·路 등의 운자가 동일한 순서로 사용되었으니 차운에 해당한다.

근체시를 예로 들면 백거이의「歸履道宅」은 제2·4·6·8구에 상
평성 微韻의 扉·歸·非·肥가 운자로 사용된 오언율시이다. 이규보
의 화시「訪盧秀才永祺用白樂天韻同賦」는 '用白樂天韻'이라고만
하였지만 창시의 운자 扉·歸·非·肥가 동일한 순서로 사용되었으
므로 역시 차운에 해당한다. 그밖에 다른 6수의 작품도 동일한 상황이

므로 세 번째 유형의 작품은 시제에 '用~韻'으로 표기되어 있더라도 그것이 화운 방식의 하나인 용운을 의미하지 않는다.

'用白樂天韻'이라는 표기는 화시를 지을 당시에 시운 결정 과정에서 백거이의 특정 작품을 의식했음을 의미한다. 아울러 차운임을 시제에 밝히지는 않았지만 실제로는 차운의 방식을 채택한 이유는 백거이의 특정 작품과 동일한 운자를 동일한 순서로 압운하는 차운이 자신의 시재를 드러내는 데에 가장 효과적인 화운 방식이기 때문이다.

시제에 차운임을 밝히지 않고 '和~'·'用~韻'의 형식을 취하는 것은 고려문인만이 아니라 송대문인에게도 존재하는 일반적 현상이다. "소식 시 중에 다른 사람의 작품에 화운한 시에는 '和某人某題'라고만 하고 차운임을 표기하지 않은 작품도 있고 또 차운한 것임을 표기한 것도 있다. '和'라고만 하고 '차운'한 것임을 표기하지 않은 작품에는 사실 차운한 작품이 많다."[17]고 하였듯이 소식의 화운시에도 자주 등장하는 현상이다.

고려문인 화백시의 화운 방식이 차운에만 집중되어 있는 원인은 크게 두 가지이다. 첫째는 창화의 발전과정 측면에서 볼 때 宋代에 크게 성행했던 화운 방식은 바로 차운이었고 송대문학의 영향을 받은 고려문단에서도 차운이 가장 성행했던 화운 방식이기 때문이다. 차운은 중당 문인들에 의해 시작되었지만 당시에는 비화운시뿐만 아니라 의운 혹은 용운의 화운 방식도 적지 않았다. 소식 시의 3분의 1에 해당하는 780여수[18]가 차운시였다는 사실에서도 알 수 있듯이 북송에 이

---

17 翁方綱『石洲詩話』권3: "蘇詩內和人韻之詩, 亦有只云和某人某題, 而不寫出次韻者; 亦有寫次韻者, 其只云和, 而不云次韻者, 實多次韻之作."

18 이러한 사실은 金·王若虛가 "詩道至宋人, 已自衰弊, 而又專以此相尙, 才識如東坡, 亦不免波蕩而從之, 集中次韻者幾三之一."(『滹南詩話』권2)이라고 이미 지적한 바 있다. 또

르러 차운 방식이 매우 성행하였고 남송 시기에도 변함이 없었다.[19] 고려문인의 화운 방식은 분명 이러한 풍조의 영향을 받았을 것이다. 둘째는 세 가지 화운방식 중에서 차운이 작시 능력의 배양 및 시재 과시에 가장 효과적인 화운 방식이고, 특히 이규보는 이러한 작시 방식에 뛰어난 재능을 가지고 있었던 문인이기 때문이다.

상술한 바와 같이 고려문인 화백시의 화운 방식은 화시 제목이 어떠한 형식을 취하고 있든 모두 차운에 해당한다. 그러나 화운 방식 외에도 근체시에서 화시 작가가 창시의 형식을 어떻게 수용했는가에 대한 논의도 필요하다. 우선 창시의 형식요소 중 平起와 仄起라는 격률에 대한 화시 작가의 태도를 살펴 보기로 한다.

고려문인의 화백시 35수 중에서 30수가 근체시이다. 백거이 창시를 검토한 결과 평기식이 20수, 측기식이 10수였다.[20] 이에 반해 고려문인의 화시는 평기식 20수의 창시에 대해 12수만이 평기식이었으며 측기식 10수의 창시에 대해 7수의 화시만이 측기식이었다. 고려문인의 화백시 제작에는 평기·측기라는 창시의 격률 형식은 준수할 대상이 아니었던 것이다. 그러나 근체시 제1구에 대한 압운 여부 문제는 이와는 달리 복잡한 양상을 보이고 있다.

원래 근체시에서는 제1구에 압운할 수도 있고 압운하지 않을 수도

한 일인 학자의 연구 결과에 의하면 中華書局刊 교점본 『蘇軾詩集』 권1∼권45에는 도합 2387수의 고금체시가 편년체로 수록되어 있는데 그중 현재 차운시로 확인 가능한 작품은 적어도 785수이다.(內山精也 「蘇軾次韻詩考」: 『중국시문논총』 제7집, 1988.6)

19 남송초 鄭厚의 "魏晉已來, 作詩唱和, 以文寓意. 近世唱和, 皆次其韻, 不復有眞詩矣."(王若虛 『滹南詩話』 권2)라는 말에서 차운은 남송 시기에도 극성했음을 알 수 있다.

20 이규보의 오언율시 「訪盧秀才永祺用白樂天韻同賦」와 「復和」가 모두 백거이의 「歸履道宅」을 창시로 삼아 화운한 것이기 때문에 실제로 근체시에 속하는 백거이 창시는 29편이지만 화시 편수와의 대응관계를 위해 서술의 편의상 30편으로 기술한다.

있는데 제1구에 압운한 것을 '首句入韻式'이라 하고 압운하지 않은 것을 '首句不入韻式'이라고 한다. 근체시에 속하는 백거이 창시 30수 중에 수구입운식은 18수이다. 이에 대한 화시는 오언·칠언을 막론하고 모두 수구입운식이다. 제1구에 반드시 압운해야 하는 것은 아니지만 창시에 사용된 운자의 존재를 무시할 수 없는 화운시의 속성 상 창시를 따라 제1구에 압운했던 것이다.

그러나 수구불입운식 창시에 대한 화시에는 특이한 현상이 존재한다. 백거이의 수구불입운식 창시는 12수이지만 이에 대한 화시가 모두 수구불입운식은 아니라는 점이다. 백거이의 창시 「歸履道宅」은 유일한 오언시인데 이에 대한 화시 「訪盧秀才永祺用白樂天韻同賦」와 「復和」는 모두 창시처럼 수구불입운식이다. 그러나 칠언시 10수에 대한 화시는 이규보의 「罷灸以退藥與食代之」[21]를 제외하면 창시와는 달리 수구입운식이다. 이규보의 「次韻白樂天負春詩」와 백거이의 「負春」을 예로 든다.

[창시] 백거이 「負春」

病來道士敎調氣,　老去山僧勸坐禪.◀

辜負春風楊柳曲,　去年斷酒到今年.◀

(『백거이집전교』권31)

[화시] 이규보 「次韻白樂天負春詩」

病後身猶坐熱然,◀　非癡非醉亦非禪.◀

21　백거이 「罷灸」와 이규보의 화시 「罷灸以退藥與食代之」는 모두 제2·4구에 상평성 文韻의 聞·雲이 운자로 사용된 수구불입운식 칠언절구이다.

無端自負芳菲節,　　誤認春光曠此年.◀

（『동국이상국집』 후집권3）

　　창시는 제2·4구에 하평성 先韻의 禪·年이 운자로 사용되었다. 그런데 화시 작가는 제1구에 하평성 先韻의 然을 압운함으로써 화시가 수구입운식으로 변하였다. 백거이의 「在家出家」는 제2·4·6·8구에 하평성 蒸韻의 仍·僧·燈·應이 운자로 사용된 수구불입운식 칠언율시이다. 이규보의 화시 「次韻白樂天在家出家詩」 제2·4·6·8구에는 동일한 운자를 동일한 순서로 압운했을 뿐만 아니라 제1구에도 하평성 蒸韻에 속하는 澄으로 압운하였다.

　　이규보의 화시 2수 제목에는 분명 '차운'임을 명시했으니 고려문인은 이러한 경우도 차운으로 인식했다는 것을 알 수 있다. 다시 말하면 고려문인에게 있어 차운은 압운되지 않은 제1구에도 동일한 운목의 글자를 압운함으로써 수구입운식으로의 변화가 허용되었던 것이다.

　　고려문인과 백거이의 창화시에 나타나는 이 같은 현상은 어떠한 의미가 있는 것인가? 근체시 격률에 의하면 제1구에는 압운할 수도 있고 압운하지 않을 수도 있지만, 오언시 제1구는 압운하지 않는 것이 正格이고 칠언시 제1구에는 압운하는 것이 정격이다. 이와 반대의 경우는 變格으로 간주한다.[22] 그런데 이규보는 수구불입운이 정격인 오언시의 경우 창시와 동일하게 수구불입운식으로 화시를 제작하고, 수구입운이 정격인 칠언시에 대해서는 수구불입운식 창시와는 달리 거

22　王力 『漢語詩律學』: "五言律詩首句, 和七言律詩首句恰恰相反: 前者以不入韻爲常, 後者以入韻爲常." · "五絶的首句也像五律的首句一樣, 也不入韻爲正例……七絶的首句也像七律的首句一樣, 也入韻爲正例."(上海, 上海敎育出版社, 1978, 22쪽 · 38-39쪽)

의 모두 제1구에 압운하였던 것이다.

칠언 화시에 있어 수구입운식으로의 변환은 근체시 격률상 변격에 해당하는 수구불입운식 백시에 대해 화시 작가인 이규보가 수구입운의 방법으로 화시를 정격으로 승격시키려 했던 의도적 노력의 산물이다. 이규보의 이러한 노력은 「又和樂天心身問答」 제3수와 「看汁酒用樂天韻」 등 2수의 화시에서 隣韻으로라도 제1구에 압운하려고 했던 점에서 더욱 분명해진다. 근체시 격률에 의하면 제1구에 인운으로 압운하는 것이 허용되기 때문이다. 「看汁酒用樂天韻」을 예로 들면 제2·4구에는 수구불입운식 창시 「題朗之槐亭」과 동일하게 하평성 靑韻의 瓶·亭이 운자로 사용되었고 제1구는 靑韻의 인운인 하평성 庚韻의 淸으로 압운했다.

이러한 작례는 어쩌면 이규보가 창시의 운자를 동일한 순서로 사용해야 하는 최고난도의 화운 방식을 구사하면서도 창시보다 더 많은 운자를 압운하고, 아울러 격률 면에서 백시보다 좀 더 완벽한 작품을 제작함으로써 창시 작가보다 작시 능력이 한 수 위에 있음을 보이고자 한 의도의 산물이라고 생각된다. 비록 창시 작가와 시공을 달리하지만 이규보는 화시 제작 당시 백거이에 대해 시재 경쟁 심리가 발동하였을 것이다. 따라서 백거이를 능가하는 시재를 과시하고자 하는 의도로 인해 수구입운식으로의 변환을 시도했던 것이다.

이러한 현상이 시재 경쟁 심리에 의한 것이 아니라 단순히 근체시 격률을 준수하려는 차원이라는 이견이 있을 수 있다. 그러나 이러한 이견은 단순하고 표피적인 해석이다. 근체시 제1구에는 압운할 수도 하지 않을 수도 있으며, 또한 창시 각운을 따라야 한다는 화운시의 특성상 창시에서는 압운하지 않은 제1구에 굳이 압운할 필요가 없기 때문이다. 이보다 더욱 분명한 근거는 다음과 같다.

[창시] 백거이「初病風」

六十八衰翁,◀　　乘衰百疾攻.◀

朽株難免蠹,　　空穴易來風.◀

肘痺宜生柳,　　頭旋劇轉蓬.◀

恬然不動處,　　虛白在胸中.◀

(『백거이집전교』 권35)

[화시] 이규보「初病風順和」

天方厭此翁,◀　　虛熱幸而攻.◀

癢似通身疥,　　搖嫌顫手風.◀

案唯堆藥餌,　　庭不剗蒿蓬.◀

冬暖蠅猶在,　　相謀到枕中.◀

(『동국이상국집』 후집권2)

　　백거이의 창시「初病風」은 수구입운식 오언율시이다. 그런데 이규보의 화시「初病風順和」는 창시의 5개 운자인 상평성 東韻의 翁·攻·風·蓬·中을 순서 그대로 사용했다. 제1구에 압운한 창시처럼 이규보는 화시 제1구에 동일한 운자를 사용했다는 것에 주목해야 한다. 단순한 격률 준수의 차원이라면 오언시에서는 수구불입운식이 正格이므로 수구입운식 오언 창시에 대한 화시는 수구불입운식으로 제작했어야 했다. 그럼에도 이규보가 제1구에 압운했다는 것은 수구불입운식 창시에 대해 화시 제1구에 압운한 것과 동일한 심리, 즉 시재 과시의 의도가 있었음을 보여 주는 것이다.

4. 고려문인과 백거이 창화의 의미

창화는 이미 제작된 기존 작품의 뜻(내용)이나 운(형식)에 화응하여 별도의 다른 작품을 제작함으로써 이루어지는 문학 행위이다. 화시 작법 면에서 볼 때 창시의 뜻(意)에 화응하여 화시를 제작하는 것을 '和意'라 하고 창시의 韻에 화응하는 것을 '和韻'이라고 한다. 중국 고대 창화시는 "古人和意不和韻"[23]이라는 고인의 평가처럼 주로 화의에 해당한다. 여기에서 소위 화의라는 것은 단순히 창시의 내용과 유사한 내용을 노래하는 것이 아니라 "화시 작가가 창시 작가의 각도에서 내용을 구상하여 시를 짓는 것"[24]이다. 다시 말하면 화의에 의한 화시는 작가 자신의 감정이나 사상 혹은 자신의 삶을 노래한 것이 아니므로 화시 이해에는 창시에 대한 이해가 필수적이며 화시를 독립적으로 생각해서는 안 된다.[25]

원진·백거이의 주도 하에 화운시가 성행하던 중당 이전의 화시는 모두 이 같은 화의 방식에 의해 제작된 것이며 중당 이후로는 화운하기만 하고 화의하지는 않았다고 한다.[26] 이 같은 화시 작법의 변화 면

---

23 淸·賀裳「和詩」: "古人和意不和韻, 故篇什多佳. 始于元白作俑, 極于蘇黃瀾, 遂成藝林業海."(『載酒園詩話』권1)

24 趙以武「唐代和詩的演變論略」: "所謂和意是指和詩作者從唱詩作者的角度立意爲詩."(『社科縱橫』1994년 4기)

25 중국 화시의 발전과정과 '和意不和韻'에 관한 논의는 趙以武의 「唐代和詩的演變論略」(『社科縱橫』1994년 4기)과 "'和意不和韻': 試論中唐以前唱和詩的特點與體制"(『甘肅社會科學』1997년 3기)에 상세하다.

26 趙以武「唐代和詩的演變論略」: "在中國古典詩增上, 和詩怎麼寫, 中唐以前與其後, 情形是大不相同的. 中唐以前, 從陶淵明到杜甫, 和詩是和意不和韻的; 中唐其後, 以元稹·白居易爲代表, 和詩一變而爲和韻不和意, 延續至明淸, 雖有和韻不和韻之爭, 卻始終不再和意."(『社科縱橫』1994년 4기)

에서 보나 실제 작례의 경우로 보나 송대 이후의 시기에 해당하는 고려문인의 화시 중에는 화시 작가의 사상·감정과 관계 없이 창시 작가의 입장에서 시를 짓는 화의 방식을 취한 작품은 없다고 해도 무방하다. 특히 전대 문인의 작품에 대한 고려문인의 화시 제작은 追和라는 특이한 유형의 창화 행위로서 전통적 형태의 창화처럼 창시 작가와의 증답을 통한 실질적 교류의 의미가 존재하지 않기 때문에 더욱 그러하다.

따라서 고려문인의 화백시는 창시 내용과의 관련 유무와 상관없이 화시 작가 자신의 사상과 감정을 표출하는 데 주요 목적이 있다. 이러한 점을 고려할 때 창시와 화시의 내용에 대한 단순 비교를 통해 고려문인과 백거이 창화시의 내용 혹은 주제의 유사성 여부를 밝히는 차원의 논의는 의미가 없다. 이에 본고에서는 창시 작가나 작품에 대한 화시 작가의 태도를 기준으로 화시 제작의 요인을 살핌으로써 고려문인과 백거이 창화 행위의 의미를 고찰하고자 한다.

창시 작가나 작품에 대한 화시 작가의 태도 면에서 고려문인의 화백시에는 크게 두 가지 유형이 있다. 첫째는 작가나 작품 자체보다는 창시의 각운에만 화시 작가의 관심이 집중되어 있는 경우이다. 이를 '脚韻型'으로 명명한다. 창화의 성립 배경에서 논의했던 제삼자 개입형 작품이 바로 각운형의 대표적 작례이다. 제삼자 개입형은 이규보가 동시대인과의 교유 현장에서 백거이 특정 작품의 시운을 운자로 선택함으로써 성립된 창화이므로 화시 작가의 관심이 창시 작가와 작품 자체보다는 단순한 각운의 차용에 있기 때문이다.

각운형 작품은 외형상으로는 백거이가 창시 제공자이지만 백거이 시운이 교유 수단과 시재 과시의 도구로 사용되었으므로 창시 작가 백거이의 실질적인 역할은 단순히 시운 제공에 있다. 즉 창시 작가의 인품에 대한 흠모나 삶의 방식에 대한 공감, 그리고 작품의 의경과 예술성에 대한 관심보다는 화시 작가가 동시대인과의 교유 및 유희의 수단으로 창시의 각운을 이용하고 있을 뿐이다. 따라서 창시와 화시는 내용·주제 면에서 전혀 관계가 없으며 화시 작가는 철저히 자신의 사상감정 혹은 창화 성립 당시의 상황을 노래하고 있다.

銀箭初驚漏漸遲,	세찬 빗줄기 막 내리니 시간 점점 더디가고
撑林朱實燦離離.	숲속 가득한 붉은 열매 주렁주렁 빛이 난다.
輕綌寵薄身先認,	칡베옷 꺼려질 때임을 몸이 먼저 알아채고
團扇恩疏手始知.	부채 멀리할 계절임을 손이 우선 아는구나.
碧樹露寒蟬嘒曉,	이슬 찬 푸른 나무에서 매미가 우는 새벽
畫梁泥盡燕歸時.	진흙 다 떨어진 대들보 제비는 돌아갈 때.
要看詞客偏多感,	시인의 유달리 많은 감회를 보고자 하면
宋玉悲辭吏部詩.	바로 송옥의 悲辭와 이부사랑 한유 시라네.

(『동국이상국집』 전집권8)

이규보의 「初秋又與文長老訪金轍用白公詩韻各賦早秋詩」이다. 어느 초가을 날, 文長老와 더불어 金轍을 방문하고 백거이 시운을 사용하여 지은 것이다. 제1-6구는 초가을의 기후와 자연 물후를 노래했다. 마지막 2구에서 시인묵객은 다정다감하여 가을날이면 가을의 슬픔을 노래하지 않을 수 없노라고 하면서 사실은 자신의 秋懷를 표출하였다. 이 작품의 계절 배경은 가을이며 표현된 시적 정서는 바로 悲秋이다. 이에 반해 백거이의 창시 「江樓月」은 다른 정서를 표출하고 있다.

嘉陵江曲曲江池,	가릉강 구비 그리고 장안의 곡강
明月雖同人別離.	밝은 달은 같아도 사람은 이별한 신세.
一宵光景潛相憶,	하룻밤 달 바라보며 남몰래 그리워할 뿐
兩地陰晴遠不知.	두 곳의 날씨가 흐린지 맑은지 몰랐었네.
誰料江邊懷我夜,	누가 알았으랴 강변에서 나를 그리워하던 밤
正當池畔望君時.	마침 곡강에서 그대 있는 곳 바라볼 때였음을.
今朝共語方同悔,	오늘 이야기 나누고서야 함께 후회했나니
不解多情先寄詩.	두터운 정을 먼저 시로 알리지 못했음을.

(『백거이집전교』 권14)

元和 4년(809) 백거이 38세 때의 작품이다. 원화 4년 늦은 봄, 원진이 감찰어사의 신분으로 東川에 가는 도중 지은 시 32수를 백거이에게 보냈다. 백거이는 그 중 12수에 화답하여 「酬和元九東川路詩十二首」를 지었는데 이 작품이 바로 제5수이다. 따라서 이 시는 공무로 멀리 떠나 있는 벗에 대한 그리움이 주된 시적 정서이다. 시간 배경은 단지 밝은 달이 떠있는 밤이라는 것만 알 수 있을 뿐 가을이라는 계절과는 관계가 없다.

백거이 창시는 밤하늘의 밝은 달을 매개로 멀리 떠난 벗에 대한 그리움과 우정을 노래하고 있는 반면, 이규보의 화시는 벗들과 함께 한자리에서 초가을 날 悲秋의 정서를 읊고 있다. 이러한 차이는 바로 화시 작가 이규보가 창시 작가 백거이의 삶과 창시의 주제·내용에 대해 그다지 관심을 두지 않았음을 의미한다. 다만 시제에서 '用白公詩韻'이라고 하였듯이 창시의 운자를 순서 그대로 사용하고 있을 뿐이다.

이것은 제삼자 개입형 작품에 존재하는 보편적 현상이다. 백거이의

「夢與李七庾三十二同訪元九」는 꿈속에서 李宗閔·庾敬休 등의 벗과 함께 원진을 방문한 일을 술회하고 원진에 대한 그리움을 노래한 작품이다. 그러나 이규보의 화시 「次韻文長老朴還古論槿花幷序」는 '무궁화'라는 이름의 유래에 대한 두 우인의 논평에 관해 자신의 의견을 피력하고 있는 의론시이다. 창시의 내용과는 완전히 다르지만 상성 有韻에 속한 12개의 운자는 순서 그대로 사용되고 있다.

또한 백거이의 「以詩代書寄戶部楊侍郞勸買東鄰王家宅」은 호부시랑 楊汝士에게 동쪽 마을의 왕씨 집 구입을 권하는 내용의 기증시이다. 그런데 이규보의 화시 「白天院賁華家賦海棠用樂天詩韻」은 우인 白賁華의 집에 핀 해당화의 아름다움을 찬양하는 내용으로서 창시의 開·臺·迴·來의 4개 운자를 순서대로 차용하고 있는 점 이외에는 창시와 아무런 유사성도 보이지 않는다.

따라서 각운형은 화시 작가가 창시 작가나 작품 자체보다는 각운에만 관심이 집중되어 있는 경우로서 창화 행위의 의미는 단순히 각운 차용에 있는 것이다. 각운형에는 또 다른 특별한 의미가 있다. 지금까지 고인에 대한 화시는 고인의 작품에 대한 감흥이나 작가에 대한 흠모의 정으로 인해 제작되므로 화시의 내용은 창시와 무관하지 않다고 생각하는 것이 통념이었다. 이러한 통념이 편견임을 보여 주는 것이 바로 각운형 작품이다. 각운형 화시 제목에 창시 제목이 밝혀져 있지 않고 '用~韻'으로만 표기되어 있는 것도 바로 이러한 이유 때문이다. 즉 단순한 '借韻'에 목적이 있으므로 작가와 작품 자체에 대한 관심이 존재하지 않으며 따라서 창시의 주제나 내용을 고려할 필요가 없었던 것이다.

이를 방증할 수 있는 유사한 양상이 고려문인의 화시에 존재한다. 이규보의 「訪閔秀才用古人韻」·「孫翰長家詠春雪用古人韻」·「奇尙

書林塘次古人韻」·「漫成次古人韻」처럼 일부 화시의 제목에는 누구의 시운을 사용했다는 것조차 밝히지 않고 '用古人韻' 혹은 '次古人韻'이라고만 표기했다.[27] 이것은 어차피 자신의 화시가 창시 작가나 작품 자체와는 관계가 없고 고인의 시운을 차용했을 뿐이므로 화시 작가의 입장에서는 고인의 시에 차운한 최고난도의 작품임을 시제에 밝히는 것만이 의미가 있었기 때문이다.

창시 작가나 작품에 대한 화시 작가의 태도 면에서 고려문인 화백시의 두 번째 유형은 작품 자체보다는 창시 작가에 경도된 경우이다. 이를 '作家型'으로 명명한다. 다시 말하면 작가형 화시는 작품의 의경이나 예술성에 대한 관심보다는 창시 작가의 인생 경험·처지 및 인품 등에 대한 깊은 공감을 바탕으로 한다. 작가형은 주로 제삼자 비개입형 작품에서 나타나는데 가장 대표적인 작품은 바로 이규보의 「次韻和白樂天病中十五首幷序」이다. 15수로 구성된 이 연작시의 서문에서는 화시 제작의 요인을 다음과 같이 밝히고 있다.

내가 본시 시를 좋아함은 비록 오래 지녀온 버릇이기는 하지만 병이 들자 평소보다 두 배는 더 좋아하게 되었음에도 그 까닭은 알지 못한다. 사물을 접하여 흥이 깃들 때마다 읊지 않는 날이 없어서 그러지 않으려 해도 어쩔 수가 없다. 그래서 이것도 역시 병이라고 생각하게 되어 일찍이 「詩癖篇」이란 글을 지어 뜻을 밝힌 일이 있는데, 이것은 스스로를 슬퍼해서였다. 또 식사할 때마다 겨우 몇 숟갈을 떠 먹고는 오직 술만 마셨기 때문에 늘 이것을

---

27 '用古人韻'·'次古人韻' 외에도 '用唐人韻'(李穡 「守歲用唐人韻三首」)·'用宋賢詩韻'(李穡 「無田用宋賢詩韻」)으로 표기한 작품도 있다. 시제에 창시 제목은 물론 누구의 시운을 사용했다는 것도 밝히지 않고 불특정인으로 표시한 고려문인의 화시는 21제 24수가 현존한다.

걱정했다. 그런데 백낙천 후집에 실린 노경에 지은 시들을 보니 대부분이 병중에 지은 것이었고 술을 마시는 것도 역시 마찬가지였다.…… 나는 이후로 자못 여유가 생겨서 "나뿐만이 아니라 옛 분들도 역시 그러했다. 이건 모두가 오랜 버릇 때문이니 어찌 할 수 없는 것이다"라고 생각하게 되었다. 또 백낙천은 병가를 얻은 지 백 일 만에 퇴임을 했는데, 나도 근일 퇴임을 요청하려 하고 있는 중이어서 병가를 얻은 날까지 계산해 보니 백십 일이 된다. 두 사람이 뜻밖에도 이처럼 비슷하였다. 다만 내게 없는 것은 번소와 소만인데, 이들 두 첩 역시 백낙천이 68세 되던 해에는 놓아 보내 주었으니 이때와는 아무런 상관도 없게 된 것이다. 아! 才名과 덕망은 비록 백거이에 미치지 못하지만 늙어 병든 다음의 일들이 나와 비슷한 점이 많다. 이에 그의 「병중십오수」에 화답함으로써 그러한 情을 펴보이고자 한다.

予本嗜詩, 雖宿負也, 至病中尤酷好, 倍於平日, 亦不知所然. 每寓興觸物, 無日不吟, 欲罷不得, 因謂曰此亦病也. 曾著詩癖篇以見志, 蓋自傷也. 又每食不過數匙, 唯飮酒而已, 常以此爲患. 及見白樂天後集之老境所著, 則多是病中所作, 飮酒亦然. ……予然後頗自寬之曰 : 非獨予也, 古人亦爾. 此皆宿負所致, 無可奈何矣. 又白公病暇滿一百日解綬, 予於某日將乞退, 計病暇一百有十日, 其不期相類如此. 但所欠者, 樊素 · 少蠻耳. 然二妾亦於公年六十八, 皆見放, 則何與於此時哉. 噫, 才名德望, 雖不及白公遠矣, 其於老境病中之事, 往往多有類予者. 因和病中十五首, 以紓其情.

(『동국이상국집』 후집권2)

서문에서 "나도 근일 퇴임을 요청하려 하고 있는 중"이라는 말을 근거로 하면 「次韻和白樂天病中十五首」는 이규보의 나이 70세이던 1237년 12월 치사 직전의 작품으로 보인다. 서문에는 이규보의 화백시 제작 동기와 백거이에 대한 태도가 집중적으로 표현되어 있다. 이 서문에 의하면 다음의 몇 가지를 알 수 있다.

첫째는 병이 들어 시와 술을 더욱 좋아하게 되었으므로 이규보는 노년의 건강과 생활방식에 대해 우려하던 중이었고, 둘째는 이러한 상황에서 백거이 노년 작품을 보니 백거이도 병중에 시를 많이 지었고 자기처럼 술을 매우 좋아했다는 것이다. 셋째는 병중임에도 병적일 정도로 시와 술을 좋아했던 생활은 백거이도 마찬가지였으므로 어쩔 수 없는 오랜 습관이라며 위안하고 있고, 넷째는 병가 후의 치사와 치사할 무렵 歌妓가 존재하지 않았다는 것도 자신과 유사하다는 것을 강조하고 있다. 마지막으로 "두 사람이 뜻밖에도 이처럼 비슷함"을 발견한 이규보는 "늙어 병든 이후의 일들이 왕왕 나와 비슷한 점이 많음"으로 인해 백거이의 「病中十五首」에 화답하였다는 것이다. 즉 이규보는 노년의 처지와 취향 면에서 자신과 백거이의 동질성을 발견하고 노년의 생활과 삶의 방식을 노래한 백시에 대해 화시를 지은 것이었다.

작가형에 속하는 화시와 백거이 창시는 모두 노년의 생활 태도와 삶의 방식 및 그로 인한 인생의 감회 등을 노래하고 있다. 다시 말하면 『동국이상국집』후집권2와 권3에 집중 수록된 이 작품들은 「次韻和白樂天病中十五首」 서문에 "백낙천 후집에 실린 노경에 지은 시들을 보니"라고 밝힌 것처럼 백시를 읽은 후 백거이 노년의 처지와 삶의 방식에 대해 동질성을 느꼈을 때 그 공감을 기반으로 자신의 노년 생활과 감회를 노래한 화시이다. 후집 수록의 화백시가 모두 동일한 동기의 산물이라는 점을 보여주는 대표적인 작례는 바로 후집권2의 마지막 작품인 「觀白樂天集家釀新熟每嘗輒醉妻姪等勸令少飮之詩此亦類予故和之云」시이다. 백거이의 창시와 함께 인용한다.

[창시] 백거이

君應怪我朝朝飲,　　　그대들은 매일 술마시는 나를 탓하겠지만

不說向君君不知.　　　이유를 말하지 않았으니 그대들은 모르리.

身上幸無疼痛處,　　　내 몸은 다행스럽게 아픈 곳 없고

甕頭正是撥嘗時.　　　막 익은 술은 바로 열어 맛을 본다네.

劉妻勸諫夫休醉,　　　유령의 아내는 남편에게 취하지 말라 권했고

王姪分疏叔不癡.　　　왕담의 조카는 숙부가 어리석지 않다 변호했지.

六十三翁頭雪白,　　　예순세 살 늙은이 머리가 하얗게 쇠었으니

假如醒黠欲何爲?　　　설사 정신이 맑다 한들 무엇을 할 것인가?

(『백거이집전교』 권31)

[화시] 이규보

兒曹亦解得傾巵,　　　아이들도 술 마실 줄 알겠지만

眞味何曾仔細知.　　　그 참맛을 어찌 상세히 알겠는가.

早失山林長往計,　　　산림 은거의 계획 일찍이 어긋나고

未忘杯酒半酣時.　　　한잔 술에 얼큰할 때를 잊지 못하네.

我年雖老猶能飮,　　　내 비록 연로해도 아직 마실 수 있으니

浮世長醒卽大癡.　　　세상에서 항상 깨어 있는 건 큰 바보일세.

白首殘翁經事了,　　　쇠잔한 백발 노인 산전수전 겪었거늘

如今方聽爾言爲.　　　지금 너희들의 잔소리를 듣는구나!

(『동국이상국집』 후집권2)

　　창시 「家釀新熟每嘗輒醉妻姪等勸令少飮因成長句以諭之」는 大和 8년(834) 백거이 63세 때의 작품이다. 백거이가 집에서 담근 막 익은 술을 매번 취하도록 마시므로 아내와 조카들이 조금 마시기를 권

했고, 이에 백거이는 이 시를 지어 자신의 행위를 변호했다. 이규보의 화시는 치사 후의 작품이다. 시제에 의하면 이규보가 백거이 문집에서 창시를 읽고 화답한 것인데 그 이유는 바로 술을 즐겨 마신다는 점이나 항상 식구들이 이를 말린다는 점 "또한 나와 비슷하다(此亦類予)"고 생각했기 때문이다. 즉 이규보는 노경에 들어서도 항상 술을 즐기는 백거이의 삶의 방식과 태도가 자신과 유사함을 발견했던 것이다. 화시 작가의 관심은 창시 자체에 있다기보다는 그 시를 통해 접한 창시 작가의 생활 방식과 삶의 태도에 집중되어 있으므로 이 작품 역시 전형적인 작가형에 해당한다.

작가형 화시는 각운형과는 달리 내용·주제 면에서 창시와 상당한 유사성을 보이고 있다. 이는 화시 제작의 요인이 창시 작가에 대한 동질성 자각이었다는 사실로 인한 필연적 결과이다. 우선 위에서 인용한 백거이 창시와 이규보 화시를 예로 들면, 두 작품의 내용은 노년의 애주 생활과 삶의 태도를 노래했다는 점에서 매우 유사하다. 백거이의 「百日假滿少傅官停自喜言懷」와 이규보의 화시 「又和假滿百日停官自喜詩」를 다시 예로 든다.

[창시] 백거이

長告今朝滿十旬,	오늘로 장기휴가 백일기한 만료되니
從玆蕭灑便終身.	이제부턴 유유자적 여생을 보내리라.
老嫌手重抛牙笏,	늙으니 손 무거움이 싫어 상아홀을 버리고
病喜頭輕換角巾.	병드니 머리 가벼움이 좋아 방건으로 바꿨다.
疏傅不朝懸組綬,	소부는 인끈 걸어두고 조회에 가지 않았고
尙平無累畢婚姻.	상평은 자녀 혼사 마치고 얽매임이 없었다.
人言世事何時了,	세속의 일 언제 끝날까 말들 하지만

我是人間事了人.	나는 세속의 만사를 끝마친 사람이다.

(『백거이집전교』 권35)

　　백거이의 「百日假滿少傅官停自喜言懷」이다. 백거이는 69세가 되던 開成 5년(840) 겨울, 신병을 이유로 백일 휴가를 신청하였고 장기간의 병가가 끝난 이듬해(841) 봄 70세 나이로 太子少傅의 관직에서 물러났다. 이 시에서는 백일 휴가 만기 후의 치사에 대한 기쁨과 감회, 그리고 이후 유유자적한 여생을 보낼 수 있으리라는 희망을 담고 있다. 병을 핑계로 퇴은했다는 西漢의 疏傅(疏廣과 疏受), 은자로서 세속적 일상사에 얽매이지 않은 東漢의 尙平(즉 尙長)을 자신에게 비유하며 살아서 해야 할 모든 세상사를 완수했다는 자부심을 드러냈다. 이규보의 화시 「又和假滿百日停官自喜詩」는 70세의 나이로 치사하기 직전의 작품이다.

[화시] 이규보

老病支離壽七旬,	老病에 초췌한 모습 나이는 칠순인데
快哉今幸乞殘身.	기쁘구나 이제 다행히 사직 청구했네.
腰間誤怯猶垂綬,	허리에 인수를 아직 매었나 겁이 나고
頭上何妨犬岸巾.	머리에 쓴 두건은 벗어올려도 무방하리.
無復喝呼喧里巷,	다시는 갈도 소리로 마을길 소란피우지 않고
有時饋問謝親姻.	때때로 친척에게 선물주며 안부 물으리.
懸車相位眞難事,	재상 자리 물러나기는 정말 어려운 일
莫道蕭條退散人.	퇴직한 散人 적막할거라 말하지 마소.

(『동국이상국집』 후집권2)

이규보는 69세 되던 1236년 12월에 「乞退表」를 올렸으나 허락받지 못하였고, 이듬해 다시 「걸퇴표」를 올려 12월에야 치사를 허락받았다.[28] 칠순의 나이, 老病에 시달려 몰골이 초췌하다 하면서도 벼슬에서 물러나는 기쁨과 퇴임 후의 한가한 생활에 대한 희망을 노래했다. 백거이 창시와 이규보 화시는 모두 노년의 신병과 70세 들어 퇴임을 맞이한다는 동일한 창작 배경을 통하여 치사의 기쁨과 감회, 그리고 여생에 대한 기대라는 동일한 감정을 드러내고 있다. 이외에도 이규보의 화시 「次韻白樂天老來生計詩」와 백거이의 창시 「老來生計」는 詩酒를 즐기며 재물과 세사를 초월해 평정한 마음으로 살아가는 생활을 노래했고, 이규보의 「次韻白樂天負春詩」는 백거이의 창시 「負春」과 마찬가지로 병이 들어 좋은 봄날을 헛되이 보내는 애석함을 노래하고 있다.

작가형 화시는 이처럼 창시와 유사한 내용이 노래되고 있지만 창시의 내용을 단순히 답습·모방한 것이 아니다. 창시 작가의 각도에서 내용을 구상하여 화시를 제작하던 중당 이전의 和意 작품은 더더욱 아니다. 작가형에 속하는 이규보의 화시는 백거이의 생활 방식과 삶의 태도에 대한 공감, 그로 인한 자신과의 동질성 발견에 의한 산물이기 때문에 비록 내용·주제면에서 유사하기는 하지만 이규보 자신의 삶과 감정을 노래한 것이다. 이러한 점은 「次韻和白樂天病中十五首」에서도 분명하게 나타난다.

| 曉寒衾底怯擡頭, | 새벽 한기에 이불 속 머리 들기 겁나 |
| 漸近烘爐手足柔. | 화롯가에 점점 다가가니 손발이 녹네. |

28　李涵「年譜」·「丙申公年六十九」·「丁酉公年七十」조(『동국이상국집』) 참조.

閉却幽房猶未出,	어두운 방 닫혀 있어 나가지도 못하고
悔他當日不窮遊.	이전에 실컷 놀지 못한 게 후회스럽네.
官如弊屣何妨脫,	벼슬은 헌신짝 같으니 벗어버리면 그만이고
身似孤雲本自浮.	몸뚱인 외로운 구름처럼 본래가 떠다니는 것.
莫信夢中蕉覆鹿,	꿈속에 파초잎 덮은 사슴을 믿지 말고
那知夜半壑移舟.	골짜기 배를 밤중에 옮기면 누가 알리오.
憶曾閑跨尋花騎,	한가롭게 말 타고 다닌 꽃구경이 그립고
不惜輕抛換酒裘.	갖옷 벗어 술 바꿔 마신 것 아깝지 않네.
年少狂顚眞可詫,	젊을 적엔 정녕 거침없고 우쭐했는데
病中追記頗寬憂.	병들어 회상하니 꽤 시름이 덜어지네.

(『동국이상국집』후집권2)

　이 작품은 「次韻和白樂天病中十五首」의 제2수 「枕上作順和」이다. 병상에 누워 외부 출입도 하지 못하는 갑갑함을 호소하며 병상에서의 여러 가지 감회를 노래하고 있다. 헌신짝과 다를 바 없는 공명과 홀로 떠도는 외로운 구름같은 육신은 모두 부질없는 허상이라고 했다. 사슴을 잡아 파초잎으로 덮어 두었는데 그 장소를 잊어버려 꿈속 일이라 생각하고 포기했다는 『列子·周穆王』의 일화를 통해 이 세상의 득실은 허무한 것이라고 한탄한다. 배를 골짜기에 안전하게 감추었다고 생각하지만 한밤중 힘센 자가 짊어지고 가버려도 어리석은 자들은 모른다는 『莊子·大宗師』의 우언을 통해 세상 일은 순식간에 변화하니 더없이 무상한 것이라고 탄식한다. 그리고 시인은 젊은 시절의 득의함과 건강할 적의 풍류 생활을 회상하면서 병중의 시름과 고통을 위안하고 있다. 이에 대한 창시는 바로 백거이의 「病中詩十五首」 제2수인 「枕上作」이다.

風疾侵凌臨老頭,	늙은 몸뚱이에 풍질이 들이 닥치니
血凝筋滯不調柔.	피가 굳고 근육 뭉쳐 유연치 못하구나.
甘從此後支離臥,	이제부턴 기꺼이 지리소처럼 누우려니
賴是承前爛熳遊.	그전에 실컷 유람했음이 다행스럽다.
迴思往事紛如夢,	회상해보면 지난 일은 꿈인양 어수선하고
轉覺餘生杳若浮.	생각할수록 남은 생은 뜬구름처럼 묘연하다.
浩氣自能充靜室,	호연지기는 여전히 고요한 거실에 가득하고
驚飇何必蕩虛舟.	거센 바람이 어찌 빈 배를 흔들 수 있겠는가.
腹空先進松花酒,	뱃속이 비면 松花로 빚은 술을 우선 마시고
膝冷重裝桂布裘.	무릎이 차면 桂布로 지은 털옷을 또 덮는다.
若問樂天憂病否,	만약 나에게 풍병을 걱정하는가 묻는다면
樂天知命了無憂.	樂天知命하니 전혀 걱정 없다고 답하리라.

(『백거이집전교』 권35)

　　중풍으로 병석에 누운 노년의 생활을 서술하고 있다. 꿈과 같은 지난 날과 뜬 구름같이 묘연한 여생, 그러나 호연지기로 모든 고통과 시름을 잊고 마음을 비워 虛舟가 된다면 어떠한 시련도 견딜 수 있다고 하였다. 樂天知命이라는 인생철학으로 병든 노년의 삶과 그 시름을 극복하고 있는 것이다. 백거이 창시와 이규보 화시는 모두 노년에 들어 병상에 누운 자신의 처지와 감회, 그리고 삶에 대한 초탈적 태도를 노래하고 있다.

　　그러나 두 작품은 세부적인 내용 면에서 분명한 차이를 보이고 있다. 頭·柔·遊·浮·舟·裘·憂 등의 운자가 동일하다는 것을 제외하면 시어 방면에서의 어떠한 영향 관계도 발견되지 않는다. 제재·주제 면에서의 유사성은 화시 작가가 창시 작가의 처지와 삶의 태도로부터 자신과의 동질성을 발견한 것이 화시 제작의 요인이기 때문이다. 세부적 내용과 시어의 상이함은 바로 단순한 모방이나 답습에 의한 擬古 작품이 아니라 각자 자신의 삶과 처지를 노래한 것이기 때문이다.[29] 이러한 점으로 보면 작가형 화시는 단순한 無病呻吟의 모방작이 아니라 창시 운자를 순서대로 사용해야 하는 차운이라는 최고난도의 작법을 채택한 상황에서도 자신의 삶과 감정을 충실히 노래하고 있음을 알 수 있다.

그렇다면 이규보가 작가형 화시를 통해 추구했던 것은 무엇이며 그것이 70세 치사를 전후한 노년기에 집중되어 있는 이유는 무엇인가? 백거이가 詩·琴·酒를 좋아하여 三友로 삼았듯이[30] 이규보 역시 詩와 거문고·술을 매우 좋아하여 젊은 나이에 자호를 三酷好先生이라고 하였다. 26세(1193) 때에 지은 장편 서사시 「東明王篇」 창작의 논리

---

29 이규보의 「次韻和白樂天病中十五首」 중에는 「枕上作順和」처럼 제목에 '順和'라고 밝힌 작품이 있다. 이것은 백거이 창시의 제목을 그대로 화시 제목으로 삼았다는 의미이다. 15수 중 7수의 제목은 '以~代之'의 형식을 취하고 있다. 이를 통해 작가형 화시가 내용·주제면에서의 유사성에도 불구하고 화시는 작가 자신의 생활 방식과 삶의 태도를 노래한 것이라는 점을 더욱 분명하게 알 수 있다. 예를 들면 이규보의 「送嵩客以送族僧之南代之」와 백거이의 창시 「送嵩客」은 모두 병중 석별의 정을 노래하고 있다는 점은 동일하나 송별의 대상은 '嵩客'과 '族僧'으로 서로 다르다. 화시 작가가 창시 작가의 「送嵩客」이라는 시에 대한 화시를 제작하면서 병중에 누군가를 송별한 석별의 정을 노래하면서도 그 대상이 다르므로 시제에서 「送嵩客은 집안 스님이 남쪽으로 가는 것을 전송하는 것으로 대신한다.」라고 밝히고 있다. 또 백거이의 「罷灸」는 병 치료를 위한 뜸질을 그만두며 "뜬 구름 같은 이 몸에 쑥뜸질하는 것 그만두려네.(休將火艾灸浮雲)"라고 하였고, 이규보의 화시 「罷灸以退藥與食之」는 약과 음식을 들지 않으며 그 이유를 육신이란 "물거품처럼 모였다가 구름처럼 흩어질 것.(聚如漚點散如雲)"이기 때문이라고 하고 있다. 노년의 신병과 치료라는 점에 유사성은 있으나 구체적으로는 '뜸'과 '약과 음식'이라는 차이가 있으므로 이규보는 「罷灸는 약과 음식을 물리치는 것으로 대신한다」로 화시 제목을 명명했던 것이다.

30 백거이 「北窗三友」: "今日北窗下, 自問何所爲. 欣然得三友, 三友者爲誰? 琴罷輒擧酒, 酒罷輒吟詩. 三友遞相引, 循環無已時.……"(『백거이집전교』 권29)

적 근거로 백거이「長恨歌」를 거론한[31] 것은 이규보가 젊은 시절부터 백거이에 대한 호감이 있었음을 보여준다. 28세(1195) 때에 태어난 아들 李涵의 입신양명을 기원하면서 才名이 원진과 백거이보다 초월하기를 기대했던[32] 사실로부터 30대 이전의 시기부터 백거이 시재에 대한 인식이 남달랐음을 알 수 있다.

이규보가 일찍부터 백거이에 대한 남다른 호감과 인식이 있었지만 백거이를 존숭하며 그의 삶과 작품에 깊은 공감을 보인 것은 노년에 이르러서였다. 이규보가 노년에 들어 백시에 대한 화시 제작을 통해 추구한 바는「次韻和白樂天病中十五首幷序」의 마지막 작품「自解」에 잘 나타나 있다.

老境忘懷履坦夷,　　늘그막에 시름 잊고 마음 편히 살자니
樂天可作我爲師.　　백낙천을 나의 스승 삼을 만도 하노라.
雖然未及才超世,　　비록 재주의 뛰어남은 그만하지 못하나
偶爾相侔病嗜詩.　　병이 들어 시 좋아함 우연히도 닮았고,
較得當年身退日,　　은퇴하던 그 당시를 비교하여 보나니
類予今歲乞骸時.　　지금 내가 물러나려 하는 때와 같구나.

(『동국이상국집』 후집권2)

---

31 이규보「東明王篇序」: "按唐玄宗本紀楊貴妃傳, 並無方士升天入地之事, 唯詩人白樂天, 恐其事淪沒, 作歌以志之, 彼實荒淫奇誕之事, 猶且詠之, 以示于後. 矧東明之事, 非以變化神異眩惑衆目, 乃實創國之神迹, 則此而不述, 後將何觀."(『동국이상국집』 전집권3)

32 이규보「憶二兒二首」제2수: "我有一愛子, 其名曰三百[自注: 予和吳郎中三百韻詩, 是日兒生, 因以爲名]……磊落三學士, 作爾湯餠客[自注: 兒生七日, 吳郎中世文·鄭員外文甲·兪東閣瑞廷來訪, 作詩相賀.] 綴詩賀弄璋, 詞韻鏘金石. 願汝類其人, 才名躪元白."(『동국이상국집』 전집권6)

노년에 병이 들어서도 시를 매우 좋아했으며 치사 무렵의 처지도 유사하다는 것이 바로 화시 제작의 요인이었다. 70세 치사를 전후한 시기에 이러한 유형의 화시가 집중적으로 제작된 것은 이규보가 노년의 처지와 생활 방식 면에서 백거이와 자신과의 동질성을 인식하고 깊은 관심을 가졌기 때문이다. 이규보의 작가형 화시가 모두 백거이 63세 이후 노년의 작품을 창시로 삼았다는 것도 이러한 점을 말해주고 있다.

백거이 노년의 처지와 취향 및 삶의 방식이 자신과 흡사함을 발견한 이규보는 백거이와의 동일화를 통하여 노년의 시름과 身病의 고통을 잊고 스스로 위안을 삼고자 하였다. 바로 "늘그막에 시름 잊고 마음 편히 살고자"함이 작가형 화시 제작을 통해 이규보가 궁극적으로 추구한 것이다. 즉 이규보에게 있어 백거이 노년의 삶과 문학은 '樂天忘憂'의 삶을 사는 데에 있어 더없이 좋은 모델이었던 것이다.

이규보의 화백시 제작은 이 같은 현실 생활에서의 '樂天忘憂'라는 목적 외에도 백거이 시에 대해 최고난도의 차운 작법으로 화시를 지음으로써 흠모했던 당대 대시인과의 等價를 지향하고 이를 통해 문인으로서의 자부심을 표현하고자 했던 것이 또 다른 목적이었다고 해도 무방하다. 특히 창시 작가와의 시재 경쟁이 창화 행위의 고유 기능 중 하나였다는 점을 고려하면, 이규보가 백거이 창시에서 제1구에 압운하지 않은 것을 모두 압운 처리하였다는 것은 백거이와 시재를 경쟁하고자 하는 의도가 있었기 때문이다. 이는 바로 문인으로서 자기 가치를 제고하려는 자부심의 발로였을 것이다.

5. 소결

韓脩(1333-1384)는 고려 말기의 문신이자 학자이며 초서와 예서에 뛰어난 서예가로도 유명하다. 12·3세에 聯句詩를 지을 수 있었고 15세 어린 나이에 과거 급제했다. 시재가 탁월하여 일찍이 李齊賢·李穀으로부터 인정을 받았을 정도라고 한다. 그러한 그가 「夜坐次杜工部詩韻」시를 지어 짙은 무상감을 토로했다.

此日亦云暮,	오늘 또 한해가 저물어가니
百年眞可悲.	인생은 참으로 슬픈 것이라.
心爲形所役,	마음은 육신의 부림을 받고
老與病相隨.	늙음과 병마가 따라 다닌다.
篆冷香殘夜,	香篆이 싸늘히 꺼져 가는 밤
窓明月上時.	창가에 환하게 달이 뜨는 때.
有懷無與語,	회포가 있어도 말할 이 없어
聊和古人詩.	잠시 옛 사람 시에 화답한다.

(『柳巷詩集』)

이 시는 한 해가 저무는 날, 늦은 밤 홀로 앉아 두보 시에 차운한 것이다. 두보의 창시는 현존하지 않지만 상평성 支韻의 悲·隨·時·詩 4개 운자를 동일한 순서로 사용한 오언율시임은 분명하다. 늙고 병든 인생의 황혼기를 맞이한 시인의 무상과 고독을 고인의 시에 화답하는 것으로 위로하고 있다. 한수는 두보 시에 대한 화답이 벗을 만나 회포를 푸는 것과 다를 바 없다고 했으니 한수에게 두보는 바로 시벗인 셈이다.

한수와 두보의 관계는 고려문인과 당대문인 전체로 확대 가능하다. 본고에서 논의한 고려문인과 백거이의 창화시는 시공을 달리한 한중 고대문인 간의 정신적·문학적 교류의 산물이라는 점에서 매우 가치 있는 연구 과제이다. 이에 고려문인과 백거이 창화의 성립 배경과 용운 양상, 그리고 그 의미를 요약하면 다음과 같다.

창화의 성립배경은 제삼자의 존재 여부를 기준으로 제삼자 개입형과 제삼자 비개입형 두 가지 유형이 존재한다. 제삼자 개입형은 화시 작가가 동시대인과의 사교 수단으로서 백거이의 시운을 사용하여 화시를 제작한 경우이다. 백거이 특정 작품의 시운이 운자로 선택됨으로써 성립된 창화이므로 창시 작가인 백거이의 실질적 역할은 단순히 시운 제공자이다. 시제에 창시 제목이 명시되지 않은 것이 특징이다.

제삼자 비개입형은 화시 작가가 동시대인과의 교유 수단으로서가 아니라 창시 작가에 대한 흠모나 작품에 대한 감흥으로 인해 화시를 제작한 경우이다. 고려문인의 화백시 중 26수가 이 유형에 속하는데 모두 『동국이상국집』후집에 수록된 이규보 작품으로서 70세 치사를 전후한 노년기에 지어졌다. 1수를 제외한 모든 시제에 백거이의 모 작품에 차운·화답한 것임을 밝혔다는 점이 특징이다.

이규보의 경우, 창작 시기에 따라 이처럼 현저한 차이가 존재하는 것은 작가의 전기 배경 및 백시에 대한 인식과 관련이 있다. 이규보의 30·40대는 당시의 권력자 및 문인들과 활발한 교류가 진행되던 시기였다. 아울러 창화와 창운주필의 작법이 성행하던 문단 상황을 고려하면 동시대인과의 빈번한 교유 현장에서 이규보는 백거이 시운을 사용한 화시 제작의 기회가 적지 않았다. 이러한 상황에서 제삼자 개입형 화시가 제작되었던 것이다.

이에 반해 제삼자 비개입형이 주로 제작된 노년기는 몽고 침략과

강화도 천도라는 암울한 시대적 배경 그리고 치사와 신병이라는 개인적 상황으로 인해 동시대인과의 교유가 현저하게 감소하였다. 이러한 상황에서 백시는 '樂天忘憂'을 위한 노년의 좋은 읽을거리로서 인식되었고 아울러 백거이 노년의 처지와 취향에 대한 깊은 공감으로 인해 제삼자 비개입형 화시가 제작되었던 것이다.

화운 방식은 창시와 화시의 각운 관계에 따라 依韻·用韻·次韻으로 구분된다. 고려문인의 화백시 35수 중 22수는 「次韻和白樂天病中十五首幷序」·「次韻白樂天春日閑居」처럼 시제에 차운임이 밝혀져 있다. 그러나 나머지 작품은 「又和樂天心身問答」처럼 '和~'라고만 표기되거나 시제에 창시 제목이 밝혀져 있지 않고 '用白公韻'·'用樂天詩韻'·'用白樂天韻'으로만 표기되어 있다. 이 유형의 화시와 창시의 각운을 비교한 결과 시제에 차운임을 밝히지 않은 13수의 화운 방식 역시 차운이었다. 따라서 시제에 '用~韻'으로 표기되어 있다 해도 그것은 화운 방식의 일종으로서 용운을 의미하지 않는다. 이처럼 고려문인 화백시의 화운 방식이 차운에만 집중되어 있는 것은 차운이 시재 과시에 가장 효과적인 작법일 뿐 아니라 송대 및 고려 문단에서 가장 성행하던 화운 방식이었으며 특히 이규보가 이러한 작시 방법에 뛰어난 재능을 가지고 있었기 때문이다.

고려문인의 화백시 제작에서 평기·측기라는 근체시 격률은 수용 대상이 아니었으나 제1구 압운 여부는 양상이 복잡하다. 근체시 격률에 의하면 제1구에 반드시 압운해야 하는 것은 아니지만 수구입운식 창시에 대해서는 오언·칠언을 막론하고 화시도 모두 수구입운식이다. 반면에 나머지 수구불입운식 창시에 대한 이규보 화시에는 두 가지 현상이 발견된다. 즉 유일한 오언시인 창시 「歸履道宅」에 대한 화시는 2수인데 창시처럼 모두 수구불입운식이었다. 그러나 칠언시 10

수에 대해서는 1수를 제외한 화시 모두가 수구입운식이다.

따라서 고려문인에게 있어 차운이란 수구불입운식 창시에 대해 수구입운식으로 화시를 제작하는 것이 허용되었던 것이다. 특히 칠언시는 제1구 압운이 정격이라는 근체시 격률을 고려할 때, 이규보의 칠언화시에 나타나는 수구입운식으로의 변환은 화시 작가 이규보가 백거이에 대한 시재경쟁 심리로 인해 격률 면에서 백시보다 좀 더 완벽한 작품을 제작함으로써 창시 작가보다 작시 능력이 한 수 위에 있음을 보이고자 한 의도가 있었던 것으로 생각된다.

창시 작가나 작품에 대한 화시 작가의 태도라는 면에서 보면 고려문인과 백거이의 창화시에는 작가나 작품 자체보다는 창시의 각운에만 화시 작가의 관심이 집중되어 있는 각운형과 작품 자체보다는 창시 작가에 경도된 작가형의 두 가지 유형이 존재한다. 주로 제삼자 개입형에 나타나는 각운형은 화시 작가가 동시대인과의 교유 및 유희의 수단으로서 백거이 시운을 차용한 것이다. 화시는 창시의 내용이나 주제와 관계없이 화시 작가의 사상 감정 및 교유 상황을 노래한다.

작가형은 주로 제삼자 비개입형 작품에서 나타난다. 고려문인의 작가형 화시는 모두 이규보 노년의 작품으로서 작품의 의경이나 예술성에 대한 관심보다는 백거이 노년 생활에 대한 깊은 공감을 바탕으로 성립한 것이다. 즉 화시 작가 이규보가 백거이 노년의 작품을 읽은 후 백거이 노년의 처지와 취향, 삶의 방식 및 감회에 대해 자신과의 동질성을 느낀 것이 화시 제작의 동기이다. 따라서 작가형 화시는 비록 창시와 내용·주제면에서 매우 흡사하기는 하지만 단순한 무병신음의 의고작이 아니라 화시 작가 자신의 삶과 감회를 노래한 것이다.

이규보가 백거이를 존숭하고 그의 삶과 작품에 깊은 공감을 보인 것은 노년에 이르러서였다. 작가형 화시가 70세 치사를 전후한 노년기에 집중되었던 것도 바로 이러한 이유에서이다. 백거이 노년의 처지와 취향 및 삶의 방식이 자신과 너무나 흡사함을 발견한 이규보는 백거이와의 동일화를 통해 노년의 시름과 신병의 고통을 잊고자 했다. 백거이 시를 읽고 그에 화답하는 것을 '樂天忘憂'의 수단으로 삼아 자신의 처지를 위안하고자 했다. 아울러 백시에 대해 최고난도의 차운 작법으로 화시를 짓고 자신의 시재를 과시함으로써 문인으로서의 자부심을 표현하고자 했던 의도도 존재하였다.

한 가지 더 부연할 것은 화시와 창시의 상관관계 고찰에서 주의해야 할 점이다. 즉 화시의 주제와 내용을 창시와 비교할 때 동일한 운자를 사용함으로써 불가피하게 발생하는 미세한 유사성을 창화 성립의 본질과 혼동해서는 안 된다는 것이다. 예를 들어 이규보의 「訪盧秀才永祺用白樂天韻同賦」[33]는 백거이의 창시 「歸履道宅」[34]과 동일한 운자, 즉 扉·歸·非·肥 4개 글자를 사용할 수밖에 없다. '扉'자를 운자로 사용한 제2구, 즉 "家僮開竹扉"(창시)·"閑敲綠玉扉"(화시)에서는 어쩔 수 없이 작가 본인의 거처이든 우인의 거처이든 거처에 대해 언급할 수밖에 없다. 그리고 '扉'자를 사용한 거처 묘사는 결국 淸貧·淸靜의 경지로 표현될 수밖에 없을 것이다. 따라서 백거이의 거처 履道宅과 노수재 거처의 풍취가 일치함으로 인해 창화가 성립했다고 생각한다면 그것은 동일한 운자로 인해 발생한 표피적인 약간의 유사성과 창화 성립의 본질을 혼동한 결과이다.

백거이 시운을 사용한 다수의 화시가 제작되었다는 것은 고려문단

---

33 이규보「訪盧秀才永祺用白樂天韻同賦」: "半岸烏紗帽, 閑敲綠玉扉. 柳深鶯百囀, 林晚鳥雙歸. 太白甘時後, 陶潛悟昨非. 紛華方戰退, 始覺卜商肥."(『동국이상국집』전집권7)
34 백거이「歸履道宅」: "驛吏引藤輿, 家僮開竹扉. 往時多暫住, 今日是長歸. 眼下有衣食, 耳邊無是非. 不論貧與富, 飮水亦應肥."(『백거이집전교』권27)

에서의 백거이 위상을 반영하는 일례임은 분명하다. 그러나 중국 전대문인에 대한 수용이라는 차원에서 볼 때 고려문인의 화백시는 자신들의 필요에 의한 창조적 문학행위의 산물이라고 할 수 있다. 특히 각운형 화시에는 특별한 의미가 있다. 지금까지 고인에 대한 화시는 고인의 작품에 대한 감흥이나 작가에 대한 흠모의 정으로 인해 제작되었으므로 화시의 내용은 창시와 무관하지 않다고 생각하는 것이 통념이었다. 이러한 통념이 편견에 불과함을 입증한 것이 바로 각운형 화시이기에 화시 연구사에 큰 의미가 있다.

追和에 의한 한중 고대문인의 특수한 문학적 교류에 대해 화시의 전통적 개념에만 의존해 그 현상과 의미를 이해하려는 것은 편견이다. 연구는 새로운 지식을 창출하는 작업이므로 기존의 단편적 지식에 기대어 새로운 연구 결과를 함부로 재단하려는 것은 오만이다. 한중 고대문인의 창화 행위와 문학 교류에 관한 연구는 오만과 편견을 버리고 實事求是의 연구 태도와 法古創新의 연구 방법을 통해 지속적으로 진행되어야 할 중요한 과제이다.

[부록] 백거이와 고려문인 창화시 일람표

번호	직가	고려문인 창화시 시제	首句	화운	화시·창시 시체	각운	백거이 창시 시제	首句
01	이규보	訪盧秀才永祺用白樂天韻同賦	仄起不入韻	차운	五律	上平聲微韻	歸履道宅	仄起不入韻
02	이규보	復和	平起不入韻	차운	五律	上平聲微韻	歸履道宅	平起不入韻
03	이규보	六月十七日訪金先達轍用白公詩韻賦之	不入韻	차운	五古	去聲御韻 去聲遇韻	曲江感秋二首2	不入韻
04	이규보	金君乞賦所飮綠瓷盃用白公詩韻同賦	不入韻	차운	五古	入聲質韻 入聲物韻 入聲月韻	對酒	不入韻
05	이규보	初秋又與文長老訪金轍用白公詩韻各賦早秋詩	仄起入韻	차운	七律	上平聲支韻	江樓月	平起入韻
06	이규보	又用白公韻賦文長老草履	不入韻	차운	五古	入聲沃韻 入聲屋韻	宿淸源寺	不入韻
07	이규보	白天院賁華家賦海棠用樂天詩韻	仄起入韻	차운	七律	上平聲灰韻	以詩代書寄戶部楊侍郎勸賈東鄰王家宅	平起不入韻
08	이규보	次韻文長老朴還古論槿花幷序	不入韻	차운	五古	上聲有韻	夢與李七庾三十二同訪元九	不入韻
09	이규보	次韻和白樂天病中十五首幷序 其一 初病風順和	平起入韻	차운	五律	上平聲東韻	病中詩十五首幷序 其一 初病風	仄起入韻
10	이규보	其二 枕上作順和	平起入韻	차운	七排	下平聲尤韻	其二 枕上作	仄起入韻
11	이규보	其三 答閑上人問以答問病代之	仄起入韻	차운	七絶	上平聲灰韻	其三 答閑上人來問因向風疾	平起入韻

번호	작가	고려문인 화시		화운	화시·창시		백거이 창시	
		시제	首句		시제	각운	시제	首句
12	이규보	其四 病中五絶順和1	平起 入韻	次韻	七絶	上平聲支韻	其四 病中五絶1	平起 入韻
13	이규보	其五 病中五絶順和2	仄起 入韻	次韻	七絶	上平聲支韻	其五 病中五絶2	仄起 入韻
14	이규보	其六 病中五絶順和3	平起 入韻	次韻	七絶	上平聲虞韻	其六 病中五絶3	平起不入韻
15	이규보	其七 病中五絶順和4	平起 入韻	次韻	七絶	下平聲先韻	其七 病中五絶4	平起 入韻
16	이규보	其八 病中五絶順和5	仄起 入韻	次韻	七絶	下平聲尤韻	其八 病中五絶5	平起 入韻
17	이규보	其九 送蒿客以送族僧之南代之	平起 入韻	次韻	七絶	上平聲支韻	其九 送蒿客	平起 入韻
18	이규보	其十 罷灸以退藥與食代之	平起不入韻	次韻	七絶	上平聲文韻	其十 罷灸	平起不入韻
19	이규보	其十一 賣駱馬以傷愛妓代之	平起 入韻	次韻	七絶	下平聲庚韻	其十一 賣駱馬	平起 入韻
20	이규보	其十二 放柳枝以憶舊妓代之	平起 入韻	次韻	七絶	上平聲陽韻	其十二 別柳枝	平起 入韻
21	이규보	其十三 就暖偶酌以睡起酒代之	仄起 入韻	次韻	七律	下平聲陽韻	其十三 就暖偶酌以戲諸酒舊侶	平起 入韻
22	이규보	其十四 歲暮呈思黯以曉鐘來客代之	仄起 入韻	次韻	七絶	上平聲虞韻	其十四 歲暮呈思黯相公皇甫朗之及夢得尚書	仄起 入韻
23	이규보	其十五 自解順和	仄起 入韻	次韻	七言六句	上平聲支韻	其十五 自解	平起不入韻
24	이규보	又和樂天心問身問答1 心問身	仄起 入韻	次韻	七絶	下平聲先韻	自戲三絶句1 心問身	仄起 入韻
25	이규보	又和樂天心問身問答2 身報心	仄起 入韻	次韻	七絶	上平聲東韻	自戲三絶句2 身報心	仄起 入韻

고려문인 화시				화시·창시			백거이 창시	
번호	작가	시제	首句	화운	시체	각운	시제	首句
26	이규보	又和樂天心身問答3 心復答身	平起 入韻 首句隣韻	次韻	七絶	下平聲麻韻 下平聲歌韻	自戱三絶句3 心重答身	仄起不入韻
27	이규보	又和假滿百日停官自喜詩	仄起 入韻	次韻	七律	上平聲眞韻	百日假滿少傅官停自喜言壹懷	仄起 入韻
28	이규보	次韻白樂天出齋日喜皇甫十訪	仄起 入韻	次韻	七絶	上平聲灰韻	出齋日喜皇甫十早訪	平起 入韻
29	이규보	觀白樂天集聲讓新熟嘗輒醉妻妊等勸少飮和之云詩此亦穎予故和之云	平起 入韻	次韻	七律	上平聲支韻	家讓新熟每嘗輒醉妻妊等勤令少飮因成長句以諺之	平起不入韻
30	이규보	次韻白樂天老來生計詩	平起 入韻	次韻	七律	下平聲侵韻	老來生計	平起不入韻
31	이규보	次韻白樂天負春詩	仄起 入韻	次韻	七絶	下平聲先韻	負春	平起不入韻
32	이규보	次韻白樂天春日閑居	不入韻	次韻	五古	入聲 屋韻 入聲 沃韻	春日閑居三首1	不入韻
33	이규보	次韻白樂天任家出家詩	仄起 入韻	次韻	七律	下平聲蒸韻	在家出家	仄起不入韻
34	이규보	看汁酒用樂天韻	平起 入韻 首句隣韻	次韻	七絶	下平聲庚韻 下平聲靑韻	會昌元年春五絶句4 題朗之槐亭	仄起不入韻
35	민사평	鈒樂天詩寄竹谷先生次韻寄來子亦次韻	仄起 入韻	次韻	五排	上平聲東韻 上平聲冬韻	感悟妄緣題如上人壁	平起 入韻

제6장

고려문인 이규보의 和蘇詩

李奎報(1168-1241)는 고려(918-1392)를 대표하는 문인이고 蘇軾(1036-1101)은 송대(960-1279)의 대문호이다. 이규보의 출생은 소식 서거 이후 근 70년이 지난 때이니 소식과의 현실적 교류는 존재하지 않지만 시공을 초월한 문학적 교류는 문헌을 통해 확인된다. 이규보는 소식 문학의 성취를 '부섬호매(富贍豪邁)'라는 표현으로 높이 평가했고 시에서는 '시지웅자(詩之雄者)', 문장은 가득 쌓인 금은보화를 아무리 훔쳐가도 빈곤해지지 않을 '부자지가(富者之家)'와 같다고 찬양하였을 정도이다.[1]

이규보의 소식 문학 수용은 다양한 방면에서 이루어졌지만 특히 蘇詩에 대한 이규보 화시가 적지 않다는 점이 흥미롭다.[2] 이에 본고는

---

1 이규보 「答全履之論文書」: "東坡近世已來, 富贍豪邁, 詩之雄者也. 其文如富者之家金玉錢貝, 盈帑溢藏, 無有紀極. 雖爲寇盜者所嘗攘取而有之, 終不至於貧也, 盜之何傷耶."(『동국이상국집』 전집권26)

2 지금까지 이규보와 소식 문학의 영향 관계 및 비교 논의는 洪瑀欽의 「소식문학이 이규보문학에 끼친 영향」(『민족문화논총』 제6집, 1984)을 비롯하여 신장섭의 「이규보와 소식의 賦文學

이규보의 소식 문학 수용에 있어 중요한 의미가 있는 和蘇詩를 논의 대상으로 삼는다. 이규보 화소시의 제작 배경과 그 의미에 대한 고찰을 목적으로 우선 『동국이상국집』을 대상으로 이규보의 화소시를 선별하고 이를 바탕으로 소식의 창시를 복원할 것이다. 이 과정을 통해 이규보 화소시의 선별 방식과 시제 유형, 그리고 창시 복원 방법에 관한 논의를 진행하기로 한다.

1. 이규보와 화소시 개황

이규보의 원명은 仁氐이며 자는 春卿, 호는 白雲居士・三酷好先生이라고 한다. 저서로는 『東國李相國集』 53권(全集41권・後集12권)이 있으며 시 2000여 수와 문장 700여 편이 후세에 전해진다. 이규보는 어려서부터 남다른 시재를 가지고 있었다. 11세에 이미 문하성 관원들 앞에서 "종이 면에는 毛學士 붓이 줄곧 횡행하고, 술잔 속에는 麴先生 술이 늘 들어 있네."[3]라는 聯句를 지어 '奇童'으로 일컬어졌다. 14세에는 정해진 시운으로 일정한 시간 안에 빨리 시를 짓는 '急作'

비교 시고」(『우리文學硏究』 제25집, 2008), 오정정의 「이규보와 소식의 선시 비교 연구」(중앙대 국문과 석사논문, 2016), 이연의 「소식과 이규보의 불교시 비교 연구」(동국대 중문과 박사논문, 2016), 최재혁의 「이인로와 이규보의 소식 시문 수용양태 연구」(『중국어문학논집』 제130호, 2021) 등이 있다. 이규보 和蘇詩에 대한 최초의 연구논문은 2005년 필자의 「소식 시에 대한 이규보의 추화시」(『중국어문학지』 제19집, 2005)이며, 그 후 이를 기반으로 유소진의 「韓國古代文人的和蘇詩」(『중국어문학』 제63집, 2013)와 장원의 「이규보의 소식 차운시 연구」(중앙대 국문과 석사논문, 2018)가 발표되었다. 본고는 필자의 기존 연구논문에 자료 보완과 문자 수정을 가한 것이다.

3   李涵 「年譜」・「戊戌年公年十一」조: "紙路長行毛學士, 杯心常在麴先生."(『동국이상국집』)

방식의 작시 모임에서 계속 일등을 하여 모든 유생들의 인정을 받았다고 한다.[4] 이규보는 자신의 구학 과정에 대해 이렇게 말하고 있다.

> 저는 아홉 살에 처음으로 글을 읽게 된 이후로 지금까지 손에서 책을 놓지 않습니다. 시서육경과 제자백가 · 史筆의 글로부터 幽經僻典 · 梵書 · 도가의 설에 이르기까지 비록 근원을 캐고 묘리를 탐색하여 깊고 은미한 것을 찾아 내지는 못했지만, 섭렵하여 精華를 채집함으로써 문사를 구사하고 藻飾을 펴는 도구로 삼지 않는 것이 없습니다.
>
> 僕自九齡, 始知讀書, 至今手不釋卷. 自詩書六經諸子百家史筆之文, 至於幽經僻典梵書道家之說, 雖不得窮源探奧, 鈎索深隱, 亦莫不涉獵游泳, 採菁撫華, 以爲騁訶擒藻之具. (『동국이상국집』 전집권26)

30세 때의 작품[5]으로 알려진 「上趙太尉書」이다. 자신의 회고처럼 이규보는 어려서부터 글공부에 매진하여 경서 · 도불 · 제자백가뿐만 아니라 중국문인의 시문을 두루 섭렵하였다. 『동국이상국집』에 屈原 · 陶潛 · 李白 · 杜甫 · 白居易 · 韓愈 · 劉禹錫 · 柳宗元 · 杜牧 · 蘇軾 · 王安石 · 黃庭堅 등의 저명한 중국문인들이 다양한 방식으로 등장하고 있는 것도 이처럼 광범위한 독서와 꾸준한 학습의 결과이다.

고려초기 문단에서는 당시를 숭상했으나 중기 이후로는 송시를 숭상했으며 특히 소식 숭배의 풍조가 성행하였다. 그 당시 과거 합격자

---

4 이함 「年譜」 · 「辛丑年公年十四」조: "每夏課, 先達輩會諸生, 刻燭占韻賦詩, 名曰急作. 公連中榜頭, 諸儒始奇之."(『동국이상국집』)

5 이함 「年譜」 · 「丁巳年公年三十」조: "又作上趙大尉書, 追訴其由."(『동국이상국집』)

가 30명 나오면 세상 사람들이 "올해도 30명의 동파가 나왔구나."[6]라고 할 정도였다. "요즘 동파의 글이 세상에 크게 유행하여 공부하는 이들은 누구나 가슴에 새겨 흥얼대고 있습니다."[7]라는 말처럼 소식의 시는 고려문인에게 학시 전범으로 숭상받았다. 이 점에 있어 이규보 역시 예외는 아니었다. "文順公(이규보)의 시를 보면 사언·오언을 막론하고 동파의 시에서 가져왔다. 호매한 기상이나 풍부한 체재는 동파와 꼭 들어 맞는다."[8]는 평가는 新意 창출을 주장한 이규보도 소식을 배우고 그의 시문학으로부터 많은 영향을 받았음을 보여준다.

중국문인에 대한 이규보의 수용은 각 방면에서 다양하게 이루어졌으나 무엇보다도 화운 방면에서 가장 적극적이고 두드러지게 나타난다. 특히 '唱韻走筆'[9]에 뛰어난 재능을 보였던 이규보는 동시대인과의 창화를 즐겼을 뿐만이 아니라 중국 전대문인의 작품에 대한 화운시를 많이 제작하였다. 고려시대의 현존 문집[10]을 대상으로 하면 중국 전대문인에 대한 고려문인의 화시는 146수이다.[11] 그중 이규보 작품은 총

6 이규보 「答全履之論文書」: "世之學者, 初習場屋科擧之文, 不暇事風月, 及得科第, 然後方學爲詩, 則尤嗜讀東坡詩, 故每歲榜出之後, 人人以爲今年又三十東坡出矣."(『동국이상국집』 전집권26)

7 임춘 「與眉叟論東坡文書」: "近世東坡之文大行於時, 學者誰不伏膺呻吟."(『서하집』 권4)

8 최자 『보한집』 권중: "觀文順公詩, 無四五字, 奪東坡語, 其豪邁之氣, 富贍之體, 直與東坡吻合."

9 이규보 「論走筆事略言」: "夫唱韻走筆者, 使人唱其韻而賦之, 不容一瞥者也."(『동국이상국집』 전집권22)

10 고려문인의 현존 문집은 林椿·李奎報·陳澕·李齊賢·閔思平·李穀·李穡·成石璘·李崇仁을 포함한 총 40인의 문집이다. 상세한 목록은 본서 제4장 「고려문인과 백거이의 창화 연구 서설」에 수록되어 있다.

11 중국문인에 대한 고려문인의 추화시 통계는 본서 제5장 「고려문인과 백거이 창화의 제양상과 의미」에 수록되어 있다.

96수로서 약 67%의 고비율을 점유한다.[12] 이를 감안하면 고려문인 중 화운 작법을 가장 애용했던 문인은 바로 이규보임을 알 수 있다.

화시 제목에는 '和'·'次'·'答'·'酬'·'用~韻' 등의 글자가 포함되어 있고 창시의 작가나 제목이 밝혀져 있는 것이 일반적이다. 따라서 이규보의 화소시 선별에 있어 가장 기본적인 방법은 『동국이상국집』을 대상으로 시제를 검토하는 것이다. 그 결과 소식 시에 대한 이규보의 화시로 확인된 작품을 문집 편차에 따라 정리하면 【부록】「이규보 화소시와 소식 창시 일람표」에 보이는 바와 같다.

이규보의 화소시는 20제 31수이다. 소식 시에 대한 고려문인의 현존 화시가 39수라는 점을 고려하면[13] 화운 방면에서 소식을 가장 적극적으로 수용한 고려문인은 이규보임을 알 수 있다. 본고에서 선정된 31수의 시제를 살펴보면 [11]번 「又贈尹公」을 제외한 모든 작품은 '用~韻'·'用前韻'·'和'·'次韻' 등의 표기로 인해 특정 작품에 대한 화시임을 쉽게 알 수 있다. 그러나 소식 시에 대한 화시임을 판단하는 과정은 더욱 세심한 주의가 필요하다. 선별 과정과 방식을 시제 유형별로 나누어 정리하면 다음과 같다.

첫 번째는 화시 제목에 '東坡'·'蘇公'·'蘇軾'과 같은 형태로 창시 작가가 밝혀져 있는 경우이다. [1]·[8]·[13]번 작품 등 11편이 이

---

12 중국 전대문인에 대한 이규보의 화시를 창시 작가 별로 편수를 집계하면 백거이 34수, 소식 31수, 두보 16수, 유우석 4수, 왕안석 3수, 두목·피일휴·온정균 각2수, 황정견·參寥子 각1수 등이다.

13 이규보 작품 외에도 李齊賢의 「吳江又陪一齋用東坡韻作」·「遊道場山陪一齋用東坡韻」(『益齋亂藁』권1); 閔思平의 「次益齋和東坡蜜漬荔枝詩韻」 2수(『及菴詩集』권2); 李穀의 「梅花同白和父作用東坡韻」(『稼亭集』권18); 白文寶의 「同李中父梅花聯句用東坡韻」(『淡庵逸集』권1); 李仁老의 「雪用東坡韻」(『東文選』권13)·「用東坡榴皮題沈氏之壁之韻」(『東文選』권20) 등의 8수가 현존한다.

유형에 속하는데 특정 문인의 작품에 대한 화시임을 쉽게 알 수 있는 가장 일반적인 형태이다. 두 번째는 [7]·[10]번 작품처럼 제목이「復和」라고만 되어 있거나 [4]·[5]번 작품처럼 시제에 '用前韻'이라는 표기가 첨가된 경우이다. 이 유형의 작품은 제목이 아니라 앞에 수록된 작품을 살펴야만 창시 작가를 알 수 있다.

예를 들면 [7]번「復和」는『동국이상국집』전집권8에 수록되어 있는데 바로 그 앞에 수록된 작품은 [6]번「安和寺敦軾禪老方丈夜酌用東坡韻」이다. [6]번 작품은 시제에 '用東坡韻'이라고 표기되어 있으므로 소식 시에 대한 화시임이 분명하다. 따라서 [7]번 작품은 [6]번 작품과 동일한 시운, 즉 소식 시운을 사용하여 지은 화시인 것이다. 두 작품이 모두 칠언율시로서 제1·2·4·6·8구에 容·東·空·雄·窮 5개의 동일한 운자가 동일한 순서로 압운된 것은 바로 이 때문이다. [4]번「天台玄師聞予訪覺公留飲携酒來慰用前韻贈之」와 [5]번「訓長老乞詩又用前韻」도 바로 앞에 수록된 작품의 시제를 살펴야만 화소시임을 알 수 있는 경우이다. 제목에 '用前韻'이라는 표기가 첨가된 [4]·[5]번 작품 역시『동국이상국집』전집권8에 나란히 수록되어 있다. 이 두 작품 앞에 수록된 시는 바로 [3]번「又用東坡詩韻贈之」이므로 '前韻'이란 즉 '東坡詩韻'을 말하는 것이다.

세 번째는 판별이 가장 어려운 유형으로서 화시 제목의 일반적인 형태와는 매우 다르다. 이규보의 화소시 중 이 유형에 속하는 작품은 [11]·[14-15]·[16-17]·[18-26]·[27-28]번 작품 등 무려 5제 16수로서 개별 편수로는 가장 다수를 차지한다. [11]번「又贈尹公」은 제목만을 보면 소식 시에 대한 화시임을 전혀 알 수 없다. 그러나 [9]·[10]·[11]번 작품이『동국이상국집』전집권8에 나란히 수록되어 있으며 모두 하평성 陽韻의 墻·長·香·涼이 동일한 순서로 압운된 오언율시라는 점을 간과해서는 안 된다.

[9]번「暮春同崔博士甫淳訪尹注簿世儒置酒用東坡韻各賦」는 늦봄 어느 날 박사 崔甫淳과 함께 주부 尹世儒를 방문하여 소식의 시운을 사용해 지은 시이다. [10]번「復和」는 [9]번 작품과 동일한 시운을 사용하여 지은 화시이므로 두 번째 유형에 속한다. [11]번「又贈尹公」의 '尹公'은 바로 [9]번 작품에 등장하는 윤세유를 말하며 [9]·[10]번 작품과 동일한 하평성 陽韻의 墙·長·香·涼이 운자로 사용된 점으로 보면「우증윤공」역시 소식의 시운을 사용한 화소시이다. 다시 말하면 나란히 수록된 이 세 편의 작품은 최보순와 함께 윤세유를 방문한 이규보가 동일한 상황에서 소식의 동일한 시운을 반복 사용함으로써 제작된 화시인 것이다. 화시임에도 불구하고「우증윤공」이라는 제목을 설정한 이유는 동일한 상황에서 몇 편의 화시를 연속 제작하였으므로 마지막 작품의 시제에는 소식의 시운을 사용한 것임을 굳이 밝힐 필요가 없었기 때문이다.

두 번째와 세 번째 유형에 속하는 작품은 단순한 시제 검색만으로는 소식 시에 대한 화시임을 판별할 수 없으며 해당 작품의 전후 수록 작품과 각운을 살피거나 화시 제작의 배경과 상황을 이해해야 한다. 이 두 가지 유형의 작품은 창화시 연구의 기초작업인 화시 선별과정에서 연구자의 세심한 주의가 필요하다.

2. 소식의 창시와 용운 양상

창시와 화시는 창화 행위를 형성하는 양대 구성요소이다. 따라서 화시 연구는 화시만이 아니라 창화의 또 다른 구성요소인 창시에 대한 이해가 필수적이다. 특정 작품에 대한 화시가 제작되고서야 창화가 성립되므로 창화행위 성립의 주도적 역할은 화시의 몫이지만 화시 제작은 창시로 인한 것이므로 선행하는 창시의 형식과 내용을 무시할 수 없기 때문이다. 따라서 화시 연구에서 중요한 기초 작업은 바로 창시 복원이다.

화시에는 창시 제목이 명시된 것도 있고 명시되지 않은 것도 있다. 후자의 경우는 창시를 복원하는 데 많은 어려움이 따르므로 지금까지의 화시 연구에서는 창시의 존재를 홀시했던 것이 사실이다. 만약 이러한 방식으로 이규보의 화소시를 고찰한다면 일반적인 화시와는 다른 특성을 밝히는 것은 불가능할 것이다. 왜냐하면 이규보의 화소시 31수는 거의 창시 제목이 명시되지 않았기 때문이다.[14]

창시 복원에는 화시의 압운 상황에 대한 검토가 우선적으로 요구된다. 화운 방식은 창시와 화시의 각운 관계에 따라 依韻·用韻·次韻으로 분류된다. '依韻'이란 창시의 운과 동일한 운목에 속한 글자로 압운하는 방식이다. 화시의 운자가 창시와 동일한 운목에 속한다면 사용하는 운자에는 특별한 제한이 없다. '用韻'은 창시에서 사용된 운자를 전부 사용해야만 하지만 사용 순서를 임의대로 변경할 수 있는 방식이다. '次韻'은 창시에서 사용된 운자를 모두 사용할 뿐 아니라 사용 순서도 동일해야 한다.[15] 우선 이규보의 화소시 중에서 환운이

---

14 이규보 화소시 중 창시 제목이 명시된 작품으로는 「次韻皇甫書記用東坡哭任遵聖詩韻哭李大諫眉叟」단 1편이 존재한다.

15 宋·劉攽『中山詩話』: "唐詩賡和, 有次韻[先後無易], 有依韻[同在一韻], 有用韻[用彼韻不必次]". 明·徐師曾「和韻詩」: "和韻詩有三體, 一曰依韻, 謂同在一韻中而不必用其字也. 二曰次韻, 謂和其原韻而先後次第皆因之也. 三曰用韻, 謂用其韻而先後不必次也."(『文體明辯』권14)

가능한 고체시를 예로 들기로 한다.

　[30]번「觀晉生公度理園取東坡詩韻贈之」는 40구의 칠언고시이다. 제1·2·4·6·10·12·14·16·18·20·26·32·34구의 운자는 雨·塢·侮·午·舞·苦·主·嫵·土·圃·俯·宇·鼓로서 상성 麌韻에 해당된다. 제8·22·24·28·30·36·38·40구는 상성 語韻인 汝·所·女·煮·語·許·阻·予로 압운되었다. 즉 한 작품의 각운으로 상성의 麌韻과 語韻 두 종류가 사용되었던 것이다. 소식 시에서 麌韻과 語韻이 함께 사용된 작품은 총 16수이다.[16] 그 중「上巳日與二三子攜酒出遊隨所見輒作數句明日集之爲詩故辭無倫次」만이 동일한 운자가 동일한 순서로 사용되었으므로 이규보의 화시「觀晉生公度理園取東坡詩韻贈之」는 이 작품을 창시로 삼아 차운한 것이다.

　이규보의 화소시 31수 중 27수에 이르는 근체시를 예로 든다. [1]번「遊天和寺飮茶用東坡詩韻」은 제1·2·4구에 하평성 先韻의 錢·眠·煎이 운자로 사용된 칠언절구이다. 하평성 先韻이 운자로 사용된 소식 시는 총 152수이다. 152수의 시체와 각운을 살핀 결과 [1]번 작품과 동일한 운자가 동일한 순서로 사용된 작품은「睡起聞米元章冒熱到東園送麥門冬飮子」1수뿐이다. 동일한 순서는 아니더라도 錢·眠·煎이 모두 운자로 사용된 用韻의 작례는 존재하지 않는다. 압운 상황에 대한 이해를 돕기 위하여 원문을 예시한다.

　[창시] 소식「睡起聞米元章冒熱到東園送麥門冬飮子」

16　소식의 창시 복원은 淸·王文誥輯注, 孔凡禮點校『蘇軾詩集』[全8冊](北京, 中華書局, 1982)을 저본으로 삼았다.

一枕淸風直萬錢,◄　無人肯買北窗眠.◄

開心暖胃門冬飮,　知是東坡手自煎.◄

（『소식시집』권45）

[화시] 이규보「遊天和寺飮茶用東坡詩韻」

一筇穿破綠苔錢,◄　驚起溪邊彩鴨眠.◄

賴有點茶三昧手,　半甌雪液洗煩煎.◄

（『동국이상국집』 전집권3）

　　하평성 先韻을 사용한 소식 시가 무려 152수에 이르지만 錢·眠·
煎 3개의 운자가 사용된 시는 단 1수만이 존재할 뿐만 아니라 그 운자
들이 동일한 순서로 사용되었다는 것은 결코 우연이 아니다. 이것은
화시 제작 전에 이규보가 소식의 특정 작품을 의식하고 있었음으로
인한 필연적 결과이다. 이규보의 화시는 "天和寺에 유람하여 차를 마
시고 동파 시운을 사용해 지은"작품인데 시운 결정 과정에서 소식의
「睡起聞米元章冒熱到東園送麥門冬飮子」 시를 의식했을 것이다. 결
론적으로 이규보의「遊天和寺飮茶用東坡詩韻」은 창시 제목을 명시
하지 않은 채 단순히 '用東坡詩韻'이라고만 하였지만 소식의「睡起聞
米元章冒熱到東園送麥門冬飮子」를 창시로 삼아 차운한 작품임이
분명하다.

　　[9]번「暮春同崔博士甫淳訪尹注簿世儒置酒用東坡韻各賦」는 제
2·4·6·8구에 하평성 陽韻의 墻·長·香·涼이 운자로 사용된 오
언율시이다. 하평성 陽韻이 사용된 소식 시는 무려 171수에 이른다.
각운 상황을 따져보면 화시인 [9]번 작품과 동일한 운자가 동일한 순

서로 사용된 오언율시는 「綠筠亭」[17] 단 1수만이 존재한다. 동일한 순서는 아니더라도 墻 · 長 · 香 · 涼 4개의 운자가 모두 사용된 用韻의 작례는 존재하지 않는다. [9]번 작품과 동일한 상황에서 동일한 '東坡韻'을 사용한 [10]번 「復和」와 [11]번 「又贈尹公」의 창시도 소식의 「綠筠亭」이다.

[화시] 소식 「綠筠亭」

愛竹能延客,　求詩剩掛牆.◀

風梢千纛亂,　月影萬夫長.◀

谷鳥驚棋響,　山蜂識酒香.◀

只應陶靖節,　會聽北窗涼.◀

(『소식시집』 권6)

[화시] 이규보 「暮春同崔博士甫淳訪尹注簿世儒置酒用東坡韻各賦」

對酌三杯酒,　難窺數仞墻.◀

落花詩思亂,　殘日醉歌長.◀

我鬢初抽綠,　君名早飮香.◀

相逢文字飮,　何必奏伊涼.◀

(『동국이상국집』 전집권8)

[화시] 이규보 「復和」

17　소식의 「綠筠亭」은 王註本 · 施註本 등 제판본에는 「次韻子由綠筠堂」이라는 제목으로 수록되어 있으나 여기서는 淸 · 王文誥의 고증에 따른다. 淸 · 王文誥輯注, 孔凡禮點校 『蘇軾詩集』 1冊(北京, 中華書局, 1982) 246쪽 참조.

綠樽傾北海, 紅臉憶東墻.◀

月日衰容換, 乾坤舞袖長.◀

室蘭曾襲臭, 佩蕙各紉香.◀

賴有淸風榻, 披襟快納涼.◀

(『동국이상국집』 전집권8)

[화시] 이규보「又贈尹公」

蔡門初倒屣, 闕里孰摩墻.◀

筆海怒濤迅, 醉鄕歸路長.◀

鵝黃空酌酒, 鷄舌早含香.◀

何日同簪管, 賡吟殿閣涼.◀

(『동국이상국집』 전집권8)

이를 근거로 유추하면 이규보·최보순이 윤세유를 방문하여 술을 마시는 자리에서 소식의 시운으로 시를 짓기로 하였는데 시운 선택 과정에서「녹균정」의 시운으로 결정되었던 것이다. 3인이 각자 시를 지은 후에 이규보는 다시 동일한 시운으로「復和」를 지었고 또다시 「又贈尹公」시를 지어 윤세유에게 기증했다. 따라서 이규보의 화시 3수는 시운이 모두 소식의「녹균정」으로부터 시작된 것이므로 창시 1수에 화시 3수가 존재하게 되었다.

[3]번「又用東坡詩韻贈之」는 수구입운식 칠언율시이다. 제 1·2·4·6·8구에 상평성 支韻의 遲·時·姿·肌·枝가 운자로 사용되었다. 상평성 支韻이 사용된 소식 시는 무려 147수이다. 그 중에서 동일한 운자가 동일한 순서로 사용된 작품은「紅梅三首」만이 존재한다. 동일한 순서는 아니더라도 遲·時·姿·肌·枝가 모두 쓰인 작

례는 역시 1수도 발견되지 않는다. 동일한 운자가 동일한 순서로 사용되었다는 것은 결코 우연이 아니며 화시를 제작할 때 특정 작품에 대한 의식이 전제조건으로 작용한 결과임을 다시 한 번 확인할 수 있다. 이 작품과 동일한 상황에서 '前韻'을 사용한 [4]·[5]번 작품의 창시 역시 「홍매삼수」이다.

이외에도 [6]번 「安和寺敦軾禪老方丈夜酌用東坡韻」과 [7]번 「復和」는 소식의 「和劉道原見寄」시를 창시로 삼은 것이다. [13]번 「十月五日陳灤見訪留宿置酒用蘇軾詩各賦」, [14-15]번 「後數日陳君見和復次韻答之」 2수, [16-17]번 「陳君復和又次韻贈之」 2수 및 [18-26]번 「文長老見和多至九首每篇皆警策遲鈍勉强備數奉贖耳」 9수와 [27-28]번 「尹同年儀見和復次韻贈之」 2수는 모두 소식의 「次韻潁叔觀燈」을 창시로 삼아 연속 제작된 작품이다. 이처럼 이규보의 화소시에는 동일한 상황에서 동일한 작품에 차운한 화시가 연속 제작된 경우가 많다. 이 같은 특수한 상황으로 인해 이규보의 화소시 31수에 대한 창시는 12수에 불과하다.[18]

소식의 창시를 복원하는 과정에서 발견된 한 가지 특이한 작례는 [29]번 「奇尙書退食齋用東坡韻賦一絶」이다. 이 작품은 수구입운식 칠언절구이다. 제1·2·4구에 하평성 麻韻의 斜·花·家가 운자로 사용되었다. 하평성 麻韻이 사용된 소식 시는 73수에 이르지만 동일

---

18 [8]번 「明日與二三子登環碧亭又閣御室還至別閣小酌用蘇公詩韻」은 입성 職韻·陌韻·質韻의 色·碧·屐·慄·赤·宅·詰·側·黑이 운자로 사용된 오언고시이다. 소식의 시를 검색해보면 이와 동일한 운자가 동일한 순서로 사용된 작품은 『소식시집』 권7의 「自徑山回得呂察推詩用其韻招之宿湖上」과 「宿望湖樓再和」 등 2수가 존재한다. 후자는 전자 바로 다음에 수록된 작품이다. 항주 서호 유람이라는 동일한 상황에서 소식이 우인의 시에 대해 차운시 2수를 지었던 것이다. 따라서 이규보 [8]번 화시에 대한 소식 창시는 2수가 존재한다고 할 수 있다. 소식 창시 12수에는 이 2수 모두 합산된 것이다.

한 운자가 동일한 순서로 사용된 작품은 「山村五絶」 제1수뿐이다. 그러나 지금까지와는 달리 동일한 순서는 아니지만 斜·花·家가 모두 운자로 사용된 작례가 「金門寺中見李西台與二錢唱和四絶句戲用其韻跋之」 제1수·「次韻楊公濟奉議梅花十首」 제5수 및 「再和楊公濟梅花十絶」 제5수와 제10수 등 무려 4수가 발견되었다. 만약 이규보 화시가 이 4수 중 하나를 창시로 삼은 것이라면 화운 방식은 用韻에 해당되며 「山村五絶」 제1수를 창시로 삼았다면 화운 방식은 次韻이다. 그러나 이규보가 시운을 선택하면서 의식했던 특정 작품은 4수 중에 있지 않으며 「山村五絶」 제1수라고 생각된다. 이미 논의했듯이 화시 제목에 '用~韻' 등으로 표기되어 있더라도 그것이 화운방식으로서의 용운을 의미하지 않으며 실제 화운 방식은 모두 시재 과시에 가장 효과적인 차운이기 때문이다.

본고에서는 이와 같은 방식으로 창시 제목이 명시되지 않은 이규보 화소시 30수에 대해 소식 창시를 모두 복원하였고 그 결과는 【부록】 「이규보 화소시와 소식 창시 일람표」에 보이는 바와 같다. 이를 바탕으로 창시와 화시의 용운 상황을 비교하여 이규보 화소시의 화운 방식과 격률면에서의 수용양상을 정리하면 다음과 같다.

첫째, 고체시·근체시를 막론하고 이규보 화소시의 화운 방식은 모두 차운이다. 시제에 차운임이 명시되지 않은 24수의 화운 방식도 실제로는 모두 차운에 해당하므로 화시 제목의 '用~韻'이라는 표기는 화운 방식의 일종으로서의 用韻을 의미하지 않는다.[19] 中唐 시기의 화

---

19 화시 제목에 차운임이 명시되지 않았지만 실제로 차운인 작례는 송대 화시에도 흔히 나타나는 현상이다. 특히 "蘇詩內和人韻之詩, 亦有只云和某人某題, 而不寫出次韻者; 亦有寫次韻者, 其只云和, 而不云次韻者, 實多次韻之作."(『石洲詩話』 권3)이라는 翁方綱의 평어에서 알 수 있듯이 이 같은 작례는 소식의 화시에도 적지 않게 존재한다.

시에 차운을 밝히는 표기방식으로 '依本詩韻次用'·'次用本韻' 등이 자주 사용되었다는 점으로 보면,[20] '用~韻'의 '用'은 '次用'의 의미로 이해해야 한다. 이규보 화소시의 화운 방식이 차운에 집중되어 있는 것은 차운의 화운방식이 극성하였던 송대 시단[21]의 영향과 차운이 시재 과시에 가장 효과적인 화운방식이라는 점, 그리고 이규보가 이러한 작법에 뛰어난 재능이 있었기 때문이다.

둘째, 격률 형식면에서 창시의 平起·仄起는 화시의 수용 대상이 아니다. 예를 들면 칠율 평기식인 소식의 「次韻穎叔觀燈」에 대한 이규보 화시는 16수인데 14수가 창시와는 달리 측기식이며 오율 측기식인 소식의 「綠筠亭」에 대한 이규보 화시는 3수인데 2수가 평기식이기 때문이다.

셋째, 근체시 격률에 의하면 수구에 압운할 수도 있고 압운하지 않을 수도 있다. 그러나 이규보의 화소시에서는 오·칠언을 막론하고 창시 제1구의 압운 여부가 철저하게 수용되고 있다. 소식의 칠언 창시는 모두 수구입운식인데 이에 대한 이규보의 화시 역시 모두 수구입운식이다. 소식의 오언 창시는 모두 수구불입운식인데 이에 대한 이규보의 화시 또한 모두 수구불입운식이다. 그러나 백거이의 수구불입

---

20 유종원 「奉和楊尙書郴州追和故李中書夏日登北樓十韻之作依本詩韻次用」, 원진 「酬東川李相公十六韻次用本韻」, 백거이 「酬鄭侍御多雨春空過詩三十韻次用本韻」 등이 있다.

21 宋·嚴羽 『滄浪詩話·詩評』: "和韻最害人詩, 古人酬唱不次韻, 此風始盛於元白·皮陸, 而本朝諸賢乃以此而鬪工, 遂至往復有八九和者."; 金·王若虛 『滹南詩話』 권2: "鄭厚云:魏晉已來, 作詩唱和, 以文寓意. 近世唱和, 皆次其韻, 不復有眞詩矣.……詩道至宋人, 已自衰弊, 而又專以此相尙, 才識如東坡, 亦不免波蕩而從之, 集中次韻者幾三之一. 雖窮極技巧, 傾動一時, 而害于天全多矣. 使蘇公而無此, 其去古人何遠哉?"(鄭厚는 남송초기 문인으로 자는 景韋이다.)

운식 칠언시에 대한 이규보 화시가 거의 모두 수구입운식으로 바뀌었다는 점으로 보면 고려문인의 화시에서는 창시 제1구의 압운 여부가 반드시 준수되는 것은 아니었음을 알 수 있다.

3. 이규보 화소시의 제작배경과 의의

창화의 전통적 기능은 동시대인 간의 교유 수단이었다. 따라서 同時同席의 상황 혹은 쌍방간의 寄贈酬答 행위에 의한 一唱一和가 가장 일반적인 형태였다. 그러나 소식 시에 대한 이규보의 추화는 창시 제공자가 생존하지 않으므로 창화 성립에 있어 동시동석의 상황 혹은 기증수답의 행위는 근본적으로 존재하지 않는다. 아울러 창시 작가와 화시 작가의 교유 수단이라는 전통적 기능 또한 기대할 수 없는 특수한 경우이다. 따라서 이규보와 소식의 창화는 시공을 달리한 한중 고대문인 간의 문학 교류라는 속성으로 인해 화시 제작의 배경과 의의 면에서 동시대인 간의 전통적 창화와 분명한 차이가 있다.

이규보의 화소시 중에서 가장 초기의 작품은 [1]번「遊天和寺飮茶用東坡詩韻」과 [2]번「又用東坡詩韻」인데 모두『동국이상국집』전집권3에 나란히 수록되어 있다. 후집 권1에 전집 미수록의 시가 수록된 것을 제외하면 창작연대 순으로 수록되었다는 문집 편차상의 특징, 그리고 전집 권3의 첫 작품이 26세(1193) 때의「東明王篇」이고 전집 권4 첫 작품이 27세(1194)에 지은「開元天寶詠史詩」라는 점을 고려할 때,[22] [1]번 · [2]번 화시는 24세(1191) 부친상을 당하여 天磨山에

---

22 吳世玉「東國李相國集解題」(『韓國文集叢刊解題』[제1책], 11-12쪽); 李涵「年譜」(『동

우거한 이후인 26 · 27세 무렵의 작품으로 추정된다. 시제에 의하면 2수의 화시는 이규보가 天和寺에 유람가서 차를 마시는 동일한 상황에서 소식의 시운으로 연속 제작된 것이다. 또 작품의 제목 및 내용으로 볼 때 창화 성립에 화시 작가 이규보와 창시 작가 소식을 제외한 제삼자가 개입되어 있지 않다. 이규보의 「遊天和寺飮茶用東坡詩韻」을 예로 든다.

一筇穿破綠苔錢,	지팡이로 돈짝같은 푸른 이끼 뚫어 깨니
驚起溪邊彩鴨眠.	시냇가에 졸던 오리 놀라 일어나네.
賴有點茶三昧手,	차 달이는 오묘한 솜씨에 힘입어
半甌雪液洗煩煎.	눈 같은 진액 반 그릇으로 번민을 씻는다.

(『동국이상국집』 전집권3)

이규보는 22세 되던 1189년, 司馬試에 응시하여 장원급제하였고 그 다음 해 禮部試에서 同進士로 급제하였다. 그러나 이 시를 지을 당시 이규보는 아직 관직을 제수받지 못한 포의의 신세였다. 비록 24세(1191) 때에 白雲居士를 자호로 삼고 초속적 · 도가적 삶을 추구하고자 하였지만 현실생활에서 오는 번민으로부터 그는 완전히 자유로울 수는 없었다. 그래서 천화사에 유람가서 마시는 반잔의 차로 "번민을 씻는다(洗煩煎)"고 하였던 것이다. 그런데 소식의 창시 「睡起聞米元章冒熱到東園送麥門冬飮子」는 이렇게 노래한다.

국이상국집』) 참고. 이동철의 「이규보 시의 연구-주제와 구조분석을 중심으로」(고려대 박사논문, 1988.6, 246쪽)에서도 26-30세 사이의 작품으로 추정하고 있다.

一枕淸風直萬錢,	一枕淸風은 만전의 가치가 있으련만
無人肯買北窓眠.	북창의 낮잠을 사려 하는 이 없구나.
開心暖胃門冬飮,	가슴 풀리고 위 따습게 하는 맥문동 탕제
知是東坡手自煎.	동파가 손수 달인 것임을 알 수 있으리.

(『소식시집』 권45)

이 시는 소식의 나이 66세(1101) 때 常州에서 지은 것이다.[23] 열병으로 고생하는 米元章에게 麥門冬을 손수 달인 탕제를 보내며 쾌유를 바란다는 내용이다. '一枕淸風'과 '北窓眠'은 북쪽 창가에 베개 베고 누워 청량한 바람 맞으며 유유자적한 은자의 삶을 살았다는 도연명을 연상시킨다.[24]

이규보의 화시와 소식의 창시는 하평성 先韻의 錢·眠·煎 3개의 동일한 운자가 동일한 순서로 사용되었다는 점을 제외하면 창작 배경이나 내용 면에서 조금의 유사성도 발견되지 않는다. 특히 제4구의 운자로 사용된 煎도 소식의 창시에서는 煎茶·煎藥에서처럼 '달이다(熬煮)'의 뜻으로 사용된 반면, 이규보의 화시에서는 煎心·憂煎처럼 '고통받다(煎熬)'라는 다른 뜻으로 사용되었다. 이것은 화시 작가가 동일한 운자를 순서대로 사용한 것 외에는 창시로부터 어떠한 영향도 받지 않았음을 말해 준다. 즉 이규보의 화시「遊天和寺飮茶用東坡詩韻」은 창시 작품에 대한 감흥 혹은 작가에 대한 흠모로 인해 제작된 것이 아니다. 천화사 유람 시에 차를 마시며 느낀 자신의 감회를 노래

---

23 작품 편년은 査愼行의 설을 근거로 한다. 馮應榴輯注, 黃任軻·朱懷春點校『蘇軾詩集合注』제2책(上海, 上海古籍出版社, 2001), 2266쪽 참조.

24 『晉書·陶潛傳』:"夏月虛閑, 高臥北窓之下, 淸風颯至, 自謂羲皇上人."

하며 시운 선택 과정에서 소식의 시운을 차용한 것이 화시 제작의 배경이었다고 할 수 있다.

[1]번「遊天和寺飮茶用東坡詩韻」과 [2]번「又用東坡詩韻」은 초기 화소시로서의 의미는 있으나 단발적인 소수 작례에 불과하다. 제작 배경 면에서 논의의 가치는 화시 제작의 현장 혹은 과정에 화시 작가와 창시 작가 이외의 제삼자가 존재하는 경우에 있다. 이러한 유형의 화시를 '제삼자 개입형'으로 명명한다면 [1]번·[2]번 작품은 '제삼자 비개입형'이라고 할 수 있다. 여기에서 제삼자란 화시 작가 이규보와 동시대인이다. 예를 들면 [9]번「暮春同崔博士甫淳訪尹注簿世儒置酒用東坡韻各賦」는 이규보가 최보순과 함께 윤세유를 방문하여 소식의 시운을 사용하여 지었던 시이며, [12]번「訪覺月師用東坡詩韻各賦」는 覺月禪師를 방문하여 소식의 시운으로 함께 지었던 시이다. 즉 이규보와 동시대인인 최보순·윤세유·각월선사 등 제삼자가 이규보의 화시 제작에 개입되어 있는 것이다.

[3]번「又用東坡詩韻贈之」는 시제만으로는 제삼자 개입 여부를 알 수 없다.『동국이상국집』전집 권8에 수록된 이 작품 바로 앞에는「訪寒溪住老覺師旅寓用參寥子詩韻贈之」가 수록되어 있다. 이 시는 한계사 주지인 老覺師의 객사를 방문한 이규보가 參寥子의 시운을 사용하여 노각사에게 지어 준 것이다. 따라서 [3]번 작품은 소식의 시운으로 다시 시를 지어 노각사에게 기증한 것이므로 역시 화시 제작에 제삼자가 개입된 경우이다.

[3]번 작품과 동일한 상황에서 연속 제작된 [4]·[5]번 작품도 마찬가지이다. [4]번「天台玄師聞予訪覺公留飮携酒來慰用前韻贈之」는 노각사를 방문한 이규보가 그곳에서 묵으며 술을 마신다는 소식을 듣고 天台玄師가 술을 가지고 와 위로하므로 '前韻', 즉 [3]번 작품의

'東坡詩韻'으로 지어준 시이다. [5]번「訓長老乞詩又用前韻」은 당시 동석했던 것으로 추정되는 훈장로가 시를 지어 달라 청하자 또 '前 韻', 즉 '東坡詩韻'을 사용하여 지은 시이다. 연속적으로 제작된 3수 의 화소시에는 노각사 · 천태현사 · 훈장로 등 이규보가 교유하던 동 시대인들이 화시 제작의 현장에 존재하고 있다. 이 같은 유형의 작품 들은 바로 이규보가 동시대인과의 교유 수단으로 시를 지으면서 소식 의 시운을 사용해 제작된 것이다. 이때 창시 작가 소식은 단지 시운 제공자로서 역할했을 뿐이다. 이규보 화소시의 제작 배경이라는 면에 서 이 점을 극단적으로 보여주는 작례는 [13]번에서 [28]번에 이르는 5제 16수의 작품이다.

이 16수의 작품은 모두『동국이상국집』전집 권11에 작품번호 순서 대로 나란히 수록되어 있다. 이 일련의 작품군에서 화시 제작의 발단 이 된 작품은 [13]번「十月五日陳瀚見訪留宿置酒用蘇軾詩各賦」이 다. 시제에 의하면 10월 5일 우인 陳瀚가 방문하자 이규보가 주연을 마련하고 소식의 시운으로 각각 시를 지었던 것을 알 수 있다. 동일한 상황에서 제작된 화소시는 이규보와 진화의 시 2수였다. 창시는 소식 의「次韻穎叔觀燈」이다. 창시와 화시는 모두 하평성 蒸韻의 僧 · 燈 · 層 · 氷 · 勝이 운자로 사용된 수구입운식 칠언율시이다.

[14-15]번「後數日陳君見和復次韻答之」2수는 시제만으로는 소 식 시에 대한 화시라는 것을 알 수 없다. 그러나 [13]번 작품 바로 뒤 에 수록되었다는 점과 하평성 蒸韻의 僧 · 燈 · 層 · 氷 · 勝이 운자로 사용된 칠언율시라는 형식 면에서 보면 [13]번 작품과 마찬가지로 소 식의「次韻穎叔觀燈」을 창시로 삼아 제작된 화시이다. [14-15]번 작 품은 [13]번 작품과 동시동석의 동일한 상황에서 제작된 것은 아니지 만 10월 5일 이규보와 함께 소식의 시운으로 시를 지었던 진화가 며

칠 후 다시 동일한 시운(즉 「次韻穎叔觀燈」의 시운)으로 시를 지어 이규보에게 기증하였고 이에 이규보가 차운 방식으로 화답한 것이다.

소식의 동일한 시운을 사용한 이규보와 진화의 창화는 일회로 그치지 않고 [16-17]번 작품 「陳君復和又次韻贈之」 2수로 이어졌다. 즉 이 시는 [14-15]번 작품에 대해 진화가 다시 화시를 지어 보내오자 이규보가 또 차운함으로써 제작된 작품이다. [14-15]번 작품 바로 뒤에 수록되어 있고 僧·燈·層·氷·勝이 운자로 사용된 칠언율시인 것은 바로 이러한 이유에서이다.

이규보 화소시에는 한 가지 흥미로운 현상이 발견된다. 소식 「次韻穎叔觀燈」의 운자를 사용한 이규보의 화시 제작은 진화와의 왕복 창화에서만이 아니라 다른 동시대인과의 창화에서도 이루어졌다는 것이다. [18-26]번 「文長老見和多至九首每篇皆警策遲鈍勉強備數奉膺耳」 9수와 [27-28]번 「尹同年儀見和復次韻贈之」 2수는 [16-17]번 작품 바로 뒤에 순서대로 수록되어 있다. 모두 僧·燈·層·氷·勝이 운자로 사용된 칠언율시이므로 이 작품들도 [14-15]·[16-17]번 작품과 동일한 경우에 속한다. 다시 말하면 文長老와 尹儀가 소식 「次韻穎叔觀燈」의 운자를 사용한 시를 지어 이규보에게 기증하였고 이규보는 이에 대해 차운으로 화답한 것이다. 따라서 [18-26]번에서 [27-28]번까지의 11수도 모두 소식의 「次韻穎叔觀燈」을 창시로 삼은 화시임에 틀림이 없다.

결론적으로 [13]번에서 [28]번에 이르는 16수의 작품은 모두 이규보와 동시대인(즉 진화·문장로·윤의) 간의 교유 수단으로서 소식 「次韻穎叔觀燈」의 시운이 연속적으로 반복 사용됨으로써 제작된 것이다. 이처럼 소식 특정 작품의 시운이 집중적으로 사용되어 16수의 화시가 제작된 것은 이규보의 화소시에만 보이는 특이한 현상이다.

소식의 「次韻穎叔觀燈」에 대한 16수 화시의 제작 과정을 살펴보면 창화 성립의 순서는 소식(「次韻穎叔觀燈」) → 이규보([13]) → 진화·문장로·윤의(모두 散佚) → 이규보([14-15]·[16-17]·[18-26]·[27-28])로 이어진다. [13]번 「十月五日陳澕見訪留宿置酒用蘇軾詩各賦」를 제외한 나머지 15수의 화시는 외형상 진화·문장로·윤의의 시에 화운한 것이다. 이러한 점에서 보면 [13]번을 제외한 15수 작품은 동시대인이 창시의 직접 제공자이고 소식은 간접 제공자인 것이다. 즉 이러한 유형의 화시는 이규보가 제삼자인 동시대인의 시에 차운한 것이기도 하면서 결과적으로는 소식 시에 차운한 것이기도 하다. 따라서 시운 제공이라는 측면에서 보면 소식의 작품이 창화 성립의 출발점이므로 이 15수의 작품도 제작 과정에 화시 작가(이규보)와 창시 작가(소식) 이외의 제삼자가 존재하는 제삼자 개입형에 속한다.

소식 시에 대한 간접 화운의 대표 작품은 이규보 화소시 중 유일하게 창시 제목이 명시되어 있는 「次韻皇甫書記用東坡哭任遵聖詩韻哭李大諫眉叟」이다. 바로 소식 「京師哭任遵聖」의 시운을 사용해 李仁老의 서거를 애도한 皇甫書記의 시에 차운한 시이다. 즉 이규보가 이인로의 죽음을 애도하는 輓詩를 지으면서 이인로를 애도한 황보서기의 만시에 차운하였는데 황보서기의 시는 바로 소식의 시운을 사용한 것이었다. 창화의 성립과정은 소식 → 황보서기 → 이규보이므로 일차적인 화시 제작은 이규보에 의해 이루어진 것이 아니다. 따라서 이규보 화시는 직접적으로는 황보서기의 시에 차운한 것이면서 그와 동시에 소식의 시운을 사용한 화시이기도 하다.

창화는 본래 동시대의 원창 작가와 화시 작가 쌍방 간의 교유 수단으로서 성립되는 것이 일반적이지만, 이규보의 제삼자 개입형 화소시에 있어 소식의 시운은 직·간접적으로 이규보를 중심으로 한 동시대인들에 의해 철저하게 사교 수단으로 이용되고 있다. 이러한 유형의 화시가 존재할 수 있었던 것은 고려시대 문인사교의 수단으로 널리 유행한 唱韻走筆[25]과 시운 선택의 방식과 깊은 관련이 있다. "계유년 맹춘 십칠일 밤에 한림 진화와 수재 임원간의 집에서 술을 마시고 만취하였다. 임군이 장편 율시를 주필해 보도록 청하기에 내가 진공에게 唱韻하게 하고 시를 지었는데 한 글자의 정정도 없이 순식간에 완성되었다."[26]고 한 이규보의 오언배율 시제와 "이날 운서가 없어 진군이 직접 唱韻했기 때문에 음운에 次序가 없다(是日無韻書, 陳君直唱, 故音無次第.)"라는 제하 자주에 의하면, 동시대인과의 교유 수단으로 시를 지을 때 흔히 다른 사람으로 하여금 운을 부르게 하는데 운서를 사용하여 운자를 선택하기도 하고 때로는 唱韻하는 사람이 임의대로 직접 운자를 부르는 直唱의 방법이 사용되기도 한다.

이 외에도 이규보의 「通首座方丈酒酣使智潛上人唱杜牧詩韻走筆」이란 시제에 의하면 통수좌가 지잠상인에게 杜牧의 시운을 부르게 하고 이규보가 이에 따라 走筆하였듯이 다른 문인의 시운으로 창운하기도 한다. 즉 고려문인들이 사교의 현장에서 교유 수단으로 시를 지을 때 詩韻 선택이 선결과제로 등장하는데 그중 한 가지 방식이 다른 문인의 기존 작품에 사용된 시운을 채택하는 것이었다. 시운의 선택 과정에서 소식의 시운이 채택된다는 것은 바로 제삼자 개입형 화시의 탄생을 의미한다.

동시대인과의 교유 수단으로 제작된 제삼자 개입형 화소시는 무려

---

25 이규보 「論走筆事略言」: "夫唱韻走筆者, 使人唱其韻而賦之, 不容一瞥者也."(『동국이상국집』 전집권22)

26 이규보 「癸酉孟春十七日與陳翰林澕夜飮林秀才元幹家大醉林君請觀長篇律詩走筆予使陳公唱韻賦之文不加點不容一瞥」(『동국이상국집』 전집권13)

29수에 이른다. 모두 『동국이상국집』 전집 권8과 권11에 집중 수록되어 있다. 권8에는 30대 초의 작품, 권11에는 34세(1202) 때의 작품이 주로 수록되어 있으므로,[27] 거의 모든 이규보의 화소시는 30대 전반 동시대인과 활발한 교류가 진행되던 시절 그들과의 교유 수단으로 제작된 것이다. 이러한 점에서 보면 이규보의 화소시는 교유 수단이라는 창화의 전통적 기능을 상실하였지만 다른 의미에서는 교유 수단으로서의 기능을 수행하고 있다. 교유 수단으로서의 기능을 상실하였다는 것은 고인에 대한 추화이므로 창시 작가 소식과 화시 작가 이규보 간의 직접적 교유는 근본적으로 불가능했기 때문이다. 교유 수단으로서 기능했다는 것은 소식의 시운을 매개로 화시 작가 이규보와 동시대인 간의 교유가 진행되었기 때문이다.

제삼자 개입형에서 창시 작가 소식은 시운 제공자 역할이었으니 소식 시운은 이규보를 중심으로 한 고려문인에게 사교 수단으로서 의미가 있다. 그런데 창시와 화시의 내용을 비교해 보면 제삼자 개입형 화시는 내용·주제면에서 창시와 그다지 밀접한 관계가 없음을 알 수 있다. 이러한 현상이 존재하는 것은 이규보가 동시대인과의 교유 수단으로서 소식의 특정 작품을 선택하고 그 운자를 사용해 화시를 제작했기 때문이다. 이에 화시 작가의 관심이 창시 작가와 작품 자체보다는 단순히 각운의 借用에 있었던 것이다. 이규보의 화시 「暮春同崔博士甫淳訪尹注簿世儒置酒用東坡韻各賦」를 인용한다.

---

27 吳世玉 「東國李相國集解題」; 『韓國文集叢刊解題』 [제1책], 11-12쪽 참조. 또한 이동철의 「이규보 시의 연구―주제와 구조분석을 중심으로」(고려대 박사논문, 1988.6, 246쪽)에 의하면 전집 권7의 일부 작품부터 전집 권12의 일부 작품까지의 총 281수가 31-35세 기간에 창작되었다.

對酌三杯酒,	얼굴 마주해 술 석 잔 마셨어도
難窺數仞墻.	몇 길 높이 담장 안은 엿볼 수 없네.
落花詩思亂,	꽃잎 떨어지니 시상은 어지럽고
殘日醉歌長.	해가 기우니 醉歌는 끝이 없구나.
我鬢初抽綠,	내 귀밑머리 이제 막 희어지고
君名早歙香.	그대 명성은 일찍이 널리 퍼졌네.
相逢文字飮,	서로 만나 술 마시며 시를 짓나니
何必奏伊涼.	伊州曲·凉州曲 연주할 필요 있으랴?

(『동국이상국집』 전집권8)

늦봄의 어느 날 우인 최보순과 함께 윤세유를 방문해 술을 마시며 시를 짓는 즐거움을 노래했다. 높은 담장 밖에서는 알 수 없는 공자의 인품과 학문을 비유한 '몇 길 높이 담장(數仞墻)'으로 우인에 대한 존중감을 표현했다. '落花'와 '殘日' 등 석춘의 정서가 짙은 시어를 사용했지만 처량하고 애잔한 곡조의 연주가 필요없다 했으니, 작품의 주제는 석춘보다 벗들과의 '文字飮'에서 오는 즐거움의 표출에 있다. 그러나 소식의 창시 「綠筠亭」은 제재와 내용 면에서 이규보의 화시와 전혀 다르다.

愛竹能延客,	대나무 좋아하여 여전히 손님을 맞이하니
求詩剩掛牆.	얻은 시가 벽에 걸어두고도 남을 정도네.
風梢千矗亂,	바람에 댓가지는 천 개의 깃발 펄럭이는 듯
月影萬夫長.	달빛에 대 그림자는 만 명의 장정 늘어선 듯.
谷鳥驚棋響,	골짜기의 새는 장기 두는 소리에 놀라고
山蜂識酒香.	산속의 벌은 술 향기에 익숙하다.

只應陶靖節,　　　　나는 그저 도연명처럼

曾聽北窗涼.　　　　북쪽 창가에서 서늘한 바람소리 들으리라.

(『소식시집』 권6)

　푸른 대나무 울창한 綠筠亭을 공간 배경으로 죽림의 풍광과 淸靜한 분위기를 묘사했다. 북쪽 창가에 누워 청량한 바람을 쐬는 도연명의 은자적 삶을 본받고 싶은 희망을 토로했다. 제재와 주제 면에서 우인과의 음주에서 오는 즐거움을 노래한 이규보 화시와는 전혀 다르다.

　소식의 창시 「綠筠亭」에 대한 또 다른 이규보의 화시 「復和」와 「又贈尹公」도 상황은 마찬가지이다. 「復和」는 우인에 대한 주인의 융숭한 대접을 서술하는 것으로 시작해서 성대한 주연 상황을 노래하는 데 주력했다.[28] 「又贈尹公」은 손님을 반갑게 영접하는 주인의 호의를 서술하더니 조정에 나가 함께 국사에 참여하고픈 희망을 피력하는 것으로 끝을 맺었다.[29] 이규보의 화시 3수는 墻 · 長 · 香 · 涼 4개의 동일한 운자가 동일한 순서로 사용되었다는 점을 제외하면 주제 · 내용 및 시어 방면에서 창시와 어떠한 유사성도 존재하지 않는다. 이 같은 작례는 이규보 화소시에 보편적으로 나타나는 현상이다. 화시 작가 자신의 사상감정을 표출하고 동시대인과의 交情을 노래하는 데에 이규보 화소시 제작의 주요 목적이 있었던 것이다. 이규보의 [4]번 작품 「天台玄師聞予訪覺公留飮携酒來慰用前韻贈之」를 예로 든다.

28　이규보 「復和」: "綠樽傾北海, 紅臉憶東墻. 月日衰容換, 乾坤舞袖長. 室蘭曾襲臭, 佩蕙各紉香. 賴有淸風榻, 披襟快納涼."(『동국이상국집』 전집권8)

29　이규보 「又贈尹公」: "蔡門初倒屣, 闕里執摩墻. 筆海怒濤迅, 醉鄕歸路長. 鵝黃空酌酒, 鷄舌早含香. 何日同簪管, 賡吟殿閣涼."(『동국이상국집』 전집권8)

自是疏慵訪校遲,	내 본시 게을러 좀 늦게 찾아 왔지만
別來那有暫忘時.	헤어진 후로 어찌 잠시인들 잊었으랴.
笑顔爲我還春色,	날 반겨 웃는 얼굴은 여전히 봄빛이고
道經如今亦世姿.	도경읽는 도사 모습 지금도 변함없네.
好句似珠跳遍手,	좋은 시구는 손바닥에 구슬 구르는 듯
淸談如雪冷渾肌.	청담은 눈처럼 온몸에 시원히 스며든다.
一壺芳醴歡情足,	한 병 좋은 술에 족히 즐거워 지나니
醉折名花揷數枝.	술에 취해 꽃가지 꺾어 꽂아 두었네.

(『동국이상국집』 전집권8)

이 시는 이규보가 覺公을 방문하여 머무르고 있다는 소식을 들은 天台玄師가 술을 가지고 찾아오자 이규보가 '前韻'을 사용해 지은 작품이다. '前韻'이란 바로 이 작품의 창시인 소식 「紅梅三首」의 시운을 말한다. 교유 수단으로 지어진 시이므로 우인 천태현사와의 交情이 주요 제재이다. 전반에서는 이별 후 우인에 대한 그리움과 다시 만난 기쁨을 노래하다가 후반에서는 그의 뛰어난 재능을 찬양하고 술로 회포를 푸는 정경이 서술되어 있다. 이에 반해 소식 「紅梅三首」의 제재와 내용은 이규보의 화시와 전혀 다르다. 제1수를 예로 든다.

怕愁貪睡獨開遲,	걱정 생길까 두려움과 잠 욕심에 홀로 늦게 피었는데
自恐冰容不入時.	순정한 모습이 세인의 기호에 안 맞을까 걱정하네.
故作小紅桃杏色,	복사꽃 살구꽃처럼 살짝 볼그레한 척하지만
尙餘孤瘦雪霜姿.	핼쑥하고 서릿발 같은 자태 아직 남아 있구나.
寒心未肯隨春態,	추위 견디는 물성은 봄날을 따르려 하지 않고
酒暈無端上玉肌.	옥같은 꽃잎에 까닭 없이 붉은 빛 머금었네.

詩老不知梅格在,　노시인은 매화의 품격이 있음을 몰랐나니
更看綠葉與靑枝.　어찌해 푸르른 잎과 가지를 근거로 삼았는가?

(『소식시집』 권21)

전반에서는 다른 종류의 매화보다 늦게 피어나는 紅梅의 물성과 아름다운 형상을 묘사하고 후반에서는 뭇 봄꽃처럼 봄을 다투지 않는 고결한 품격을 찬양하고 있다. 이 시는 元豐 5년(1082) 47세 때의 작품이다. 당시 소식은 黃州에서 적거 중이었다. 이 영물시를 통해 죄인의 신분으로 좌천되어 있는 자신을 紅梅에 비유하여 권세에 아부하지 않는 지조와 고결한 인품을 표현했다.

이처럼 소식의 창시는 뒤늦게 피어난 홍매의 아름다운 모습과 고결한 품격을 함축적으로 표현한 반면, 이규보의 화시는 교유 현장에서 우인과의 교정을 직설적으로 노래하고 있다. 이러한 차이는 창시의 작가나 작품 자체에 대해 화시 작가가 별로 관심을 두지 않았음을 의미한다. 다만 시제에서 '用前韻'이라 하였듯이 창시처럼 상평성 支韻의 遲・時・姿・肌・枝 5개 운자를 순서대로 차용하고 있을 뿐이다.

심지어 이규보의 화시 「次韻皇甫書記用東坡哭任遵聖詩韻哭李大諫眉叟」와 소식의 창시 「京師哭任遵聖」은 모두 우인의 죽음을 애도하는 만시라는 점에서는 동일하지만 실질적 내용과 표현 면에서 유사성은 거의 존재하지 않는다. 이인로에 대한 만시 제작 전에 시운을 선택해야 했던 皇甫書記가 소식 시 중에서 동일한 주제의 작품을 선택했던 것은 자연스러운 일이다. 이규보는 다시 황보서기의 작품에 차운하는 방식으로 이인로에 대한 만시를 지음으로써 「次韻皇甫書記用東坡哭任遵聖詩韻哭李大諫眉叟」라는 화소시 1수가 제작된 것이다. 따라서 이규보의 화시와 소식의 창시에 존재하는 만시로서의 동질성

은 시운 선택의 과정에서 발생한 표피적인 현상일 뿐이며 이규보의 화시가 제작된 본질적 배경은 결코 아니다.

이상의 논의를 종합하면 소식 시에 대한 이규보의 화시는 초기 작례 2수를 제외하면 모두 화시 제작 과정에 제삼자로서의 동시대인이 존재하는 제삼자 개입형이다. 이는 이규보 화소시의 대부분이 동시대인과의 교유 수단으로 제작되었음을 의미한다. 그러나 어느 경우를 막론하고 이규보의 화소시는 창시의 작가나 작품에 대한 화시 작가의 태도 면에서 창시 작가의 인품에 대한 흠모와 삶의 방식에 대한 공감 혹은 작품 자체의 의경과 예술성보다는 창시의 각운에만 관심이 집중되어 있는 脚韻型 화시이다.

창시 작가와 작품에 대한 화시 작가의 태도 면에서 이규보의 和白詩에는 脚韻型과 作家型 두 가지 유형이 존재한다.[30] 이와는 달리 이규보의 화소시에는 각운형만 존재한다는 것은 흥미로운 현상이다. 고려문인에게 학시 규범으로서 존숭의 대상이 되었던 것은 소식이었으나 작가의 인품에 대한 흠모 혹은 삶의 방식에 대한 공감으로 인한 화시 제작 면에서는 백거이가 훨씬 더 흥미로운 대상이었기 때문이라고 생각된다.

고인에 대한 추화는 일반적으로 고인의 작품에 대한 감흥 혹은 작가에 대한 흠모의 정을 드러낸다. 이러한 면에서 가장 대표적인 예는 도연명의 모든 작품에 차운한 소식의 和陶詩 124수로서 도연명의 인품에 대한 흠모와 처세 방식 및 작품에 대한 공감이 화도시 제작의 동

---

30 이규보 화백시의 각운형과 작가형에 관한 논의는 본서 제5장 「고려문인과 백거이 창화의 제 양상과 의미」에 상세하다.

기였다.[31] 그러나 이규보의 화소시는 창시 작가 소식의 인품이나 작품 자체에 대한 감흥으로 인해 제작된 것이 아니라 동시대인과의 교유 수단으로 소식의 시운을 사용했으므로 단순한 각운 차용의 의미만을 가지고 있다.

이규보의 거의 모든 화소시에 창시 제목이 밝혀져 있지 않은 것도 이 같은 제작 배경과 관련이 있다. 중국고전시의 제목은 창작의 배경과 취지를 표명하고 주제를 제시하는 방편으로서 작품 자체와 유기적인 관계가 있다는 점을 고려하면[32] 창시의 제목을 밝히지 않은 행위에는 분명히 특별한 의도가 존재한다. 그것은 단순한 각운 차용에 목적이 있으므로 창시 작가와 작품 자체에 대한 관심도 존재하지 않았고 창시의 주제나 내용도 수용 대상이 아니었기 때문이다. 이규보의 화시에는 「訪金同年延脩家用古人詩韻」·「旅舍有感次古人韻」처럼 '用古人韻'·'次古人韻'으로만 표기된 제목이 상당수 존재한다는 점이 이를 방증한다. 화시 작가의 입장에서는 어차피 자신의 화시가 고인의 시운을 차용했을 뿐이므로 고인의 시에 차운한 최고난도의 작품이라는 것만을 밝히면 충분했기 때문이다.

31　宋·蘇轍「子瞻和陶淵明詩集引」: "吾前後和其詩凡百數十篇, 至其得意, 自謂不甚愧淵明. ……然吾於淵明, 豈獨好其詩也哉. 如其爲人, 實有感焉. 淵明臨終疏告儼等: 吾少而窮苦, 每以家弊東西遊走, 性剛才拙, 與物多忤, 自量爲已, 必貽俗患, 黽俛辭世, 使汝等幼而飢寒. 淵明此語, 蓋實錄也. 吾今眞有此病, 而不早自知, 半生出仕, 以犯世患, 此所以深服淵明, 欲以晚節師範其萬一也."(『欒城後集』권21)

32　중국고전시에 있어 시제의 유형과 기능에 관해서는 吳承學의「論古詩制題制序史」(『文學遺産』1996년 제5기)에 상세하다.

4. 소결

이규보의 화소시는 시공을 초월한 한중 문학 교류의 산물이라는 점에서 매우 의미 있는 연구과제이다. 소식은 송시가 성행한 고려중엽 이후 고려문단을 풍미하였고 그의 시는 고려문인에게 학시 규범으로 존숭받았다. 소식을 화운 방면에서 가장 적극적으로 수용한 고려문인은 바로 이규보였다.

화시 제목에는 창시의 작가나 시제가 명시되는 것이 일반적이다. 그러나 1수를 제외하면 소식 시에 대한 이규보의 모든 화시에는 창시 제목이 명시되어 있지 않다. 시제만으로 보면 소식 시에 대한 화시임을 알 수 없는 작품도 상당수에 이른다. 해당 작품의 전후 작품과 각운을 살피고 화시 제작의 배경과 상황을 이해해야 화소시임을 알 수 있으므로 선별 작업에 각별한 주의를 요한다. 이규보의 화소시 31수는 시제에 次韻임이 명시되지 않은 작품이 무려 24수에 이르지만 실제로 화운 방식은 모두 차운이다. 따라서 시제에 표기된 '用~韻'은 화운 방식의 일종으로서의 用韻을 가리키는 것이 아니며 '用'은 '次用'의 의미이다.

이규보의 화소시는 거의 대부분 화시 작가 이규보가 동시대인과의 교유 과정에서 소식의 시운을 차용함으로써 제작된 제삼자 개입형이다. 특히 동시대인과의 교유 수단으로서 왕복 창화가 진행될 때에는 특정 작품의 시운이 계속 사용되었다. 이로 인해 소식 시에 대한 이규보의 화시 제작이 일회에 그치지 않고 연속적·반복적으로 제작되기도 하였다. 1수의 창시에 다수의 화시가 존재하는 경우가 적지 않은 것은 바로 이처럼 특수한 상황 때문이다.

창시 작가와 작품에 대한 화시 작가의 태도면에서 이규보의 화소시에는 공통적인 현상이 발견된다. 즉 창시 작가의 인품에 대한 흠모와 삶의 방식에 대한 공감 혹은 작품 자체의 의경과 예술성보다는 단순히 각운 차용에 관심이 있다는 것이다. 따라서 이규보의 화소시에서 창시 작가 소식의 역할은 단순한 시운 제공자일 뿐이며 소식의 시집은 시운 선택에 사용되는 운서와 같은 공구서의 기능을 수행했던 것이다. 이규보의 거의 모든 화소시에 창시 제목이 밝혀져 있지 않은 것도 이 때문이다.

화시는 일반적으로 사교의 목적이나 교분 관계로 인해 창시 작가에 대한 존중이나 예우의 차원에서 창시의 주제·내용을 최대한 수용하는 것이 상례였다. 또 고인에 대한 화시는 소식의 화도시처럼 주로 고인의 작품에 대한 감흥 혹은 작가에 대한 흠모의 정을 표현하는 수단으로서 창시와 화시는 주제·내용면에서 깊은 관계가 있다는 것이 통념이다. 그러나 이규보의 화소시는 모두 각운형이므로 창시의 내용·주제와는 거의 관계없이 자신의 감정과 생활 및 우인과의 교정을 노래하고 있다. 각운형 화시는 단순히 창시의 시운을 차용함으로써 성립한 형식적·표피적 관계의 산물이기 때문이다.

이러한 점에서 이규보의 화소시는 일반적인 화시와는 매우 다른 독특한 양상을 보이고 있다. 지금까지 이 같은 독특한 유형의 화시에 대한 이해가 부족했던 이유는 일반적인 화시에 대한 고정관념 때문이기도 하며 기존의 화시 연구에서 창시 제목이 명시되지 않은 작품에 대해 창시 복원을 통한 내용 비교가 진행되지 못했기 때문이기도 하다.

이규보가 소식의 시운을 사용하여 다수의 화시를 지었다는 것은 고려문단에서의 소식의 위상을 반영하는 일례임은 분명하다. 또한 대문호 소식 시에 대해 최고난도의 차운 방식으로 화시를 제작한 것은 자신의 시재를 과시함으로써 소식과 비견될 수 있는 시인으로서의 자부심을 표현하려는 의도도 있었을 것이다. 그러나 중국 전대문인에 대한 수용이라는 차원에서 보면 소식 시에 대한 이규보의 화시는 소식의 시운을 차용하였을 뿐이며 실제로는 자신의 사상감정 및 우인과의 교정을 노래한 창조적인 문학 행위의 산물이라고 할 수 있다.

[부록] 이규보 화소시와 소식 창화시 일람표

번호	이규보 화시	화시·창시			소식 창화시
	시제	화운	격운	시제	시제
1	遊天和寺飲茶用東坡詩韻	차운	下平聲 先韻	七絶	睡起聞米元章冒熱到東園送麥門冬飲子
2	又用東坡詩韻	차운	入聲 屋韻	五古	陳季常見過三首 제3수
3	又用東坡詩韻贈之	차운	上平聲 支韻	七律	紅梅三首
4	天台玄師聞子訪覓公留飲携酒來慰用前韻贈之	차운	上平聲 支韻	七律	紅梅三首
5	訓長老乞詩又用前韻	차운	上平聲 支韻	七律	紅梅三首
6	安和寺敦軾禪老方丈夜酌用東坡韻	차운	上平聲 冬韻 上平聲 東韻	七律	和劉道原見寄
7	復和	차운	上平聲 冬韻 上平聲 東韻	七律	和劉道原見寄
8	明日與二三子登遶碧亭又閣御室還至別閣小酌用蘇公詩韻	차운	入聲 職韻 陌韻 質韻	五古	自徑山回得呂察推詩用其韻招之宿湖上 · 宿望湖樓再和
9	暮春同崔博士甫浮訪尹注簿世儒置酒用東坡韻各賦	차운	下平聲 陽韻	五律	綠筠亭
10	復和	차운	下平聲 陽韻	五律	綠筠亭
11	又贈尹公	차운	下平聲 陽韻	五律	綠筠亭
12	訪賀月師用東坡詩韻各賦	차운	上平聲 支韻 上平聲 眞韻	七律	次韻王定國得潁二首 제1수
13	十月五日陳君見訪留宿置酒用蘇軾詩各賦	차운	下平聲 蒸韻	七律	次韻穎叔觀燈
14-15	後數日和陳君見和復次韻答之 2수	차운	下平聲 蒸韻	七律	次韻穎叔觀燈

번호	이규보 화시	화시 · 창시			소식 창시
	시제	화운	각운	시제	시제
16-17	陳君復和又次韻贈之 2수	次韻	下平聲 蒸韻	七律	次韻穎叔觀燈
18-26	文長老見和多至九首每篇皆警策遑遑勉强數奉賽 且 9수	次韻	下平聲 蒸韻	七律	次韻穎叔觀燈
27-28	尹同年義見和復次韻贈之 2수	次韻	下平聲 蒸韻	七律	次韻穎叔觀燈
29	寄尙書退食齋用東坡韻賦一絶	次韻	下平聲 贏韻	七絶	山村五絶 제1수
30	觀畫生公度理園取東坡詩韻賠之	次韻	上聲 麌韻 上聲 語韻	七古	上巳日與二三子攜酒出游所見輒作數句明日集之為篇詩 故醉無倫次
31	次韻皇甫書記用東坡哭任遒聖詩韻哭李大諫眉叟	次韻	上聲 麌韻 去聲 漾韻 去聲 敬韻	五古	京師哭任遒聖

7

제7장

조선전기 문인과 백거이의 창화 예술

창화는 흔히 문인 교유의 수단으로서 동시대인이 함께 모여 시를 짓고 그에 화답하는 문학 행위라고 인식한다. 그러나 동시대인의 창화만이 아니라 전대문인의 작품에 대한 후대문인의 화운도 창화의 일종이다. 이를 '追和'라고 한다. 추화에 의한 창화는 창시와 화시의 창작 시대가 다르다는 점에서 동시대인의 창화와 구별된다.

중국 전대문인에 대한 조선문인의 추화는 시공을 초월한 한중 고대문인의 문학적·정신적 교류의 산물이라는 점에서 상당한 의미와 가치가 있다. 본고에서는 조선문인의 현존 문집이 방대한 분량이므로 조선전기로 범위를 한정하여 백거이와 조선전기 문인의 창화 예술에 관한 논의를 진행하고자 한다.

우선 백거이와 조선전기 문인의 창화에 대한 기본적 이해를 위해 조선문단의 창화 인식과 풍조 및 백시에 대한 조선전기 문인의 화시 제작에 관한 개황을 살펴 본다. 그 다음 조선전기 화백시의 제작 배경 및 시제와 용운 양상을 고찰하고 창시 작가 및 작품에 대한 인식태도를 기준으로 조선전기 화백시의 유형과 의미에 대해 논의하기로 한다.

1. 조선문단의 창화 인식

기존 작품의 시운을 사용하여 시를 짓는 화운·차운 행위는 일찍이 송대의 嚴羽나 고려의 李仁老 등 여러 시평가에 의해 그 폐단이 지적되었다. 그럼에도 문인 교유와 시재 과시의 수단으로 널리 성행했던 것은 부인할 수 없는 사실이다. 이러한 양상은 조선문단에서도 여전히 존재했던 것으로 보인다. 李睟光(1563-1628)의 「唱和」에서는 창화에 관한 일화 및 그 방식에 관해 논하고 있다. 그 중에 다음과 같은 기록이 있다.

> 전배들의 창화는 반드시 즉석에서 하였으니 그 풍류와 문아함은 숭상할 만하다. 내가 젊었을 때 동배들 중 (창화)작가들을 보면 연회 때마다 술자리에서 붓과 벼루가 이리저리 오가며 한 잔 마시고 한 번 시를 짓는 것이 끊임없이 반복되었다. 그리고 미처 짓지 못한 자에게는 마침내 그만두게 하였으니 이것이 소위 '文字飮'이라는 것이었다. 근래에는 이러한 풍습이 점점 변하여 한 번 창화할 때마다 때로는 하루를 넘겨 짓는 일이 있다. 중국 사신과의 창화에서도 그런 상황에 이르렀으니 일이 예전과는 다르다.
>
> 前輩唱和, 必於席上爲之, 其風雅可尙. 余少時及見儕輩中作者, 每當宴集, 筆硯交錯於樽俎間, 一觴一詠, 往復不休. 其未及成者則遂已, 所謂文字飮也. 近來此風漸替, 每一唱和, 或經日乃成, 以至華使唱酬亦然, 事非古矣.
>
> (『芝峯類説』 권14)

조선 시대의 대표적인 類書에 독립된 항목으로 설정되어 있다는 점에서 조선시대의 창화에 대한 보편적 인식과 그 성행 정도를 유추할 수 있다. 소위 '문자음'이란 연회에 참석한 문인들이 돌아가며 시 짓기를 하는데 제때에 짓지 못하면 벌주를 마시는 유희를 말한다. 이 때 참석자들이 차례대로 시를 짓던 유희 방식이 바로 창화 행위인 것이다.

창화의 횟수가 일회에 그치는 것이 아니라 "한 잔 마시고 한 번 시를 짓는 것이 끊임없이 반복되었다."고 하니 조선의 창화 행위가 문인 교유의 수단으로 얼마나 성행했는지를 알 수 있다. "본조 문인들은 이것으로 공교함을 다투어 여덟·아홉 번 반복하여 화답하는 자도 있었다."[1]는 송대의 창화 풍조가 조선문단에도 존재했던 것이다.

고려문인 이인로도 화운하는 일은 작가에게 억지스럽고 고생스러운 과정이라고 지적한 바 있지만[2] 화운에 대한 부정적 인식은 조선문단에서도 변함이 없었다. 이수광은 「皇華集次韻跋」에서 화운의 어려움에 대해 다음과 같이 말하고 있다.

옛 사람들은 화운을 시인의 큰 장애물로 여겼기 때문에 차운은 성당 시기에 보이지 않는다. 나의 재능이 시에 있어서는 결코 성당 시인보다 나을 바가 없는데도 고인의 분명한 가르침을 범했으니 어찌 다른 작가들의 비웃음을 면할 수 있겠는가?

夫古人以和韻爲詩家大魔障. 故次韻之作, 不見於盛唐之世. 不侫于詩, 萬不及盛唐, 而犯古人之明戒, 烏得免作者之所笑也哉.

(『芝峯集』권14)

---

1   宋·嚴羽『滄浪詩話·詩評』: "本朝諸賢乃以此而鬪工, 遂至往復有八九和者."
2   이인로『破閑集』권상: "詩之巧拙不在於遲速先後, 然唱者在前, 和之者, 常在於後, 唱者, 優遊閑暇, 而無所迫, 和之者, 未免牽强墮險, 是以繼人之韻, 雖名才往往有所不及, 理固然矣."

성당 시인들이 차운시를 짓지 않은 것은 화운이 매우 어렵고도 폐단이 있는 작시 방식이기 때문인데 그럼에도 성당 시인에 비해 시재가 부족한 자신이 차운시를 지은 것은 남들의 비웃음을 살 일이라고 하였다. "운자가 다하고 뜻이 소진하여 原韻의 뜻을 이루지 못함으로써 대가의 웃음거리가 되고 심지어는 붓을 놓아 버리는"[3] 일이 있다는 것은 화운·차운은 뛰어난 시재가 있더라도 쉽지 않은 고난도의 작법임을 말해 준다. 혹자는 심지어 조선은 중국을 중시하기 때문에 차운 방식을 다투어 숭상한다고 하면서 차운시의 문학성을 부정하기도 했다.[4]

그러나 화운에 대한 조선문인의 인식이 부정적인 것만은 아니었다. 張維(1587-1638)의 칠언율시 한 수의 제목에는 다음과 같은 내용이 포함되어 있다.

내가 일찍이 학사 정홍명 및 사군 이명한과 함께 '遲'자 韻을 써서 창화하며 각각 10수의 시를 지었다. 그런데 현헌 신상공께서 와병 중에 우연히 그 시를 보시고는 기뻐하며 말씀하시기를 "그런 것이 바로 후배들의 품격있는 유희로세."라고 하며 마침내 즉석에서 구술로 화운하셨다.……

維曾與鄭學士弘溟, 李使君明漢, 用遲字韻唱酬, 各成十篇. 玄軒申相公方寢疾, 偶得覽焉, 欣然曰, 此後輩佳事也, 遂口占和韻.……

(『谿谷集』 권31)

---

3 李圭景(1788-1856)「和韻辨證說」: "(按『珊瑚鉤詩話』)……韻窮意縮, 不成本韻之義, 貽笑大方, 甚至閣筆."(『五洲衍文長箋散稿』·「韻書」)

4 이수광「詩法」:"次韻之作, 始於元白而盛於趙宋, 我國則尤以華國爲重, 故爭尙此法, 如學子習科業者之爲, 豈曰詩哉?"(『芝峯類說』 권9)

문인들의 창화 행위에 대해 "후배들의 품격있는 유희(後輩佳事)"라고 평가하며 병중에도 즉시 구술로 화운시를 지었다는 것은 화운이 품격있는 문인 교유의 수단으로 인정받고 있음을 말해준다. 심지어는 우인의 죽음을 애도하는 만시 한 수를 짓고 다른 우인에게 그 만시에 대해 화운하여 죽은 이를 위로해 주기를 청하는 일도 있었다.[5] 조선문단에서 화운 행위는 사자에 대한 애도와 예우의 의미도 있음을 알 수 있다.

화운의 어려움과 폐단에도 불구하고 품격 높은 문인 교유의 수단이자 예법이라는 긍정적 인식은 조선 문단의 창화 풍조 성행에도 일조했을 것이다. 조선문인의 창화 행위가 얼마나 성행했는가는 조선문인의 문집에 동시대인과의 차운시가 대량 수록되어 있다는 점에서도 알 수 있다. 특히 조선전기 문인 金克成(1474-1540)의 경우, 그의 문집 『憂亭集』에 수록된 시는 총 464제 660수인데 필자의 통계에 의하면 무려 118제 170수의 차운시가 수록되어 있으니 4분의 1이 넘는 비율에 이른다.

이외에도 조선시대 창화 풍조의 성행은 여러 문헌자료에 의해 증명된다. 南孝溫(1454-1492)의 기록에 의하면 상당부원군 韓明澮(1415-1487)가 한강 남쪽에 정자를 짓고 狎鷗亭으로 명명했는데, 成宗이 압구정에 시를 지어 보내자 조정 문사들이 앞을 다투어 화운한 시가 수백 편이나 되었다고 한다.[6] 李植(1584-1647)의 「次鄭雪谷韻送洪

5　허균 「與崔汾陰」: "約初賦玉樓, 千古長恨. 公亦同此痛否? 挽詩一章, 自謂盡其人之終始也, 亦和之, 以慰死者爲幸."(『惺所覆瓿藁』 권20)

6　남효온 「冷話」: "上黨府院君韓明澮, 構亭漢江之南, 名曰狎鷗. 欲以定策功擬韓忠獻, 而得恬退之名, 將辭老江湖爲言, 而顧戀爵祿, 不能去. 上作詩別之, 朝廷文士爭相和韻, 累數百篇."(『秋江集』 권7)

使君景時霊赴東萊三首」의 제하 자주는 다음과 같은 내용이다.

> 洪景時(洪霊)의 먼 선조에 이름이 侃이고 호가 洪崖인 분이 있었는데 일찍
> 이 동래에 좌천된 적이 있었다. 그후 현령 鄭雪谷이 그 분을 추도하는 시를
> 지어 읊었으니 바로 이 韻이었다. 그리고 그 시에 추화한 시는 권축이 될 정
> 도의 분량이었는데, 경시가 나에게도 화운해서 이별시를 지어 달라고 요청
> 해 왔다.
>
> 景時遠祖名侃, 號洪崖, 曾謫東萊. 其後, 縣令鄭雪谷誦追悼賦詩, 卽此韻
> 也. 追和者已成卷軸, 景時要同和爲別章.
>
> (『澤堂集』 권5)

「정설곡의 시에 차운하여 사군 홍경시가 동래로 부임하는 것을 전
송하다」라는 제목의 화운시를 짓게 된 배경을 설명하고 있다. 동래현
령 정설곡이 예전 동래현령으로 좌천되어 그 곳에서 서거한 洪侃
(?-1304)을 추도하는 시를 지었다고 한다. 이후 그 시에 화운한 시가 상
당한 분량이었으며 홍간의 후손 홍경시가 동래로 부임하려 하면서 자
신의 먼 조상을 추도한 정설곡의 시에 대해 화운해 주기를 요청했다
는 것이다. 이에 의하면 조선의 창화 풍조는 시공을 초월하여 끊임없
이 지속된 문학 행위였음을 알 수 있다. 심지어는 강서현의 객사 현판
에 수령의 시가 새겨져 있는데 이곳을 방문한 조정 관료들이 화시를
지은 후로 그 시에 화운하는 사람들이 끊이지 않았다고 하니[7] 창화 행

---

7 이식 「次江西客舍板韻江西縣卽我宣廟巳回鑾時巡駐之所也前秋贊畫使贊理使都元
帥諸公會于此商議軍務贊畫以曾扈駕來尤有感于陳迹首題一律用元帥舊留板韻二公
繼之屬和者方未已也」(『澤堂集』 권2)

위는 조선문인 일상생활의 일부로서 인식되었다고 해도 과언이 아니다.

2. 조선전기 화백시 개황

백거이 시는 고려·조선문인에게 부담 없는 읽을거리로서 널리 애호받으며 다양하게 수용되었다. 특히 조선문인은 백거이 전기·일화의 시화라는 단순한 차원을 벗어나 백거이의 인품에 대한 흠모와 삶의 방식에 대한 깊은 공감을 작품에 반영하고 있다. 尹愭(1741-1826)가 "백낙천은 내가 흠모하는 사람이지만 어찌 감히 거슬러 올라가 벗삼을 수 있겠는가. 마음이 호탕하여 적체됨이 없었으며 성실하여 거짓이 없었지. 문장은 또 찬란하게 피어났는데 정성스럽고도 평이하다."[8]고 했고, 任守幹(1665-1721)이 "그 중 태자소부 백거이는 시경의 참 뜻을 힘써 추구하고 시를 지음에 조탁하지 아니하여 물 흐르듯 거침없이 표현하였다."[9]고 높이 평가한 것은 백거이에 대한 조선문인의 인식을 대변하고 있다.

백시에 대한 조선문인의 수용 양상 중에서 화운 방식에 의한 수용은 무엇보다 흥미롭고 의미있는 연구 과제이다. 한 쪽에서 시를 짓고 다른 한 쪽에서 시로 화답하는 쌍방간의 창작 활동에 의해 이루어지는 창화는 문인 교유의 산물로서 양자의 정신적·문학적 교유 상황을

---

8 윤기 「戊辰元日」: "樂天我所慕, 尙友安敢比. 坦蕩靡滯礙, 誠實無虛僞. 文章又燁發, 懇惻而平易."(『無名子集』詩稿책1)

9 임수간 「讀白香山集」: "其中白少傅, 力追風人軌. 爲詩不彫琢, 條暢若流水."(『遯窩遺稿』권1)

연구하는 데 좋은 자료가 될 수 있기 때문이다. 창화는 실질적으로 창시와 화시 2가지 요소에 의해 성립하지만 창화 연구에 있어 선행되어야 하는 기초작업은 화시의 선정이다. 특정 작품에 대한 화시가 제작되고 난 후에야 창화 행위가 성립되고 그럼으로써 창화시가 존재하기 때문이다. 따라서 조선전기 문인과 백거이의 창화 연구는 조선전기 문인의 작품 중에서 백시에 대한 화시를 선정하는 작업으로부터 시작된다.

본고에서는 조선 개국 이후부터 임진왜란 이후 근세로의 이행 이전까지 즉 15·16세기 전후가 주요 활동시기인 문인들을 조선전기 문인으로 규정한다.『한국문집총간』정편 수록 문집을 대상으로 제8집의 卞季良(1369-1430)『春亭集』부터 徐居正(1420-1488)『四佳集』, 丁克仁(1401-1481)『不憂軒集』, 李石亨(1415-1477)『樗軒集』, 金宗直(1431-1492)『佔畢齋集』, 蘇世讓(1486-1562)『陽谷集』, 李荇(1478-1534)『容齋集』, 李滉(1501-1570)『退溪集』, 許筠(1569-1618)『惺所覆瓿藁』및 제75집의 權韠(1569-1612)『石洲集』까지 총 251인의 문집을 선정하였다.

고려문인의 화백시는 시제에 창시 작가 백거이를 언급하지 않은 경우도 있고 시제만으로는 화시임을 알 수 없지만 시서를 통해 알 수 있는 경우도 있었다.[10] 그러나 251인에 이르는 조선전기 문인의 문집을 대상으로 백시에 대한 화시 선별 과정에서 위와 같은 두 가지 경우는 존재하지 않는다. 거의 모두 '樂天'·'居易'·'香山' 등 백거이의 名·字·號 등이 언급되어 있어 선별 작업이 비교적 용이하다. 다만 허균의 화백시 25수의 시제에는 창시 작가가 언급되지 않은 대신 이

---

10 이에 관한 논의는 본서 제4장「고려문인과 백거이의 창화 연구 서설」에 상세하다.

연작시의 제목을 「和白詩」로 삼았다는 점이 특이하다.

본고에서 조선전기 문인의 화백시로 확정된 작품은 【부록】「백거이와 조선전기 문인 창화시 일람표」에 보이는 바와 같다. 조선전기 화백시 선정에 주의를 요하는 작품은 [07]번 蘇世儉(1483-1573)의 화시이다. 이 작품은 [06]번 「次雙峯用香山老病之韻」의 작가 소세양의 『陽谷集』에 수록되어 있다. [06]번 작품은 백거이 「老病幽獨偶吟所懷」에 차운한 가형 소세검의 시에 다시 차운한 것인데 소세양의 문집에 소세검의 화시가 부기되어 있다.[11]

조선전기 화백시는 16제 50수이다. 조선전기 화백시를 화시 작가별로 살펴볼 때 흥미로운 점은 50수 중 무려 25수가 허균의 작품이라는 사실이다. 작품 수량의 비율 면에서 절반을 차지한다는 점에서도 그렇지만, 무려 251인의 문인을 대상으로 선정한 것이라는 점을 고려하더라도 조선전기 화백시 작가의 대표로 허균을 거론하지 않을 수 없다. 허균 다음으로는 沈守慶(1516-1599) 5수, 李海壽(1536-1599) 5수, 趙昱(1498-1557) 4수의 순으로 1위의 25수와 현저한 차이를 보이고 있다.

물론 조선전기 문인의 화백시가 50수뿐이라고 단정할 수는 없다.

---

11 소세양의 『陽谷集』권7 「次雙峯用香山老病之韻」 시 아래에 "附雙峯詩"라는 표제어로 부기되어 있고 자주에 "仲兄世儉, 自號雙峯"이라고만 기재하였다. 소세검의 현존 문집으로는 1934년 익산에서 목활자본으로 발간된 『雙峯逸稿』가 있는데 고려대학교 한적실 소장본이 현존한다. 이 판본을 통해 확인한 결과 소세검의 화시시는 권1의 「七言四律」조(10頁 a·b葉)에 수록되어 있고 제목은 「用香山老病之韻」이었다. 그러나 이것이 소세검 작품의 원래 시제라고는 단정할 수 없다. 첫째 이유는 후손 蘇洙中의 「雙峯逸稿序」(1788년)에 의하면 소세검의 화백시는 소세양의 『陽谷集』에 부기된 것을 근거로 채록한 것이므로 그 제목은 소세양의 「次雙峯用香山老病之韻」이라는 시제에서 임의로 취한 것일 가능성이 높다는 점이다. 또 다른 이유는 鄭士龍의 「上巳用白香山韻」이 周世鵬의 「次東溪次湖陰次白香山韻」 시에는 단순히 "湖陰次白香山韻"으로 표기되어 있는 것처럼 화시 제목에 표기되는 창시 제목은 원래 시제를 변형시킨 형태일 수도 있기 때문이다. 따라서 본고에서는 소세검의 화백시 제목을 편의상 「用香山老病之韻」으로 하되 가제임을 부기하였다.

예를 들어 周世鵬(1495-1554)의 「次東溪次湖陰次白香山韻」에 의하면 주세붕과 鄭士龍(1491-1570)의 작품 이외에도 東溪(미상)의 화백시가 있다. 이해수의 「李參判平卿用白尙書居易韻來示和之五首」에 의하면 李平卿(李準;1545-1624)의 화백시가 먼저 제작되었음을 알 수 있다. 즉 동계와 이평경의 경우처럼 본고에서 선정된 50수 이외의 화백시가 다수 제작되었던 것이다.

창화는 선행 작품으로서 창시가 존재하고 그에 대한 화시가 제작됨으로써 성립한다. 따라서 창화시 연구는 물론 화시 연구에 있어서도 창화의 두 가지 요소, 즉 창시와 화시에 대한 고찰이 모두 필요하다. 따라서 백시에 대한 조선전기 문인의 화시 고찰에는 백거이 창시를 이해하는 작업이 병행되어야 한다. 이러한 점으로 볼 때 조선전기 화백시의 선정 이후 가장 우선되어야 할 작업은 백거이 창시를 복원하는 일이다.

화시에는 창시 제목이 밝혀져 있는 것이 일반적이다. 중국 창화시의 발전사를 검토하면 초기 작품은 그러한 유형이 대부분이기 때문이다. 그러나 후대에 들어 다양한 유형의 창화가 출현하였다. 그 중 하나가 화시 제목에 창시 제목이 명시되지 않은 경우이다. 국내외에 화시 관련 연구논문이 적지 않지만 거의 화시의 내용만을 다루고 있을 뿐이다. 특히 창시 제목이 밝혀져 있지 않은 경우에는 창시 복원의 어려움으로 인해 단순히 화시의 주제·내용에 대한 논의가 대부분이다. 그러나 화시의 주제·내용만이 논의 대상이라면 일반적인 시 연구와 다를 바가 없다. 화운·창화라는 특수한 문학행위의 산물인 특수한 유형의 시에 대한 연구로서는 큰 의미가 없다. 창시 복원이 더욱 중요한 이유이다.

조선전기 화백시의 제목에는 대부분 창시가 언급되어 있는데 창시에 대한 언급의 형태를 유형별로 정리하면 다음과 같다. 첫째는 심수경의 「次白樂天對酒韻」·「次樂天何處難忘酒四首」처럼 창시 제목 전체를 언급한 완전형이다. 둘째는 이석형의 「三體詩和白樂天早春韻」(창시 제목: 「早春憶微之」), 허균의 「和白詩」제22수 「旅舍用大雲寺韻」(창시 제목: 「晚春登大雲寺南樓贈常禪師」)처럼 창시 제목의 일부분만을 언급한 축약형이다. 셋째는 이황의 「和白樂天眼漸昏昏耳漸聾」(창시 「老病幽獨偶吟所懷」제1구: "眼漸昏昏耳漸聾")처럼 창시의 시구를 언급한 시구형이다. 마지막은 시의형으로 창시의 내용을 취해 간략하게 언급한 것이다. 楊士彦(1517-1584)의 「次白樂天志喜韻」은 백거이의 창시 「予與微之老而無子發於言歎著在詩篇今年冬各有一子戲作二什一以相賀一以自嘲」제1수가 만년 득남의 기쁨을 노래한 것이므로 그 의미를 취해 '志喜'라고 한 것이다. 창시 제목의 표기 면에서도 고려문인의 화백시에 비해 자유롭고 다양한 양상을 보이고 있다.

창시 제목이 언급되지 않은 조선전기 화백시는 김극성의 「次可柔用樂天韻」, 박상의 「用白樂天韻卽景寄石川」, 정사룡의 「上巳用白香山韻」, 주세붕의 「次東溪次湖陰次白香山韻」, 이해수의 「李參判平卿用白尙書居易韻來示和之五首」등 5제 9수에 불과하다. 창시 복원의 방법과 과정은 본서 제4장에서 상세하게 다룬 바 있으므로 본고에서는 생략한다. 다만 이해수의 「李參判平卿用白尙書居易韻來示和之五首」에는 다소 특이한 점이 있어 논의를 진행한다.

5수로 구성된 이 연작시는 이해수의 『藥圃遺稿』권2에 별도의 소제목 없이 其一·其二의 형식으로 수록되어 있는데 칠언율시 3수와 오언율시 2수로 구성된 점이 특이하다. 칠언율시 3수는 모두 상평성 眞韻의 旬·親·人·神·身이 운자로 사용된 수구입운식이며, 오언율시 2수는 하평성 侵韻의 沈·深·心·吟이 운자로 사용된 수구불입운식 작품이다. 그런데 백거이→ 이평경→ 이해수로 이어지는 창화 과정에서 중간 개입자인 이평경의 창시 역시 칠율 3수와 오율 2수였는지 혹은 칠율 1수와 오율 1수에 대해 이해수가 복수의 화시를 제작한 것인지는 분명하지 않다.

필자의 검색에 의하면 칠언율시 3수의 창시는 「不出門」이며 오언율시 2수의 창시는 실전된 것으로 보인다. 현존 백거이 시 중에 하평성 侵韻의 오언율시는 19수인데[12] 차운은 물론 용운에 해당하는 작품은 존재하지 않았다. 그렇다고 依韻으로 간주하여 19수 중의 어느 한 작품을 굳이 창시로 선정할 필요는 없다. 차운은 이미 고려시대부터 널리 사용된 화운 방식일 뿐만 아니라 시재 과시에 가장 효과적인 화운 방식이므로 의운을 채택했을 가능성은 없기 때문이다. 따라서 이해수의 오언율시 2수에 대해서는 백거이 창시가 현존하지 않는 것으로 결론 내린다. 창시 제목을 명시하지 않은 나머지 7수에 대한 창시는 【부록】「백거이와 조선전기 문인 창화시 일람표」에 보이는 바와 같다.

3. 조선전기 화백시의 제작 배경

조선전기 문인과 당대 백거이의 창화는 전대문인에 대한 추화에 속하므로 창시 작가와 화시 작가는 시대를 달리한다. 따라서 조선전기 화백시의 제작 배경은 창시 작가와 화시 작가 쌍방간의 교유 수단으

---

12 이 통계는 那波道圓本『白氏文集』에 朱金城『白居易集箋校』의 보유 작품을 합한 것을 근거로 했다.

로 同時同席의 상황 혹은 寄贈酬答의 행위에 의해 성립되는 전통적 창화와 근본적으로 다를 수밖에 없다. 고려문인의 화백시에서는 창시 작가와 화시 작가 이외의 제삼자 개입 여부를 기준으로 하여 제삼자가 존재하는 제삼자 개입형과 제삼자가 존재하지 않는 제삼자 비개입형 두 가지 유형을 제시한 바 있다.[13] 그러나 조선전기 화백시는 제삼자 개입형에도 이질적인 두 가지 유형이 존재하므로 제삼자 개입형을 제삼자 직접개입형과 제삼자 간접개입형으로 세분하여 논의할 필요가 있다.

제삼자 직접개입형에 관해서는 고려문인 李奎報(1168-1241)의 화백시를 예로 든다. 「訪盧秀才永祺用白樂天韻同賦」 시는 이규보가 "수재 노영기를 방문하고 백거이 운을 사용하여 함께 지은" 작품이므로 창시 작가 백거이와 화시 작가 이규보 이외의 제삼자, 즉 노영기라는 동시대인이 창화 성립에 개입되어 있다. 즉 제삼자 직접개입형은 화시 작가가 동시대인과의 교유 수단으로 시를 지을 때 창시 작가의 시운을 차용함으로써 성립된 것이다. 화시 제작의 장소는 바로 그들의 교유 현장이므로 동시동석의 상황 하에서 제작된다. 그러나 조선전기 화백시의 경우에는 이러한 유형의 작품이 존재하지 않는다. 고려문인 화백시 35수 중 제삼자 직접개입형은 8수에 이른다는 점과 비교하면 흥미로운 현상이다.

제삼자 간접개입형 역시 이해의 편의를 위해 우선 고려문인 閔思平(1295-1359)의 「錄樂天詩寄竹谷先生次韻寄來予亦次韻」을 예로 든다. 시제에 의하면 민사평이 백거이 시를 적어 죽곡선생 朴良桂에게 보냈는데 박량계가 백시에 대한 차운시를 지어 민사평에게 보냈고 민사평

---

13   이에 관한 논의는 본서 제5장 「고려문인과 백거이 창화의 제양상과 의미」에 상세하다.

은 다시 그 작품에 차운함으로써 창화가 성립한 것이다. 민사평의 작품은 제삼자 직접개입형인 이규보의 「訪盧秀才永祺用白樂天韻同賦」처럼 동시동석의 상황에서 이루어진 것이 아니라 기증수답의 방식에 의해 제작된 것이다. 고려문인의 화백시 35수 중 제삼자 간접개입형은 민사평의 화백시 1수에 불과하므로 하나의 특정 유형으로 독립시킬 수 없었다. 양자를 포괄하는 제삼자 개입형만을 설정한 것은 바로 이러한 이유에서였다.

그러나 조선전기 화백시에는 제삼자 직접개입형이 존재하지 않는 대신 제삼자 간접개입형이 다수 발견된다. 예를 들면 이해수의 「李參判平卿用白尙書居易韻來示和之五首」는 이평경이 백거이 시에 화운한 작품을 이해수에게 보내왔고 이해수가 다시 그것에 화운한 것이다. 즉 백거이→ 이평경→ 이해수에 이르는 과정은 이평경과 이해수가 교유 현장인 동일 장소에 모여 진행된 것이 아니라 기증수답의 방식에 의해 발생한 것이다. 이외에도 김극성의 「次可柔用樂天韻」·소세양의 「次雙峯用香山老病之韻」과 주세붕의 「次東溪次湖陰次白香山韻」 역시 제삼자 간접개입형으로 분류된다.

중국고전시의 제목은 창작의 배경·취지·동기를 표명하고 주제를 제시하는 방편으로서 작품과 유기적인 관계가 있다는 것을 고려할 때,[14] 시제에 동시동석의 상황을 드러내지 않은 작품은 제삼자 직접개입형보다는 제삼자 간접개입형으로 분류하는 것이 더욱 합리적이다. 이러한 판단은 백거이를 비롯한 중국문인에 대한 고려문인의 화시 제

---

14 중국 고전시에 있어 시제의 유형과 기능에 관해서는 吳承學의 「論古詩制題制序史」(『文學遺産』 1996年 第5期)를 참고할 만하다.

목 형태를 감안할 때 더욱 가능성이 높아진다.[15]

조선전기 화백시에서의 경우 주세붕의 「次東溪次湖陰次白香山韻」을 예로 들기로 한다. 시제에 의하면 제일 먼저 백거이 시에 차운한 것은 湖陰 정사룡이고 그 다음은 東溪(미상)이며 마지막으로 주세붕이 차운하였던 것이다. 즉 백거이→ 정사룡→ 동계→ 주세붕으로 이어지는 과정에서 호음·동계 및 주세붕은 동시동석의 상황에 있지 않았다. 동계의 작품을 제외한 나머지 작품은 모두 현존한다.

[가] 창시: 백거이「三月三日」

畫堂三月初三日,　架撲窓紗燕拂簷.◀
蓮子數杯嘗冷酒,　柘枝一曲試春衫.◀
塝臨池面勝看鏡,　戶映花叢當下簾.◀
指點樓南玩新月,　玉鉤素手兩纖纖.◀

[나] 화시: 정사룡「上巳用白香山韻」

梅落都無一片黏,◀　依然嫩綠入前簷.◀
憶追繡轂尋芳草,　正趁淸沂試浴衫.◀
吟和水禽來近渚,　思隨風絮亂疏簾.◀
不嫌寂寞輕過節,　衰疾何堪漸瘦纖.◀

15　고려문인 이규보의 和白詩에서 예를 들면 제삼자 직접개입형은 「訪盧秀才永祺用白樂天韻同賦」, 「金君乞賦所飮綠瓷盃用白公詩韻同賦」, 「初秋又與文長老訪金轍用白公詩韻各賦早秋詩」, 「白天院賁華家賦海棠用樂天詩韻李秀才同賦」에서처럼 동시동석의 인물 및 상황이 밝혀져 있다. 이외에도 왕안석 시에 대한 이규보의 화시 「草堂與諸友置酒取王荊公詩韻各賦之」, 소식 시에 대한 李齊賢(1287-1367)의 화시 「遊道場山陪一齋用東坡韻」, 두보 시에 대한 金九容(1338-1384)의 화시 「淸州李左尹赴官上京陪鄭副樞迎于其兄判閣家次杜工部詩韻」 등 상당한 수량의 작례가 존재한다.

[다] 화시: 주세붕「次東溪次湖陰次白香山韻」

西飛烏翼願長黏,◀　禊節狂歌頰帽簷.◀

浣水鑑空明白髮,　昆山苔染混青衫.◀

魚知日暖爭跳玉,　風送花香不礙簾.◀

誰似湖仙參造化,　新詩句句競毫纖.◀

　백거이의 창시「三月三日」은 수구불입운식이다. 백시에 대한 첫 번째 화시인 정사룡의「上巳用白香山韻」은 수구입운식으로 변환되었고 마지막 화시인 주세붕의 작품 역시 수구입운식으로 변환되었다. 따라서 주세붕「次東溪次湖陰次白香山韻」의 제작 배경 이해에 유력한 단서는 바로 정사룡의 작품이다. 창시 제공자인 백거이를 제외한 3인이 동일 장소에 모여 교유의 수단으로 백거이 시운이 선택된 것이라면 최소한 첫 번째 화시인 정사룡의 작품 제목에 그 배경이 반영되어 있을 가능성이 높다.

　그러나 아쉽게도 정사룡의 화시「上巳用白香山韻」은 '上巳'라는 제목 다음에 '用白香山韻'이라는 표지를 첨가했을 뿐이다. 上巳는 고대 節日의 하나이다. 위진시대 이후로는 음력 3월 3일을 상사일로 삼았다고 한다. 따라서 정사룡은 상사일의 감회를 시로 표현하고자 하면서 동일한 절일을 제재로 한 백거이「三月三日」의 시운을 사용함으로써 화백시가 제작되었던 것이다. 즉「上巳用白香山韻」은 바로 창시 작가와 화시 작가 이외의 제삼자 개입이 없는 제삼자 비개입형 작품이다. 그후 정사룡의 화백시는 東溪에게 전해져 그에 의해 차운되고 주세붕은 東溪의 화백시에 다시 차운한 것이므로 주세붕의「次東溪次湖陰次白香山韻」은 제삼자 간접개입형으로 분류하는 것이 타당하다. 백거이→ 정사룡→ 동계→ 주세붕으로 이어지는 창화의 성립과정에서 백거이 시에 대한 일차적인 화시 제작은 주세붕이 아니라 정사룡에 의해 이루어진 것이다. 따라서 주세붕의 화시는 직접적으로는 동계의 시에 차운한 것이면서 그와 동시에 백거이 시운을 사용한 화백시이기도 하다.

제삼자 직접개입형과 제삼자 간접개입형은 모두 창화의 성립과정에서 창시 제공자인 백거이와 화시 작가 이외의 제삼자가 개입되었다는 점에서는 동일하다. 창시 작가와 화시 작가 간의 직접적 교류는 근본적으로 불가능하지만 창시 시운을 매개로 화시 작가와 동시대인 간의 교유가 진행되었으므로 또 다른 차원에서 교유 수단으로서의 기능을 수행하고 있다는 점도 동일하다. 그러나 제삼자 직접개입형은 화시 작가가 동시동석의 상황에서 동시대인과의 교유 수단으로 시를 지을 때 백거이 시운을 운자로 선택함으로써 제작된 것이며, 제삼자 간접개입형은 시운 제공자인 백거이 시에 대한 화시를 기증의 방식으로 접한 후 그에 대해 다시 화운함으로써 제작되었다는 점이 다르다.

조선전기 화백시의 제작 배경에서 또 다른 한 가지 유형은 바로 창시 작가와 화시 작가 이외의 제삼자가 존재하지 않은 제삼자 비개입형이다. 조선전기 화백시 50수 중에서 42편[16]이 이 유형에 속한다. 제삼자 개입형과는 달리 창화 성립에 있어 화시 작가의 독립성이 두드러진다. 따라서 제삼자 비개입형 화백시는 화시 작가와 동시대인 간의 교유 수단이라는 기능은 가지고 있지 않다. 제삼자 비개입형 화백시 42수 중에서 가장 대표적인 작품은 허균의 「和白詩」 25수이다. 허균의 「和白詩序」에는 다음과 같이 기록되어 있다.

---

16 이 수치에는 소세검의 「用香山老病之韻」(가제)이 포함되어 있다.

辛亥年에 나는 咸山(咸悅縣을 말함)으로 유배되어 할 일이 없었으니 상자 속에 소장한 서책을 꺼내 모두 열람하였다. 그런데 『낙천집』을 보았더니 백거이가 강주로 좌천된 때의 나이가 마침 내 나이와 같으므로 장난삼아 (좌천되고)처음부터 첫해 봄 사이 지은 작품에 차운하여 그 체재를 모방하고 '和白詩'라고 이름하였는데 모두 25수이다.

辛亥歲, 余配咸山, 無事, 取篋中所藏墳典, 悉閱之, 見樂天集. 其謫江州日, 適與余同齒, 戲次其初至一春之作, 倣其體而命之曰和白詩, 凡二十五篇云.

(『惺所覆瓿稿』 권2)

허균은 1611년 1월, 43세의 나이에 유배지인 전라도 咸悅에 도착하였다. 이 때 소장한 서책 중에 백거이 문집이 포함되어 있었다. 41세(1609) 때 중국의 책봉사 劉用을 접대하는 자리에서 그의 수행원인 徐明에게 누이의 시집 『蘭雪軒集』을 주었다. 그 답례로 『백낙천집』을 받은 일이 있었는데 귀양길에도 가지고 갔던 것이다. 허균은 유배지에서 백거이 문집을 읽다가 백거이의 강주 좌천 시기가 자신이 유배된 나이와 같다는 사실을 알고 강주로 좌천되고부터 첫해 봄 사이에 지은 백거이 시에 차운하여 「和白詩」 25수를 지었다. 백거이의 좌천과 자신의 유배라는 동일한 처지 그리고 그때 나이가 동일했다는 공감대 형성으로 제삼자의 개입 없이 성립된 창화이다. 김종직의 「讀白樂天病眼詩與余相符次其韻」도 이와 유사한 경우이다. 백거이의 「病眼花」를 읽고 백거이의 신체적 상황이 자신의 처지와 똑같다는 사실을 발견하고 백거이 시에 차운한 것이다.

조선전기 화백시에서 발견되는 특이한 양상은 백거이의 연작시 「何處難忘酒七首」에 차운한 작품이 2제 8수에 이른다는 점이다. 즉 조욱의 「次香山居士何處難忘酒韻四首示同僚彦直」과 심수경 「次樂天何 處難忘酒四首」 등의 연작시는 화시 작가가 창시의 주제에 대한 감흥 으로 제작한 제삼자 비개입형 작품이다. 심수경의 「次白樂天對酒 韻」·이석형의 「三體詩和白樂天早春韻」도 각각 백거이의 「對酒」와 「早春憶微之」의 주제와 내용에 감흥하여 화운한 제삼자 비개입형 작 품이다.

일부 화시는 분명 제삼자 비개입형이지만 다소 다른 성격을 가지고 있다. 정사룡의 「上巳用白香山韻」과 박상의 「用白樂天韻卽景寄石 川」이 대표적 작례이다. 시제에 창시 제목이 언급되어 있지 않고 '用 白香山韻'·'用白樂天韻', 즉 '用~韻'의 표지가 포함되어 있는 점이 다르다. 정사룡의 「上巳用白香山韻」은 음력 3월 3일 상사일에 시를 짓고자 하면서 백거이 시운을 사용했을 뿐이며 박상의 「用白樂天韻 卽景寄石川」 시는 경물에 대한 즉흥적 시정을 표현하고자 하면서 시 운을 백거이 시에서 취했던 것이다.

필자의 검색에 의하면 전자의 창시는 백거이의 「三月三日」, 후자의 창시는 백거이의 「早春憶微之」이다. 정사룡은 동일한 절일을 제목으 로 삼은 백거이의 「三月三日」을, 박상은 동일한 계절 배경을 제재로 한 백거이의 「早春憶微之」를 자기 작품에서 사용할 시운의 선택 대상 으로 삼은 것이다. 어떤 상황에서이든 시 창작에 있어 시인들의 일차 적인 난관은 시운 선택의 과정이다. 이는 작품 구상과 주제 표출에 적 합한 자연스런 시운을 선택해야 좋은 시를 쓸 수 있기 때문이다. 조선 전기 문인의 일부 화백시는 백거이의 시운을 취하는 것으로 시운 선 택이라는 일차적 난관을 해결하려 했던 행위의 산물인 것이다. 따라 서 이러한 유형의 작품이 창시의 주제와 내용 등 작품 자체에는 큰 관 심이 없는 것은 당연한 결과이다.

4. 조선전기 화백시의 시제와 용운

화시 제목에는 일반적으로 '和'·'答'·'酬'·'次'·'用~韻' 등의 표현이 포함되어 있고 창시의 작가나 제목이 명시된다. 제목의 구성 요소만으로 화운 방식을 알 수도 있지만 모든 화시가 꼭 그런 것은 아니다. 이러한 점을 감안하여 조선전기 화백시의 시제를 유형별로 정리하면 다음과 같다.

[가] 1 심수경 「次樂天何處難忘酒四首」

　　 2 주세붕 「次東溪次湖陰次白香山韻」

[나] 1 이　황 「和白樂天眼漸昏昏耳漸聾」

　　 2 이석형 「三體詩和白樂天早春韻」

[다] 1 정사룡 「上巳用白香山韻」

　　 2 박　상 「用白樂天韻卽景寄石川」

　　 3 허　균 「僑居賦事用官舍閑題韻」(「和白詩」 제11수)

첫째 [가]형은 시제에 '次'자를 사용함으로써 화운 방식이 차운임을 분명하게 밝힌 경우인데 총 15수에 이른다. [가]1은 '次'자 뒤에 창시 작가와 제목을 명기한 것이며 [가]2는 창시 작가만 명시했을 뿐 창시 제목은 언급하지 않은 경우이다. 이밖에 김종직의 「讀白樂天病眼詩與余相符次其韻」은 모인의 모 작품을 읽고 그 시운에 차운한다는 작시 동기를 시제로 삼은 것이다.

둘째 [나]형은 시제에 '和'자를 사용하여 화시라는 것은 알 수 있으나 화운 방식에 관한 언급은 없는 경우인데 총 7수가 이에 해당된다. [나]1은 '和'자 뒤에 창시 작가와 창시를 언급한 것이며 [나]2는 자신의 제목을 앞에 세우고 뒤에 '和~'의 형식으로 모인의 모 작품이 화운 대상임을 밝힌 경우이다.

셋째 [다]형은 '用~韻'의 형식을 취한 경우인데 총 28수가 이 유형에 속한다. [다]1은 화시 작가 자신의 시제인 '上巳' 뒤에 '用~韻'을 표기한 경우이며, [다]2는 반대로 '用~韻' 뒤에 화시 작가 자신의 시제를 표기한 것이다. '用~韻'의 '~' 자리에는 창시 작가를 밝히는 것이 일반적인데 [다]3처럼 창시 제목이 표기되는 경우도 있으며 간혹 허균의 「用答春韻」(「화백시」 제7수)처럼 '用~韻'의 형태만으로 화시 제목을 삼은 것도 있다.

차운임이 명시된 [가]형을 제외하면 [나]형과 [다]형의 시제에는 화운 방식이 밝혀져 있지 않다. 그러나 실제로는 모두 차운이라는 사실은 【부록】「백거이와 조선전기 문인 창화시 일람표」에 보이는 바와 같다.[17] 단지 시제에 '和~'·'……和~'의 형식을 취한 작품도 화운 방식은 차운이었는데 이러한 현상은 소식 화시에도 존재한다.[18] 아울러 '用~韻' 형식의 작품도 화운 방식이 모두 차운이므로 화시 제목의 '用~韻'이라는 표기는 화운 방식의 일종으로서의 用韻을 말하는 것은 아니다. '用'의 의미는 元稹의 「酬東川李相公十六韻次用本韻」, 백거이의 「酬鄭侍御多雨春空過詩三十韻次用本韻」에서 차운임을 표시한 '次用'과 동일한 의미이다.

---

17 이는 백거이 창시가 현존하지 않는 이해수의 「李參判平卿用白尙書居易韻來示和之五首」 제4·5수를 제외한 결론이다. 그러나 차운은 만당·북송 이후의 중국은 물론 고려·조선에서도 가장 성행한 화운 방식이었고 시제의 배양과 과시에도 가장 좋은 수단이었다는 점을 고려하면 이해수의 두 작품 역시 차운시라고 해도 무방하다.

18 翁方綱 『石洲詩話』 권3: "蘇詩內和人韻之詩, 亦有只云和某人某題, 而不寫出次韻者; 亦有寫次韻者, 其只云和, 而不云次韻者, 實多次韻之作. 想蘇公詩題, 固無一定之例也."

조선전기 화백시는 화시 제목의 형태와 관계없이 모두 창시의 운자를 순서 그대로 사용한 차운시이다. 그러나 제1구의 압운에서 창시와는 다른 양상이 존재한다는 점이 특이하다. 근체시 격률에 의하면 제1구 압운 여부는 시인이 자유롭게 선택할 수 있는데 다만 오언시는 제1구에 압운하지 않는 것이 정격이고 칠언시는 제1구에 압운하는 것이 정격이다.[19] 백거이의 오언 창시는 모두 제1구에 압운하지 않은 수구불입운식이며 그에 대한 오언 화시도 모두 수구불입운식이다.

반면에 칠언시에는 3가지 양상이 존재한다. 첫째, 백거이의 칠언 창시 중 제1구에 압운한 수구입운식은 15수인데 이에 대한 칠언 화시 역시 모두 수구입운식이다. 둘째, 백거이의 수구불입운식 칠언 창시는 12수인데 그 중 3수는 창시처럼 수구불입운식인데 셋째, 나머지 9수는 창시와 달리 제1구에 압운한 수구입운식으로 변환되었다. 백거이 창시의 용운 상황과 완전히 일치하는 첫 번째·두 번째 양상은 창시의 각운을 준수해야 하는 화운시에서는 당연한 것이다. 그러나 세 번째는 여러 면에서 논의가 필요하다.

[가] 창시: 백거이 「見紫薇花憶微之」

一叢暗淡將何比,　　淺碧籠裙襯紫巾.◀

除卻微之見應愛,　　人間少有別花人.◀

(『백거이집전교』 권16)

19　王力『漢語詩律學』: "五言律詩首句, 和七言律詩首句恰恰相反: 前者以不入韻爲常, 後者以入韻爲常." · "五絶的首句也像五律的首句一樣, 也不入韻爲正例.……七絶的首句也像七律的首句一樣, 也入韻爲正例."(上海, 上海敎育出版社, 1978. 22쪽 · 38-39쪽)

[나] 화시: 허균 「見紅桃用紫薇韻」(「和白詩」 제14수)

誰種細桃殿晚春,◀　　絳紗出袖映紅巾.◀

墻頭日出嫣然笑,　　何啻他鄉見故人.◀

(『성소부부고』 권2)

창시 [가]는 제2·4구에 상평성 眞韻의 巾·人을 운자로 사용한 반면 화시 [나]는 제1·2·4구에 상평성 眞韻의 春·巾·人을 운자로 사용했다. 즉 백거이의 창시와는 달리 제1구에도 압운함으로써 수구입운식으로 변화했던 것이다. 고려문인의 화백시에도 이러한 현상이 존재한다. "고려문인에게 있어 차운은 압운되지 않은 제1구에도 동일한 운목의 글자를 압운함으로써 수구입운식으로의 변화가 허용되었다."[20]는 필자의 평가는 조선문인에게도 해당된다.

수구불입운식 칠언 창시에서 수구입운식 칠언 화시로 변한 작례는 9수인데 정사룡 1수, 주세붕 1수를 제외한 나머지 7수가 모두 허균의 작품이다. 허균 화시에 대한 백거이 창시 25수 중에서 수구불입운식 칠언시는 7수이다. 그런데 허균은 수구불입운식 칠언 창시 7수에 대해 모두 수구입운식 칠언 화시로 바꾸었던 것이다. 정사룡과 주세붕의 경우에는 1수에 불과하므로 큰 의미를 부여하기에는 부족하다. 그러나 허균의 경우에는 작례가 무려 7수에 이른다는 수량 면에서나 7수의 칠언 창시에 대해 1수의 예외도 없는 100%의 비율 면에서나 결코 우연에 의한 결과가 아니라 어떤 의도가 담긴 행위라고 생각된다.

화운은 창시의 각운을 따라야 하는 작법상의 제약으로 인해 작가에게는 고난도의 창작 행위이다. 화운의 어려움과 그로 인한 폐단이 끊

20　이에 대한 논의는 본서 제5장 「고려문인과 백거이 창화의 제양상과 의미」에 상세하다.

임없이 제기되었던 것도 바로 이 때문이다. 더욱이 근체시 격률에 의하면 압운하지 않아도 되는 제1구에, 그것도 창시에 압운되지 않은 제1구에 압운한다는 것은 어쩌면 사족과도 같은 불필요한 행위일 수도 있다.

그럼에도 불구하고 수구불입운식 칠언 창시에 대한 화시에서 제1구에 하나의 운자를 더 사용했다는 것은 창화라는 문학 행위의 태생적 성격과 관계가 있다. 창화는 문인교유의 수단이라는 기본 기능 이외에 "작시 능력과 기교의 경쟁(爭能鬪巧)"[21] 및 "시재 과시(示才氣過人)"[22] 수단으로서의 기능도 있다는 점이다. 이러한 점에서 보면 허균은 수구불입운식 창시를 수구입운식 화시로 바꾸어 자신의 시재를 과시하고 창시 작가 백거이와 작시 기교를 경쟁하려는 의도가 있었을 것이라고 생각한다.

허균이 「화백시」 25수를 제작한 것은 바로 咸悅 좌천 시기였으며 화운 대상이 백거이 江州 좌천 초기의 시 25수였다는 점에서도 이러한 해석이 가능해진다. 자신과 같은 나이에 좌천당했다는 점, 좌천 지역에서 서로 자신의 문집을 편찬했다는 점에서 백거이를 시재 경쟁의 대상으로 삼을 만하다고 허균은 생각했을 것이다. 그래서 당대의 대시인으로 명성이 높은 백거이 시를 화운 대상으로 삼아 수구불입운식 칠언 창시를 모두 칠언시의 정격인 수구입운식으로 승격시켰던 것이

---

21 趙翼 「白香山詩」: "唐人有和韻, 尙無次韻 : 次韻實自元白始. 依次押韻, 前後不差, 此古所未有也. 而且長篇累幅, 多至百韻, 少亦數十韻, 爭能鬪巧, 層出不窮, 此又古所未有也."(『甌北詩話』 권4)

22 李重華 「詩談雜錄」: "次韻一道, 唐代極盛時, 殊末及之. 至元 · 白 · 皮 · 陸始因難見巧, 雖亦多勉强湊合處. 宋則眉山最擅其能, 至有七古長篇押至數十韻者, 特以示才氣過人耳."(『貞一齋詩説』)

다. 이는 칠언시 제1구의 압운이 정격이라는 격률 준수의 차원이라는 단순한 의미를 넘어 백거이를 능가하는 시재 과시의 의도가 있었음을 보여준다. 결국 허균은 이러한 행위를 통해 좌천당한 자신에 대해 문인으로서의 자부심과 존재 가치를 확인하고자 했던 것이다.

5. 조선전기 화백시의 유형과 의미

초기의 창화시는 和意하였을 뿐 和韻하지 않았으나[23] 중당의 원진·백거이 이후로는 창시의 운자를 사용하여 시를 짓는 화운이 성행하기 시작했다. 그후 만당의 피일휴·육구몽을 거쳐 북송의 소식·황정견에 이르러 극성한 차운은 명청 시기에 이르기까지 가장 보편적인 화운 방식이었다. 그런데 화시 제작에는 화운·차운 대상으로서의 창시가 우선 존재해야 한다. 그 창시의 운자를 사용하여 시를 지음으로써 창화가 성립되기 때문이다.

제삼자 개입형(직접·간접)과 제삼자 비개입형은 바로 창화 성립에 개입한 제삼자 유무에 의한 표층 차원의 유형이었다. 이제 논의할 조선전기 화백시의 유형은 화시가 실제로 어떠한 요인에 의해 제작되었는가라는 심층 차원의 유형이다. 이러한 차원의 유형 분류는 백거이 창시와 조선전기 문인의 화시가 주제·내용 면에서 어떠한 상관관계를 보이고 있는가에 주목한다.

창시 작가나 작품에 대한 화시 작가의 인식 태도라는 면에서 조선

---

23 賀裳『載酒園詩話』권1: "古人和意不和韻", 胡震亨『唐音癸籤』권3: "盛唐人和詩不和韻."

전기 화백시를 다음의 세 가지 유형으로 분류한다. 첫 번째 유형은 작가나 작품 자체보다는 창시의 각운에만 화시 작가의 관심이 집중되어 있는 脚韻型이다. 두 번째 유형은 창시 작가와 삶의 자체에 대한 관심을 바탕으로 제작된 作家型이다. 세 번째는 창시 작가보다는 작품의 주제와 내용 등 작품 자체에 대한 감흥을 기반으로 제작되는 경우로 作品型으로 명명한다. 이 세 가지 유형 중에서 각운형과 작가형은 고려문인 화백시에도 존재하는 것이다.

(1) 각운형

고려문인의 각운형 화백시는 제삼자 (직접)개입형을 위주로 한다. 예를 들면 이규보의 「初秋又與文長老訪金轍用白公詩韻各賦早秋詩」는 어느 초가을 날, 문장로와 더불어 김철을 방문하고 백거이의 시운을 사용하여 지은 제삼자 (직접)개입형에 속하는 작품이다. 이규보의 화시는 초가을을 시간 배경으로 벗들과 함께 한 자리에서 悲秋의 시적 정서를 노래한 반면, 창시인 백거이의 「江樓月」은 밤하늘의 달을 통해 멀리 떠나 있는 벗에 대한 그리움을 노래하고 있다. 또한 백거이의 「夢與李七庚三十二同訪元九」는 꿈속에서 다른 벗들과 함께 원진을 방문한 일을 술회하고 재회의 기약이 없는 우인 원진에 대한 그리움을 노래한 작품인데, 이에 대한 화시인 이규보의 「次韻文長老朴還古論槿花幷序」는 '무궁화'라는 이름의 유래에 대한 두 우인의 논평에 대해 자신의 의견을 피력하고 있는 의론시이다.

이 같은 유형의 화백시는 이규보가 동시대인과 동시동석의 교유 현장에서 백거이 특정 작품의 시운을 운자로 선택함으로써 성립된 창화이므로 화시 작가의 관심이 창시 작가와 작품 자체보다는 단순한 각운의 차용에 있었다. 그런데 고려문인의 화백시에서는 각운형의 작품이 모두 제삼자 (직접)개입형이었으므로 필자는 고려문인 화백시의 각운형에 대해 다음과 같은 의미를 부여한 바 있었다.

창화의 성립 배경에서 논의했던 제삼자 개입형 작품이 바로 각운형의 대표적 작례이다. ……각운형 작품은 외형상으로는 백거이가 창시 제공자이지만 백거이 시운이 교유 수단과 시재 과시의 도구로 사용되었으므로 창시 작가 백거이의 실질적인 역할은 단순히 시운 제공에 있다. 즉 창시 작가의 인품에 대한 흠모나 삶의 방식에 대한 공감, 그리고 작품의 의경과 예술성에 대한 관심보다는 화시 작가가 동시대인과의 교유 및 유희의 수단으로 창시의 각운을 이용하고 있을 뿐이다.[24]

그러나 조선전기 화백시에는 동시대인과 동시동석의 상황에서 제작된 제삼자 직접개입형이 존재하지 않으므로 제삼자 직접개입형에 속하는 각운형 작품 또한 존재하지 않는다. 따라서 조선전기 각운형 화백시의 세부적 의미는 고려문인의 화백시와는 다를 수밖에 없다. 백거이의 「早春憶微之」시와 이에 대한 박상의 화시 「用白樂天韻卽景寄石川」을 예로 든다.

[가] 창시: 백거이

---

24 이상의 논의는 본서 제5장 「고려문인과 백거이 창화의 제양상과 의미」에 상세하다. 아울러 소식 시에 대한 이규보 화시의 경우도 동일하다. 총 31수에 달하는 이규보의 和蘇詩 중 2수를 제외한 작품이 화시 제작과정에 제삼자로서의 동시대인이 존재하는 제삼자 (직접)개입형이다. 이 작품 모두 원창의 작가나 작품에 대한 화시 작가의 태도 면에서 화시 작가나 작품 자체보다는 창시의 각운에만 관심이 집중되어 있는 각운형에 속한다.

昏昏老與病相和,　　늙음과 병이 함께 찾아와 정신은 혼미한데

感物思君歎復歌.　　신세를 탄식하며 그대 그리움에 시를 읊는다.

聲早雞先知夜短,　　닭이 일찍 울어대니 밤 짧아진 줄 알겠고

色濃柳最占春多.　　버들 색은 제일 짙어 봄풍광 독차지한다.

沙頭雨染班班草,　　비 젖은 백사장엔 봄풀이 무성하고

水面風驅瑟瑟波.　　바람 부는 수면에는 물결이 푸르다.

可道眼前光景惡,　　눈앞의 봄 풍광이 정말로 밉나니

其如難見故人何.　　정든 벗 보기 어려움을 어찌하랴.

(『백거이집전교』 권23)

　백거이 창시 [가]는 長慶 4년(824) 항주자사 시기의 작품이다. 시제에서도 알 수 있듯이 이른 봄날 우인 원진에 대한 그리움을 노래했다. 노병으로 혼미한 정신, 이러한 신세를 탄식하며 언제 재회할 지 모르는 벗에 대한 그리움에 시를 짓는다고 했다. 제3구에서는 봄이 되었음을 "밤이 짧아졌다(夜短)"는 것으로 나타냈고 "밤이 짧아졌다"는 것조차도 "닭이 일찍 울어(聲早雞先)" 알게 되었다고 하였다.

　이것은 시인에게 있어 봄은 단지 무의미한 외물이기 때문이다. '짙은 버들색', '무성한 강변의 봄풀', '일렁이는 푸르른 봄강물' 등의 춘경조차 시인에게는 아무런 감흥을 주지 못한다. 당시 원진은 越州刺史로 재직하고 있었으니 항주와 월주는 錢塘江을 사이에 둔 바로 맞은편 지역이었다. 시인의 마음에는 단지 강을 사이에 두고 만나기 어려운 벗에 대한 그리움으로 가득하다. 여기에서 강은 견우와 직녀를 가로 막는 은하수와도 같이 벗과의 만남을 방해하는 장애요소일 뿐이다. '강변의 짙푸른 버들'과 '무성한 봄풀', 그리고 '푸른 봄강물' 등 춘경에 대한 묘사가 실질적인 주제 형성에 큰 기능을 하지 못하는 것은

이 때문이다.

[나] 화시: 박상

東風日日扇陽和,	동풍이 매일 봄날의 온기를 불어 보내니
莫道鶯寒口不歌.	꾀꼬리가 추워 노래 못한다 말하지 마라.
草怨王孫泣露幾,	풀은 떠난 왕손을 원망하며 몇번 눈물을 흘렸고
花寬帝魄笑枝多.	꽃은 촉왕의 넋을 위로하여 가지에 활짝 피었네.
香車油壁競巡野,	화려한 香車와 油壁車가 다투어 들판을 다니고
靑雀黃龍蒸涉波.	청작·황룡 그린 호화선이 무리지어 강을 건넌다.
濟勝佳辰豈乏具,	이 좋은 계절에 구경 다닐 육신이 어찌 없겠냐만
支離老病奈春何.	노병에 몸이 변변치 않으니 이 봄을 어찌하리오.

(『訥齋集』 권4)

박상의 화시 [나]는 창시 운자인 하평성 歌韻의 和·歌·多·波·何를 순서대로 사용한 차운시이다. 그러나 시제에는 창시 제목을 명시하지 않았고 차운임을 밝히는 표지도 없이 '用白樂天韻'이라고만 표기하였다. 「用白樂天韻卽景寄石川」이라는 시제에 의하면 박상의 화시는 어느 봄날 풍광으로 인해 촉발한 즉흥적 감회를 차운의 방식으로 노래한 후, 石川 林億齡(1496-1568)에게 기증한 시이다.[25] 화시 제작의 동기나 과정에 우인 임억령이 개입된 것이 아니므로 박상의 화시는 제삼자 비개입형에 속한다.

화시 [나]는 창시 [가]와는 달리 제1구부터 봄날의 온화한 날씨를

---

25 임억령의 『石川詩集』을 검색한 결과 이 기증시에 대한 임억령의 화시는 발견되지 않았다. 애초 화시가 제작되지 않았거나 혹은 유실되어 문집에 수록되지 않은 것으로 보인다.

언급했다. 함련과 경련에서는 아름다운 봄날의 경물과 상춘객의 봄놀이 광경을 묘사했다. 제3구 "草怨王孫泣露幾"는 "왕손은 떠나간 후 돌아오지 않는데 봄풀은 자라 무성하기만 하다."[26]는 고인의 명구를 빌려다 무성하게 자란 푸른 봄풀을 노래했다. 제4구 "花寬帝魄笑枝多"는 蜀·望帝 杜宇의 죽은 넋이 화하여 두견새가 되었다는 '蜀帝說話'를 활용하여 두견화가 만발한 춘경을 표현한 것이다. 제5·6구에서는 "화려한 수레(香車油壁)"와 "호화선(青雀黃龍)"을 타고 봄날 경치를 즐기는 상춘의 광경을 묘사함으로써 봄날의 아름다움을 간접적으로 노래했다. 이렇게도 아름다운 춘삼월 좋은 계절을 노병으로 인해 마음껏 향유하지 못하고 그냥 흘려보내야 하는 안타까움을 마지막 2구에서 토로했다.

화시 [나]의 주제는 일종의 傷春이다. 상춘이란 본래 춘삼월 아름다운 경치를 함께 즐길 님의 부재로 인해 발생하는 마이너스 감정-悲傷의 시적 정서를 말한다. 그러나 이 작품에서는 '님의 부재'라는 상춘의 원인이 '노병'으로 대체되었을 뿐이다. 相思의 감정을 노래한 창시의 주제와는 전혀 다르다. 창시와 화시의 춘경 묘사는 작품의 구성요소라는 점에서 유사한 듯이 보이지만 사실 작품에서의 기능은 결코 동일하지 않다.

창시 [가]에서의 춘경 묘사는 주로 '강'에 집중되어 있는데 벗과의 재회를 가로막는 장애물로서 '강'의 춘경은 시인에게 있어 상춘의 대상이 아니었다. 그러나 화시 [나]에서의 춘경은 바로 놓치기 안타까운 향락의 수단이자 상춘의 대상으로서 주제 형성에 직접적인 기능을 수행하고 있다. 작품 구성요소의 기능 면에서나 相思와 傷春이라는 주

26　漢·劉安「招隱士」: "王孫遊兮不歸, 春草生兮萋萋."(『文選』권33)

제 면에서의 차이를 감안하면, 화시 작가는 창시의 주제와 내용에 그다지 관심이 없었으며 이른 봄이라는 동일 계절을 배경으로 한 백거이의 「早春憶微之」를 각운의 차용 대상으로 선정하였을 뿐이다. 박상의 화시 「用白樂天韻卽景寄石川」이 백거이의 창시 「早春憶微之」와 주제가 다를 수밖에 없는 것은 바로 이 때문이다.

허균의 「和白詩」 25수 역시 제삼자 비개입형에 속한다. 이를 대상으로 각운형 작품에 관한 논의를 좀 더 진행하기로 한다.[27]

[가] 창시: 백거이

| 自從苦學空門法, | 세상 만물 덧없다는 불법을 힘써 배운 후 |
| 銷盡平生種種心. | 평생의 각종 욕심을 모두 삭일 수 있었지. |

---

27 허균의 「화백시」 25수는 백거이의 좌천과 자신의 유배라는 동일한 처지, 그리고 그 때 같은 나이라는 공감대 형성으로 제삼자 개입 없이 제작된 화시이다. 이러한 창작 동기만으로 보면 허균의 「和白詩」 25수는 작가형으로 간주될 수도 있지만 더욱 세심한 논의가 필요하다. 첫째, 「和白詩」라는 대제목은 단순히 백거이 시에 화운한 것임을 밝히는 역할만 할 뿐이다. 25수 각 작품에는 별도로 설정된 소제목이 정식 제목의 역할을 하고 있다. 이러한 점은 조욱의 「次香山居士何處難忘酒韻四首示同僚彦直」과 심수경의 「次樂天何處難忘酒四首」와 비교하면 더욱 분명해진다. 허균의 「화백시」와 조욱·심수경의 화시는 연작 화시라는 점에서는 동일하다. 조욱·심수경 화시의 각 4수에는 소제목이 없으며 연작시 제목이 주제와 내용을 총괄하는 기능을 하고 있다. 따라서 창시 작가와 작품에 대한 화시 작가의 인식태도라는 기준에 의해 화백시 유형을 논의할 때 조욱·심수경의 연작 화시에 대해서는 각 작품의 독립성보다 대제목에 의한 총괄성을 중시하는 것이 유용하다. 반면에 허균의 「화백시」 25수에 대한 논의는 창작 동기로 인한 총괄성보다 각 작품의 독립성에 주목하는 것이 더욱 효과적이라고 판단된다. 둘째, 창시 작가 백거이에 대한 화시 작가의 관심과 공감의 형성 경로가 다르다는 점이다. 즉 작가형 작품은 백거이에 대한 관심과 공감이 화운의 대상이었던 백시 자체라는 직접적인 경로에 의한 것이다. 이에 반해 허균의 「화백시」는 관심과 공감 형성이 백거이의 좌천과 당시의 나이 등 전기적 사실에 관한 기존 지식이라는 간접적인 경로에 의한 것이기 때문이다. 따라서 본고에서는 화백시 유형 논의에 있어 허균 「화백시」 25수 각각의 독립성을 중시한다. 「화백시」 25수의 대제목 및 창작 동기로 인한 총괄성과 소제목에 의한 각 작품의 독립성 간의 상관관계, 그리고 예외없이 '用~韻'의 형태를 취하고 있는 소제목 형식과 주제의 유사성 여부 간의 관계는 매우 흥미로운 과제이다.

唯有詩魔降未得,　　오직 詩魔만은 굴복시키지 못하여

每逢風月一閑吟.　　미경을 볼 때마다 언제나 흥얼거린다.

(『백거이집전교』 권16)

[나] 화시: 허균

四十三年攻翰墨,　　사십삼 년 동안 시문에 공 들였으나

千金弊帚枉勞心.　　쓸모없는 글로 헛되이 수고로웠다.

詩文十卷方書了,　　시문 열 권으로 이제 막 문집 이루니

從此惺翁不復吟.　　이제부터 난 다시 시 읊지 않으리라.

(『성소부부고』 권2)

　　창시 [가]는 백거이의 「閑吟」이고 화시 [나]는 허균의 「文集完用閑吟韻」(「和白詩」 제25수)이다. 백거이 창시는 시를 읊조리는 한가로운 심경을 노래하였다. 세상의 모든 것이 '空'이라는 불법의 가르침으로 세속적 욕심을 떨쳐 버릴 수 있었다고 하면서도 '시를 짓지 않고는 못 견디는 습성(詩魔)' 때문에 자신의 시흥을 제어하지 못하고 언제나 시를 읊조린다고 했다.

　　반면에 허균의 화시는 유배지 함열에서 문집을 완성하고 그 감회를 토로했다. 평생 동안 글쓰기에 힘써 왔지만 천금처럼 소중히 여기던 그 글들도 이제는 쓸모없고 부질없는 수고로움에 불과했다는 공허함을 노래했다. 제4구 "從此惺翁不復吟"에는 문집 완성 후의 희열이 아니라 정치적 좌절로 인한 상실감이 진하게 담겨 있다.

　　결론적으로 제삼자 비개입형에 속하는 허균의 「文集完用閑吟韻」은 화시 작가 허균이 창시의 작가나 작품 자체보다는 각운에만 관심이 집중되어 있는 각운형이다. 다시 말하면 단순한 각운 차용에 창화

행위의 의미가 존재한다. 창시 운자인 하평성 侵韻의 心·吟을 순서 그대로 사용했다는 점만이 동일할 뿐 주제와 내용 면에서 현저한 차이를 보이는 것은 바로 이 때문이다.

허균의 「移種櫻桃用惜落花韻」(「화백시」 제9수) 역시 제삼자 비개입형에 속하는 각운형이다. 창시는 백거이의 「惜落花贈崔二十四」 시이다. 백거이 창시는 낙화를 소재로 지나가는 봄날에 대한 아쉬움을 노래한 석춘의 정서를 표출했다.[28] 그러나 허균의 화시는 단순히 앵두나무를 옮겨 심은 일을 주요 내용으로 하면서 잘 자라주기 바라는 바람을 노래했을 뿐이다.[29] 창시와 화시가 하평성 歌韻의 何·和·多를 운자로 삼아 동일한 순서로 사용했다는 점 이외에 주제와 내용 면에서의 유사성이 전혀 존재하지 않는 것은 화시 작가 허균의 목적이 단지 창시의 각운 차용에 있었으므로 창시의 주제나 시의를 고려할 필요가 없었기 때문이다.

조선전기 화백시의 각운형에는 제삼자 비개입형만이 아니라 제삼자 간접개입형도 존재한다. 예를 들면 다음과 같다.

[가] 창시: 백거이

不出門來又數旬,	집문 나서지 않은 지 또 수십 일 되었는데
將何銷日與誰親.	그간 무엇으로 소일하고 누구와 벗했는가?
鶴籠開處見君子,	새장 열어 학을 보면 마치 군자를 대하는 듯
書卷展時逢古人.	책을 펼쳐 글 읽으면 마치 고인을 만나는 듯.

---

28 백거이 「惜落花贈崔二十四」: "漠漠紛紛不奈何, 狂風急雨兩相和. 晚來悵望君知否, 枝上稀疏地上多."(『백거이집전교』 권16)

29 허균 「移種櫻桃用惜落花韻」: "淺植幽厓奈爾何, 孤根無路近陽和. 移栽隙地勤封護, 爲待朱明結子多."(『성소부부고』 권2)

自靜其心延壽命,　　스스로 마음을 허정하게 하면 수명 길어지고

無求於物長精神.　　외물에 구하는 바가 없으면 정기가 함양되네.

能行便是眞修道,　　능히 행하는 것이 바로 참된 수도이니

何必降魔調伏身.　　굳이 마귀 쫓고 조복할 필요가 있으랴?

(『백거이집전교』 권27)

[나] 화시: 이해수

成卿去世餘兩旬,　　성경이 세상을 떠나간 지 이십여 일

莫逆會期地下親.　　지하의 어버이와 만날 날 어기지 않았다.

瀟灑風塵無俗韻,　　속세의 풍진에는 초탈하여 속기가 없었고

婆娑詩酒卽仙人.　　시와 술에 유유자적 소요했던 신선이었다.

嗟我甚衰稀夢見,　　내 심히 노쇠해 꿈에 자주 못 봄을 탄식하고

喜君佳句得風神.　　그대의 품격 있는 좋은 시구를 좋아한다.

忘年更托忘形契,　　나이도 잊고 예법도 초월한 벗이었나니

休把浮名負此身.　　부질없는 허명을 이 몸에 지우지 말라.

(『藥圃遺稿』 권2)

　　창시 [가]는 백거이의 「不出門」이다. 화시 [나]는 李海壽의 「李參判平卿用白尙書居易韻來示和之五首」 제3수이다. 58세(829) 작품인 백거이 창시는 삶의 진정한 가치는 물욕에 의해 얻어지는 것이 아니라 마음의 허정을 추구하는 데 있다는 인생 철리를 노래했다. 수십 일 두문불출하면서도 때로는 학을 통해 군자의 기품을 느끼고 때로는 책을 읽으며 고인을 마주하는 듯한 즐거움이 있다고 하였다. 허정의 경지에 이르면 심신의 평안을 얻을 수 있으니 이를 애써 실행함이 조복 같은 불교의식보다 더욱 참된 수도라는 것이다.

이에 반해 이해수의 화시는 세상 떠난 벗에 대한 애도와 흠모의 정을 노래한 제삼자 간접개입형 화백시이다. 작품 속의 성경이 누구인지 알 수 없으나 화시 작가의 절친한 벗이었음은 분명하다. 작품 전반에서는 벗의 죽음을 안타까워하면서 속기를 초탈한 인품과 시와 술을 즐기는 생활의 품격을 신선에 비유하였다. 몸이 쇠약해 꿈속에서나마 벗 만날 수 없음을 탄식하면서 벗이 남긴 좋은 시구를 즐겨 읽는다고 한 것은 벗에 대한 그리움의 표현이다. 마지막 2구에서는 세상 떠난 벗에 대한 애도와 흠모의 정은 자신의 허명을 위해서가 아니라 忘年友이자 忘形交에 대한 眞情의 발로일 뿐이라고 했다.

화시 [나]는 압운 면에서 상평성 眞韻의 旬·親·人·神·身을 순서대로 사용한 점은 창시와 동일하지만 주제와 내용 면에서는 약간의 유사성도 발견되지 않는다. 따라서 화시 작가 이해수는 백거이의 창시「不出門」에 대해 작품의 주제나 내용 혹은 작가에 대한 관심은 없었다. 단지 백거이 시운을 사용한 이평경의 시를 받아보고 그와 동일한 시운으로 화시를 제작했던 것이다. 이평경의 화시는 현존하지 않으므로 주제와 내용이 어떠한지 알 수 없다. 이해수의「李參判平卿用白尙書居易韻來示和之五首」제3수는 이평경 시에 대한 화시이자 동시에 백거이 시에 대한 화시로서 전형적인 각운형 화백시이다.

고려문인의 각운형 화백시는 모두 제삼자 직접개입형이었으므로 화시 작가는 동시동석의 상황에서 동시대인과의 교유 수단으로 창시 각운을 차용했던 것이다. 그런데 화백시의 범위를 조선시대로 확대한 결과 제삼자 간접개입형과 제삼자 비개입형에도 각운형 화백시가 존재한다는 사실을 알 수 있었다. 따라서 조선전기의 각운형 화백시는 고려문인의 각운형 화백시에 비해 더욱 포괄적인 의미를 가진다. 즉 제삼자 간접개입형에 속하는 각운형 화백시는 동시대인과의 교유 수단으로 백거이의 시운이 사용되었다는 점은 동일하나 기증수답의 방식에 의한 것이라는 점이 다르다. 또한 제삼자 비개입형에 속하는 각운형 화백시는 제삼자가 개입되지 않은 독립적 창작 과정에서 백거이 시운을 운자로 선택함으로써 제작된 것이므로 화시 작가와 동시대인과의 교유 수단이 아니라 단순히 각운 차용이라는 의미만이 존재한다.

결론적으로 말하면 각운형은 화시 제작 과정에서 제삼자 개입 여부와는 관계가 없으므로 제삼자 개입형과 제삼자 비개입형 작품에 두루 존재한다. 아울러 화시 작가의 관심이 창시 작가와 작품 자체보다는 창시의 각운 차용에 집중되어 있으므로 창시 작가 백거이는 단순히 시운 제공자로서의 역할만 수행한다는 점이 각운형 화백시의 특성이다.

전통적으로 창화시는 문인 교유의 수단이었으므로 창시 작가에 대한 존중이나 예우의 차원에서 화시 작가는 창시의 주제·내용을 최대한 수용하는 것이 상례였다. 또 고인에 대한 화시는 일반적으로 고인의 작품에 대한 감흥 혹은 작가에 대한 흠모의 정을 표현하므로 창시와 화시는 주제·내용면에서 깊은 관계가 있다고 알려져 있다. 그러나 각운형 화백시는 그 특성상 주제와 내용 면에서 창시와의 유사성은 존재하지 않으며 단순히 창시의 시운을 차용함으로써 성립된 형식적·표피적 관계의 산물이라고 할 수 있다.

(2) 작가형

창시 작가와 작품에 대한 화시 작가의 인식태도 면에서 조선전기 화백시의 두 번째 유형은 작가형이다. 화시 작가의 관심이 주로 창시 작가에 집중되어 있는 경우이다. 즉 창시 작가의 인품에 대한 흠모 혹은 삶의 방식이나 인생 경험·처지에 대한 공감을 바탕으로 한다. 작가형은 고려문인의 화백시에도 존재한다. 노년의 처지와 취향 면에서 자신과 백거이의 동질성을 발견하고 노년의 생활과 삶의 방식을 노래한 이규보의 「次韻和白樂天病中十五首幷序」가 대표적인 작품이다. 이규보의 「觀白樂天集家釀新熟每嘗輒醉妻姪等勸令少飮之詩此亦類予故和之云」은 노경에 들어서도 항상 술을 즐기는 백거이 삶의 방식과 태도가 자신과 유사함을 발견함으로써 제작된 화시이다.[30] 조선전기 작가형 화백시를 예로 든다.

[가] 창시: 백거이

頭風目眩乘衰老,	두통에 눈 침침한 것은 노쇠한 탓이려니
只有增加豈有瘳.	갈수록 심해질 뿐 어찌 나을 리 있으랴?
花發眼中猶足怪,	눈 속에 꽃이 피었으니 참으로 괴이하고
柳生肘上亦須休.	팔꿈치에 버들이 나니 정말 쉬어야만 하리.
大窠羅綺看纔辨,	비단옷 수놓아진 큰 무늬도 겨우 식별하니
小字文書見便愁.	공문서 작은 글자는 보기만 해도 시름겹다.
必若不能分黑白,	만약 흑백조차 구별할 수 없다면
却應無悔復無尤.	오히려 유감도 원망도 없으련만.

(『백거이집전교』 권28)

[나] 화시: 김종직

---

30 고려문인의 작가형 화백시에 관한 논의는 본서 제5장 「고려문인과 백거이 창화의 제양상과 의미」에 상세하다.

五十七年眸益暗,　　　　나이 쉰일곱에 눈은 더욱 어두워지고

客塵風眩殆難瘳.　　　　객지 생활에 눈 어지럼증 낫기 어렵다.

看書滋味三分減,　　　　서책 읽는 재미는 삼할이나 줄어들었고

秉燭觀遊一併休.　　　　촛불 잡고 유람하는 일도 함께 포기했다.

昔與卜商容或類,　　　　예전에는 자하의 처지와 혹 유사할까 했는데

晚爲張籍轉堪愁.　　　　만년에는 장적의 신세 될까 더욱 걱정스럽다.

强顔經幄揩張處,　　　　뻔뻔스럽게 경연에서 두 눈을 비벼 뜨면

恰被人譏不自尤.　　　　분명 비웃음 받아도 나는 탓하지 않는다.

(『佔畢齋集』권20)

창시 [가]는 백거이의 「病眼花」이다. 大和 5년(831)의 작품이니 백거이가 60세 나이로 낙양에서 河南尹을 지내던 시절이다. 시제에서 알 수 있듯이 노쇠함으로 인해 심해지는 안질을 소재로 한 작품이다. 제3구의 "花發眼中(눈 속에 꽃이 피다)"은 '花'에 '눈이 흐릿하다'는 의미가 있음을 이용한 해학적 표현이다. 제4구의 "柳生肘上(팔꿈치에 버들이 생겨나다)"는 '柳'가 '瘤(종기)'와 諧音인 점에 착안한 표현이다. 후반부의 직설적인 표현에서도 알 수 있듯이 이 작품은 안질로 인한 시력 저하의 고통을 노래한 것이다.

화시 [나]는 김종직의 「讀白樂天病眼詩與余相符次其韻」이다. 작품 초반부터 노년의 시력 저하와 어지럼증으로 인한 일상생활의 고충을 토로했다. 제5구 "昔與卜商容或類"는 공자의 제자 子夏가 아들을 잃고 슬피 울다가 실명을 했다는 전고를 이용한 표현이다.[31] 제6구 "晚爲張籍轉堪愁"는 당대 시인 張籍이 심한 안질로 고초를 겪으며 한때

31　司馬遷「仲尼弟子列傳」: "(卜商字子夏……)其子死, 哭之失明."(『史記』권67)

시력장애의 불운을 겪었던 전기 사실을 이용한 표현이다.[32] 2구를 통해 시력 저하에 대한 자신의 우려를 우회적으로 드러냈다. 시제에서도 알 수 있듯이 화시 작가 김종직은 창시「病眼花」를 읽고 백거이 노년의 신체적 상황이 자신과 똑같다는 사실에 공감하여 백거이 시에 차운했던 것이다. 이황의「和白樂天眼漸昏昏耳漸聾」도 이와 유사하다.

[가] 창시: 백거이

眼漸昏昏耳漸聾,　　　　눈은 점점 침침해지고 귀도 점차 들리지 않는데

滿頭霜雪半身風.　　　　머리엔 백발 가득하고 몸 반쪽은 중풍이 들었다.

已將心出浮雲外,　　　　이미 마음은 육신을 벗어나 초연한데

猶寄形于逆旅中.　　　　그저 몸뚱이를 세상에 기탁하고 있을 뿐.

觴詠罷來賓閣閉,　　　　음주와 작시 그만두니 빈객의 누각 닫히고

笙歌散後妓房空.　　　　연주와 노래 소리 그치니 기방이 텅 비었네.

世緣俗念消除盡,　　　　세속의 인연과 속념이 모두 다 사라지니

別是人間淸淨翁.　　　　또 다른 인간 세상의 淸淨한 노인이로세.

(『백거이집전교』 권35)

[나] 화시: 이황

眼漸昏昏耳漸聾,　　　　눈은 점점 침침해지고 귀도 점차 들리지 않는데

懶當勞事怯當風.　　　　힘든 일 내키지 않고 바람 쐬는 것도 겁이 나네.

謬懷志願平生裏,　　　　평생 품었던 포부 이제는 다 어그러지고

32　韓愈「代張籍與李浙東書」: "(張籍)不幸兩目不見物, 無用于天下."(『韓昌黎文集校注』 권3), 孟郊「寄張籍」: "西明寺後窮瞎張太祝, 縱爾有眼誰爾珍."(『전당시』 권378)

蹉過光陰一夢中.　　　세월도 한바탕 꿈속에서 헛되이 흘러갔다.

僧報野堂春尙峭,　　　스님은 山寺 불당에 봄이 아직 차다 하고

婢愁山甕酒仍空.　　　여종은 술독이 아직도 텅 비었다 걱정한다.

題詩莫浪傳人手,　　　시를 지어 함부로 남에게 전하지 말아라

年少叢多笑此翁.　　　많은 젊은이가 이 늙은이를 비웃으리라.

(『退溪集』 권3)

창시 [가]는 백거이의 「老病幽獨偶吟所懷」이다. 開成 5년(840) 69
세에 지은 이 작품은 낙양에서 太子少傅分司라는 이름뿐인 한직을
지내던 시절, 늙고 병든 몸으로 인한 인생 감회를 노래하였다. 노쇠와
질병으로 인한 신체 상황의 열악함 속에서도 마음만은 육신의 고통을
초월하여 초연하다고 하였다. 세속적 교유와 향락으로부터의 소외가
오히려 세속적 집착과 상념으로부터 자유를 누리게 한다며 淸靜한 생
활을 즐기는 달관의 경지에 이르렀음을 자부한다. 이처럼 자신의 생
활속에서 언제나 자신의 처지를 인정하면서 自足의 즐거움을 노래하
는 것이 백거이 만년 문학의 특징이기도 하다.

　이황의 화시 [나]는 제하 자주에 '甲子'라고 하였으니 1564년 64세
때의 작품이다.[33] 초반에서는 힘들여 하는 일은 내키지 않고 바람쐬는
일도 겁이 날 정도로 노쇠했음을 토로하면서 한 평생 인생이 一場春
夢과도 같다는 무상감을 노래했다. 제5·6구는 봄이 되었건만 아직도
한기를 느끼는데, 한 잔 술로 그 한기를 달래려 해도 술독이 텅 빈 것
을 걱정해야 하는 자신의 청빈한 생활을 우회적으로 표현했다. 마지
막 2구에서 젊은이들에게 이 시를 함부로 보여주지 않겠다고 한 것은

33　民族文化推進會 編 『韓國文集叢刊解題』 [제2책] (서울, 民族文化推進會, 1998) 1-13쪽.

신체적 노쇠와 그로 인한 인생 감회를 젊은이들은 이해할 수 없기 때문이다.

이것은 바로 현재 노년의 신체적 상황과 처지를 자연의 섭리로 받아들이고 그에 순응하려는 초연함의 역설적 표현이다. 결국 이황의 화시 역시 생로병사의 고해 속에서 세월이 흐르면 늙어 쇠약해질 수밖에 없는 노년의 인생 감회를 노래한 것이다. 비록 김종직의 화백시「讀白樂天病眼詩與余相符次其韻」처럼 시제에 "(백거이의) 처지가 나와 똑같다(與余相符)"와 같은 표현이 기재되지는 않았지만 이황의 화시는 백거이의「老病幽獨偶吟所懷」를 통해 백거이와 자신의 노년 처지가 유사함을 발견한 것이 차운의 동기였다. 백거이 창시의 제1구 "眼漸昏昏耳漸聾"을 자기 작품의 제1구로 그대로 사용한 것이 이러한 점을 더욱 확실히 보여준다.

앞서 논의한 2수의 화백시는 김종직과 이황이 백시를 통해 발견한 백거이 노년의 처지와 삶의 태도에 관심이 집중되어 있으므로 전형적인 작가형에 해당한다. 백거이 처지와의 유사성 발견은 늙어 쇠약해진 노년의 상황에만 국한된 것은 아니다. 양사언은 58세 나이에 아들 楊萬古(1574-1654)를 얻었고[34] 뒤늦은 득남의 기쁨을 노래한 것이 바로「次白樂天志喜韻」시이다.[35] 그런데 아들이 없던 백거이가 아들 阿崔를 얻은 것 역시 大和 3년(829) 그의 나이 58세 때의 일이고 그 기쁨을

---

34   양사언의 소생으로는 후실 杆城 李氏와의 사이에서 3남 3녀가 있었으나 2남 2녀가 요절하고 1남 1녀만 생존하였다고 한다.(홍순석『양사언의 생애와 시』, 서울, 경인문화사, 2000. 22-23쪽 참조) 생존한 1남이 바로 楊萬古인데 생년이 1574년이므로 양사언이 58세에 얻은 아들임이 분명하다.

35   양사언「次白樂天志喜韻」: "五冠西都王相後, 再生東海姓楊兒. 回天心赤神先勞, 抱日輪紅夢亦知. 玉雪風儀應少爾, 麒麟骨相問爲誰. 吾家舊物靑氈在, 汝作夔龍起鳳池."(『蓬萊詩集』권2)

노래한 시가 「予與微之老而無子發於言歎著在詩篇今年冬各有一子戲作二什一以相賀一以自嘲」 제1수이다.[36] 양사언의 「次白樂天志喜韻」은 비록 창시의 제목을 '志喜'로 약칭하였지만 백시의 운자인 상평성 支韻의 兒·知·誰·池를 순서 그대로 사용하였으니, 창시는 분명 백거이의 「予與微之老而無子發於言歎著在詩篇今年冬各有一子戲作二什一以相賀一以自嘲」 제1수임이 분명하다. 따라서 양사언의 「次白樂天志喜韻」은 백거이가 58세의 나이에 득남했다는 사실이 자신과 일치함을 발견하고 동질성에 대한 공감을 바탕으로 백시에 대한 차운시로 득남의 기쁨을 노래한 작품이다.

지금까지 논의한 작품에 의하면 조선전기의 작가형 화백시는 주제·내용 면에서 백거이의 창시와 상당히 유사하다. 이 유사성은 화시 작가가 백거이의 작품을 통해 창시 작가의 처지와 상황이 자신과 일치한다는 것, 즉 창시 작가에 대한 동질성 인식으로 인한 필연적 결과이다. 작가형 화백시는 주제와 내용이 비록 창시와 유사하기는 하지만 단순히 창시를 모방한 無病呻吟의 擬古作이 아니라 화시 작가 자신의 삶과 감정을 차운의 작법으로 노래한 것이다.

(3) 작품형

만당·북송 시기에 차운 방식이 극성한 이후로 고려와 조선문단에서도 창시의 운자를 순서대로 사용하는 차운시 제작이 보편화되었다.

---

36 백거이 「予與微之老而無子發於言歎著在詩篇今年冬各有一子戲作二什一以相賀一以自嘲」 제1수: "常憂到老都無子, 何況新生又是兒. 陰德自然宜有慶, 皇天可得道無知. 一園水竹今爲主, 百卷文章更付誰. 莫慮鶺鴒無浴處, 卽應重入鳳凰池."(『백거이집전교』 권28)

따라서 작품형 화백시 역시 백거이 시와 동일한 운자를 순서대로 사용하여 제작된 것이므로 창시 각운에 대해 상당한 주의를 기울여야 했음은 다른 유형과 다를 바 없다.

그러나 창시 작가와 작품에 대한 화시 작가의 인식 태도라는 기준에서 보면 작품형 화백시는 창시에 대한 화시 작가의 인식태도가 창시 각운이나 작가보다는 작품 자체에 관심이 집중되어 있는 경우이다. 즉 화시 제작의 주요 요인이 창시의 주제·내용 및 의경 등 작품 자체에 대한 깊은 감흥을 위주로 한다는 점에서 각운형·작가형 화백시와는 근본적인 차이가 있다. 작품형 화백시는 고려문인에게는 존재하지 않았던 유형이라는 점에서 더 큰 의미가 있다.

[가] 창시: 백거이

人生一百歲,	인생살이 백년이라 하면
通計三萬日.	통틀어 셈해봐야 삼만 일.
何況百歲人,	하물며 백 살을 사는 사람
人間百無一.	이 세상엔 백 명에 하나도 없다.
賢愚共零落,	현명하든 어리석든 모두 죽기 마련이고
貴賤同埋沒.	존귀하든 미천하든 다 같이 땅에 묻힌다.
東岱前後魂,	泰山에는 고금의 혼백이 서려있고
北邙新舊骨.	북망산엔 신구의 유골이 묻혀있다.
復聞藥誤者,	또 들으니 단약으로 목숨 잃은 자는
爲愛延年術.	불로장생술을 좋아했기 때문이라지.
又有憂死者,	또한 근심으로 죽은 사람 있으니
爲貪政事筆.	정치권력을 탐했기 때문이라네.
藥誤不得老,	단약으로 목숨 잃은 것은 늙어서도 아니고

憂死非因疾.	근심으로 죽은 것은 병 때문이 아니라네.
誰言人最靈,	누가 말했나 인간이 만물의 영장이라고
知得不知失.	얻는 것은 알아도 잃는 것은 모르거늘.
何如會親友,	절친한 벗들 다 함께 모여
飮此盃中物.	이 술 마시는 것이 어떠한가?
能沃煩慮銷,	번뇌와 우려를 씻어 없애주고
能陶眞性出.	본성을 도야하여 드러내준다.
所以劉阮輩,	그러므로 유령과 완적은
終年醉兀兀.	일년 내내 술에 흠뻑 취해 있었지.

『백거이집전교』 권10)

창시 [가]는 백거이의 「對酒」이다. 모친상으로 下邦에서 복상 중이던 시기의 작품이다. 「對酒」라는 제목과는 달리 작품의 첫머리는 길어야 백년뿐인 인생의 유한함을 언급한다. 약간의 시간적 차이는 있으나 누구나 짧은 시간 살다 가는 것이 인생이라고 했다. 이러한 자연섭리는 신분의 귀천을 가리지 않고 현명한 사람이나 우둔한 사람에게나 모두 공평하게 적용된다는 것이다. 그럼에도 불로장생을 추구하고 정치권세를 탐하다가 오히려 생명을 단축시키는 것은 매우 어리석은 일이라고 시인은 나무란다. 장수와 권세 등에 대한 추구는 부질없는 욕망이므로 자연의 섭리에 순응하여 盃中物을 즐기며 번뇌로부터 벗어나야 한다는 인생 철리를 노래하고 있다. 이 작품에 대한 화시인 심수경의 「次白樂天對酒韻」은 다음과 같다.

[나] 화시: 심수경

| 浮生一世間, | 이 한 세상 살아가면서 |

爲樂能幾日.	즐거운 날 며칠이나 될까.
役役更營營,	수고롭고 정신없이 사는 건
億兆皆如一.	세상 사람 모두 한결같구나.
天地不知寬,	천지자연은 관대함을 알지 못해
死生長乾沒.	인간의 생사를 언제나 빼앗는다.
誰知一盃酒,	누가 알리오 이 술 한잔도
曾不到朽骨.	죽은 후엔 마실 수 없음을.
飮酒最是樂,	술 마시는 것이 최고 즐거움이니
延生別無術.	생명 연장에는 다른 방도가 없지.
醉裏發浩歌,	술에 취해 큰소리로 노래 부르고
且復揮詩筆.	다시 또 붓을 잡아 시를 쓰노라.
何須煩藥餌,	어찌하여 번거로이 단약을 먹는가
一醉愈百疾.	한 번 취하면 모든 병이 치유되거늘.
萬事可都忘,	세상만사 모두 잊을 수 있는데
何況計得失.	하물며 이해득실을 따지겠는가.
所以古之人,	이런 이유로 옛 사람들은
謂之忘憂物.	술을 忘憂物이라 불렀지.
壽夭莫言天,	수명의 장단 하늘에 말하지 마라
無非自己出.	모두 다 자기하기에 달려 있다네.
此理要商量,	이런 이치를 모름지기 헤아리며
寒窓獨坐兀.	싸늘한 창가에 홀로 올좌한다.

(『聽天堂詩集』)

창시 [가]는 입성 質韻 · 月韻 · 物韻 등으로 환운한 오언고시이다.
심수경의 화시 [나] 역시 오언고시로서 창시의 운자 日 · 一 · 沒 ·

骨・術・筆・疾・失・物・出・兀을 순서대로 사용한 차운시이다. 그러나 시체와 각운 상의 동일성보다 더욱 중요한 것은 창시에 대한 화시 작가의 인식태도가 작품의 주제와 내용에 집중되어 있다는 점이다.

화시 [나]는 이 세상 누구에게나 인생은 유한하면서도 수고로운 것이라는 인식의 표현으로 시작한다. 그러한 인생마저 영원히 살도록 하지 않는 것이 자연의 섭리라고 하였다. 그러므로 생명 연장을 위해 불로장생약을 먹을 필요도 없고, 죽고 나면 술 한잔도 즐길 수 없거늘 각박하게 이해득실을 따지며 살 필요도 없다는 것이다. 술이란 시름을 잊게 한다는 忘憂物이니 세상만사 잊을 수 있고, "술 마시는 것이 최고의 즐거움(飮酒最是樂)"이니 온갖 병도 치유할 수 있다고 하였다. 이렇게 사노라면 천수를 누릴 수 있으므로 장수와 요절도 자신의 삶의 태도에 달려 있다는 인생관을 담고 있다.

창시 [가]와 화시 [나]는 술을 제재로 한 음주시이면서도 부질없는 욕망 추구보다는 자연 섭리에 순응하여 인생의 즐거움을 찾아야 한다는 인생 철리를 노래했다는 점에서 일치한다. 화시 작가 심수경은 백거이 「對酒」의 주제에 대한 감흥으로 인해 동일한 제재로 동일한 주제를 노래했기 때문이다.

이외에도 창시 주제에 대한 감흥이 화시 제작의 동기로 작용한 작품형 화백시로는 조욱의 「次香山居士何處難忘酒韻四首示同僚彦直」과 심수경의 「次樂天何處難忘酒四首」 등을 꼽을 수 있다. 두 시인의 연작 화백시는 시제에서도 알 수 있듯이 백거이 「何處難忘酒」에 대한 차운시이다.

[가] 창시: 백거이

何處難忘酒,	어떤 때 술을 잊지 못할까?
霜庭老病翁.	서리 내린 뜰에 늙고 병든 늙은이.
暗聲啼蟋蟀,	귀뚜라미 소리 어디선가 들려오고
乾葉落梧桐.	오동나무 잎새 시들어 떨어진다.
鬢爲愁先白,	시름으로 인해 귀밑머리 먼저 희어지고
顔因醉暫紅.	술기운 빌어서야 얼굴이 잠시 붉어진다.
此時無一盞,	이러한 때 한 잔 술이 없다면
何計奈秋風.	스산한 가을바람 어찌 견디리오?

(『백거이집전교』 권27)

이 작품은 백거이의 「하처난망주」 제4수이다. 이 시는 꽃다운 젊은 시절 어느새 지나가고 늙고 병든 노년을 맞이한 비애를 노래했다. 오동 잎은 시들어 떨어지고 귀뚜라미는 구슬프게 울고 있는데 뜨락에는 서리가 하얗게 내려 있다. 이 모두가 쇠락의 계절 가을을 대표하는 물색이다. 가을은 인생에 있어 노년에 해당한다. 한 평생 시름으로 귀밑머리 하얗게 세고 얼굴은 핏기없이 창백한 노인, 흘러간 청춘이 공연히 그리워지는 노년의 서글픔은 한잔 술로 달랠 수밖에 없음을 권주가의 형식을 빌어 표현했다. 이에 대한 화시는 심수경의 「次樂天何處難忘酒四首」 제2수와 조욱의 「次香山居士何處難忘酒韻四首示同僚彦直」 제3수이다.

[나] 화시: 심수경

何處難忘酒,	어떤 때 술을 잊지 못할까?
窓前潦倒翁.	창가에 영락한 신세의 늙은이.
寒眠憑短枕,	싸늘한 방 작은 베개 기대어 눕고

獨坐撫枯桐.	홀로 앉아 거문고를 어루만진다.
鬢亂莖抽白,	헝클어진 머리에서 백발이 빠지고
燈殘燼落紅.	꺼져가는 등잔에서 붉은 불티 떨어진다.
此時無一盞,	이런 때 한 잔 술이 없다면
惆悵向西風.	가을바람 마주해 슬픔에 잠기리라.

(『聽天堂詩集』)

[다] 화시: 조욱

何處難忘酒,	어떤 때 술을 잊지 못할까?
支離笑病翁.	支離疏도 비웃을 병든 늙은이.
看雲迷遠岫,	구름을 봐도 먼 산봉우리와 구분 안 되고
望月倚孤桐.	달을 보려면 오동나무에 기대야 한다.
老得鬢毛白,	이젠 늙어 귀밑머리가 희어졌고
愁銷面頰紅.	시름으로 붉은 안색도 사그라졌다.
此時無一盞,	이런 때에 한 잔 술이 없다면
爭奈向東風.	어떻게 봄바람을 대할 수 있으리오.

(『龍門集』 권2)

화시 [나]와 [다]는 모두 늙고 처량한 노인 형상을 통해 노년의 비애를 노래하고 있다. [나]에서는 싸늘한 방에 누운, 때로는 홀로 앉아 거문고 어루만지는 노인을 가물거리며 다 꺼져가는 등잔불에 비유했다. [다]에서는 『莊子』에 등장하는 불구자 支離疏[37]조차도 비웃을 정도로 노병에 시달리는 노인을 등장시켰다. 그의 얼굴엔 평생의 시름

---

37 『莊子 · 人間世』: "支離疏者, 頤隱於臍, 肩高於頂, 會撮指天, 五管在上, 兩髀爲脇."

이 스며든 듯 붉은 핏기 한 점 없다고 하였다. 화시 [나]와 [다]는 백거이 창시 [가]와 동일한 제재를 선택해 우리 인생에서 "술을 잊기 어려운(難忘酒)" 때는 늙고 병든 때라며 노년의 처량함과 비애를 노래하고 있다.

　화시 [나]와 [다]는 제2·4·6·8구에 창시의 운자인 상평성 東韻의 翁·桐·紅·風을 운자로 사용했을 뿐만 아니라 창시의 제1구 "何處難忘酒"와 제7구 "此時無一盞"도 그대로 차용했다는 점에서 보면 화시 작가가 창시의 형식에도 깊은 관심을 가지고 있었음을 알 수 있다. 창시 작가와 작품에 대한 화시 작가의 관심이 각운형·작가형과는 달리 작품 자체에 집중되어 있다는 작품형의 특성을 잘 보여 준다.

　백거이는 大和 4년(830) 59세의 나이에 연작음주시 「勸酒十四首」를 창작하였다. 이 연작음주시는 「何處難忘酒」 7수와 「不如來飮酒」 7수로 구성되어 있다. 「하처난망주」 7수의 모든 작품은 "何處難忘酒" 로 시작되고 제7구 역시 모두 "此時無一盞"으로 표현되고 있다. 이처럼 독특한 형식으로 구성된 「하처난망주」 7수는 한평생 살아가면서 술이 마시고 싶어질 때를 "어떤 때 술을 잊지 못할까(何處難忘酒)"라는 표현으로 노래한 작품이다.

　과거에 급제하여 이상 실현의 희망에 부풀었을 때(제1수), 청운의 꿈을 이루지 못하고 부질없이 흘려보낸 세월의 공허함을 느낄 때(제2수), 백화만발한 봄날 미녀들의 가무와 호사스런 주연을 즐길 때(제3수), 늙고 병든 노년의 처량함과 서글픔을 느낄 때(제4수), 큰 전공을 세워 득의양양 금의환향할 때(제5수), 정든 이를 떠나보내며 이별의 아쉬움을 달랠 때(제6수), 귀양갔다 고향으로 돌아온 이의 고초를 위로하고자 할 때(제7수) 등, 일곱 가지의 경우를 술 생각이 날 때로 설정하였다. 그 중에 기쁠 때도 있고 슬플 때도 있는 것은 술은 기뻐서도 마시고 슬퍼서도 마시기 때문이다. 기뻐서 마시는 술은 '取樂'의 술이고 슬퍼서 마시는 술은 '解憂'의 술이니, 백거이의 「하처난망주」 7수는 사실 권주의 형식을 빌어 인생의 애환을 노래한 시이다.[38] 인생의 애환이라는 보편적 정서를 노래한 백거이의 연작시는 분명 조선전기 문인에게 깊은 공감과 감흥을 촉발하였을 것이다. 「하처난망주」 7수에 대한 심수경과 조욱의 화시 제작은 인생의 애환 표출이라는 창시 주제에 대한 공감과 감흥에 기인하므로 창시와 화시의 주제가 동일한 것은 필연적인 결과이다.[39]

6. 소결

지금까지 조선전기 문인 251인의 문집을 대상으로 백거이 시에 대한 화시를 선별하여 다양한 논의를 진행하였다. 비록 창시 작가와 화시 작가 간의 직접적인 교유가 근본적으로 불가능한 창화 행위이지만

---

38 백거이 「하처난망주」 수용에 관한 논의는 본서 제3장 「조선문인의 백시 수용과 변용」에 상세하다.

39 백거이 창시와 심수경·조욱의 화시가 동일한 주제를 노래했다는 것은 연작 형태로 이루어진 창시 7수와 화시 4수의 주제를 총괄적으로 평가한 결과이다. 창시와 화시의 세부 작품에 별도의 소제목이 존재하지 않으므로 주제 파악에 있어 개별적인 평가보다는 총괄적인 평가가 유용하기 때문이다. 즉 화시 작가 심수경과 조욱이 백거이 「하처난망주」 7수 중 일부 작품의 개별적 내용에 감흥을 받았다기보다는 백거이 연작시 전체를 총괄하는 주제, 즉 인생의 애환이라는 점에 공감을 느낀 것이다. 이러한 기준으로 보면 일부 화시의 구체적 내용이 창시와 다르다는 점도 이해가 가능하다. 예를 들면 백거이의 「하처난망주」 제1수는 과거에 급제하여 이상 실현의 희망에 부풀었을 때를 노래한 것인데 이 작품에 대한 조욱의 화시 「次香山居士何處難忘酒韻四首示同像彦直」 제1수는 타향살이의 외로움을 느끼며 향수를 달래고자 할 때를 노래했지만 인생의 애환을 노래했다는 점에서 연작시의 총괄 주제는 여전히 동일하기 때문이다.

시공을 초월한 한중 고대문인의 문학 교류라는 점에서 큰 의미가 있다.

조선전기 문인의 화백시는 16제 50수이다. 50수에 이르는 화백시의 제작 배경을 창시 작가와 화시 작가 이외의 제삼자 개입 여부에 따라 제삼자 개입형과 제삼자 비개입형의 두 가지 유형으로 분류했다. 조선전기 화백시의 제삼자 개입형은 모두 기증수답의 방식에 의한 제삼자 간접개입형이다. 고려문인의 화백시가 동시동석의 상황에서 제작된 제삼자 직접개입형이 주류를 이루었던 것과는 대조적인 현상이다.

제삼자 간접개입형 화백시는 일차적으로는 동시대인의 시에 화운한 것이지만 그와 동시에 백거이의 시운을 사용한 화백시이기도 하다. 따라서 창시 작가 백거이는 단지 시운 제공자로서의 의미가 있을 뿐이다. 백거이 시운을 매개로 화시 작가와 동시대인 간의 교유가 진행되었다는 점에서 제삼자 간접개입형 역시 또 다른 차원의 문인 교유의 수단이었다.

조선전기 화백시의 제삼자 비개입형 작품은 허균의 「和白詩」 25수가 대표적이다. 조선전기 화백시의 절반을 차지한다는 수량 면에서도 대표성이 인정되지만, 동일한 나이에 좌천당한 동일한 처지로 인한 공감대 형성에 의해 독립적으로 성립된 창화라는 점에서도 제삼자 비개입형의 전형이다.

제삼자 비개입형 화시는 주로 창시 작가의 처지와 상황에 대한 동질성 발견 혹은 창시 작품의 주제·내용에 대한 깊은 감흥으로 인해 제작된다. 그러나 조선전기 화백시의 제삼자 비개입형에는 다소 다른 성격의 작품도 존재한다. 즉 정사룡의 「上巳用白香山韻」과 박상의 「用白樂天韻卽景寄石川」은 개인적인 시정 촉발로 시를 짓고자 하면서 백거이의 시운을 선택함으로써 제작된 제삼자 비개입형이다. 제삼자 비개입형 화백시는 동시대인과의 교유 수단이라는 기능은 존재하지 않지만 중국문인 백거이와의 시공을 초월한 정신적·문학적 교류라는 차원에서 의미가 있다.

조선전기 화백시는 제목에 차운임을 밝힌 것이든 단순히 '和~'·'用~韻'의 형식으로 화운시임을 밝힌 것이든 화운 방식은 모두 차운이다. 이러한 현상은 창시와 동일한 운자를 동일한 순서로 사용하는 차운이 최고난도의 화운 방식으로서 자신의 시재를 드러내는 데 가장 효과적이기 때문이다. 이는 고려문인의 화백시에도 존재했던 현상이다.

조선전기 화백시의 용운 상황 면에서 흥미로운 양상은 「和白詩」 25수에서 나타난다. 백거이의 수구불입운식 칠언 창시 7수에 대해 허균은 창시와 달리 제1구에도 모두 압운하였다는 점이다. 수구불입운식 창시가 모두 수구입운식 화시로 변화했다는 것은 결코 우연이 아니라 화시 작가의 의도적인 행위의 결과이다. 시재의 경쟁과 과시라는 기능을 감안하면 수구불입운식 창시에서 수구입운식 화시로의 변화는 허균이 자신의 시재를 과시하고 창시 작가 백거이와의 작시기교 경쟁이라는 의도가 있었음을 보여준다. 즉 허균은 당대의 대시인 백거이를 능가하는 시재를 과시함으로써 좌천당한 문인으로서의 자부심과 존재 가치를 확인하고자 했던 것이다.

조선전기 화백시는 창시 작가나 작품에 대한 화시 작가의 인식 태도 면에서 각운형·작가형·작품형 등 세 가지 유형으로 분류된다. 각운형 화백시는 창시 작가와 작품 자체보다는 창시의 각운에만 화시 작가의 관심이 집중되어 있다. 창시와 화시는 동일한 운자가 동일한 순서로 사용되었다는 점을 제외하면 주제와 내용 면에서 유사성이 존재하지 않는다. 이는 화시 작가의 관심이 백시의 각운 차용에만 있었으므로 창시의 주제나 내용은 고려할 필요가 없기 때문이다.

각운형 화백시는 단순히 창시의 시운을 차용함으로써 성립된 형식적·표피적 관계의 산물이다. 창시 작가 백거이는 단순히 시운 제공자의 역할을 수행한 것이다. 고려문인의 각운형 화백시는 동시동석의 상황에서 제작된 제삼자 직접개입형을 위주로 했다. 이와는 달리 조선전기 화백시의 각운형에는 제삼자 간접개입형과 제삼자 비개입형이 포함된다는 점에서 더욱 다양한 양상을 보이고 있다.

작가형 화백시는 화시 작가의 관심이 주로 창시 작가의 삶 자체에 집중되어 있다. 주로 백거이 작품을 통해 창시 작가의 처지와 상황이 자신과 유사함을 발견한 것이 화시 제작의 주요 동기이다. 김종직의 「讀白樂天病眼詩與余相符次其韻」과 이황의 「和白樂天眼漸昏昏耳漸聾」은 늙고 병든 노년의 처지가, 양사언의 「次白樂天志喜韻」은 58세의 나이에 득남했다는 사실이 자신과 일치했다는 점에서 백거이의 삶에 대한 공감을 바탕으로 제작된 것이다.

따라서 본고에서 논의된 조선전기 작가형 화백시는 창시와 주제·내용이 매우 유사하다. 이 같은 유사성은 창시 작가 백거이의 처지와 삶의 방식에 대한 공감, 그로 인한 자신과의 동질성 인식에 의한 것이다. 작가형 화백시는 주제와 내용이 비록 창시와 유사하기는 하지만 단순히 창시를 모방한 無病呻吟의 擬古作이 아니라 화시 작가 자신의 삶과 감정을 차운 방식으로 노래한 것이다.

작품형 화백시는 창시의 각운이나 작가의 삶보다는 작품 자체에 화시 작가의 관심이 집중되어 있다. 즉 화시 제작의 주요 요인이 창시의 내용·주제 및 의경 등 작품 자체에 대한 깊은 감흥을 위주로 한다는 점에서 각운형·작가형 화백시와는 근본적인 차이가 있다. 작품형 화백시는 고려문인에게는 존재하지 않았던 유형이기에 큰 의미가 있다.

백거이 「對酒」의 주제에 대한 감흥으로 제작된 심수경의 「次白樂天對酒韻」은 부질없는 욕망 추구보다는 자연 섭리에 순응하여 인생의 즐거움을 찾아야 한다는 인생철리를 노래하여 창시의 주제와 일치한다. 백거이의 연작 음주시 「何處難忘酒」 7수에 대한 조욱과 심수경의 화시는 권주의 형식을 빌어 인생의 애환을 노래한 연작시라는 점에서 백거이 창시와 부합한다. 작품형 화백시의 주제가 창시와 일치하는 것은 창시의 내용과 주제에 대한 공감과 감흥이 화시 제작의 동기였음으로 인한 필연적인 결과이다.

일반적으로 동시대인의 작품에 대한 화시는 창시 작가와의 교분으로 인해, 고인에 대한 화시는 창시 작가에 대한 흠모의 정으로 인해 창시의 주제와 내용을 받아들임으로써 창시와 화시는 내용 면에서 밀접한 관계가 있다고 알려져 있다. 그러나 백거이 시에 대한 조선전기 문인의 화시는 어떠한 상황에서 제작되었는가에 따라 혹은 창시의 작가와 작품에 대한 화시 작가의 관심이 어디에 있는가에 따라 다양한 유형이 존재하고 각 유형에 서로 다른 의미가 있다. 화시에 관한 기존 지식에만 의존해 한중 고대문인의 창화 행위를 이해하는 것은 편견이다. 한중 고대문인의 창화 행위에 있어 본고에서 논의되지 않은 또 다른 유형과 의미가 있다면 후일 연구범위의 확대와 새로운 연구방법의 개발을 통해 지속적으로 고찰되어야 한다.

[부록] 백거이와 조선전기 문인 창화시 일람표

번호	조선전기 문인 화시			화시·창시			백거이 창시	
	작가	시제	首句	화운	각운	시체	시제	首句
1	李石亨	三體詩和白樂天早春韻	仄起 入韻	치운	歌韻	七律	早春憶微之	平起 入韻
2	金宗直	讀白樂天病眼詩與余相符次其韻	仄起不入韻	치운	尤韻	七律	病眼花	平起不入韻
3	金克成	次可柔用樂天韻	仄起 入韻	치운	尤韻	七絶	聽崔七妓人箏	仄起 入韻
4	金克成	次白樂天韻題李馬二妓贈可柔	平起不入韻	치운	先韻	七言 四律	醉後題李馬二妓	平起不入韻
5	朴祥	用白樂天韻即景寄石川	平起 入韻	치운	歌韻	七律	早春憶微之	平起 入韻
6	蘇世讓	次雙峯用香山老病之韻	仄起 入韻	치운	東韻	七律	老病幽獨偶吟所懷	仄起 入韻
7	蘇世儉	用香山老病之韻(假題)	仄起 入韻	치운	東韻	七律	老病幽獨偶吟所懷	仄起 入韻
8	鄭士龍	上巳用白香山韻	仄起 入韻	치운	鹽韻 咸韻	七律	三月三日	平起不入韻
9	周世鵬	次東溪次湖陰次白香山韻	平起 入韻	치운	鹽韻 咸韻	七律	三月三日	平起不入韻
10	趙昱	次香山居士何處難忘酒韻四首示同僚彥直·其一	仄起不入韻	치운	眞韻	五律	何處難忘酒七首·其一	仄起不入韻
11	趙昱	其二	仄起不入韻	치운	庚韻	五律	何處難忘酒七首·其二	仄起不入韻
12	趙昱	其三	仄起不入韻	치운	東韻	五律	何處難忘酒七首·其四	仄起不入韻
13	趙昱	其四	仄起不入韻	치운	先韻	五律	何處難忘酒七首·其三	仄起不入韻
14	李滉	和白樂天眼漸昏昏耳漸聾	仄起 入韻	치운	東韻	七律	老病幽獨偶吟所懷	仄起 入韻

번호	작가	조선전기 문인 화시 시제	首句	화운	화시·창시 각운	시체	백거이 창시 시제	首句
15	沈守慶	次樂天何處難忘酒四首·其一	仄起不入韻	화운	庚韻	五律	何處難忘酒七首·其二	仄起不入韻
16	沈守慶	其二	仄起不入韻	화운	東韻	五律	何處難忘酒七首·其四	仄起不入韻
17	沈守慶	其三	仄起不入韻	화운	歌韻	五律	何處難忘酒七首·其六	仄起不入韻
18	沈守慶	其四	仄起不入韻	화운	元韻	五律	何處難忘酒七首·其七	仄起不入韻
19	沈守慶	次白樂天對酒韻	不入韻	화운	質韻 月韻 物韻	五古	對酒	不入韻
20	楊士彦	次白樂天志善韻	仄起不入韻	화운	支韻	七律	予與微之老而無子發於言歎著在詩篇今年冬各有一子戲作二什一以相賀一以自嘲·其一	平起不入韻
21	李海壽	李參判仔卿用白尙書居易韻來示和之五首·其一	平起 入韻	화운	眞韻	七律	不出門	仄起 入韻
22	李海壽	其二	仄起 入韻	화운	眞韻	七律	不出門	仄起 入韻
23	李海壽	其三	平起不入韻	화운	眞韻	七律	不出門	仄起 入韻
24	李海壽	其四	平起不入韻	화운	侵韻	五律	미상	
25	李海壽	其五	仄起不入韻	화운	侵韻	五古	미상	
26	許筠	和白詩 其一·望咸山用望江州韻	平起 入韻	화운	元韻	七律	望江州	平起不入韻

번호	작가	조선전기 문인의 화시			화사·창사			백거이의 창시	
		시 제	首句	협운	압운	각운	시체	시 제	首句
27	許筠	其二·初到咸山用初到江州韻	仄起 入韻	첩운	첩운	東韻	七律	初到江州	平起 入韻
28	許筠	其三·主倅來慰偕以二謠 用題李馬二妓韻	平起 入韻	첩운	첩운	先韻	七律	醉後題李馬二妓	平起不入韻
29	許筠	其四·席上作用乞詩韻	仄起 入韻	첩운	첩운	文韻	七言 六句	盧侍御小妓乞詩座上留贈	平起不入韻
30	許筠	其五·登主後閣用庚樓曉望韻	平起 入韻	첩운	첩운	眞韻	七絶	庚樓曉望	平起 入韻
31	許筠	其六·用代春贈韻	仄起 入韻	첩운	첩운	陽韻	七絶	代春贈	仄起 入韻
32	許筠	其七·用答春韻	平起 入韻	첩운	첩운	庚韻	五律	答春	平起 入韻
33	許筠	其八·玉梅花下用櫻花下韻	仄起不入韻	첩운	첩운	支韻	七絶	櫻桃花下嘆白髮	仄起不入韻
34	許筠	其九·移種櫻桃用惜落花韻	平起 入韻	첩운	첩운	歌韻	七絶	惜落花贈崔二十四	平起 入韻
35	許筠	其十·移小桃用移山櫻韻	平起 入韻	첩운	첩운	灰韻	七絶	移山櫻桃	平起不入韻
36	許筠	其十一·僑居賦事用官舍閑題韻	仄起不入韻	첩운	첩운	支韻	五律	官舍閑題	仄起不入韻
37	許筠	其十二·旅舍用大雲寺韻	仄起不入韻	첩운	첩운	歌韻	五律	晚春登大雲寺南樓贈常禪師	仄起不入韻
38	許筠	其十三·招客獨坐用北亭招客韻	仄起 入韻	첩운	첩운	麻韻	七律	北亭招客	仄起不入韻
39	許筠	其十四·見紅桃用紫薇韻	仄起 入韻	첩운	첩운	眞韻	七絶	見紫薇花憶微之	平起不入韻
40	許筠	其十五·官牆碧桃爲雨所折用死薔薇韻	仄起不入韻	첩운	첩운	支韻	五排	薔薇花一叢獨死不知其故因有是篇	平起不入韻

번호	작가	조선전기 문인 화시		화시·창시			백거이 창시	
		시제	首句	환운	각운	시체	시제	首句
41	許筠	其十六·苦雨用望水韻	仄起不入韻	차운	歌韻	五律	湖亭望水	仄起不入韻
42	許筠	其十七·爲懷用閑遊韻	平起不入韻	차운	支韻微韻	五律	閑遊	仄起不入韻
43	許筠	其十八·憶石洲用憶元九韻	仄起不入韻	차운	麻韻	五排	憶微之傷楊仲遠李三仲遠去年春喪	仄起不入韻
44	許筠	其十九·後岡用過鄭韻	仄起 入韻	차운	刪韻	七絶	過鄭處士	仄起 入韻
45	許筠	其二十·憶太虛亭用寶積寺韻	平起不入韻	차운	眞韻	五律	遊寶稱寺	仄起不入韻
46	許筠	其二十一·夜坐用問劉韻	仄起 入韻	차운	虞韻	五絶	問劉十九	仄起不入韻
47	許筠	其二十二·紅桃落盡用夜合樹韻	平起不入韻	차운	灰韻	七絶	東牆夜合樹去秋爲風雨所摧今年花發時悵然有感	平起不入韻
48	許筠	其二十三·傷春用病起韻	平起 入韻	차운	支韻	七絶	病起	仄起 入韻
49	許筠	其二十四·憶種趙若用黃石品韻	平起不入韻	차운	文韻	五言 六句	黃石岩下作	仄起不入韻
50	許筠	其二十五·文集完用閑吟韻	仄起不入韻	차운	侵韻	五絶	閑吟	平起不入韻

원전류

李奎報『東國李相國集』Ⅰ·Ⅱ;『한국문집총간』제1·2책, 서울, 民族文化推進會, 1990

林 椿『西河集』;『한국문집총간』제1책, 서울, 민족문화추진회, 1990

李齊賢『益齋亂藁』;『한국문집총간』제2책, 서울, 민족문화추진회, 1990

閔思平『及菴詩集』;『한국문집총간』제3책, 서울, 민족문화추진회, 1990

李 穀『稼亭集』;『한국문집총간』제3책, 서울, 민족문화추진회, 1990

白文寶『淡庵逸集』;『한국문집총간』제3책, 서울, 민족문화추진회, 1990

李 穡『牧隱稿』Ⅰ·Ⅱ·Ⅲ;『한국문집총간』제3·4·5책, 서울, 민족문화추진회, 1990

韓 脩『柳巷詩集』;『한국문집총간』제5책, 서울, 민족문화추진회, 1990

鄭 樞『圓齋稿』;『한국문집총간』제5책, 서울, 민족문화추진회, 1990

成石璘『獨谷集』;『한국문집총간』제6책, 서울, 민족문화추진회, 1990

李崇仁『陶隱集』;『한국문집총간』제6책, 서울, 민족문화추진회, 1990

金九容『惕若齋學吟集』;『한국문집총간』제6책, 서울, 민족문화추진회, 1990

權 近『陽村集』;『한국문집총간』제7책, 서울, 민족문화추진회, 1990

卞季良『春亭集』;『한국문집총간』제8책, 서울, 민족문화추진회, 1990

李石亨『樗軒集』;『한국문집총간』제9책, 서울, 민족문화추진회, 1988

徐居正『四佳集』Ⅰ·Ⅱ;『한국문집총간』제10·11책, 서울, 민족문화추진회, 1988

金宗直『佔畢齋集』;『한국문집총간』제12책, 서울, 민족문화추진회, 1988

姜希孟『私淑齋集』;『한국문집총간』제12책, 서울, 민족문화추진회, 1988

金時習『梅月堂集』;『한국문집총간』제13책, 서울, 민족문화추진회, 1988

成 俔『虛白堂集』;『한국문집총간』제14책, 서울, 민족문화추진회, 1988

李宜茂『蓮軒雜稿』;『한국문집총간』제15책, 서울, 민족문화추진회, 1988

俞好仁『㵢谿集』;『한국문집총간』제15책, 서울, 민족문화추진회, 1988

李賢輔『聾巖集』;『한국문집총간』제17책, 서울, 민족문화추진회, 1988

金克成『憂亭集』;『한국문집총간』제18책, 서울, 민족문화추진회, 1988

朴 祥『訥齋集』Ⅰ·Ⅱ;『한국문집총간』제18·19책, 서울, 민족문화추진회, 1988

李 荇『容齋集』;『한국문집총간』제20책, 서울, 민족문화추진회, 1988

金 淨『冲庵集』;『한국문집총간』제23책, 서울, 민족문화추진회, 1988

蘇世讓『陽谷集』;『한국문집총간』제23책, 서울, 민족문화추진회, 1988

鄭士龍『湖陰雜稿』;『한국문집총간』제25책, 서울, 민족문화추진회, 1988

周世鵬『武陵雜稿』Ⅰ·Ⅱ;『한국문집총간』제26·27책, 서울, 민족문화추진회, 1988

林億齡『石川詩集』;『한국문집총간』제27책, 서울, 민족문화추진회, 1988

趙 昱『龍門集』;『한국문집총간』제28책, 서울, 민족문화추진회, 1988

李 滉『退溪集』Ⅰ·Ⅱ·Ⅲ;『한국문집총간』제29·30·31책, 서울, 민족문화추진회, 1989

洪 暹『忍齋集』;『한국문집총간』제32책, 서울, 민족문화추진회, 1989

金麟厚『河西全集』;『한국문집총간』제33책, 서울, 민족문화추진회, 1989

楊士彦『蓬萊詩集』;『한국문집총간』제36책, 서울, 민족문화추진회, 1989

沈守慶『聽天堂詩集』;『한국문집총간』제36책, 서울, 민족문화추진회, 1989

朴承任『嘯皐集』;『한국문집총간』제36책, 서울, 민족문화추진회, 1989

林 芸『瞻慕堂集』;『한국문집총간』제36책, 서울, 민족문화추진회, 1989

權文海『草澗集』;『한국문집총간』제42책, 서울, 민족문화추진회, 1989

李海壽『藥圃遺稿』;『한국문집총간』제46책, 서울, 민족문화추진회, 1989

洪聖民『拙翁集』;『한국문집총간』제46책, 서울, 민족문화추진회, 1989

李山海『鵝溪遺稿』;『한국문집총간』제47책, 서울, 민족문화추진회, 1989

梁大樸『靑溪集』;『한국문집총간』제53책, 서울, 민족문화추진회, 1990

朴而章『龍潭集』;『한국문집총간』제56책, 서울, 민족문화추진회, 1990

李睟光『芝峯集』;『한국문집총간』제66책, 서울, 민족문화추진회, 1991

李廷龜『月沙集』Ⅰ·Ⅱ;『한국문집총간』제69·70책, 서울, 민족문화추진회, 1991

申 欽『象村稿』Ⅰ·Ⅱ;『한국문집총간』제71·72책, 서울, 민족문화추진회, 1991

許 筠『惺所覆瓿藁』;『한국문집총간』제74책, 서울, 민족문화추진회, 1991

權 韠 『石洲集』; 『한국문집총간』제75책, 서울, 민족문화추진회, 1991

金尙憲 『淸陰集』; 『한국문집총간』제77책, 서울, 민족문화추진회, 1991

李安訥 『東岳集』; 『한국문집총간』제78책, 서울, 민족문화추진회, 1991

李 植 『澤堂集』; 『한국문집총간』제88책, 서울, 민족문화추진회, 1992

趙 絅 『龍洲遺稿』; 『한국문집총간』제90책, 서울, 민족문화추진회, 1992

張 維 『谿谷集』; 『한국문집총간』제92책, 서울, 민족문화추진회, 1992

洪宇遠 『南坡集』; 『한국문집총간』제106책, 서울, 민족문화추진회, 1993

朴長遠 『久堂集』; 『한국문집총간』제121책, 서울, 민족문화추진회, 1994

徐必遠 『六谷遺稿』; 『한국문집총간』제121책, 서울, 민족문화추진회, 1994

金壽增 『谷雲集』; 『한국문집총간』제125책, 서울, 민족문화추진회, 1994

申 晸 『汾厓遺稿』; 『한국문집총간』제129책, 서울, 민족문화추진회, 1994

任相元 『恬軒集』; 『한국문집총간』제148책, 서울, 민족문화추진회, 1995

金萬重 『西浦集』; 『한국문집총간』제148책, 서울, 민족문화추진회, 1995

宋徵殷 『約軒集』Ⅰ·Ⅱ; 『한국문집총간』제163·164책, 서울, 민족문화추진회, 1996

李萬敷 『息山集』; 『한국문집총간』제178책, 서울, 민족문화추진회, 1996

權好文 『松巖集』; 『한국문집총간』제179책, 서울, 민족문화추진회, 1996

任守幹 『遯窩遺稿』; 『한국문집총간』제180책, 서울, 민족문화추진회, 2000

南克寬 『夢藝集』; 『한국문집총간』제209책, 서울, 민족문화추진회, 1998

徐命膺 『保晚齋集』; 『한국문집총간』제233책, 서울, 민족문화추진회, 1999

尹 愭 『無名子集』; 『한국문집총간』제256책, 서울, 민족문화추진회, 1991

李德懋 『靑莊館全書』Ⅰ~Ⅲ; 『한국문집총간』제257~259책, 서울, 민족문화추진회, 2000

丁若鏞 『與猶堂全書』Ⅰ~Ⅵ; 『한국문집총간』제281~286책, 서울, 민족문화추진회, 2002

李學逵 『洛下生集』; 『한국문집총간』제290책, 서울, 민족문화추진회, 2002

申 緯 『警修堂全藁』; 『한국문집총간』제291책, 서울, 민족문화추진회, 2002

민족문화추진회 편 『한국문집총간해제』제1책 서울, 민족문화추진회, 1991

민족문화추진회 편 『한국문집총간해제』제2책 서울, 민족문화추진회, 1998

민족문화추진회 편 『한국문집총간해제』제3책 서울, 민족문화추진회, 1999

蘇世儉 『雙峯逸稿』[고려대소장본] 익산, 華山齋, 1934

李圭景『五洲衍文長箋散稿』서울, 동국문화사, 1959

대동문화연구원 편『高麗名賢集』서울, 성균관대학교 대동문화연구원, 1973-1980

민창문화사 편『高麗時代漢詩文學成』서울, 민창문화사, 1994

한국문집편찬위원회 편『韓國歷代文集叢書』서울, 경인문화사, 1999

徐居正『東文選』서울, 태학사, 1975

金萬重『西浦漫筆』서울, 통문관, 1971

李　瀷『星湖僿說』서울, 경인문화사, 1970

李睟光『芝峰類說』서울, 조선고서간행회, 1915

成俔 외『大東野乘』서울, 서울대학교출판부, 1968

魚叔權『稗官雜記』臺北, 東方文化書局, 1971

弘文館 編『增補文獻備考』[영인본] 서울, 동국문화사,1971

崔　滋『補閑集』서울, 아세아문화사, 1972

李仁老『破閑集』서울, 아세아문화사, 1972

김흥규 · 이형대 편저『고시조대전』서울, 고려대학교민족문화연구원, 2012

정재호 주해『草堂問答歌』; 서울, 박이정, 1996

逯欽立 輯校『先秦漢魏晉南北朝詩』北京, 中華書局, 1983

蕭統 編, 李善 注『文選』上海, 上海古籍出版社, 1986

白居易『白氏長慶集』[사부총간본] 上海, 商務印書館, 1936

汪立名『白香山詩集』臺北, 世界書局, 1969

朱金城『白居易集箋校』上海, 上海古籍出版社, 1988

謝思煒『白居易詩集校注』北京, 中華書局, 2006

謝思煒『白居易文集校注』北京, 中華書局, 2011

冀勤 校點『元稹集』臺北, 漢京出版公司, 1983

仇兆鰲『杜詩詳注』北京, 中華書局, 1979

彭定求 等編『全唐詩』北京, 中華書局, 1960

李昉 等編『太平廣記』北京, 中華書局, 1986

何文煥『歷代詩話』臺北, 木鐸出版社, 1982

丁福保『歷代詩話續編』臺北, 木鐸出版社, 1983

丁福保『淸詩話』臺北, 木鐸出版社, 1988

郭紹虞『淸詩話續編』臺北, 木鐸出版社, 1983

嚴羽著, 郭紹虞校釋『滄浪詩話校釋』北京, 人民文學出版社, 1983

司馬遷 著, 瀧川龜太郎 編『史記會注考證』臺北, 洪氏出版社, 1977

王文誥輯注, 孔凡禮點校『蘇軾詩集』, 北京, 中華書局, 1982

馮應榴輯注, 黃任軻・朱懷春點校『蘇軾詩集合注』上海, 上海古籍出版社, 2001

吳訥・徐師曾『文章辨體序說・文體明辯序說』北京, 人民文學出版社, 1962

徐師曾『文體明辯』[영인본] 서울, 오성사, 1984

馬其昶・馬茂元『韓昌黎文集校注』上海, 上海古籍出版社, 2001

劉學鍇・餘恕誠『李商隱文編年校注』北京, 中華書局, 2002

岳珂 撰, 吳敏霞 校注『桯史』西安, 三秦出版社, 2004

저서류

花房英樹『白氏文集の批判的研究』京都, 彙文堂書店, 1960

花房英樹『白居易研究』京都, 世界思想社, 1971

朱金城『白居易年譜』上海, 上海古籍出版社, 1982

褚斌杰『白居易評傳』北京, 北京大學出版社, 1980

孔凡禮『蘇軾年譜』北京, 中華書局, 1998

王水照, 朱剛『蘇軾評傳』南京, 南京大學出版社, 2004

曾棗莊『蘇軾評傳』成都, 四川人民出版社, 1981

褚斌杰『中國古代文體槪論』北京, 北京大學出版社, 1992

韋旭昇『中國文學在朝鮮』廣州, 花城出版社, 1990

趙以武『唱和詩研究』蘭州, 甘肅文化出版社, 1997

鞏本棟『唱和詩詞研究-以唐宋爲中心』北京, 中華書局, 2013

岳娟娟『唐代唱和詩研究』上海, 復旦大學出版社, 2015

王 力『詩詞格律』北京, 中華書局, 1977

王 力『漢語詩律學』上海, 上海敎育出版社, 1978

呂正惠『詩詞曲格律淺說』臺北, 大安出版社, 1986

李新魁 編『實用詩詞曲格律詞典』廣州, 花城出版社, 1999

徐志剛『詩詞韻律』濟南, 濟南出版社, 1992

張　相『詩詞曲語詞匯釋』北京, 中華書局, 1991

王鍈·曾明德『詩詞曲語辭集釋』 北京, 語文出版社, 1991

王　鍈『詩詞曲語辭例釋』[第二次增訂本] 北京, 中華書局, 2005

이가원『한국한문학사』서울, 보성문화사, 1983 廣韻

문선규『한국한문학』서울, 이우출판사, 1987

김경수『이규보 시문학 연구』서울, 아세아출판사, 1986

김병연 지음·황현식 번역『김삿갓 시집』서울, 한빛문화사, 1982

김상홍『漢詩의 理論』서울, 고려대출판부, 1997

신용호『이규보의 의식세계와 문학론 연구』서울, 국학자료원, 1990

이병주『두보의 비교문학적 연구』서울, 아세아문화사, 1976

이병주『한국문학상의 두시 연구』서울, 이우출판사, 1979

이창룡『韓中詩의 비교문학적 연구-이백·두보에 대한 수용양상』서울, 일지사,
　　　1984

허경진『허균시연구』서울, 평민사, 1984

홍순석『양사언의 생애와 시』서울, 경인문화사, 2000

홍우흠 편역『漢詩韻律論』대구, 영남대학교출판부, 1983

논문류

內山精也「李白の後身·郭祥正と"和李詩"」;『中國文學研究』제29기, 2003.12

內山精也「蘇軾次韻詞考-詩詞間に見られる次韻の異同として」;『日本中國學會
　　　報』제44집, 1992.10

內山精也「蘇軾次韻詩考」;『中國詩文論叢』제7집, 1988.6

前川幸雄「『松陵集』所收詩の和韻の形態」;『漢文學會會報』제26집, 1980

橘英範「劉白唱和詩研究序說」;『廣島大學文學部紀要』第55卷 1995.12

吳承學「論古詩制題制序史」;『文學遺産』1996년 제5기

姚　垚「唐代唱和詩的源流和發展」;『書目季刊』15권 1기, 1981.6

趙以武「"和意不和韻":試論中唐以前唱和詩的特點與體制」;『甘肅社會科學』1997년 3
　　　기

趙以武「唐代和詩的演變論略」;『社科縱橫』1994년 제4기

김진영「이규보문학 연구」; 서울대 박사논문, 1982

이동철 「이규보 시의 연구−주제와 구조분석을 중심으로」; 고려대 박사논문, 1988

김상홍 「한국의 집구시 연구」; 『한문학논집』제5집, 1987

남윤수 「잠곡 김육의 집두시고」; 『중어중문학』제4집, 1982

손팔주 「한국문학상의 백거이」; 『동악어문논집』제7집, 1971

강성위 「화운시의 유형과 특성고」; 『중국문학』 제30집, 1998.10

후기

　반백년의 나이에 들어섰을 때였다. 불현듯 원인 모를 허전함이 몰려왔다. 나는 왜 하필 중국문학을 공부했는가 그리고 무엇 때문에 평생 중국고전시를 가르치고 연구하는가? 가끔은 자신에게 이렇게 물었다. 그 공허함은 바로 우리 것이 아닌 남의 것을 업(業)으로 삼음으로써 치러야 할 대가였다. 그래서 우리 것을 공부하고 가르치며 연구하는 이들이 때로는 부러웠다.

　그러나 천명(天命)을 알아야 할 나이였다. 첫째는 국가 경영에 필요한 광범위한 지식정보 시스템 속에서 중국학의 일부 영역을 담당하기 위해 공부하는 것이며, 둘째는 우리 문학에 대한 더욱 깊은 이해에 보탬이 되기 위해 연구하는 것이다. 언제인가 학생의 질문에 이렇게나마 거칠게 답했던 젊은 시절을 다시 떠올린다. 우리가 중국어를 익히고 중국의 문학과 문화를 공부하고 연구하는 것은 중국을 위해서가 아니라 결국 우리 자신을 위해서라고 강조했던 것도 기억 난다. 이렇게 중국고전시 교육과 연구는 나의 천명이 되었다.

　다른 문화를 이해하는 첫걸음은 바로 서로의 차이를 인정하는 것이다. 서로의 차이에 대한 올바른 이해는 바로 우리 것의 특성과 의미에 대한 진정한 이해로 이어진다. 그렇다면 우리 것에 대한 깊은 이해는 남의 것에 대한 학습과 연구를 필요로 한다. 외국문학 연구자의 소임과 역할이 바로 여기에 있다. 이러한 면에서 한중문학 비교연구는 매우 중요하고 유의미한 작업이다. 서로의 차이를 인정하고 그 차이에 대한 이해를 기반으로 동중구이(同中求異)하고 이중구동(異中求同)함으로써 우리 문학의 보편성과 특수성에 대한 규명 작업이 가능하기 때문이다.

중국의 고전문학을 전공하던 젊은 시절의 나에게 우리의 고전문학은 강 건너 저편에 있는 다소 낯선 존재였다. 세월이 흘러 우리 고전문학에 관심을 갖기 시작한 것은 석사 학위를 취득한 지 얼마 지나지 않은 시점이었다. 1991년 여름, 일본의 한 중문학자에게서 의외의 서신을 받았다. 일본 학계에서『백거이연구강좌(白居易研究講座)』를 서명으로 한 백거이 연구총서를 기획 · 출판하려 한다고 했다. 일본에서의 백거이 위상을 고려하면 한국 고대문인과 백거이의 문학적 관계 역시 매우 흥미로운 테마이므로 이에 대한 일본 학계의 호기심이 적지 않다고 했다. 그리고 한국에서의 백거이 전래와 수용에 관한 원고 집필을 나에게 청탁하는 것이었다.

그 당시 한문학계에는 이백(李白) · 두보(杜甫) 등의 수용 양상에 관한 다수의 논저가 이미 존재했기에 백거이 관련 논저도 적지 않을 것이라고 추측했다. 선행 업적을 참고하고 정리하여 소개 차원의 글을 써주는 것도 의미 있는 일이라고 생각했다. 그러나 참고할 관련 논저는 거의 없었다. 이후 원시자료 수집에 많은 시간과 노력을 들여야 했다. 당시에는 겨우 8책만이 출간되었던『한국문집총간』과 이 때부터 인연을 맺기 시작했다.

그로부터 어언 30년이 흘렀다. 세월의 흐름을 따라 우리 문학에 대한 나의 인식도 바뀌어갔다. 타자로서의 우리 눈에 비친 남의 모습을 이해함으로써 남의 것에 대한 연구 시야를 확장할 수 있다는 생각이 들기도 했다. 한중문학 비교연구에 중문학 전공자가 더욱 적극적으로 참여하는 것이 역할 수행의 한 방법이라고도 생각했다. 본서는 바로 이러한 인식의 변화와 지속적인 연구의 결과물이다.

　『한국문집총간』 정편 350책이 2005년 완간되었다. 무엇보다 반가운 일은 문집의 전산화가 뒤이어 이루어졌다는 것이다. 이로 인해 원시 자료 수집에 큰 도움을 받았다. 한국고대 문인의 화백시(和白詩)・화소시(和蘇詩)에 대한 초보적 단계의 수집이 다양한 키워드 검색으로 짧은 시간에 가능했다. 『한국문집총간』 검색 과정에서 백거이의 「하처난망주(何處難忘酒)」가 자주 눈에 띄었고 그때마다 기록해 두었다. 우연히 발견한 이 자료들이 꽤 모이고 나니 한 편의 논문 주제로 삼을 만했다.

　그 덕분에 2012년 11월, 일본의 국립역사민속박물관이 개관 30주년 기념으로 동방학회(東方學會)・중당문학회(中唐文學會)・일본중국학회(日本中國學會)・화한비교문학회(和漢比較文學會) 등의 후원을 받아 주최한 국제심포지엄 초청에 응할 수 있었다. 「동아시아를 잇는 한적문화(東アジアをむすぶ漢籍文化)」를 테마로 한 심포지엄에서 「조선문헌에 보이는 『백씨문집』-「하처난망주」시를 중심으로(朝鮮文獻に見える『白氏文集』-

「何處難忘酒」詩をめぐって)」라는 제목의 논문을 발표했다. 이 글을 기반으로 하고 논의 범위를 확대하여 본서의 제3장이 마련되었다.

나의 글이 발표되고 얼마간의 시간이 지나면 그 글을 기반으로 한 연구 논문이 국내외에서 발표되었다. 특히 국외 학자들의 글 속에 나의 글이 인용되고 참고서목에 나의 논문이 기재되어 있음을 볼 때마다 보람을 느끼고 힘을 얻는다. 이처럼 소리 없는 학술적 교류와 응원이 본서의 출간으로 더욱 확대될 수 있을 것으로 예상한다. 본서 출간의 의미와 가치가 여기에 있다.

나는 다작(多作) 체질이 아니다. 다작은 일단 부지런해야 하기 때문이다. 사실 나는 다작하고 싶지도 않았다. 다작은 가작(佳作)이 나오기 어렵기 때문이다. 예외가 있을 수 있으나 지금까지 나는 그런 사람 한 명만을 보았을 뿐이다. 그러나 후기를 마무리하는 지금, 가작은 없어도 다작하는 이들이 부럽기까지 하다. 연구 논문은 즐거운 마음으로 쓸 수 있다고 자부해 왔지만 나에게 책을 출간하는 일은 그리 쉬운 일이 아니기 때문이다. 여전히 부끄러운 마음을 지울 수가 없어서이다.

이 때 술 한잔이 없다면
이 부끄러운 마음을 어찌 달랠 수 있으리오?

저자 소개

김경동(金卿東)

성균관대학교 중어중문학과를 졸업하고 국립대만대학에서 석사학위, 성균관대에서 박사학위를 취득했다. 전공 분야에 대한 애호가 고전문학에서 현대문학으로, 문학에서 어학으로 기울어 가던 시절에 좋아한다는 이유만으로 별다른 생각없이 중국고전시를 평생의 업으로 선택했다. 석사과정에서는 장적(張籍)·왕건(王建)의 사회시, 박사과정에서는 원진(元積)·백거이(白居易)의 사회시를 학위논문의 주제로 삼았다.

가천대·경희대·성균관대 중문과에서 강의했고 1998년부터 현재까지 만 25년 동안 성균관대 중문과에서 전임교수로 근무했다. 대만의 중앙연구원 중국문철연구소 방문학자, 국립정치대학 한국어과 교환교수로 파견되어 국외에서 연구와 교육 업무에 종사하기도 했다.

연구 분야는 백거이를 위주로 한 당시(唐詩)로부터 출발하여 한중 비교문학을 거쳐 시어(詩語)로까지 확대되었다. 중국학 연구는 특히 중국 학계에서 인정받아야 한다는 와세다(早稻田)대학 중문과 마츠우라 토모히사(松浦友久) 교수의 지론에 공감하여, 중국·대만은 물론 일본 등의 해외에서 세미나 발표와 논문 게재의 학술 활동을 꾸준하게 진행했다.

주요 논문으로는 「백거이 삼종연보 이설비교고」·「백거이 문집의 성립과정과 제판본」·「"行到水窮處, 坐看雲起時"—시어로서 명사 '處'의 용법」·「"有懷無與語 , 聊和古人詩"—韓國古代文人與唐人文學交流之特殊方式」(중문)·「"光陰者百代之過客"新解」(중문)·「朝鮮文獻に見える『白氏文集』」(일문)·「高麗朝の詩人李奎報における白詩受容」(일문) 외 다수가 있다. 단행본으로는 『백거이 한적시선』(전2책) 등의 역서와 『"一帶一路"與中國故事』등의 공저가 있다. 이외에도 「자성과 모색—중국어문학 학회의 역사와 역할」·「국내 중문과 대학원 교육의 문제와 방안」 등 국내의 학회 운영과 대학원 교육에 대한 비판과 대안을 제기한 학술 평론이 무엇보다 유의미하다.

수용과 창화 – 한중 고대문인의 문학교류

초판 1쇄 발행 2022년 12월 31일
초판 2쇄 발행 2023년 12월 15일

지은이 김경동
펴낸이 유지범
책임편집 신철호
편집 현상철 · 구남희
마케팅 박정수 · 김지현

등록 1975년 5월 21일 제1975-9호
주소 03063 서울특별시 종로구 성균관로 25-2
대표전화 02)760-1253~4
팩스 02)762-7452
홈페이지 press.skku.edu

ISBN 979-11-5550-571-7 93810